오얏꽃 향기

ⓒ정 숙 2021

초판 1쇄 발행 2021년 1월 23일
초판 2쇄 발행 2021년 2월 25일

지은이 정 숙

펴낸곳 도서출판 가쎄 [제 302- 2005- 00062호]
주 소 서울 용산구 이촌로 224, 609
전 화 070. 7553. 1783 / 팩스 02. 749. 6911
인 쇄 정민문화사

ISBN 979-11-91192-06-3 03810

값 18,800원

www.gasse.co.kr
berlin@gasse.co.kr

오얏꽃 향기

오얏꽃 향기

정숙 지음

gasse•가쎄

정 숙

정 숙은 MBC 구성작가 공채 2기로 데뷔하여, KBS 코미디작가 공채 1기로 본격적인 작가 활동을 시작했다. 방송작가로 20년 동안 쇼, 오락, 코미디, 예능 프로그램과 시트콤, 라디오 프로그램, 종합 구성 프로그램을 집필했고, 30여 편의 단막극과 2부작, 4부작, 8부작 드라마를 여러 편 썼다. 제18회 KBS 한국방송대상 예능 작품상(코미디 하이웨이. 8부작 미니시리즈 '도시로 간 참새'), 제20회 KBS 한국방송대상 예능 작가상(유머1번지. 추억의 괜찮아유), 제22회 KBS 한국방송대상 작품 상(유머1번지. 추억의 책가방)을 수상했다.

SBS 방송 아카데미와 한국방송작가협회 교육원에서 17년 동안 예비 작가들에게 방송 작법에 대하여 강의를 했다. 경기대학교, 호서대학교, 서울디지털대학교, 덕성여자대학교, 한양여자대학교에서 방송 구성과 드라마 기획에 관한 강의를, 중앙대학교 예술대학원에서 서사와 스토리텔링을 강의했다. 가톨릭 관동대학교 방송연예학과 조교수를 역임하였고, 현재는 단국대학교 문예창작학과에서 근무하고 있다.

저서로는 『재미있는 TV쇼 오락예능 이렇게 쓴다』 『스토리텔링으로 소통하라』 『방송 콘텐츠 스토리텔링 1 드라마 편』 『방송 콘텐츠 스토리텔링 2 구성 편』 『예능 콘텐츠 스토리텔링』이 있다. 방송 콘텐츠 스토리텔링 1·2는 중국과 대만에 번역 출간되었다.

프롤로그

세상엔 자세히 들여다보아야 보이는 것들이 있다. 드러나지는 않지만 무엇인가를 하는 사람들, 선봉에 나서지 않고 조용히 실무를 진행하는 사람들, 이들이야말로 자세히 들여다보아야 비로소 보이는 사람들이다. 어디에서나 주역은 인기도 있고, 대우도 좋고, 명성을 얻는다. 그러나 그 주역이 주목을 받게 되는 배후에서 그를 빛나게 만든 조력자가 분명 있을 것인데.... 그가 누군지 아는 사람은 거의 없다.

태종 시대부터 궁궐에 '향방 나인'이라는 직책이 있다는 자료를 찾아보면서 그동안 이들은 왜 조명되지 않았을까? 궁금해졌다. 조선왕조 5백 년 동안 궁궐 어디에선가 최선을 다하여 궁궐 내명부를 위해 '조선의 단장과 향 문화'에 소중한 씨앗을 심은 사람들, 아름답고 기품이 있는 왕실의 얼굴을 책임졌던 사람들, 그녀들은 제용감과 내의원의 향방나인인 전식, 사의, 상복들이었다. 임금의 용안과 왕비의 얼굴을 만지는 향방 나인은 왕실의 최측근이자, 궁궐 내 1급 정보를 가장 많이 알고 있는 조선의 비선 실세들이었다. 궁에서 쓸 분구를 만들고, 그들의 피부를 매만졌으며, 그들의 표정과 인상관리, 하물며 관상까지 바꾸는 기술을 지녔다. 대외적으로 그렇게 완벽한 치장을 해주는 궁궐의 '숨은 손'이었다. 그녀들의 손끝에서 왕실의 얼굴이 만들어졌다. 바로 조선의 퀸 메이커, 궁궐의 향방 나인들이다.

최근 K-뷰티의 스킨케어와 토종약초를 이용한 전통 화장품은 전 세계적으로 최고라는 찬사를 받고 있다. 그 바탕에는 4백 년 전 궁궐이라는 무대 뒤에서 최고가 되기 위해 노력했던 향방 나인들의 열정과 완성도가 있었음을 아는 이가 얼마나 될까?

　소설 '오얏꽃 향기'를 통하여 그동안 한 번도 다루어지지 않았던 조선 향방 문화를 재조명하여 자존감 높았던 그들의 모든 것을 다채롭게 그려보고 싶었다.

　'오얏꽃 향기'는 '향수를 뿌리고, 분 바르는 이야기'가 아니라 사람의 마음을 읽는 '심상(心相)'의 이야기이며, 향방을 둘러싼 두 어머니와 두 딸의 이야기다.

　소설을 쓸 수 있도록 힘이 되어주고 출판이 되도록 도와주신 조현경 작가와 가쎄 출판사 김남지 대표님, 응원해준 나의 가족과 정은숙 선생님께 감사드린다.

　그리고 다섯째 딸이 작가인 것을 자랑스럽게 생각하시는, 여든아홉의 성북 노인 복지관 장수 학생, 저의 어머니 민의순 여사님께 이 책을 바친다.

　첫 소설이라 부끄러운 마음 가득하다. 더 노력하는 작가가 되려 한다.

목차

1. 권력의 향, 미령

따뜻한 실바람이 아미산 둔덕을 지나 덕안전 처마 밑으로 살짝 휘돌았다. 진하지 않은 향기가 덕안전 들창으로 퍼졌다. 오얏꽃 향이다. 궁의 바람에는 온갖 향이 실려 있다. 임금이 복용하는 약재 향, 대신들의 향낭, 여인들의 분구 향, 궁인들의 땀 냄새, 그리고 갖가지 의식주에 따른 향들이다. 그중에서 미령이 제일 좋아하는 향은 내명부 권력에서 나오는 계급의 향, 바로 오얏꽃 향이다.

아미산 둔덕에는 쪽 동백, 생강나무, 산딸나무 등 수령이 족히 백 년이 넘은 나무들 사이에 오얏나무 열두 그루가 원을 그리며 서 있다. 일 년에 한 그루씩 단옷날마다 심은 덕에 열두 그루가 마치 부채춤 추는 부채꼴 모양으로 아름다움을 뽐냈다. 수령이 십이 년 된 오얏나무 밑에는 '병인년 박 씨 미령'이라고 선명하게 돌에 새겨져 있다. 궁 안에서 자신의 이름을 당당히 써넣은 그녀, 성빈 박 씨이다.

궁의 수많은 여인 중에 식수한 날짜를 직접 새긴 여인이 몇이나 될까. 왕자를 낳은 복으로 아들 나무를 심을 수는 있어도 승은 입은 날을 기념하여 합방나무를 심는 것은 천박한 일이었다. 좌상대감의 양딸을 후궁으로 들일 때부터 대비는 미령이 마음에 들지 않았다. 대비 윤 씨는 소격서 성 상궁에게 미령의 사주를 보라 했었다.

"대비마마. 박 씨 미령의 사주는 복록이 가득하고 행동거지도 타고나, 모두가 칭송할 사주이옵니다. 달이 꽃같이 빛나는 월태화용(月態花容)까지 들어, 더할 나위가 없사옵니다."

성 상궁이 나간 뒤 대비는 고민했다. 천하 권세를 손아귀에 쥐고 있는 좌상 박대종 대감에게 날개를 달아주는 것은 아닐까. 미령이 인사 오던 날, 다소곳하고 어여쁜 얼굴 뒤로 대비는 알 수 없는 불쾌한 그림자를 보았다. 특히 앙다문 입술 속의 그

세 치 혀가 의심스러웠다. 누구를 얼마나 죽일 수 있는 혓바닥일까. 대비는 많은 여인을 보아왔지만 한 번도 그런 생각을 해본 적은 없었다. 그런데 왜 그 순간 미령에게서 불안한 향을 맡은 것일까. 유심히 미령의 얼굴을 보니 예쁜 얼굴이었지만 왕의 여인다운 우아함이나 고귀함은 눈을 씻어도 찾을 수가 없었다. 비단옷은 입었지만 남의 옷을 빌려 입은 듯 겉돌았고, 반짝이는 눈빛 속에는 찌든 고단함과 알 수 없는 저항감이 실려 있었다. 말을 하다가 시선을 돌려 다른 곳을 바라보며 얕게 내뱉는 한숨이 무엇보다 거슬렸다. 한숨 쉬는 여인이 달가울 리가 없다. 하지만 대비는 이내 고개를 저었다. 그리고는 미간에 힘을 주고 두 손을 포개며 쓸데없는 기우일 것이라며 주먹을 꽉 쥐었다. 왕실의 평화를 위해 그편이 나았다. 그때 미령은 보았다. 대비의 시선이 누그러지는 것을.

난 살아남았다.
살아남는다고 좋은 것은 아니다.
어떻게 살아남는가가 중요하다.
비옥한 땅에 오얏나무 뿌리를 깊게 박고 살아남았다.
그리고, 향기로운 꽃을 피웠다.
절대로 하찮은 후궁으로 살지는 않을 것이다.

그것이 중요하다.

미령이 승은을 입은 다음 날, 엽왕은 그녀에게 금비녀와 황옥 팔찌를 하사했다. 노비 백 명은 살 수 있는 가치였다. 그런데 그녀는 뜬금없이 오얏나무 묘목을 원했다. 오얏나무를 심는다고? 왜 심을까? 그때 대비는 확신했다. 저 눈빛에 숨겨놓은 비밀이 있을 것이야.

누구든 오얏나무 꽃을 따거나 훼손하는 것은 물론, 만지기만 해도 난리가 나는지라 아미산의 오얏나무는 미령의 권력과 마찬가지였다. 새로 들어온 궁녀 하나가 오얏꽃 가지를 꺾어 자신의 방에 꽂아놓은 적이 있었다. 그날 궁녀는 덕안전 지하 감옥에 갇혀 죽지 않을 만큼 태형을 당했다. 이후로 감히 미령의 권력 나무는 누구도 넘보지 못했다. 대신, 미령 덕에 궁 사람들은 오얏꽃 향을 맡을 수 있었다. 아마 은은한 향 때문에 미령이 아미산에 오얏나무를 심었을 것이라고 궁 사람들은 추측만 할 뿐 아무도 그 이유를 알려고 하지는 않았다.

해마다 오월이 되면 왠지 가슴이 시리다. 이슬이 풀잎에 맺힐 무렵, 창으로 스며들어오는 바람이 그나마 산뜻해서 다행이다.

미령은 들창 너머로 들어오는 향을 맡으며 눈을 감았다. 덕안전 후원을 지나, 인왕산 옥계를 건너, 불광사, 진관사를 넘어 이말산 중턱에 다다르기 위해 매일매일 달려갔다. 이말산의 매자나무, 은방울나무, 덜꿩나무, 미나리아재비, 팥배나무꽃, 병꽃나무까지 손에 잡힐 듯했다.

나무들은 언제나 말한다. 이말산 바람은 여전히 좋다고, 민백미꽃이 활짝 폈다고, 그리고 산등성이에 오얏나무 향이 파발역참(지금의 구파발역)까지 퍼진다고... 눈을 감아도 향이 난다. 그랬다. 그리운 향이다.

이말산 꼭대기에 올라 나는 박미령이다, 소리쳤다.
들어주는 사람은 이미 없다.
하여, 나를 알릴 필요도 없다.
그러나 오얏꽃 향을 실어 나의 이야기를 들려주었다.
더 이상 들을 수 없는 너에게,
볼 수 없는 너에게,
느낄 수 없는 너에게,
너의 이야기가 사라진 이말산에게 나의 이야기를 들려주었다.
그러면 덜 아플 것 같았다.

하지만 기억 속 이말산의 봄, 여름, 가을, 겨울은 언제나 아픔이었다.

아마 나는 너에게로 가는 길은 진작 끊어냈을지도 모른다.

모든 그리움을 버렸다.

내가 살아야 했다.

왜 심었을까.

왜 해마다 오얏나무를 심었을까.

모르겠다. 그땐 그랬다.

오얏나무를 심으면 마음의 부담과 죄의식이 덜어질 것만 같았다.

앞으로는 오얏나무를 그만 심을 것이다.

더 심는 것은 이제 의미가 없다.

십이 년 전 일일 뿐이다.

다 잊었다.

심을수록 기억이 날 뿐이다.

기억은 추억이 아닌 상처일 뿐이다.

이제 다 버릴 것이다.

나의 아기는 이미 죽었다.

이른 새벽 오얏꽃잎 하나가 덕안전 뒷마당으로 날아왔다. 나풀거리던 꽃잎은 궐 내각사 서편, 내의원 향방 격자창으로 빨려 들어갔다. 널따란 향방 제조실에는 나인들이 줄지어 앉아 분구와 향 만들기에 여념이 없었다. 향방은 내의원 안쪽에 있는 건물로 앞마당과 후원에는 사시사철 약재와 향재들이 넘쳐났다. 궁 안의 부서 중에서 꽃, 나무, 풀, 돌, 하다 못해 개미, 모기, 잠자리, 뱀에 관한 해박한 지식을 많이 알아야 하는 부서는 내의원 향방밖에 없다. 제용감에도 향방 상궁은 있었지만 직접 향재를 만들거나 약제를 만드는 일은 모두 내의원 향방에서 전담하였다. 향재의 특성은 물론, 조향할 때 금기시되는 조합까지 철저히 구분할 줄 알아야 했다.

　향방 나인들은 자부심이 대단했다. 자신들이 만든 분구와 향재가 임금님부터 옹주마마까지 두루두루 착용하는지라 그녀들의 손끝에서 궁 안의 품위가 만들어진다고 생각했다. 향방 나인들은 여타의 궁녀들과는 달리 어려운 잡과 시험을 거쳐서 입궁을 한 사람들이다. 풀잎에 이슬이 맺힌 새벽녘부터 달빛이 짙어져 등잔불이 파르르 떨릴 때까지 향재를 만졌다.

향방 창으로 들어온 오얏꽃잎이 나무 그릇에 소복이 담긴 홍화꽃잎 위로 살짝 내려앉았다. 앳된 나인은 자주색 끝동을 접어 올리며 꽃잎을 조심스럽게 집어 신기한 듯 창문을 바라보더니 이내 고운 면 보자기에 꽃잎들을 담아 나무막대를 걸고 즙을 짜내었다. 진분홍의 아름다운 꽃 즙이 사기그릇에 또로록 떨어진다. 곁에 앉은 나인은 이미 즙을 짜낸 이파리를 넓은 소쿠리에 덜어낸 다음 나무젓가락으로 조심스럽게 펴냈다.

근엄하고 매서운 눈초리의 전식 상궁들은 탁자 사이를 지나가며 나인들이 만들어내는 분구를 들여다보고 고개를 끄덕였다. 통과된 나인은 어깨를 한껏 올려 입을 오므리고 상기된 표정을 짓는다. 통과가 되지 않은 나인은 상궁들이 들고 다니는 회초리로 손등을 한 대 탁 맞고는 움찔했다. 다른 한쪽에서는 옥 절구통에 옥 절구로 쌀을 곱게 가는 나인, 녹두를 가는 나인, 팥을 가는 나인들이 박자를 맞추듯 절굿공이를 돌리고 있다.

박 상궁은 손가락으로 고운 정도를 비벼보고 자신의 손등에 발라보면서 지나갔다. 옆에서는 이미 갈아놓은 곡식들을 고운 채에 거르고 있다. 널따란 사기 접시에는 하얀 가루, 연녹색 가루, 붉은 가루가 소복하다. 다른 한쪽에서는 달개비 꽃잎을 태운 먹에다 동백기름을 조금씩 부어가며 붓으로 개고 있다. 미묵(眉墨: 눈썹에 바르는 눈썹먹)을 만드는 중이다. 마주 보고 있는 견습 나인의 눈썹을 그려주며 잘못 그려진 눈썹을 보고 웃던 그녀들은, 어느새 등 뒤에 다가선 박 상궁의 회초리로 한 대 맞고 놀란 표정을 지었다.

"네 이년! 어디서 감히 주상전하와 중전마마의 분구를 만들며 시시덕거리느냐?"

서늘한 안색에 쌀쌀한 박 상궁은 차가운 숨을 들이마시며 말했다. 미간을 잔뜩 찌푸린 박 상궁은 검지로 나인들을 지적하며 향방을 둘러보았다.

"지난번 덕안전 마마의 분가루에 티끌이 들어가 금부에 끌려간 나월이 꼴이 되고 싶은 것이더냐? 너희들이 만든 분구와 향재는 몸에 직접 닿는 것이니, 한 치의 실수라도 있어서는 아니 될 것이야, 알았느냐?"

"각심하옵니다."

장난치던 나인은 물론, 향재를 만들던 다른 나인들도 잔뜩 긴장한 듯 소리쳤다.

향방 분구실은 제조실 바로 곁에 있다. 하 상궁은 제조실 벽을 통해 박 상궁의 묵직한 소리를 들었다. 으레 듣는 소리이지만, 박 상궁의 소리는 들을 때마다 신경이 쓰인다. 분구실은 제조실에서 만든 향재와 소장품을 품목별로 구분해놓은 저장고이다. 분구실 안에는 궁의 여인들이 사용할 분구들로 가득 차 있다. 생각시로 들어와 최고 향방 상궁이 된 하 상궁은, 말없이 손가락으로 선반 위에 가지런히 놓여있는 분구를 가리켰다. 희선은 하 상궁의 손끝을 따라 시선을 옮기며 조심스럽게 분구를 담았다.

"조심히 다루어라. 이 분구와 향재는 너희들 몸보다 더 중요한 것이다. 한 치라도 흐트러져서는 아니 된다."

하 상궁은 희선과 궁녀들을 둘러보며 근엄하게 말했다. 말을 아끼는 하 상궁이 한마디 할 때는 모두 긴장했다. 입술을 꾹 다문 희선은 눈썹을 살짝 들어 올리고 침을 꼴깍 삼키며 알았노라며 절도 있게 고개를 끄떡였다.

'콩콩콩, 드르륵드르륵.'

향방 제조실에서 조개껍데기 가는 소리가 경복궁 회랑까지 울렸다. 이른 아침 태양은 가볍고 부드러워 마치 금색의 가는 비단처럼 봄빛을 자랑하며 회랑을 따라 비추었다. 회랑을 따라 걸어오는 궁녀들의 무리가 조개 빻는 소리에 발맞추어 미령의 처소인 덕안전 쪽으로 향했다. 하 상궁이 입을 꾹 다물고 근엄한 표정으로 앞장섰고, 그 뒤로 희선과 연정이, 이어 스무 명 정도의 궁녀들이 은쟁반에 각종 분구와 장식, 향유, 향낭을 들고 종종걸음으로 뒤따르고 있다. 덕안전 복도를 따라 들어가는 일행은 미령의 소침방 앞에 멈추어 섰다. 하 상궁의 명령으로 궁녀들은 한 명씩 안으로 들어가 소침방 자개 탁자 위에 은쟁반을 나란히 줄 세워 올려놓았다.

소침방은 부담스러울 정도로 화려했다. 눈에 들어오는 모든 것과 손에 닿을 수 있는 모든 것들은 값을 알 수 없을 정도로 귀했다. 특히 칠보 자개장은 백리향 나무로 만들어진 것으로, 덕안전 복도에 들어서면 누구나 자신도 모르게 눈을 감고 깊은 들숨으로 향을 맡을 정도였다.

미령의 덕안전은 수빈 안 씨 거처인 영춘헌 남쪽으로 5칸이 연결된 남향 궁이다. 십 년 전, 미령이 찬바람 드는 여경전에서 후궁 처소 중에 제일 좋은 덕안전으로 처소를 옮길 때만 해도 덕안전은 세 칸이 전부였다. 미령이 엽왕의 뒷배를 믿고 처음 한 행동은 덕안전을 다섯 칸으로 증축하는 것이었다. 한 칸은 자신의 소침, 다른 한 칸은 왕과 합방할 때 이용하는 대침, 또 한 칸은 장신구 방이다. 다양한 소장품과 비밀스러운 물건이나 봉서를 두는 방으로 미령이 가장 아끼는 방이었다. 나머지 두 칸은 대침과 이어지는 세욕탕과 곁방이다. 세욕방은 천장 가까이 격자창을 달아서 햇빛과 바람이 잘 통하도록 들창을 얹었다. 석양이 질 무렵, 창으로 들어오는 노을은 미령이 제일 좋아하는 풍경이었다.

세욕방을 만들 때 대비전은 물론이고 조정 대신들도 반대가 심했었다. 그러나 궁 안에는 미령을 이길 자가 없었다. 혈액 순환이 잘 안 되어 손발이 차기 때문에 미령이 세욕을 자주 해야 한다는 내의원의 가짜 처방이 떨어졌다. 하여 미령은 내명부에서 유일하게 크고 화려한 세욕방을 가지게 되었다.

5월의 햇살이 들창을 뚫고 사선으로 비추었다. 빛줄기가 목탕자(木湯者)[1]에 몸을 담그고 있는 미령의 뺨에 난 솜털 위로 반짝인다. 티 없이 맑은 하얀 피부와 섬세한 이목구비, 도톰한 입술과 까만 눈동자, 부드럽게 올라간 눈매는 왕의 총애를 독차지할 만큼 빼어났다. 목탕자 안에는 복사꽃잎이 물 위에 가득했다. 세수간 나인이 꽃잎과 향유를 더 풀어 물을 휘휘 저었다. 덕이는 거품이 많이 나도록 보라색 팥가루를 손에 덜어 조심스럽게 비볐다. 두 손을 맞대어 따뜻하게 만든 다음, 미령의 등을 가볍게 눌러주면서 놀랍다는 듯 말했다.

"성빈 마마, 살결은 어찌 이리 보드라우신지요. 하늘에서 내려온 선녀님이 이와 같으실지요."

---

1) 목탕자: <봉산욕행록>에 의하면 조선시대 욕조는 돌로 만든 석탕자(石湯者)와 나무로 만든 목탕자(木湯者)가 있다고 나온다.

세욕 중에도 표정 하나 바뀌지 않던 미령은, 덕이의 말이 끝나자마자 양쪽 미간을 살짝 치켜뜨며 손으로 물을 한 주먹 잡았다. 하얗고 긴 손가락 사이로 물이 쪼르륵 떨어졌다. 이내 손을 쭉 뻗어 손톱 정리가 잘되었는지 섬세하게 살폈다. 어젯밤부터 새벽까지 분노로 가득 찼었는데, 이제야 머리는 투명해졌고 마음은 차분해졌다.

아무리 날 쳐내려고 해도 난 끄떡없어.

난 당신과 달라.

불안한 대비 자리가 아니라 천하를 호령하는 대비가 될 것이야.

그러기 위해선 할 일이 있다.

세자 찬이 아니라 나의 아들 복진군을 세자로 만들어야 한다.

난 할 수 있다.

이 자리에 오기 위해 난 당신들이 상상한 이상으로 엄청난 짓을 했거든.

어제 대비의 도발적인 말은 미령을 당황케 했다. 느닷없이 소혜왕후께서 지으신 내훈을 외워보라는 것이었다. 신분의 지위 고하를 막론하고 아녀자라면 마음에 새기고 행해야 할 금과 옥조 같은 말씀들이 담겨있으니, 한 글자도 틀려서는 아니 된다는 것이었다. 당연히 미령은 외우지 못했고, 곁에 있던 수빈 안씨, 영빈 홍 씨, 귀인 오 씨에게도 망신을 당했다. 거기까지는 좋았다.

"성빈, 내명부 일품명부가 내훈조차 외우지 못 해서야, 어찌 첩지를 받았다고 할 수 있단 말이오! 자그마치 십이 년이오! 성빈은 상감의 품 안에서 베갯머리 송사나 벌이고 옥체의 기만 축내고 있소? 그 얼굴 다듬을 시간 있으면 당장 내훈부터 외우시오!"

대비는 대놓고 미령을 책망했다. 아래 사람 부리는 덕이 없고, 자비도 없고, 나오는 대로 말을 뱉는 대비를 생각하면 할수록, 이가 갈렸다.

'말은 인간관계를 친밀하게도 하고 멀어지게도 하며, 크게는 한 나라를 망치게 하는 것이므로 반드시 입을 조심하여야 한다.'

알고 있다. 내훈 제1장을 몇 번 읽은 적이 있다. 대비는 그대로 실천도 하지 못하면서 유독 미령에게만 독설을 내뱉는다. 분명,

미령이 득세를 할까 봐 미리 힘을 누르고자 함이리라. 신체 미령한(몸이 편찮은) 중전을 해할까 봐, 부러 그런 것이란 것을 미령은 알고도 남았다. 단지 미색 하나로 왕의 총애를 받는 무식한 후궁, 중전 자리를 넘보는 후궁, 세자에게 위험을 가할 수도 있는 후궁, 그래서 어떻게라도 제거해야 할 후궁이었다.

아니다. 아니다.
그리되지는 않을 것이다.
후궁으로 삶을 끝내고 싶은 마음은 추호도 없다.
금상의 총애를 한 몸에 받고 등 뒤에는 든든한 좌상대감이 있다.
누가 이기는지 두고 볼 일이다.

미령은 입속에서 웅얼거리듯 내뱉고 가볍고 조용하게 비웃었다.
소침방 우아한 보료에 기대앉은 미령은 하얀 비단 속곳 차림으로 느긋했다. 차 소반 옆으로는 자개가 박혀있는 기다란 탁자가 있고, 위엔 은쟁반이 열 지어 놓여있었다. 미령은 청자 잔 안에 빨갛게 담겨있는 차를 보더니 한 모금 마신다. 산딸기 차다. 산딸기 차는 눈의 피로를 없애고, 모발을 탄력 있게 만들어

주기 때문에 세욕 후 미령은 꼭 산딸기 차를 마셨다. 연정이 빗접(빗을 담아두는 나무 함)을 열고 화각빗을 꺼내어 미령의 긴 머리를 빗겨주었다. 비단결같이 찰랑거리는 머릿결은 면경에 반사되어 더욱 반짝거렸다. 하 상궁과 희선은 연정이 머리 빗기를 다하도록 오른쪽으로 나란히 서 있었다. 머리 손질이 끝날 즈음 두 사람은 허리를 숙여 미령에게 무언의 허락을 얻고 안쪽 미닫이문으로 걸어갔다.

소침방 안쪽 미닫이문이 열리면, 금침이 펴있는 대침방이 나오고, 대침방을 지나 안쪽으로 연결된 미닫이문을 열면 장식방이 나타난다. 화려한 자개장이 벽 가득하고, 자개장을 열면 화조접문 장신구 상자가 일렬로 놓여있다. 장신구 상자마다 각종 나비잠과 장식품들, 옥가락지, 옥 목걸이, 산호, 진주 뒤꽂이, 금머리빗, 떨잠, 백옥 쌍 나비 노리개가 귀한 모습으로 우아하게 앉아있다. 그중 화려한 봉황 모양의 비녀 머리와 비녀걸이대가 눈에 띄었다. 하 상궁이 봉황 비녀와 진주 뒤꽂이를 가리키면 희선은 왼손을 오른손에 받쳐 들고 진주 뒤꽂이를 은쟁반에 조심스럽게 담았다.

봉황 비녀는 중전 아니면 꽂을 수 없지만, 미령은 전혀 개의치 않았다. 후궁인 것도 기분 나쁜데, 비녀도 제 맘대로 못한단 말인가. 하 상궁이 마마께서는 꽂을 수 없다고 사뢰는 바람에 황옥 비녀로 맞았었다. 그날 이후 하 상궁은 두말없이 봉황 비녀를 챙겼다.

안쪽 미닫이 방문을 열면 소장방이다. 문이 열리면 방 안이 서서히 보이기 시작했다. 다양한 분구와 분구를 담은 은합, 도자기 합, 유병들이 정돈되어 놓여있고, 면지첩과 화려한 모양의 여우 꼬리 붓들이 눈에 들어왔다. 하 상궁이 손가락으로 분구를 가리키면 희선이 조심스럽게 은쟁반에 분구를 담았다. 이러한 행동이 매우 익숙한 듯했으나, 혹시나 실수할까 봐 눈빛이 흔들렸다.

세욕을 마친 미령은 개운했다. 하얀 야장의(잠옷)를 입은 채 그녀는 보료에 앉았다. 하 상궁은 수세미에서 뽑아낸 미안수로 미령의 얼굴을 닦아주었다. 평소에는 덕안전 지밀상궁이 간단하게 소장품(화장품)을 발라 주지만 오늘은 일주일에 한 번 있는 집중 단장하는 날이다. 특별하게 행사가 있는 것도 아니다. 단지 미령이 명을 내렸을 뿐이고, 하 상궁은 이를 지킬 따름이다. 일주일에 한 번씩 향방 상궁들은 초긴장이다. 특히 하 상궁은 한 달 내내 손을 다듬어 부드럽게 만들었다. 손가락에 상처는 말할 것도 없고 가시랭이라도 생겨 혹여 미령의 얼굴에 상처라도 나면 큰일이기 때문이다. 하 상궁은 제용감, 내의원을 통틀어 최고 향방 상궁이었지만 미령을 대하는 날이면 자신이 쪼그라드는 느낌을 받았다. 자신을 지켜보는 수많은 향방 나인들에게는 자존심을 세워야 했고, 미령에게는 칭찬, 아니 질책을 받지 않아야 했다. 하 상궁은 가느다란 은반추(은으로 만든 막대)로 면약을 덜어 곱게 펴서 미령의 볼에 발라주었다. 미령은 큰 숨을 들이쉬고 목을 뒤로 제쳤다. 만족할 때 하는 행동이다.

하 상궁은 손바닥을 비벼 열을 만든 다음 미령의 양 볼을 조심히 감쌌다. 금세 얼굴이 촉촉하고 매끈해졌다. 달걀과 살구씨 분말을 꿀과 섞은 면약은 하 상궁이 새로 만든 것이었다. 지난 번 꿀과 마늘을 들기름에 녹인 면약은 고운 피부 결을 만들어줬으나, 마늘 냄새를 싫어하는 미령이 화를 내며 면약 통을 던져버리는 바람에 새롭게 개발하여 만든 것이다. 면약은 미령의 얼굴을 더욱 희게, 더 매끄럽게 만들어 주었다. 희선이 하 상궁의 손길을 쳐다보다가 조심스럽게 일어나 탁자 앞에 앉더니 청자 분합을 열어 은반추로 백분을 백자 분접시에 덜어놓았다. 이어 붓으로 증류수를 한 방울씩 떨어트린 다음 곱게 섞었다.

다른 접시엔 산단[2]을 덜어 백분과 섞기 시작했다. 연한 도홧빛 색분이 만들어졌다. 하 상궁은 면지첩을 두드려 미령의 얼굴에 백분을 곱게 펴 발랐다. 뽀얀 피부가 만들어졌다. 산단 분을 여우털 붓으로 볼에 펴 바르니, 미령의 양 볼은 복숭앗빛이 발그레하게 돌았다. 하 상궁은 우직한 얼굴로 미령의 얼굴을 다듬었다.

역시 하 상궁은 달랐다. 하 상궁은 13살부터 제용감에서 분장(粉匠: 분 만드는 장인)으로 궁 생활을 시작했다. 궁궐 안에서 사용하는 향과 분을 제조하는 4명의 분장 중에서 뛰어난 솜씨를 인정받았고, 상의원 전식을 거쳐 지금은 내의원 향방에서 최고상궁으로 중전 김 씨와 미령의 분단장을 맡고 있다. 중전 김 씨가 성체가 미령하여 단장을 원하지 않은 터라 하 상궁은 미령의 전담 향방 상궁이 되었다.

향방 최고상궁인 하 상궁은 왕의 용안과 중전, 후궁들의 얼굴을 만지는 왕실의 최측근이자, 궁궐 내 1급 정보를 가장 많이 알고 있는 조선의 비선 실세다. 궁에서 쓸 미안수를 만들고,

---

2) 산단: 백합의 꽃술을 말려서 만든 연한 복숭앗빛 색분.

그들의 피부를 매만졌으며, 그들의 표정과 인상관리, 하물며 관상까지 바꾸는 기술을 지녔다. 대외적으로 그렇게 완벽하게 치장해주는 궁궐의 '숨은 손'인 셈이었다. 왕실 내부와 은밀하면서도 사적인 대화를 가장 많이 하는 참모였으니, 그녀의 손끝에서 왕실의 얼굴이 만들어졌다. 그런 하 상궁은 자신의 능력과 위치에 자부심을 지닌 대단한 인물이었다.

하 상궁의 손길 따라 미령의 얼굴이 점점 아름답게 변했다. 침착하게 붓을 들어 한결 한결 다듬는 하 상궁의 손과, 미동도 없는 눈동자, 이마에서 또르르 흘러내리는 한 방울의 땀을 보며 희선과 연정은 경배하듯 그녀를 우러러보았다. 미묵으로 눈썹을 그리고 마지막으로 빨간 홍화 환을 밀랍에 개어 도톰한 미령의 입술에 발랐다. 가느다란 세필 붓은 마치 미령의 입술과 한 몸이 된 양 밀착되어 앵두 같은 입술을 그려냈다. 곱게 빗어 넘긴 머리에 봉황 비녀와 진주 뒤꽂이, 그리고 양옆에 나비 떨잠을 꽂았다. 마지막으로 쪽 머리 가르마에 노란 용 모양의 떨잠을 얹어 치장을 끝내니, 미령은 품위와 귀티가 났다. 미령은 날카로운 눈으로 하 상궁을 한번 쳐다보았다. 하 상궁은 손을 앞으로 가지런히 모았다. 하 상궁의 눈동자는 흔들리지 않았다. 미령은 만족한 듯 눈썹을 위로 한껏 올리며 면경 속의 자신을 보고 웃었다. 만족한 단장이었다. 하 상궁은 미령의 얼굴에서 잠시라도 눈을 떼지 않았다.

향방 나인들이 모두 물러갔다. 미령은 자신의 방이 분내로 가득한 이 순간을 즐겼다.

미령은 그녀의 눈과 귀가 되어 움직이는 오 상궁을 불렀다. 세자의 동향이 어떠냐고 물었다. 요 며칠 세자 찬이 늦잠에 취해 조강에 참석하지 못하였다는 것이다. 미령은 한쪽 입꼬리를 씰룩 움직이며 고개를 끄떡였다. 알 수 없는 미소가 퍼졌다. 덕안전 소침방 들창으로 오얏꽃 향이 진하게 들어오고 있었다.

2. 여리꾼 단이

한양 중부 8방 중에서도 징청방과 수진방은 원래 유동인구가 많은 곳이었다. 이곳에 전함사[3]와 기로소[4]가 들어서면서 수진방 골과 금부 뒷골은 분주한 시전 거리가 되었다. 한양 사람이면 누구나 가보고 싶고, 놀고 싶은 시전 거리는 아침부터 시끌벅적하다. 지전, 면주전, 어물전, 저포전, 비단전, 소금전 등 다양한 물품들이 늘어선 거리에선 물건을 파는 상인과 손님들로 어우러져 활기찼다.

---

3) 전함사: (典艦司) 서울과 지방의 선박을 관리하던 곳.
4) 기로소: (耆老所) 고위 문신들의 친목 예우를 위해 설치한 기관.

한쪽에서는 전기수 담설이 사람들 모아놓고 이야기하고 있었다. 어떤 여자든 내 이야기 한번 들으면 단박에 넘어올 거라고 장담하며 신나게 떠벌렸다. 누구도 관심을 두지 않아 그만둘 법도 한데 담설은 멈추지 않았다. 남보다 큰 키에, 좋은 목소리에, 얼굴도 훤칠했다. 하지만, 양쪽 볼에는 살쾡이에게 긁힌 선명한 세 줄이 훈장처럼 달려있는지라 누구라도 선뜻 다가서지 않았다. 그래도 담설 덕분에 시전 거리는 언제나 생기가 돌고 왁자지껄했다.

최상단으로부터 돈을 빌려 높은 이자를 물고 있는 소금전 칠성이는 담설의 이야기를 들으며 호방하게 웃었다. 소금전, 지전을 지나면 광장이 나오는데 작달막한 재간꾼이 입을 쪽 내밀고 접시를 돌리고 있고, 옆에서는 관객을 상대로 마술을 하고 있었다. 보기 드문 광경이라 구경꾼들은 환호하는데도 전혀 관심도 보이지 않은 화려한 복장의 여인들은, 종각상단(鐘閣商團)이란 간판이 웅장하게 붙어있는 곳에서 발을 멈추었다.

물건을 사는 사람, 파는 사람들로 시끌벅적한 상단에 화려한 복장의 여인들이 다가오면, 서기 양 씨와 사환 봉구가 '어서 옵쇼' 손을 내밀며 여인들을 맞이했다. 여인들은 양 씨를 따라 안으로 들어갔다. 작은 눈들을 크게 뜨며 머리 장신구와 향낭, 빗,

소장품을 머리에 대보고 면경도 보며, 신이 난 듯 고개를 젖히
며 웃고 있었다.

"아이고 잘 어울리셔. 딱이시네"

물건을 팔 요량으로 양 씨가 면경을 들어서 보여주면, 머리 장
신구를 만지던 여인은 두 말도 하지 않고 물건을 샀다.

"수장 어른은 왜 안 보이시고?"
"오늘 정신없소. 이 진사 댁 혼사 준비에 똥 누고 밑 닦을 시
간도 없다오. 하하하."

눈가에 주름이 자글자글한 양 씨의 농에 여인들은 인상 쓰며
싫은 척했지만, 익숙한 듯 웃으면서도 물건을 고르느라 정신이
없었다.

종각상단 매장 안은 화려한 용기들로 가득 채워져 있었다.
은 분구합, 호리병, 크고 작은 은합, 사기 합, 다양한 머리빗 종
류, 색깔이 고운 붓들, 3단, 2단 경대와 면경들, 노리개, 비녀, 가
락지, 향낭이 가득했다. 남의 얼굴을 단장해주는 수모치고는

전혀 미색이 없는 박 씨는 종각상단 수모 수장이다. 박 씨가 턱을 살짝 들고 근엄한 척 매장을 돌면, 수모 견습생 소중이와 오월이가 털털거리며 뒤따르고 있다. 박 씨가 머리 장식, 빗, 뒤꽂이, 소장품을 집으면, 소중이는 뺀질거리며 못 본 척하고, 오월이 얼른 나무 합을 내밀어 받았다. 박 씨는 서너 걸음 앞으로 걷다가 동백기름을 들다가 갸우뚱하며 내려놓았다.

"왜요 수모님? 동백기름 안 담으세요?"
"이것아, 동백기름이 돈이 되냐?"

영문을 모르는 오월이 갸우뚱하며 말을 하자, 박 씨는 오월의 머리통을 톡 치며 나무랐다. 딴청이던 소중이 눈치 빠르게 얼른 계화유(계수나무꽃 기름)를 들고 내밀었다.

"수모님, 여기 계화유입니다."
"그렇지, 역시 소중이가 눈치가 빨라, 담아라."
"네? 이 비싼 계화유를 쓴다구요?"

양미간을 활짝 펴고 눈꼬리가 관자놀이까지 올라가도록 치켜뜬 오월이 말을 했다.

"이 참판 댁은 계화유 아니라 사향유라도 쓸 판이야. 돈 많은데 뭘?"

"맞아. 지금 긁어야지, 이때 아니면 언제 돈을 버니? 수모도 한철이라고, 혼례 날이 수모들 대목인데 그죠, 수모님?"

오월은 입을 벌리고 알았다는 듯 고개를 끄떡였다. 하기야 돈 있는 사람들이 비싼 계화유가 대수일까 생각하는데 박 씨의 우렁찬 목소리가 울렸다.

"떠구지(가체)는 넉 관으로 챙겨라!"

"에? 넉 관이면, 보리쌀 반말인데 그걸 새 신부 머리에 올린다구요? 사람 잡아요, 수모님?"

"두 관짜리 하랬더니, 이 진사 댁 마나님이 넉 관으로 원한 거야. 장마철엔 엽전 꾸리에 녹이 슬고 곰팡이가 펴서 골치라는데, 아, 화려하고 비싼 가체로 돈 자랑하게 해드리는 게 수모의 목적이다, 알겠냐 이것아?"

"근데, 수모님, 단이는 어디 갔어요? 이거 같이 들어야 하는데?"

"운니각에 물건 배달 갔어."

"치, 쉬운 건 지가 하고, 어려운 건 우리가 하고."

소중이가 입을 쭉 내밀고 중얼거렸다.

"여리꾼도 여리꾼 나름이야. 남이 만든 거를 배달하는 거랑, 지가 직접 만든 거를 갖다 주는 거랑 하늘과 땅 차이지. 백날 해봐, 니들은 못하지이."

이해 안 간다는 듯 눈 흘기고 소중이는 넉 관 가체를 들고 낑 낑댔다. 오월은 얼른 소중이를 도와 가체를 함께 들었다. 드는 순간 너무 무거워 허리가 휘청하여 넘어질 뻔했다.

일생의 단 한 번 혼례를 위하여 무거운 가체를 머리에 이는 일은 오히려 자랑거리였다. 가체를 못 올려 시집을 안 간다는 말이 흔하게 들렸다. 이 나이 먹도록 남의 머리만 올려줬지 혼자 사는 박 씨는 한숨 반, 부러움 반으로 혼례에 필요한 물건과 가체를 들고 이 진사 댁으로 향했다.

원남동 사대부 골목이 시끌벅적했다.

골목 오른쪽 초입에 들어서자 이 진사 댁 담 너머로 구수한 지짐 냄새가 퍼져 나오고 끊임없이 일꾼들이 들어가고 나왔다. 막내딸 명은의 혼례가 내일이다. 부산한 마당에선 혼례 준비가 한창이었다. 음식 준비하는 여인들과 혼례청을 만드는 사람들이

신이 나서 움직였다. 복잡한 마당을 조심스레 피하며 수모 박 씨가 들어오고 이어 소중이와 오월이, 그 뒤로 보따리와 나무 상자, 가체를 싣고 봉구가 따라왔다. 음식 준비하던 여인들은 박 씨 일행을 보더니 수군거렸다.

"오메, 저 가체 좀 봐."
"안방마님 고집여. 중전마마보다 높게 하고 싶다잖여."
"저 무거운 걸 올려? 사람 잡겄어, 근데, 사흘 내내 수모가 오네?"
"그래야 낼 혼례 때 단장이 곱게 먹을 꺼 아녀? 돈이 좋아, 돈 이. 난 냉수 한 사발 떠 놓고 식 올렸는데, 그나마 우리 시 엄니 가 홀짝 마셨다니께. 그래서 팔자가 요꼬라지여."

전 하나 집어먹으며 여인들이 낄낄거리며 흉을 봤다. 박 씨는 돈 없는 여편네들의 부러움 타는 소리라 여기고 시선 하나 주지 않고 뒤채 별당 쪽으로 발을 옮겼다. 별당 마당에는 화려한 꽃 가마가 놓여있었다. 노비들이 꽃가마를 구경하느라 정신이 없 었다.

박 씨는 별당 안으로 들어섰다. 새 신부 명은은 평상복 차림으로 앉아있었다. 박 씨는 소중이와 오월이의 도움으로 명은이 머리에 가채를 올렸다. 옆에 앉아있는 신부 어머니는 집중하며 구경했고, 명은은 고개를 못 가누고 뻣뻣하게 앉아있었다. 얼굴에 힘든 티가 역력했다.

"우리 딸 멋지네. 왕비고 공주고 안 부럽다아."
"엄니, 너무 무거워. 고개를 못 숙이겠어."

어머니 말에 명은이 짜증을 내자, 박 씨는 가채 중심을 잡으며 단호하게 말했다.

"고개 숙이면 안 되고요. 내일 혼례 올릴 때까지 요대로, 요대로 있어야 해요."
"예? 잠은요, 잠은 어떻게 자요?"
"앉아서 자면 되지이."

이 진사 댁 마님이 어깨를 툭 치며 별거 아니라는 듯 한마디 했다.

"아 정말, 미치겠다아."

"미치긴 뭘 미쳐 이것아, 이게 얼마짜린데, 고급 가마 두 채 값이야. 남들은 하고 싶어도 못하는 거야. 에미 잘 둬서 하는 건 줄이나 알어!"

"맞아요. 아무나 하는 거 아니지요. 이런 가체는 궁에서 높으신 중전마마나 후궁들이 하는 거여요. 부모님 잘 두신 덕이지요. 장식은 내일 일찍 와서 그때 달아 줄 거니까 딱 하루만 참으셔요. 한양에서 젤로 부러워하게 만들어 드릴 테니."

박 씨의 말에 명은은 인상을 쓰고 발을 쭉 펴며 동동 굴렀다. 그렇지 않아도 잠을 못 자서 죽겠는데, 앉아서 자라니, 생각만 해도 한숨이 나왔다.

구름재에는 화려한 옷을 입은 기녀들보다 조방꾼들이 더 많이 오갔다. 막다른 골목 끝에는 근동에서 유명한 운니각이 있다. 비만 오면 질퍽한 길이 되는지라 조방꾼들은 하인들을 거느리고 땅 다지는 일이 많았다. 그저께 비가 왔지만 운니각 덕분에 길바닥이 뽀송해졌다.

단이는 운현 고개라는 말보다 구름재라는 이름을 훨씬 더 좋아했다. 근처에 서운관현(관상감)이 있어서 운현이라 불렸지만, 단이는 이 길을 걸을 때마다 '구름이 쉬어가는 길'이라고 혼자 생각했다. 티 하나 없는 옥처럼 섬세하고 희고 고운 얼굴, 자연스러운 눈썹 산은 한눈에 보기에도 단이가 똘망똘망한 여자라는 느낌을 주기에 충분했다. 옹달샘의 맑은 물과 같은 눈동자에, 도톰한 입술은 잘 익은 복숭아처럼 아름다웠다. 오른쪽 어깨에 지승 가방(한지를 꼬아서 만든 가방)이 달랑거리는 걸음걸이는 곱상한 외모와는 달리 중성의 강인한 기질도 엿보였다.

운니각 정자에는 대낮에도 불구하고 술판이 벌어졌다. 푸짐한 술상이 펼쳐져 있고, 기녀 두 명이 가야금을 타고 있었다. 정자엔 손님들과 기녀들이 흥겹게 자리하고 있는데, 그중 연화가 눈에 띄었다. 연화의 볼에는 예쁜 오얏꽃 더미가 아름답게 그려져 있다. 뽀얀 얼굴에 피어있는 오얏꽃에서 마치 은은한 향기가 나는 듯 그윽했다. 연화의 표정은 자신감 넘치는 듯 흐뭇하고 으스대는 듯한데, 스무 살 겨우 넘은 손님 두 명이 서로 연화에게 잘 보이려고 애를 썼다. 한양에서 내로라하는 한량 둘은 이미 거나하게 취했다. 행수 설진이 자주색 향낭을 만지작거리며 연화가 자랑스러운 듯 한마디 했다.

"왜들 이러실까? 어제까지는 연화를 거들떠도 안 보이시던 분들이?"

"어제의 연화 얼굴은 곰보딱지였는데, 오늘의 연화는 오얏꽃이 피지 않았느냐? 이리 이쁜 줄 왜 진작 몰랐는지 말이다. 안 그러느냐 연화야? 한잔 받거라."

"어허 안 받는다지 않느냐? 연화야 내 잔부터 받거라."

콧대 높은 한량들이 연화에게 호감을 표하며 구걸하듯 안달복달했다. 연화는 생긋 웃으며 턱을 살짝 들어 얼굴을 자랑하듯 고개를 돌렸다.

"싫습니다."

"연화야, 드디어 너의 날이 왔나보다, 맘껏 튕기거라, 호호호."

"네 행수니임."

그때, 가야금 타는 소리에 고개를 까딱이며 운니각 정원 안으로 단이가 들어왔다. 단이는 고개를 빼고 정자 위를 쳐다보았다.

화려한 모습의 연화와 눈이 마주치자 놀라움으로 화들짝 반기며 쌍 엄지를 들어주었다. 정지간(부엌)에서 일하던 연화가 아니었다. 연화도 뭔가 통한 듯이 웃으며 고개를 끄떡였다. 단이를 보자마자 쪼로로 다가온 옥지가 수다스럽게 말했다.

"아이구, 우리 대행수님 오셨어?"
"누가 들으면 진짠 줄 알겠네. 난요, 여리꾼, 물건을 가져다주고, 물건 파는 여리꾼이라니깐요."
"그래도 너는 내 마음속의 대행수여."

옥지의 수다에 단이는 기분이 좋았다. 운니각 사람들은 모두 단이의 고객이다. 오늘 들고 온 물건은 모두 이곳에서 다 팔고, 또 주문까지 받아 갈 것이다.

"단아 단아, 니 덕에 연화가 운니각 최고 기녀가 됐다는 거 아니니. 좀 봐라, 남정네들 연화한테 들이대는 거."
"쫌, 제 덕이긴 하죠."

배를 쏙 내밀며 단이가 으스댔다.

"단아, 어떻게 곰보 흉터에다 그림을 그릴 생각을 했니?"

"연화 언니 본바탕이 이쁜데 곰보 흉터 때문에 손님도 없고, 돈도 안 벌려서 죽고 싶다는 말을 듣는 순간, 딱, 생각했죠. 그래, 살리자."

"어이구 이쁜 거. 사람 하나 살렸다 니가."

그랬다.

단이는 수없이 운니각을 드나들었지만, 그동안 연화를 본 적은 두어 번밖에 없었다. 처음엔 정지에서 음식 만드는 언니인 줄 알았다. 하지만 소리와 춤은 그 누구보다도 잘한다는 것을 안 것은 불과 며칠 전이었다. 연화의 오른쪽 얼굴에 곰보 자국이 흉하게 모여 있었다. 다섯 살에 앓은 천연두로 죽다가 살아났지만, 벼룩에 물린 것 같은 반점들이 고스란히 생기고 말았다.

그날도 연화는 손님상에 내놓을 섭산적을 지지고 있었다. 고소한 섭산적 냄새에 단이는 킁킁거리며 정지로 향했다. 무 꼬랑지로 기름을 두르던 연화가 느닷없이 단이에게 섭산적을 쑥 내밀었다. 단이는 놀라서 어깨를 으쓱했다. 단이는 그때 처음으로 연화의 얼굴을 자세히 보았다. 얼굴의 곰보 자국만 아니면 참으로 아름다운 얼굴인데 안타까웠다. 그러다가 생각난 듯 연화에게 한 발자국 다가서서 말했다.

 "언니, 언니 얼굴 흉터 가려줄까요?"

 단이의 말을 듣고 놀란 연화는 무 꼬랑지를 바닥에 떨어뜨렸다. 이내 단이의 손을 잡고 눈물을 그렁그렁하며 고개를 끄떡였다. 단이는 연화 얼굴을 자세히 들여다보고 집으로 돌아가 얼굴에 그릴 안료를 준비했다. 붉은색은 홍화 가루를, 녹색은 녹염 동광을, 청색은 석청을, 흰 물감은 연백으로 챙겼다. 아무리 천연염료라 해도 얼굴에 그릴 것이기 때문에 밀랍을 녹여 순한 염료를 만들었다. 궁말(나이 들어 퇴궁한 궁녀들이 사는 곳)에 살 때 정 상궁 할머니에게 배운 방법이었다. 단이는 유란 대행수 몰래 비싼 개미즙 비누를 챙겨 연화 얼굴을 씻게 한 다음 얼굴에 따뜻한 면포로 덮어 각질 제거를 했다. 계란 노른자에 꿀을 넣어 연화 얼굴에 펴 바른 뒤 씻어내니 얼굴이 맑아졌다.

 단이가 연화 얼굴에 그림을 그린다는 소문에 운니각 사람들이 연화 방으로 몰려들었다. 단이의 섬세한 손끝으로 곰보 자국은 어느새 아름다운 오얏꽃으로 변했다. 주황, 노랑, 빨강, 녹색, 청색을 이용하여 오얏꽃잎과 이파리와 꽃술까지 정밀하게 그려냈다. 단이의 손이 움직여 꽃이 그려질 때마다 구경꾼들은 탄성을 지르며 감탄을 했다. 면경을 본 연화는 눈물을 흘렸다. 오얏꽃 지워진다고 사람들이 손을 내저으며 말렸다. 단이는 그림 도구를 정리하며 한마디 했다.

"울어도 되구요, 세수도 맘껏 괜찮아요. 열흘은 안 지워져요."

이틀 지난 연화의 오얏꽃 얼굴은 금방 그린 것 같이 여전히 싱그러웠다. 연화가 주목받는 모습을 보니 단이는 기분이 좋았다. 정자의 시끌벅적한 소리를 뒤로하고 옥지가 단이의 팔짱을 끼고 운니각 후원으로 걸어갔다.

운니각 후원은 버드나무가 매우 많았다. 하늘거리는 나뭇가지가 마치 천연의 청록색 휘장과 같았다. 막 새순이 돋은 버드나무 밑으로는 다양한 꽃들이 화려하게 피어있어 단이의 눈을 사로잡았다. 옥지는 단이 가방을 들여다보며 대뜸 한마디 했다.

"가져왔니?"
"어? 안 가지고 왔~~는 줄 알았더니 가지고 왔네요."

지승 가방에서 부채를 꺼내며 보라는 듯이 탁 펴서 흔드는 단이를 보고, 옥지는 향을 맡고 좋아서 몸서리치듯 '어어어 흐음' 하며 콧소리를 냈다.

　"난향이 죽인다. 이거야 단아! 내가 원하는 부채가 바로 이거야, 고마워."
　"이런 거 주문하지 마세요, 어엄청 고생했어요."

　단이가 귀엽게 핀잔하고 웃으며 눈을 흘겼다.

　"어이구 우리 단이가 그랬쪄요?"

　옥지는 단이의 엉덩이를 톡톡 두드리며 안아줬다.

　"난초 꽃봉오리 땄지, 소금물에 사흘 담갔지, 그늘서 뒤집으며 말렸지, 뜨거운 물에 삶았지, 소쿠리에 바쳐서 난물 받았지, 닥종이를 난물에 담갔다 뺏다, 담갔다 뺏다, 다섯 번이나 말렸다구요. 손 보셔요. 손톱이 말이 아니에요."
　"그러니까 내가 너만 찾는 거 아니니. 다른 사람은 절대로 해주지 마, 알았지? 난향 부채는 운니각에 이 옥지만 쓰는 걸로,

호호호."

"하려고 해도 못 해요. 우리 수장 어른한테 죽어요. 돈도 안되는 거 시간만 잡아 먹는다구요."

"죽기 전에 머리로 그냥 박아. 종각상단 주인이 넌데 뭐가 무섭니? 니가 수장 어른보다 실력 더 좋은 거 한양에서 모르는 사람 어딨니?"

"에에 말도 안 돼."

단이가 왔다는 말에 운니각 기녀들이 대청마루에 모여들었다. 종각상단의 물건은 기녀들이 믿고 사는 물건들이었다. 상단의 서기도 있고 다른 일꾼들도 많은데 언제나 단이는 직접 물건을 들고 왔다. 그래서 더 믿음직했다. 유란 대행수는 여리꾼 그만하고 상단 일을 마저 익히라고 누누이 얘기했지만, 단이는 답답한 상단 안에서 장사하는 것보다 소장품(화장품)을 만들어서 원하는 사람들에게 나눠주는 것을 더 좋아했다.

단이가 가방 안에서 향낭, 비녀, 꽃신, 약초 주머니, 분꽃 가루 등을 꺼내어 늘어놓았다.

"이건 별꽃 가루에 소금이랑 볶은 치약, 입 냄새에 최고, 요건 분꽃 씨앗 가루, 기미 주근깨에 특효예요."

단이가 물건을 꺼내며 설명하자마자, 기녀들은 서로 사겠다고 물건을 품에 안았다.

"분꽃 가루 이거 내 꺼. 이거 요즘 막 기미가 올라와 죽겠어."

아직 내려놓지도 않고 설명하지도 않은, 작고 예쁜 호리병을 옥지가 얼른 낚아채며 향을 맡았다.

"오, 근데 이거 뭐야? 죽이는데? 냄새?"
"향유, 백리향 향유예요. 백리향 꽃으로 만든 기름인데요. 그냥 미안수보다 향이 오래가고 마음을 편하게 해주거든요."

단이가 향유를 기녀들에게 들이미는 순간, 정자에서 우당탕탕 그릇 깨지는 소리와 고성이 오갔다. 사람들이 놀라 정자 쪽으로 고개를 돌렸다.

3. 감찰부 저승사자, 승유

훤칠한 키에 곱상한 승유 뒤로 영추가 투덜거리며 걸었다. 아침 먹은 지가 백 년은 되는 듯한데 승유는 점심을 사줄 생각조차 안 하고 있다. 영추는 슬슬 짜증 났다. 영추가 눈을 흘기며 승유를 쳐다보았다. 아는 척도 안 하고 제 갈 길 가는 승유다. 융통성도 없고, 고지식하고, 남의 시선을 신경도 안 쓰는 승유의 성격은 사헌부 감찰로 제격이었다. 명석한 두뇌로 16세에 문과 급제했고 19세에 사헌부 감찰로 파격적인 승진을 한 그다. 감찰답게 백관을 규찰하고 풍속을 바로 잡고, 때로는 왕의 실정까지 탄핵하는 강단 있는 선비인 듯하지만, 언제나 시전 거리를 쏘다니며 구경만 하고 있었다.

출렁거리는 영추의 배에서 꼬르륵 소리가 났다. 배가 고파와도 밥 사줄 생각도 안 하는 승유를 향해 빈 주먹질을 하며 입을 뾰루퉁하게 내미는 바람에 영추의 얼굴에 있는 커다란 점이 더 불룩 튀어나왔다. 때마침 엿장수가 지나가자 영추는 승유 옆구리를 쿡 찌르며 엿판을 가리켰다. 승유가 사줄 생각도 안 하자 영추는 자신의 엽전을 꺼내어 엿을 샀다. 혼자 질겅거리며 먹다가 승유를 쿡 찌르며 엿을 내밀었다.

"나리, 엿 먹을래요?"
"뭐? 엿... 먹...?"
"엿 먹으라고요."

승유는 영추를 혼내려 하다가 참고 영추가 내민 엿가락을 받아 입에 쏙 넣었다. 입을 오물거리며 엿을 먹는 영추의 얼굴이 비로소 즐거워 보였다.

"영추야, 궁에 있다가 나오니까 신나지?"
"신나긴요. 나리 별명이 아깝습니다요."
"내 별명이?"
"그렇지 않습니까요? 사헌부 저승사자, 민승유. 범인 한 명

못 잡고, 시전 거리나 누비고 다니면서 엿이나 처먹고."

"뭐 뭐? 처... 처먹?"

"그러면서 녹봉은 받아 가고, 철밥통이라고 놀고먹으니 나라 꼴 잘 되겠습니다요."

"이놈아, 나라 꼴하고 나하고 뭔 상관이냐? 나는 나, 나라는 나라."

"왜 상관없어요? 나랏돈만 축내는데? 급제만 하면 뭐 합니까요? 다 잘라내야 해요. 일도 안 하고, 시전 거리 다닌다고 거마비나 챙기고, 말세입니다요, 말세."

"니 놈, 말 많은 거 보니까 배고픈 모양이구나? 가자!"

승유의 말에 영추는 '드디어 성공'이라는 눈빛으로 두 손을 번쩍 들었다. 승유는 영추의 거침없는 이런 말투를 좋아했다. 영추의 몸은 뚱뚱하지만, 행동은 누구보다 날쌔어 영추를 보는 순간 바로 자신의 부사로 임명했다. 그는 궐내 청소를 담당하는 액정소에서도 누구보다 깨끗하게 청소를 해 액정소 싸리비라는 별명을 얻은 사내다. 승유가 조사하는 모든 일을 깔끔하게 처리하는 영추의 특출한 업무 능력은, 영추의 투덜대거나 기어오르는 점을 언제나 상쇄시켰다. 단 하나 단점이 있다면, 배가 고픈 것을 참지 못 한다는 것이었다.

승유는 피맛골 국밥집에 앉아 국밥 두 그릇을 시켰다. 마파람에 게 눈 감추듯 후루룩 먹는 영추는 먹자마자 콧등에 땀이 송골송골 맺혔다.

　"이 집 맛집이네."

　"맛있구나, 여기다 밥 볶아주면 좋겠다. 국수 말아주던가. 안 그러냐 영추야?"

　"오 역시 배우신 분!"

　"인제 알았냐 마? 다 거마비로 너 엿 사주고 국밥 사 주는 거 아냐?"

　"나두요, 곤란합니다요. 보고서 써야 하는데 쓸 말이 없어서 죽겠어요. 엿 사 먹었다, 국밥 먹었다, 추가로 밥 볶아먹었다, 이렇게 보고할 수는 없잖아요."

　"걱정 마라, 다 방법이 있지. 포도청에 가면 범인들 다 잡아놨을 터인데, 조사 몇 번 하고 엮어서 잡아가면 된다."

　승유가 국물을 마시며 느긋하게 한마디 하자 영추는 숟가락을 세게 내려놓고 화를 내며 말을 했다.

　"잠깐만요. 그러니까, 잡아 놓은 범인을 내가 잡은 것처럼 죄다 끌고 간다? 뭐야, 사헌부의 저승사자가 달리 저승사자가 아니라 무조건 잡아가니 저승사자야? 이거 날강도 아냐?"

"이눔아, 과거급제가 왜 좋은지 아느냐?"

"일을 하나, 안 하나, 녹은 또옥! 같이 받아 가니 존 거 아닙니까요?"

"정답! 가자꾸나, 포도청! 가서 아무나 한 놈 족쳐서 보고하면 된다."

"염생이가 물똥 싸는 거 봤소? 씨도 안 멕히는 소릴랑 아예 마세요. 애먼 놈 잡지 말고, 쫌!"

영추가 흰소리를 하거나 말거나, 승유는 벌떡 일어나 포도청이 있는 쪽으로 향했다.

포도청 마당에는 연화와 단이가 억울한 표정으로 무릎 꿇은 채 앉아있었다. 팔자 수염이 가늘게 뻗은 포도청 종사관은 의자에 앉아있고, 곁에 포졸들이 서 있었다. 종사관은 운니각에서 술을 마시던 한량 두 명과 뭔가 속닥거리더니 그들에게 어서 가라고 손짓을 했다. 그러자 두 남자는 뒤도 안 돌아보고 포도청 마당을 뛰쳐나갔다. 잠시 고개를 숙이고 있던 단이가 놀라 소리쳤다.

"어어? 그냥 보내면 어떻게 해요? 저 사람들이 술상 엎고, 기물까지 파손 했다구요!"

단이 말이 끝나기도 전에 종사관은 말을 돌리며 단이를 추궁하기 시작했다.

"그러니까, 네가 얼굴 흉터를 가리는 단장을 해줬더니 저 기녀가 예뻐졌고, 사내 둘이 서로 차지하겠다고 쌈질을 했다, 이거렸다?"

"네, 단장을 해준 게 아니라 흉터만 가려준 거구요. 쌈질은 저 사람들이 한 건데, 왜 풀어줘요?"

"맞아요. 단이는 제 흉한 얼굴을 가려준 고마운 아인데 왜 단이한테 그러세요?"

연화가 억울하다는 듯 한숨까지 쉬며 말을 했다.

"몰라 묻느냐? 부모님이 물려준 본래의 얼굴을 두고 흉터를 가려준 죄, 기물파손을 유도한 죄, 그게 바로 너의 죄렸다! 알겠느냐?"

"아 놔, 기물파손은 저분들이 한 거라구요. 아니, 대체 멀쩡한 범인 놔두고 왜 범인을 만들어요?"

"뭐 뭐? 버, 범인을 만... 만들어?"

종사관은 어이없다는 듯 말을 잇지 못하고 '하!' 하며 고개를 외로 돌렸다.

"그렇잖아요! 범인을 못 잡는 거는 용서해도, 범인을 만드는 놈은 용서할 수 없다고 그랬다구요!"

"뭐?... 누... 누가 그러더냐?"

"우리 어머니가요!"

난 어머니가 없다.

예전에도 없었고, 지금도 없고, 앞으로도 어머니는 없다.

어머니의 목소리, 손짓, 몸짓, 눈짓도 아무것도 없다.

기억 자체가 없다.

하지만 단 한 가지, 기억이 남는 것이 있다.

어머니 향이다.

어머니의 향은 기억이다.

어머니가 보고 싶을 땐 눈을 감고 기억을 더듬는다.

눈을 감으면 향과 함께 어머니가 다가온다.

어머니의 손끝에서, 말소리에서, 옷에서, 걸음걸이에서 어머니의 향이 난다.

어머니는 이렇게 말했을 것이다.

바르게 살아라.

당당하게 살아라.

적이 되어 물어뜯지 말고, 베풀고 살아라.

욕심부리지 말고, 선하게 살아라.

그렇게 살아야 한다고 어머니는 분명히 나에게 말 하셨을 것이다.

난 어머니가 없지만, 어머니는 언제나 정답을 알려주며 내 곁에 있다.

"어머니 같은 소리 하고 있네. 시끄럽다! 원인제공만큼 무서운 죄가 또 있는 줄 아느냐? 원인제공 잘못하면 나라님도 쫓겨나는 판이야, 알어?"

세상에 없는 어머니 생각에 빠졌던 단이는 종사관의 날카로운 소리에 퍼뜩 정신을 차렸다. 잘못하다간 꼼짝없이 죄인으로 몰릴 것이 뻔했다.

"그거랑 이거랑 무슨 상관이에요? 그분들은 양반이라 풀어주고, 나는 양반이 아니라서 죄를 뒤집어씌우는 겁니까? 양반들은 그래도 됩니까? 돈 좀 있고 벼슬 있으면 무슨 개망나니 짓을 해도 다 빠져나갑니까? 양반들은 다 한팹니까?"

한마디도 지지 않고 당당히 나오는 단이를 보자 종사관은 잠시 당황을 했다.

"뭐, 뭐야? 개... 개망나니에, 양반들은 다 한패라니? 주둥이 함부로 놀리는 죄가 얼마나 무서운 줄 아느냐?"

"좋아요. 따져봅시다. 포도대장 불러주던가, 아니면 금부에 가서 조사를 받게 해주세요."

"네 이년, 내가 종사관이라고 날 우습게 보느냐? 금부에 가면 있던 죄가 없어지는 줄 알아? 거기 가면 목에 칼 쓰고 죽는 건 일도 아니야! 알아?"

어느새 포도청 마당에 들어선 승유는 두 사람의 대화를 듣고 있다가 한 건 잡았다며 주먹을 불끈 쥐고 한마디 던졌다.

"금부에까지 갈 사건이면 나한테 맡기세요."

"아 감찰 나리."

다 늙은 종사관은 새파랗게 젊은 승유를 보자 벌떡 일어났다. 곁의 포졸들도 덩달아 허리 굽혀 인사를 했다. 단이는 고개를 뒤로 돌려 승유를 쳐다보았다. 말끔하게 생긴 감찰 나리라는 양반은 단이의 시선은 외면하고 종사관만 바라보았다.

"칼 쓰고 죽을 일이라면, 살인 사건입니까? 이 자가 살인자예요? 단도로 찔렀나요?"
"뭐... 뭐예요? 살인자요? 하!"

자신의 말에 콧방귀를 뀌는 단이를 의식한 승유는 그때야 단이를 쳐다보았다. 깜찍하게 예쁘고 곱상한 단이를 보자 흠칫 놀랐지만, 곧 평정심을 찾고 내색은 하지 않았다.

"에 그러니까... 이게... 이 여자 얼굴에 곰보딱지 흉터 있었는데... 얼굴에... 아니 그게 아니고..."

말을 질질 끄는 종사관과 그의 말에 촉을 세우고 있는 승유를 보며 단이는 벌떡 일어났다. 손가락으로 두 사람을 번갈아

지목하며 거칠게 말을 하는 그녀를 모두가 주목했다.

"이거 봐, 이거 봐. 둘 다 다 양반이라고 한패시구만? 지금 누굴 죽이려고 그러는 거예요? 성과에 급급해서 무고하고 힘없는 사람, 살인자 만듭니까?"

곱상한 얼굴과는 달리 당차게 나오는 단이를 보자 승유는 만만한 여자가 아니라는 것을 단박에 느꼈다. 그러나 물러서지 않고 근엄한 척 엄포를 놓았다.

"죄가 있고 없고는 조사하면 다 나온다."
"조사하려면 처음부터 차근차근 하시라고요! 대충 실적만 올리려고 얼렁뚱땅했다가는 나라님한테 혼납니다!"

단이의 단호한 말을 듣고 영추는 승유의 옆구리를 쿡쿡 찔렀다. 만만하게 보지 말고 제대로 하라는 뜻이었다. 하지만 승유는 영추 눈짓에 신경도 안 썼다.

단이는 종사관 얼굴과 늦게 나타난 나리라는 양반의 태도를 보니 잘못했다간 금부로 붙잡혀 갈 수도 있음을 직감했다.

그 순간, 단이는 영추의 얼굴을 바라보았다. 영추 얼굴에 박혀 있는 커다란 검은 점이 돌파구가 될 것 같았다. 영추는 갑자기 자신을 바라보는 단이의 시선에 당황하여 더듬으며 말했다.

"아... 아니, 왜 나를... 보시나?"

영추는 단이와 승유를 번갈아 쳐다보며 어색하게 한마디 했다.

"그 점!"
"엥? 아니... 왜... 남의 약점을 건드리쇼? 내 다른 건 다 참아도 내 얼굴 점 가지고 뭐라 하는 사람은 평생 원수로 삼아 질겅질겅 씹어 먹어도 시원찮은데 말야!"
"저기요, 요기 잠깐만 앉아보세요."

얼굴의 점을 손바닥으로 가리고 화를 내는 영추에게 단이는 단호하면서도 부드럽게 '현장검증'이라고 짤막하게 운을 떼며 바닥에 앉으라고 손짓을 했다. '현장검증'이라는 말에 승유는 물론 포도청에 있는 모든 이들이 단이를 놀라 쳐다보았다. 가녀린 여자 입에서 일생을 살아도 들어보지 못할만한 단어가 튀어

나왔기 때문이었다.

'현장검증이라?'

승유는 호기심이 생겨 영추에게 앉아보라며 등을 떠밀었다. 육중한 영추가 바닥에 쿵 소리를 내며 앉을 동안 단이는 가방에서 천에 싸여있는 붓을 꺼냈다. 그 모양이 마치 단도를 꺼내는 것 같아 모든 사람이 칼이다, 비켜라, 소리쳤다. 하지만 단이는 흔들리지 않고 주머니에서 붓을 차분히 꺼내 들었다.

"아 놀래라, 칼인 줄 알았잖아. 나리, 왜 가만히 있어요?"
"궁금하지 않느냐? 현장검증이라는데. 움직이지 말거라."

두 사람이 말을 하건 말건, 단이는 붓 옆으로 물감 통을 나란히 놓고 이내 영추의 점을 뚫어지게 쳐다보았다. 붓끝을 영추 얼굴 가까이 대고 허공에다 가상의 밑그림을 그리더니 쓱쓱쓱 그림을 그리기 시작했다. 진지하고 다부진 모습으로 그림을 그리는 단이를 보고 구경꾼들은 이것이 무슨 일인가 갸우뚱하면서도 호기심 있게 주시했다. 승유는 영추 얼굴을 보는 것이 아니라 붓 놀리는 단이의 모습만 신기한 듯 뚫어지게 쳐다보고 있었다.

　포도청 마당에는 시원한 훈풍이 불었지만 단이의 얼굴에는 땀이 송골송골 맺혔다. 엽전 크기의 영추의 점은 어느새 귀여운 곰 세 마리로 변했다. 깜찍한 곰을 본 승유는 단이의 솜씨가 신기하기도 해서 웃음이 나오려는 것을 억지로 참았다. 자꾸 삐져나오는 웃음기 어린 입을 슬쩍 가리며 그는 계속 단이를 쳐다보았다. 종사관은 눈썹을 치켜뜨고 불편한 기색을 내보였지만, 포졸들은 단이 주위에 모여들어 구경하면서 연신 감탄을 했다.

　"오오! 대박, 대박!"
　"얼굴에 진짜 곰 세 마리가 뛰어노네?"
　"곰 세 마리가 한 집, 아니 한 얼굴에 있네?"

　포졸들의 말에 영추는 손으로 얼굴을 만지려 했다. 순간 사람들이 소리쳤다.

　"만지지 마!"

　단이는 붓을 내려놓고 일어서서 좌중을 둘러보았다. 조용했다.

모두 영추와 자신을 번갈아 쳐다본다는 것을 의식한 듯 헛기침을 두어 번 하고 말하기 시작했다.

"자. 제가 이분의 얼굴 점을 이용하여 그림을 그렸어요. 여기 포졸들을 아기씨라고 칩시다. 이분 얼굴의 큰 점 때문에 두 아기씨는 그동안 이분을 거들떠보지 않았습니다. 그런데 제가 점을 이용하여 얼굴에 곰 세 마리를 그렸더니 아기씨 두 명이, 귀여운 이분에게 서로 시집오겠다고 싸우다가 남의 집 살림살이를 와장창 다 깨부쉈어요. 여기서 문제!!"

'문제'라는 말에 사람들은 정말 궁금한 듯 단이의 입만 쳐다보았다. 승유 역시 고개를 갸웃거리며 단이의 설명을 주의 깊게 듣고 있었다. 갑자기 문제를 내는 단이의 엉뚱함에 호기심이 생겼기 때문이었다.

"살림살이가 깨진 것은 그림을 그려준 사람이 잘못이다, 1번!
귀엽고 깜찍하고 더 자알 생겨진 이분이 잘못이다, 2번!
싸운 아기씨 두 명이 잘못이다, 3번!"

단이의 말이 끝나기도 전에 영추와 포졸들은 큰소리로 3번,

3번!을 외쳤다. 단이는 턱 한번 쳐들고 주위를 쓱 둘러보았다. 승자의 우쭐거림이었다. 이내 지승 가방에 물건을 챙겨 넣고 손을 두 번 탁탁 털었다. 그리고 승유 앞으로 걸어오며 충고를 했다.

"거, 무고한 양민 범죄 씌워서 검거율 높일 생각 말고, 나랏일이나 잘 하십쇼! 네? 난 갑니다!"

연화와 함께 당당하게 포도청을 나가는 단이를 보고 영추와 포졸들은 박수를 쳤지만, 종사관은 인상을 쓰며 웃고 있는 포졸들을 한 대씩 쳤다. 포도청 문으로 걸어가는 단이의 뒷모습을 보며 승유는 무엇인가 생각하려는 듯 고개를 갸우뚱했다.

삼청 골짜기 바로 아래 소격동은 어둠이 일찍 찾아왔다. 저녁이 되자 골짜기에서 선선한 바람이 불어왔다. 저녁 하늘은 맑고, 공기 또한 청량했다. 서안에 앉아있던 승유는 책을 덮고 뜨락으로 내려섰다. 바람이 불어오니 뜨문뜨문 있는 꽃가지가 흔들리면서 달그림자도 흔들렸다. '사르륵사르륵' 가느다란 대나무

가지가 규칙적인 소리를 내며 움직이는 것을 계속 보고 있는데 낮에 본 단이가 생각났다. 아니 지금 생각난 것이 아니라 오후 내내 그녀가 떠올랐었다. 참으로 이상한 기분이 들었다. 어디선가 본 듯한데 도저히 기억이 나지 않아 답답했다.

'어디서 봤지?'

기억이 안 난다. 본 것 같기도 하고, 아닌 것 같기도 하다. 더 이상 생각을 하지 않으려고 고개를 흔들었다. 그때 사랑채 쪽에서 헛기침하며 민정립이 들어왔다. 얼른 바른 자세로 승유는 민정립에게 인사를 했다.

"퇴청하셨습니까, 아버님."
"영추 말로는 시전 거리 다니느라 입궐도 안 한다는 게 사실이냐?"
"외근을 하다 보니 처리할 일이 많아서 그렇습니다."
"정신 차리거라. 세자마마 뵌 지 얼마나 됐느냐?"
"지난주 석강에서 뵈었습니다."
"지켜보는 눈이 많으니 세자마마를 멀리하라 했더니, 아예 등청조차 하지 않으면 되겠느냐?"

"죄송합니다."

"내일 일찍 찾아뵈어라. 미령하시다 한다."

세자마마가 미령하시다고? 승유는 깜짝 놀라 저고리 앞섶을 잡고 멍하니 서 있었다. 달그림자가 승유 얼굴에 드리워졌다.

4. 외로운 세자, 찬

이러고 있을 때가 아니다.

깨야 한다.

그만 일어나야 한다.

왜 이렇게 된 것일까?

아직은 괜찮다.

그런데 그 '아직은'이라는 말이 무섭다.

세자 찬은 눈을 뜨려고 애썼다. 눈이 안 떠진다. 눈을 감은
상태로 의문을 품었다. 왕세자는 하늘이 내리는 것이며 다른
누구보다 월등한 존재라고 누누이 들어 알고 있었다. 왕 다음
으로 존귀하고, 위대하고, 백성들로부터 존경을 받아야 하는

존재이어야만 했다. 하지만 아침잠조차 물리치지 못하고 이렇게 침상에 누워있다니 생각할수록 자신이 한심했다. 차면 기울고, 오르막이 있으면 내리막도 있음은 당연한 진리다. 하지만 차지도 않았고, 오르지도 않았는데 왜 이렇게 된 것일까. 왜 사방에 적이 있는 것일까.

　　장 상궁은 걱정이 되었다. 여러 번 기침하시라고 사뢰어 겨우 찬이 일어났다. 세소(세수)대신 면포에 따뜻한 물을 적셔 겨우 얼굴을 닦고 미지근한 소금물로 양치를 하면서도 좋았다. 장 상궁의 도움으로 겨우 용포를 입었다. 오늘도 조강에 불참하면 안 될 일이다. 필시 아바마마의 불호령이 내릴 것이다. 어젯밤엔 책도 읽지 않고 일찍 자려 했다. 그런데 느닷없이 복진군이 찾아왔다. 찬보다 8살 어린 복진은 총명하고 영리하여 아바마마의 총애를 한 몸에 받았다. 복진은 미령이 후궁이 되고 나서 첫 번째 유산 뒤 두 번째 잉태하여 얻은 왕자다. 어릴 때부터 찬을 많이 따른 복진은 자라서도 찬을 어려워하지 않고 자주 찾았다. 복진은 근사록과 성리대전을 내려놓았다. 글을 읽다 보니 어려워 형님께 도움을 청한다 했다. 막 잠자리에 들려던 참이었지만 복진이 기특하였다. 하나하나 설명을 듣는 복진의 진지한 얼굴에 웃음이 날 정도로 즐거웠다. 복진이 돌아가고 나서 오랫동안 잠을 설쳤다. 동창으로 별이 보였다. 왕관자리가 한눈에 보였다. 자선당 침전에 동창을 낸 이유가 바로 왕관자리 때문이었다. 둥글게 놓인 일곱 개의 별이 마치 왕관을 닮았다 하여 붙여진 이름이다. 깜빡깜빡 빛이 나는 일곱 개의 별이 빛을 잃을 때쯤 잠이 들었다.

자선당 앞마당에는 빗질 자국이 선명했다. 새벽마다 액정서에서 티끌 하나 남기지 않고 마당을 깨끗하게 쓸었기 때문이었다. 영추는 빗질 자국을 둘러보며 불과 석 달 전만 해도 자신이 했던 일인지라 흐뭇하게 쳐다보았다. 영추가 웃자 정이는 영추를 쳐다보았다. 세자 호위무사인 정이는 궁에서 손에 꼽을 정도로 잘생긴 인물이다. 훤칠한 키에 다부진 몸매는 확실히 영추와 비교되었다. 승유가 자선당 침전으로 세자마마를 만나러 들어갈 때 같이 따라 들어가고 싶었다. 이유는 단 하나, 정이와 비교되기 싫었기 때문이다.

찬은 용포가 흐트러진 상태로 서안 앞에 앉아서 졸았다. 얼굴에 붉은 홍조 기운이 보인 터라 승유는 근심스럽게 찬을 바라보았다. 찬은 5세 때부터 사서삼경에 능통한 똑똑한 왕재라며 모두 칭송을 했다. 그러나 왕이 될 사람이 반드시 익혀야 할

활쏘기나 무술 익히기는 좋아하지 않아 억지로 했다. 찬의 행동이 못마땅한 엽왕은 평소 말이 없고 자신의 의견을 내비치지 않는 그를 보고 속을 알 수 없는 놈이라며 의심의 눈초리를 비추는 상태였다. 찬은 궁에서 사는 것 자체가 숨이 막혔다. 사방이 적이라는 생각을 하니 답답할 뿐이었다. 그에게는 친구가 필요했다. 굳이 속을 터놓지는 않아도 함께 말없이 걸어주는 친구, 그가 바로 승유였다.

"저하 괜찮으십니까? 내의원에 기별했습니다."
"잠이 덜 깨서 그런 거다."

찬은 힘겹게 손을 들어 됐다는 듯 안심시키려 하는 티가 역력했다. 승유는 찬의 그런 모습이 걱정스러웠다.

"저하, 그만 깨셔야 합니다. 조강에 참석하실 시간입니다."

승유의 말이 끝나기도 전에 눈을 감고 있던 찬이 옆으로 픽 쓰러졌다. 승유가 놀라 찬을 흔드는데 장 상궁이 내의원 안 석이 들었다고 고했다. 승유와 찬과 석은 어린 시절 함께 수학한 사이였다. 약제 통을 들고 서둘러 자리에 앉은 석은 찬의 맥을 짚어보고 찬의 코밑에 한지를 대어 숨을 잘 쉬는지 살폈다.

"저하께서 계속 잠만 주무시는데 왜 그러시는 것이냐? 어제도, 그제도, 조강에 불참하셨는데, 오늘도 불참하시면 전하께서 불호령을 낼 것이야."

"서책을 너무 오래 보셔서 곤하신 것일 수도 있긴 한데... 마마님 말로는 벌써 닷새째라는데... 일단 잠 깨는 약을 드려야겠다."

석은 약제 통을 열어 작은 호리병과 하얀 종지를 꺼냈다. 호리병 안의 약을 종지에 덜어 작은 은 숟가락으로 찬의 입에다 조금씩 떨어트렸다. 기력이 없고 춘곤증이 올 때 먹는 약이었다. 송피목(두릅)새순, 수근(미나리), 해백(달래)즙에 꿀을 섞은 것으로 일시적으로 정신이 돌아오게 하는 효능이 있다.

정신이 든 찬은 겨우 일어나 앉아 서안에 기대었다. 석은 찬의 맥을 다시 진중하게 짚었다. 찬은, 내뛰었다가 가라앉았다 하는 자신의 맥박 위로 투박하면서도 따뜻한 석의 손가락을 느꼈다. 석은 우직하게 입술을 꾹 다물고 있었다. 오래 지나지 않아 석이 낮은 한숨을 길게 쉬자 찬은 부드럽게 말했다.

"걱정하지 말아라. 춘곤증일 것이다."

"...저하, 이 혈이 호구혈입니다. 제가 호구혈[5]에 침을 놓겠습니다. 춘곤증이라면 침 색이 그대로이지만 해로운 약재를 드셨다면 녹 빛으로 변할 것입니다."

아닐 것이다.

해로운 약재라니 말 그대로 춘곤증일 것이다.

석은 긴장하며 침통에서 대침을 꺼내 들었다. 석이가 호구혈을 찌르자 찬은 아픈 듯 살짝 인상을 썼다. 석은 찌른 침을 살살 돌려 조심스럽게 뺐다. 침에서 녹색 빛이 돌았다. 세 사람 모두 놀랐다. 몸속에 독이 들었다는 징조였다.

"으음... 녹 빛 아니냐. 내가 독약을 먹은 게냐?"

석은 침착하게 침을 닦아 은침 통에 넣었다. 승유는 놀란 티를 내지 않고 침을 꼴깍 삼켰다. 그 소리가 어찌 큰지 찬의 침전을

---

5)호구혈: 엄지손가락과 집게손가락 사이에서 약간 위쪽 손등 부위에 있는 혈 자리.

울리는 듯했다.

"...저하, 독약은 아닙니다. 수면을 유도하는 산조인과 단삼을 섞은 것입니다."

"산조인과 단삼이면 좋은 약재 아니더냐?"

"좋은 약재이긴 하나, 둘이 같이 합했을 때는 효과가 극대화되어 치명적일 수 있습니다. 처음에는 단지 졸린 증상만 있지만, 장기 복용하면 사리 분별이 어렵고 사람을 못 알아보는 것은 물론, 모든 기억조차 잃게 됩니다."

석의 말에 찬은 잔뜩 겁을 먹었다. 승유 또한 믿기지 않아 석이 앞으로 바짝 다가앉으며 물었다.

"어떻게 해야 하는 건가?"

"저하, 일단, 급한 대로 침을 놔드리겠습니다. 드시던 약은 더 드시지 마십시오. 그런데... 내의원 기록에는 저하 처방기록이 없던데..."

"...할마마마께서 내리신 약이다."

할마마마께서 그럴 리가 없다.

갑자기 공기가 싸늘해졌다. 치명적이란 말 한마디에 공기가 차가워져서 초겨울 날씨처럼 움츠러들었다. 두 사람은 석을 쳐다보았다. 석은 침을 잡지도 않은 엄지와 검지를 연신 돌리며 비비는 시늉을 했다. 석이 이내 입을 뗐다.

"...약은 누가 내린 것이 중요한 것이 아니라, 누구의 손을 거쳐 왔는가가 더 중요합니다, 저하."

석의 말속에는 어떤 뜻이 들어 있는 것인지 찬은 알고도 남았다.

"알았구나, 일단 서둘러라. 조강에 참석해야겠다. 졸리지 않도록 침을 놔다오."

덕안전 침전의 우아한 보료에 기대앉은 미령은 느긋했다. 오 상궁은 미령이 제일 좋아하는 산딸기 차를 대령했다. 미령은 산딸기 차를 한 모금 마시며 맛을 음미했다. 언제나 마셔도 좋은 차였다. 달그락 소리가 나도록 찻잔을 내려놓으며 오 상궁을 쳐다보았다.

"자선당 소식은 있느냐?"

"사헌부 감찰 민승유 나리와 어의가 들어갔다 합니다."

"민승유와 어의라? 어의라면 도제주가 갔단 말이냐?"

"도제주가 아니라 이번에 의과에 급제한 전의감 주부 안 석이라 하옵니다."

"안 석이라면, 세자와 민승유와 둘도 없는 친구 아니더냐? 잘 감시하라 일러라. 복진군에겐 서둘러 조강에 들라 하여라. 에미가 전한다고."

오 상궁은 짧게 대답을 하고 찻잔이 놓인 소반을 들고 나갔다. 미령은 면경을 보며 직접 진주 앞꽂이를 꽂았다. 단정한 자색의 의복을 입고 있는 면경 속의 미령은 더욱 돋보이고 아름다웠다.

편전에는 왕과 대신들이 조강 준비를 하고 있었다. 찬의 자리는 방석만 덩그러니 놓여있고 그 곁에는 복진군이 앉아있다. 왕은 찬의 자리와 복진을 번갈아 보더니 짙고 굵은 눈썹을 치켜떴다.

"복진이 어인 일로 조강에 들어왔느냐?"

"저하께서 아직 기침 전이라 혹여 아바마마께서 노여워하실
까 우려되어 소자가 대신 들어오게 되었습니다."

복진의 말이 끝나기도 전에 좌의정 박대종이 단호하게 말을
했다.

"전하, 아뢰기 황송하오나, 세자 저하께서는 조강에 참여하지
않은 지가 오래되었습니다. 이는 전하를 능욕하는 것과 다르지
않습니다. 종양은 곪기 전에 미리 도려내야 합니다."

"전하, 세자 저하께서 미령하시다 하옵니다. 전의감 주부가
자선당으로 간 줄 아옵니다."

박대종의 말에 대사헌 민정립이 아뢰었다.

그렇지 않아도 세자 때문에 심기가 불편한 엽왕은 노기 띤
음성으로 소리를 질렀다.

"꾀병이다. 당장 세자를 끌고 오너라! 당장!"

"아바마마, 저를 벌하여 주시옵소서. 어젯밤 늦도록 세자
저하를 찾아가 근사록과 성리대전 풀이를 물어본 소자의 잘못

입니다. 저를 벌하여 주시옵소서."

복진군이 재빨리 엎드려 왕에게 아뢰었다. 엽왕은 복진을 바라보며 대견한 듯 천천히 말을 했다.

"네가 근사록과 성리대전을 읽었다고?"
"모르는 것이 있어도 참지 못한 소자의 잘못이옵니다. 저를 벌하여 주시옵소서."

복진군의 말이 끝나기도 전에 찬이 편전으로 들어섰다. 순간 엽왕의 서책이 날아 들어와 찬의 얼굴을 치고 떨어졌다. 찬의 얼굴에 한줄기 피가 흘렀다. 대신들과 복진은 놀라 '통촉하여 주시옵소서'를 외쳤다.

"아우만도 못한 놈! 아우에게 배워도 모자라는 놈! 당장 나가거라, 당장!"

찬은 얼른 무릎을 꿇고 용서를 빌었으나 소용이 없었다. 왕은 김 내관을 불러들였고, 당장 저놈을 끌어내라고 소리를 쳤다.

석이와 함께 자선당 마당을 걷던 승유가 갑자기 걸음을 멈추었다. 승유는 석을 바라보았다. 이내 비장하게 눈을 뜨며 말을 했다.

　"석아, 누가 세자 저하를 독살하려고 하는 건지 내가 밝혀야 겠다."
　"안 돼, 승유야. 하지 마. 지금은 아니다."

　석이 약제 통을 움켜쥐며 말했다.

　"저걸 보고 가만히 있으라는 건가? 저하께서는 영문도 모르고 주무시다가 돌아가실 뻔했어! 저하가 아니라, 내 친구 찬을 지키겠다는 거다. 내가 다 밝히고 말 거다!"
　"일다경(뜨거운 차를 한 잔 마실 시간)이면 없던 죄목도 만들어내는 곳이 궁이다. 너마저도 쥐도 새도 모르게 사라질 수 있다고. 난 내 친구가 그리되는 거, 그거 못 봐."
　"그럼 그냥 보고만 있으란 건가?"

"웃고 있어도 소매 속에 칼을 품는 곳이 바로 궁이다. 언제 어떻게 당할지는 아무도 몰라. 우리 선친도 그랬고... 더 기다려야 해"

'우리 선친도 그랬고'라는 석이의 말에 승유는 조금 누그러졌다. 안 국 의원은 궁에서 알아주는 어의였다. 그런데 퇴청하던 중 괴한의 공격을 받아 죽었다. 괴한의 정체는 밝히지 못한 채 십이 년이 흘렀다.

"그러다 저하에게 뭔 일이 생기면?"
"칼을 품은 자를 알면 피할 수는 있지만, 공격을 당하고도 상대가 누군지 모르면 무서운 일이다. 기다려야 한다. 나도 생각이 있다."

자선당의 양이가 덕안전 궁녀에게 뭐라고 속닥거리고 얼른 사라졌다. 그동안 양이는 세자의 일거수일투족을 미령에게 보고했다. 그 덕에 덕안전으로부터 값나가는 금붙이를 받았다. 웬만한 집 한 채는 살 수 있는 물건이었다. 오늘도 세자의 근황을 전

해주고 얼른 사라졌다.

오 상궁은 미령에게 푸른색 비단에 꿩과 꽃을 수놓은 당의를 입혀주며 은밀히 속닥거렸다. 오 상궁의 말을 들은 미령은 호탕하게 웃었다. 이내 웃음을 딱 멈추고 혼자 중얼거렸다.

"춘곤증이고 말고 암. 춘곤증이지."

5. 궁궐의 이단아, 이영

하 상궁은 미령의 명으로 이영 옹주 단장을 하고 있었다. 이영은 십이 년 전 궁에서 쫓겨나 죽은 귀인 유 씨의 딸이다. 이영은 어머니가 궁을 떠나던 날을 기억에서 지웠다. 단장 독이 올라 흉측한 얼굴을 한 어머니는 얼굴에 독기만 남았었다. 어린 이영에게 어머니는 무서운 기억밖에 남지 않았다. 대신 새어머니가 생겼다.

어릴 때부터 자신의 어머니보다 미령 어머니를 더 따랐던 이영인지라 자라서도 여전히 미령을 잘 따랐다. 미령 역시 어미 잃은 이영을 가엽게 여겨 자신의 딸처럼 돌봐주고 챙겨줬다. 좋은 소장품과 장신구가 있으면 꼭 이영의 몫으로 남겨서 주곤 했다.

남들은 미령을 나쁜 사람이라고 했지만, 그녀에게는 좋은 어머니였다. 예쁜 옷과 예쁜 장신구, 향기로운 향낭도 챙겨주고 이야기도 잘 통하는 어머니이기 때문이었다. 미령의 덕이 있었는지 이영이 착용한 장신구는 며칠 뒤면 양반댁 부녀자들 사이에 입소문이 나, 그날로 완판이 될 정도로 이영의 감각은 뛰어났다. 자신에게 맞춰져 있는 궁에서의 생활도 언제나 최고였다.

궁안 사람들은 이영을 보고 귀엽다, 천진난만하다, 타고난 공주다, 라고 말했다. 하지만 계산속이 빤한 욕심쟁이에 자기밖에 모르는 철부지다. 남이 가진 것이 마음에 들면 반드시 빼앗고 말았다. 아바마마의 사랑을 듬뿍 받아 세상에서 자기가 제일이라고 생각하고, 자기 말이면 안 되는 것이 없었다. 단장을 좋아하고 사치가 심해 질타의 대상이 되기도 했지만, 오히려 당당한 그녀다.

미령은 하 상궁에게 이영의 단장을 하라고 명령했다. 하 상궁은 가늘고 부드러운 미묵으로 이영의 눈썹을 그렸다. 곁에서 바라보던 시종 효순은 마치 자신이 눈썹을 그리는 양, 얼굴을 표정으로 실룩거리고 있었다. 이영이 갑자기 면경을 달라더니

하 상궁이 그린 눈썹이 마음에 안 드는지 짜증을 냈다.

"아, 이렇게 그리지 말라고."

이영은 검지를 들어 자신의 눈썹을 가리키며 투정을 부렸다.

"옹주마마, 반달 모양의 눈썹이 가장 아름다운 여인의 모습입니다."
"일자로 쭈욱 그리라고. 난 반달보단 일자가 좋단 말이야."
"아니 됩니다. 왕가 여인들의 단장은 드러나서도 아니 되고, 마음을 표현해서도 아니 되고, 본래의 모습에서 벗어나도 아니 됩니다."

고집으로 보면 하 상궁이나 이영 옹주나 마찬가지였다. 이영은 물러서지 않았다.

"그렇게 하면 안 된다, 하지 마라, 이렇게 해라, 똑같은 단장에, 똑같은 모습에, 그게 뭐야? 그럼 개성이 없잖아!"
"궁중의 법도입니다."

하 상궁은 미동하지도 않고 냉정하고 담담하게 말을 했다.

"말만 하면 법도래? 말이 되냐구? 나를 표현하는 건데, 남과 같으면 의미가 없잖아. 요즘 시전 거리에 가면 멋진 단장을 해 주는 매분구들이 많다던데, 그런 거 좀 해봐."
"천한 것은 입에도 올리지 마십시오."

이영은 하 상궁의 손을 치며 그만하라고 소리쳤다. 하 상궁 손에 있던 미묵이 효순의 치마 위로 뚝 떨어졌다. 효순은 얼른 미묵을 집어 하 상궁에게 건넸다.

"튀지 않게 사시는 것이 좋습니다. 있지만 없는 듯, 없지만 있는 듯, 보이지만 안 보이는 듯, 그리 사는 것이 옹주마마를 위해서 좋습니다."
"싫거든?"
"돌아가신 유귀인 마마께서도 그리 생각하실까요?"

하 상궁 말이 끝나기도 전에 이영은 갑자기 분노하며 있는 대로 소리 질렀다.

"야! 너 지금 뭐라 했어! 엉? 그 말은 꺼내지도 말랬지!"

효순이 깜짝 놀라 눈을 질끈 감을 때도 하 상궁은 눈 하나 꿈쩍 안 했다. 그녀는 천천히 분구통을 챙겨서 나가면서 또 뵙겠다며 정중히 인사했다. 하 상궁이 나가자마자 이영은 서안 앞에 있던 경대를 확 밀어버렸다. 경대가 나뒹굴어 지면서 위에 있던 면경이 쨍그랑하고 깨졌다.

"효순아, 하 상궁, 나 열 받으라고 그러는 거지?"
"그런 거 같기도 하고, 아닌 거 같기도 하고."
"야! 너까지 하 상궁 닮아 가냐?"

이영은 발끈 화를 내며 효순을 발로 확 밀어버렸다.
이영은 벌떡 일어나 덕안전으로 향했다. 화가 나면 언제나 어머니에게 투정을 부렸고, 어머니는 언제나 다독여 주었다.
덕안전 침전에서 이영은 미령이 내민 예쁜 은합을 열어보고 있었다. 은합 안에는 뽀얗고 하얀 가루가 들어있었다. 이영은 미령을 한번 보고 다시 은합을 들여다보았다.

"이게 뭐에요? 어머니?"

"명에서 들여온 진주 가루야. 하 상궁 말로는 네가 얼굴에 분을 안 바른다던데, 이걸 바르면 얼굴에서 빛이 날게야."

이영은 은합 뚜껑 닫고 미령 앞으로 다시 밀어냈다.

"전 필요 없어요. 어머니 쓰셔요."

"왜 필요가 없어, 일부러 명나라 사행에게 부탁해서 가져온 거란다."

"나이 들어 보이잖아요. 제 나이엔 안 맞아요."

"이영아, 나이가 무슨 상관이야, 할마마마도 네 걱정이 크셔. 조신하지 못다고. 좀 가꾸고 살아야 하는 게야."

"제 기준은 제가 정하고 싶어요. 제 식대로."

"궁의 여인들이 하고 싶은 대로 한다면 저잣거리와 무에 다르겠느냐."

"눈치 보기 싫어요."

"누가 우리 옹주에게 눈치를 주더냐?"

"이거 하지 마라, 저거 하지 마라, 그게 눈치 주는 거지요. 자유도 없고."

"책을 읽으래도 안 읽고, 가꾸래도 안 가꾸고, 어미가 걱정이다. 이렇게 이쁜데 고집만 세고, 그래도 착한 우리 딸. 어미가 너를 위해서는 못할 게 없지."

미령은 온화한 미소를 보이며 자개장 합을 열었다. 합 안에는 비단 향낭이 얌전하게 놓여있었다. 노란 비단 주머니에는 연분홍, 진분홍 빛깔의 오얏꽃이 수놓아져 있었다.

미령은 향낭을 이영 앞섶에 달아주며 말했다.

"내가 직접 만든 향낭이란다."

"오? 이거 이쁘네요? 무슨 꽃인가요, 어머니?"

"오얏꽃이야. 왕실의 꽃이지."

"아, 오얏꽃. 어쩜 이리도 고운지요? 이 자수도 어머니께서 놓으신 거예요?"

"그럼, 이 세상에 단 하나밖에 없는 거란다. 우리 옹주의 모란 자수 다 완성 되었다 들었는데, 이 어미에게 보여다오. 솜씨 좀 보자꾸나."

"아, 네에... 보여 드려야지요."

이영은 향낭을 흔들며 미령에게 감사 인사를 하고 덕안전을 나섰다. 덕안당 앞에서 보초를 서던 궁녀 두 명은 정중하게 이영에게 인사를 했다. 이영은 인사도 안 받고 앞에서 기다리던 효순과 함께 자신의 처소로 향했다.

　이영은 수틀에다 수를 놓으며 끝을 훑쳤다. 왕실에서 좋아
하는 모란이었다. 난같이 작은 꽃은 수놓기도 쉬웠지만, 모란은
꽃 중에서도 제일 큰 꽃인지라 수를 놓아도 오래 걸렸다. 벌써
달포째 모란을 잡고 있는데 진도가 안 나가고 괜히 짜증만 났
다. 말이 공주지 내 마음대로 하는 것도 없고 지겨운 수를 놓고
있자니 한숨이 절로 나왔다. 옆에서 효순이 바늘에 실을 꿰어
주자, 그녀는 자수틀을 효순에게 쓱 밀쳤다.

　“효순아 니가 하거라.”
　“마마의 일이온데 어찌 제가 합니까? 저는 바늘에 실을 꿰어
드리겠습니다.”
　“이리 줘, 바늘은 내가 꿸게. 우리 둘이 바꾸자.”

　효순의 바늘을 빼앗아 실을 꿰는데 잘 안되자 이영은 왈칵
짜증을 냈다.

　“왜 안 돼, 이거?”
　“봄바람 난 큰 애기가 미나리 다듬듯이 설렁설렁하면 될 일도

안 됩니다."

"뭐야? 내가 봄바람 났단 말이냐?"

"그렇지 않습니까? 뭘 진득하게 안 하시고 딴 데 정신이 나가 계시잖아요."

"맞어, 효순아. 나 시전 거리 매분구 한번 만나고 싶어."

"안 된다고 했잖아요. 저 죽습니다."

"내가 책임지면 되잖아. 나, 이 나라 공주야!"

효순은 이영 입에서 공주라는 말을 듣고 무심하게 '옹주'라고 툭 던져 말했다. 이영은 자신의 말에 토를 다는 효순에게 발끈했지만 그래도 궁 안에서 자신을 가장 잘 이해하는 효순이라 봐줬다.

"근데, 마마. 오얏꽃 사건이라고 아세요?"

"오얏꽃 사건? 그게 뭔데?"

효순은 어디서 들었는지 단이의 오얏꽃 사건을 자세히 설명했다. 이영은 갑자기 호기심이 생겼다.

"오, 대단한데? 곰보 자국을 이용하여 오얏꽃을 그렸다? 으흠

멋져. 창의적이야."

이영은 잠시 생각하더니 효순 앞으로 바짝 다가앉았다.

"효순아, 가자. 오얏꽃 사건 당사자 만나러. 가서 나도 특색 있게 꾸며야겠다."
"에이 마셔요. 잘 마무리된 사건인데 공연히 들쑤시지 마셔요. 공연히 사행 나가셨다가 들키면 난리 납니다."

"내가 바보니? 들키게?"

6. 앙숙, 도둑놈과 매분구

이 진사 댁은 잔칫집답게 시끌벅적했다. 대청마루 앞쪽 마당에는 혼례청이 멋지게 차려져 있고, 마당 한가운데는 음식상이 푸짐하게 놓여있었다. 새 신부 단장을 위해 수모 박 씨가 소중이와 오월을 대동하고 마당으로 들어섰다. 그때 어디선가 까마귀 소리가 들렸다. 박 씨는 '잔칫집에 재수 없게 까마귀야' 혼자 중얼거리며 하늘을 한번 보았다.

그와 동시에 어디선가 날카로운 비명이 들렸다.

"으아아악!!"

한두 마리 까마귀 소리가 이제는 떼로 들려 더 크게 울렸다.

모두 소리가 들리는 방향을 바라보았다. 별당 쪽이다. 박 씨는 불길한 마음에 급히 뒤채 별당 쪽으로 달려갔다. 별당 앞마당에는 사람들이 웅성거리고 있었다. 명은의 방은 활짝 열려 있어서 방 안 풍경이 훤히 들여다보였다.

명은이 무거운 가체를 쓰고 목이 니은 자로 꺾여 죽어 있었다. 박 씨는 눈앞이 캄캄하여 바닥에 주저앉을 뻔했다. 사람들이 너무 놀라 어쩔 줄 모르고 허둥지둥하는 사이 오월은 눈을 질끈 감았고, 소중이는 입을 틀어막고 비명을 질렀다. 이 진사 댁 마님은 기절 직전으로 정신이 나가 울부짖었다.

"아가, 아가, 아가, 정신 차려! 아가 정신 차려!! 이봐라, 얼른 의원 불러라, 어서!!"

신발을 어떻게 벗었는지도 모르겠다. 박 씨는 얼른 신부를 눕혀서 가체를 풀기 시작했다. 박 씨의 손이 사시나무 떨듯 바들거렸다. 소중이와 오월이는 난생처음 죽은 모습을 보고 무섭고 겁이 나서 눈을 뜨지를 못했다. 이 진사 댁 마님은 박 씨를 때리며 울부짖었다. 우리 딸 살려내라는 소리가 이 진사 댁 지붕 너머로 울려 퍼졌다. 어디에 있었는지 까마귀 떼들이 후드득 날아갔다.

"뭐라고? 가체가 무거워서 목이 부러져 죽었다?"

편전에 앉아있던 왕은 대신들에게 노여운 목소리로 소리쳤다. 좌의정 박대종, 우의정 홍영재, 영의정 오순창, 대사헌 민정립과 하위석에 앉아있던 승유는 어쩔 줄을 몰라 했다.

"나라는 가뭄이 들어 백성은 시름에 잠겨있는데 민가에서는 사치스러운 장신구와 분구를 구하기 위해 큰돈을 쓰고 있습니다."
"사치를 막아야 나라가 살 수 있습니다. 전하, 여인들은 소장 도구를 사기 위해 쌀 한 가마보다 비싼 값을 치르고, 소장품 살 돈이 없으면 시집가기를 포기하는 지경에 이르렀습니다."

대사헌 민정립이 아뢰자 기다렸다는 듯이 우의정 홍영재가 한마디 덧붙였다. 박대종도 한마디 했다.

"전하, 작금에 이르러 민가에서는 부를 과시하기 위해 가채가 점점 더 커지고 있습니다. 오늘의 이 사단도 부를 과시하다가 벌어진 일이옵니다. 앞으로 또 벌어질 수도 있으니 민가를 단속하여야 하옵니다."

홍영재는 민가라는 말에 힘을 주어 말하는 박대종을 한번 쳐다보며 왕에게 고했다.

"전하, 민가만을 탓할 수는 없습니다. 왕실에서도 사치가 심하고 옷이며 보석이며 치장을 하는데 지나치게 많은 국고를 낭비하고 있사옵니다."

힘주어 전하께 아뢰는 홍영재의 말에 잠자코 있던 박대종은 발끈했다.

"우상, 왕실에는 왕실만의 법도가 있고, 위엄이 있사온데 내명부의 기본적인 생활용품까지 거론하는 것은 옳지 못하옵니다."
"아니외다, 좌상. 제 말이 틀린 말은 아니옵니다. 왕실의 사치는 성빈 마마부터 시작된 것입니다."

이 자리에서 성빈이란 말이 나오자 왕은 입에 힘을 주며 홍영재를 노려보듯이 바라보았다. 박대종은 왕의 표정을 보고 더 강력하게 홍영재를 몰아붙였다.

"우상, 우상은 무슨 말을 그리하십니까? 조정에서 내명부의 사사로운 일까지 간섭하면 어찌 사내라고 할 수 있소이까?"

"여기에서 사내라는 말이 왜 나옵니까? 이참에 비싼 밀수입 품들도 단속해야 합니다."

"아니, 그럼 궁에서 밀수입을 한단 말이요? 그런 막말이 어디 있소?"

"상단에서 밀수입한 것이 궁으로 흘러들어오는 걸 모르는 사람이 있습니까? 좌상도 아시는 일 아니십니까?"

좌상과 우상의 침 튀기는 설전에 엽왕은 서안을 세게 내려쳤다. 그러자 좌중이 조용해졌다. 왕은 잠시 침묵을 지키다가 승유를 쳐다보았다.

"사헌부 감찰은 어떻게 생각하는가?"

"전하 소신 생각으로는 치장으로 인해 과도한 소비가 이루어지는 곳을 찾아내어 단속해야 할 것 같사옵니다. 명의 비싼 분구와 장식품까지 밀수입하고 있다 하오니, 이 또한 단속해야 한다고 생각하옵니다."

"사헌부 감찰 민승유는 오늘부터 당장 사치품을 단속하도록 하여라."

"사헌부 감찰 민승유, 전하의 분부 받잡겠사옵니다."

좌상과 우상은 서로 힐끗 쳐다보더니 서로 외면하고 고개를 팽 돌렸다.

미령은 산딸기 차를 입에 적시는 둥 마는 둥 한 모금 마시고 화전을 집어 들었다. 화전은 수라간에서 만든 간식으로 미령이 좋아하는 것이었다. 박대종은 심기가 불편한 듯 입안으로 차를 털어 마시고 찻잔을 세게 내려놓았다. 미령은 박대종의 눈치를 보며 조심스럽게 말을 했다.

"하면, 어찌하면 되겠습니까?"

"당분간 향방 상궁을 통해서 단장하는 것을 그만두십시오."

"아니, 세안하고 얼굴 단장하는 것이 뭐가 그리 사치라고 하지 말란 것입니까? 아버님께서 궁중 여인들이 단장하는 것도 궁중 법도라 하지 않았습니까?"

박대종의 말에 미령이 찻잔을 세게 내려놓으며 노기 띤 목소리로 말했다. 이에 질세라 박대종 또한 못마땅한 소리로 한마디 더 했다.

"어쨌든 튀어나온 돌이 밟히기 쉬우니 잠시 그만두시라는 겁니다."

"못 해요, 그리는 못 합니다."

"마마, 하늘에 구름은 잔뜩 끼었는데 비는 오지 않는 순탄치 않은 정국입니다. 누구 하나 본보기로 잡아 족친다 할 때, 그게 마마가 되어서는 안 된다는 것입니다."

"누가 감히 나에 대해서 뭐라 한답니까?"

미령은 얼굴에 핏대를 세우며 소리쳤다. 피부에 신경을 쓰는 미령은 자신의 목에 주름이 생기고 있는 것은 신경도 안 쓰고 열을 냈다. 박대종이 한 수 누그러뜨리고 말했다.

"그러니 조심하란 겁니다. 말은 남이 하는 거지만, 행동은 마마

자신이 하는 겁니다."

미령도 한풀 꺾여 몰래 하면 아무도 모른다고 중얼거렸다.

"마마, 장두노미(藏頭露尾)란 말이 있습니다. 꿩이 대가리만 덤불 속에 박고 있다고 꿩이 없어지는 것은 아닙니다."

미령이 끙 소리를 내며 박대종을 외면하고 몸을 틀어 돌아앉는데 사역원 당하관이 들었다고 오 상궁이 고했다. 사역원 당하관 최판술은 최상단의 대방으로 미령과 박대종의 최측근이었다. 최판술의 손에는 금빛 보자기로 싼 은합이 들려있었다. 그 안에는 사은사(謝恩使)[6]로 명나라를 다녀오면서 가지고 온 귀중품이 들어 있었다. 미령은 최판술이 들고 온 선물 보따리를 풀기 시작했다. 조금 전 심기가 상했던 것은 어느새 잊었다. 박대종은 여전히 마음이 사나운 듯 최판술을 노려보았다. 미령은 입에 미소를 머금고 합을 열었다. 합 안에는 머리 장식과

---

6) 사은사: 조선의 왕, 왕비의 생일에 중국으로부터 선물(下賜品, 하사품)에 대한 답례 차 보내
는
사절단.

보석, 그리고 고운 한지에 싸인 무엇인가가 있었다. 미령은 궁금한 듯 한지를 풀며 말했다.

"이것은 무엇인가?"
"산사향이옵니다."
"산사향?"
"명나라에서도 아주 귀한 것입니다. 서북의 설산에서만 얻을 수 있는 것으로 보통 사향보다 열 배는 약효가 뛰어나 죽은 자도 살린다는 것입니다."
"오, 고맙소."
"소신, 마마께 바칩니다."

미령과 최판술이 주고받는 말을 조용히 듣고 있던 박대종이 '앞으로 이런 건 삼가라'며 나직하면서도 위엄 있는 소리를 냈다. 그러자 미령은 발끈하며 더 큰소리를 냈다.

"아버님!"

미령의 입에서 아버님 소리가 다 나오기도 전에 박대종은 산사향을 집어 던지며 소리쳤다.

"내가 너를 어떻게 이 자리까지 올렸는데, 이까짓 물건 때문에 대의를 그르칠 셈이냐?"

갑자기 하대하는 박대종의 말에 미령은 눈 하나 깜짝 안 하고 더 기세등등했다.

"제가 언제까지 아버님 말씀이면 다 들어야 합니까? 자그마치 십이 년입니다, 십이 년!"
"나 아니면 네까짓 게 열이틀이라도 버틸 수 있을 줄 알았느냐?"

최판술은 어쩔 줄 모르고 당황했다. 그동안 두 사람을 봐왔지만 이처럼 큰소리를 낸 것은 처음 보았기 때문이었다.

"오 상궁! 좌상대감 나가신다!"

미령이 분을 못 이기고 박대종을 내보내기 위해 오 상궁을 불렀다. 오 상궁이 문을 열자 박대종은 화를 못 참고 일어서서 도포 자락으로 찬바람을 일으키며 휙 나갔다. 최판술은 우물쭈물하다가 미령에게 인사 올리고 급히 박대종을 따라갔다.

미령은 입꼬리 올리며 바닥에 떨어진 사향을 집어 은합에 다시 넣고 뚜껑을 닫았다. 조심스레 은합을 들어 만족한 듯 소중히 감쌌다. 미령의 입가에선 묘한 웃음이 흘러나왔다.

승유는 왕의 지시대로 민가와 사대부가의 사치품을 단속하러 나섰다. 그러나 어느 것이 사치품인지 모르는 것이 함정이었다. 영추 또한 궁에서 사내들과 지내기만 했으니 사치품을 알리 만무했다. 어려울 것이 없다고 생각했다. 눈으로 보고, 마음으로 정리하고, 심증이 있으면 검거하면 된다고 쉽게 생각했다.

승유는 지나가는 여인들의 옷차림과 머리 장식을 유심히 살폈다. 잘 보이지 않을 때는 뒤꿈치를 들어서 보았고, 머리꽂이가 안 보일 때는 펄떡 뛰어 정수리를 보았다. 여인들은 승유의 이상한 행동에 기분이 상한 듯 힐끗거리며 지나갔다. 승유가 안 본 척 헛기침을 하고 걸어가면, 영추도 덩달아 헛기침을 하고 팔자걸음으로 걸어갔다. 그러다 승유는 노란 저고리에 녹색 치마를 입은 여인의 머리에서 햇살에 반짝 빛나는 무엇인가를 보았다. 살금살금 여인의 뒤를 따라가서 무엇이 반짝였는지 보려 했으나 머리카락 깊숙이 꽂혀있는지라 보이지 않았다. 그는 여인의 머리에 꽂혀있는 뒤꽂이를 살짝 빼냈다. 저리도 빛난 것이라면 분명 사치품일 것이라는 확신을 했고, 확인해보고 싶었다. 승유가 뒤꽂이를 빼내는 순간, 여인이 비명을 지르며 '도둑이야, 도둑이야' 소리를 지르며 땅바닥에 털썩 주저앉았다.

　당황한 승유가 어쩔 줄 모르자 영추는 승유의 손에서 머리장식을 빼앗아 얼른 여인의 손에 주고 승유의 손을 잡아끌어 도망을 가기 시작했다. 향재를 만들려고 도화꽃을 한 바구니 들고 걸어오던 단이는 '도둑이야'라는 소리를 듣고 뒤를 돌아보았다. 도망가던 승유가 그녀를 확 밀치고 지나가는 바람에 소쿠리에 담긴 꽃이 모두 쏟아져 버렸다. 안쪽 골목으로 도망가는 승유와 영추를 보던 단이는 어이가 없었다. 양반도 별수 없이 도둑질한다고 생각하며 고개를 절레절레 흔들었다. 바닥엔 도화꽃이 소쿠리 옆에 소복하게 쌓여있었다. 어떻게 딴 꽃인데 이걸 치고 지나가다니, 엎드려 흙이 묻지 않은 꽃만 걷어내며 승유가 사라진 곳을 돌아보았다. 멀쩡하게 생겨서 남의 물건이나 훔치다니, 그녀는 고개를 가로로 저으며 떨어진 꽃을 마저 주워 소쿠리에 담았다.

겨우 숨을 고르며 승유와 영추는 종각상단 앞에 섰다. 영추는 헉헉대는 승유에게 버럭 소리 질렀다.

"나리! 도둑질을 하시려면, 혼자 있을 때 하세요. 나 바람잡이로 만들지 말고요 쫌!"

"이놈아, 사치품인지 알아보려고 그런 것이야."

"그게 바로 도둑놈입니다요. 장신구 뽑다가 그 여인 귀라도 스쳤어 봐요, 바로 성추행범 되는 겁니다요 네? 사헌부 감찰, 민승유 도둑질에 성추행범! 좋겠슈!"

목에 핏대를 올리며 따지고 드는 영추를 바라보며 승유는 갸우뚱하며 고민스레 말했다.

"그럼 어찌하면 사치품인 줄 알 수 있겠느냐?"

"부딪혀야죠. 호랑이를 잡으려면 호랑이굴로 가야지요."

호랑이굴? 하며 그가 중얼거리자 영추는 턱으로 종각상단 지붕을 가리켰다. 승유는 얼굴빛이 환해지며 이거다 싶어 고개를 끄떡였다.

종각상단 벽에는 한지로 '매분구 강습'이란 글자가 붙어있었다. 매분구로 잔뼈가 굵은 수모 박 씨는 탁자 앞에서 소중이, 오월이와 견습 매분구들에게 강의를 하고 있었다. 탁자 위엔 잇꽃 가루와 잇꽃 기름, 종지와 나무젓가락 등이 놓여있고 수강생들은 진지한 표정이었다.

"너희들, 손님에게 무조건 이 잇꽃 연지사세요, 그럼 된다, 안 된다?"
"안 된다."
"외상은 된다, 안 된다?"
"안 된다."
"단골 생길 때까지 버텨라. 일 년이고 이 년이고."

박 씨와 강습생들의 대화는 자연스럽게 이어졌다, 소중이는 툴툴대며 '시집도 가야 하는데 이 년을 어찌 버텨'라며 오월에게 속닥거렸다.

"니들 떠들지 마라. 각자 앞에는 잇꽃 가루와 잇꽃 씨앗 기름이 있다. 이 둘을 섞어서 입술에 가장 잘 발리게 만들어 본다, 실시!"

얼굴이 상기된 강습생들은 각자 작은 종지에다 가루와 기름을 섞어 연지를 만들기 시작했다. 서로 옆 친구에게 입술에 발라주고, 볼에 연지를 찍어 주며 깔깔거리고 웃고 있는데 승유와 영추가 아무도 없는 소장품 매장으로 들어왔다. 매장은 화려한 용기들로 가득 채워져 있었다. 은 분구합, 호리병, 크고 작은 은합, 사기 합, 머리빗, 붓들, 면경들, 노리개, 비녀, 가락지, 향낭이 가지런히 세워져 있는 광경을 보고 두 남자는 눈이 휘둥그레졌다. 승유가 용무늬의 화려한 머리 장식을 들고 자신의 갓에다 대보자 영추가 흥분하여 말했다.

"와 나리 대단한데요? 나리 머리에서 용 한 마리가 승천하겠습니다요."
"이건 값이 얼마나 하겠느냐?"
"멋집니다요. 돈 좀 나가겠습니다요."

승유가 고개를 끄떡이며 용 장식을 갓에다 꽂고 산호 비녀를 집어 영추 머리에 대보는 순간 뒤에서 살금살금 걸어오는 단이가 몽둥이로 승유를 세게 내리쳤다.

"잡았다. 이 도둑놈!"

단이가 몽둥이를 다시 치켜드는데 승유는 맥없이 바닥에 쓰러지고 용 장식은 두 동강이 났다. 놀란 영추가 큰소리로 나리를 외치며 승유를 흔들었다. 승유는 일어나며 신음 소리를 냈다. 단이는 큰소리로 외쳤다.

"도둑이야! 도둑이야!"

단이의 외치는 소리에 우르르 상단 식구들이 몰려들었다. 양 씨와 봉구는 영추를 잡고, 박 씨와 소중이는 승유를 움직이지 못하게 붙잡았다. 영추는 자신을 잡은 봉구와 양 씨를 뿌리치고 화를 냈다.

"우리 도둑 아닙니다! 이거 놓으세요, 좀!"

단이는 며칠 전 포도청에서 자신을 살인자냐고 물었던 승유를 보며 큰소리쳤다.

"아저씨, 이 사람들 상습 절도범이니까 당장 금부로 호송하세요. 포도청 말구요. 거긴 이 사람들하고 한패거든요."

양 씨와 봉구가 승유를 잡아 손을 묶으려 하자 승유가 위엄 있는 소리로 말했다.

"어허, 이거 놓아라. 나는 사치스러운"

승유가 여기까지 말했을 때, 영추가 승유의 입을 틀어막았다.

"우리 나리는 사치스러우면서도 화려한 신부예물을 보고 있었다고요!"

갑작스러운 영추의 말에 승유는 눈을 깜빡이다가 헛기침을 했다.

"그래, 맞습니다. 나는 사치스러우면서도 화려한 신부예물을 보고 있었습니다."

승유 말을 들은 박 씨는 손님 하나 물었다는 듯 호기심 있게 말했다.

"아이구, 손님인가 보네? 뭐 보시게?"

"거짓말입니다. 이 사람들 아까 시전에서도 다른 여인의 뒤꽂이를 훔치다가 걸려서 도망쳤다고요."

누구의 말이 참인지 갸우뚱하는 사람들을 훑어보다가 영추가 말했다.

"맞습니다요. 우리 나리, 신부님에게 선물할 물건 보고 있었습니다. 그 여인의 장식품이 하도 멋져서 구경하려 했던 겁니다요."

단이는 갸우뚱하며 진짜냐고 물었다. 승유는 과장된 몸짓으로 왜 손님을 박대하냐며 물건을 보여 달라고 둘러쳤다. 양 씨는 바닥에 깨진 용 장식을 들고 물어내라 했다. 승유는 자신이 깬 것이 아니라 단이가 깬 것이니 물어줄 수 없다 하자, 박 씨는 한 달 장사 망쳤다고 푸념했다. 그 말을 들은 승유가 얼마냐고 물었다.

"나리 같은 양반, 상투부터 발끝까지 호올딱 벗겨서 열 수레 갖다 줘도 못 사는 거요. 근데 신부님께 줄 예물은 어떤 거로 살 거요?"

박 씨는 물건을 팔 요량으로 이것저것을 승유에게 소개했다. 단이는 승유의 표정을 살피며 입구에 서서 정말인지 거짓말인지 유심히 지켜보았다. 승유는 물건을 들었다, 놨다 하며 구경하고 있고, 박 씨는 물건을 팔려고 기를 쓰며 따라다녔다. 승유가 노리개를 들자 묻지도 않았는데 박 씨가 얼른 나서서 말했다.

"고거 고거는요, 보석이 호박이라 비싸요. 스무 냥."

승유는 혼잣말로 스무 냥을 중얼거리고는 머리빗을 집었다.

"그 빗은 황옥으로 만든 거라 비쌉니다. 오십 냥. 그 분가루는 명나라에서 들여온 건데 왕실에도 들어가는 거라 비이쌉니다. 금 두 냥."

승유가 물건을 만지기만 해도 박 씨는 발 빠르게 혼자 설명했다.

"금 두 냥? 뭐가 이렇게 비싸? 이래도 되는 겁니까?"

승유가 따지듯 말하자 단이가 그의 손에서 분갑을 빼앗았다.

승유는 눈을 동그랗게 뜨고 단이를 바라보았다. 박 씨가 왜 그러냐며 여기 있지 말고 안으로 들어가라고 단이를 밀었다. 단이는 박 씨 손을 거두며 쌀쌀맞게 승유를 보며 말했다

"나리 같은 양반은 이런 거 살 자격 없어요."

"뭐, 자격이 따로 있느냐?"

"이 물건은 어디에 쓰이느냐, 용도가 뭐냐, 어떻게 쓰는 것이냐를 물어야지, 하나에서 열 가지 죄다 얼마냐, 얼마냐, 얼마냐고 묻잖아요? 신부가 알면 좋~아 하겠습니다."

단이의 입바른 소리에 승유는 잠시 당황했다. 역시 보통의 여자는 아닌 듯했다. 승유는 시치미를 떼고 어색하게 말했다.

"모... 모르니까 묻는 거 아닌가?"

"신부님을 데리고 오시든가요."

신부를 데려오라고? 없는 신부를 어디서 데려오지? 난감한 승유는 또다시 거짓말을 했다.

"오... 올 수 없는 몸이다."

"그럼 나리께서 먼저 써 보시고 색시감에게 설명하시던가."

"써... 써 보라고?"

당황한 승유는 두리번거리며 영추를 찾았다. 이 순간 영추의 도움이 절실히 필요했다. 영추는 어느새 소중이와 웃으면서 이야기하고 있었다. 승유가 눈짓으로 도움을 청했다. 영추는 나리가 알아서 하시라고 눈짓을 보내곤 소중이와 계속 이야기를 했다.

'나보고 여인들이 쓰는 소장품을 써보라고? 아, 이게 아닌데 어쩌지?'

승유가 변명하고 빠져나갈 궁리를 하는 순간, 단이는 이미 승유에게 의자를 건네며 앉으라고 권했다. 당황한 승유가 얼떨결에 의자에 앉았다. 왕의 명령으로 사치품을 단속하러 나왔다가 졸지에 신부 화장을 하게 생겼다는 생각을 하니 어이가 없었다.

"너무 걱정하지 마세요. 백문이 불여일용입니다. 백번 물어보는 것보다 한 번 써 보는 게 나리 색시감에게 도움이 될 듯

합니다.”

승유의 의사는 묻지도 않고 단이는 그의 얼굴에 곤약을 바르기 시작했다. 미끄덩한 물질이 얼굴에 묻자 승유는 깜짝 놀라 말까지 더듬었다.

“지... 지금 뭐... 뭐 하는 것이냐?”

항의하는 승유의 말에도 단이는 눈 하나 꿈쩍 안 하고 줄줄 줄 말을 쏟아냈다.

“이 곤약은 달걀노른자와 꿀로 만든 거구요, 나리같이 얼굴에 버짐 핀 사람이 바르면 효과 좋구요. 달걀은 양 씨 아저씨가 키우는 토종닭이구요. 꿀은 인왕산 토종꿀입니다.”

어이가 없이 당하는 승유를 보며 영추는 킥킥 웃었다. 종각 상단 사람들이 몰려와 구경하며 신기한 듯 웃었다. 당황스러운 승유는 어쩔 줄 몰라 인상을 썼다. 단이는 면지첩으로 승유 얼굴에 분칠을 하기 시작했다. 사람들은 더 웃었다. 당황하는 승유와 주위 사람들은 의식도 안 하고 단이는 일사천리로 말을 이어갔다.

"이건 분꽃 씨와 쌀가루로 만든 분입니다. 동소문 성곽에서
나는 분꽃이구요. 분꽃 씨 스무날 말려 옥 절구로 찧고, 고운 채
로 여섯 번 거른 겁니다. 쌀은 김포평야 껍니다. 농부들이 한 알
한 알 정성 들여 만든 곡식을 안 먹고 아껴 가루를 낸 것이고,
국산품, 가격은 한 냥!"

단이의 말에 승유는 화를 내며 얼굴을 마구 비비며 소리쳤다.

"아 진짜! 이 뭐 하는 짓이냐!"
"물건을 만든 사람의 정성은 생각하지도 않고 무조건 돈으로
만 가치를 따지는 나리 같은 사람들에게 물건의 소중함을 알려
드리는 겁니다!"
"이봐, 내가 이런 거 물어봤느냐? 가격 물어봤지?"
"저 봐, 저 봐. 끝까지 가격만 묻는 거 봐. 나리 같은 사람에게
는 우리 물건 팔지 않을 것이니 가세요, 가!"

단이가 의자를 확 빼자 승유가 발라당 넘어졌다. 사람들은
우하하 웃어 재꼈다.

같이 구경하던 영추는 얼른 다가와 승유를 일으켰다.

"너! 내가 가만 안 둬!"

승유는 단이를 향해 눈을 부릅뜨고 소리 질렀다. 단이는 팔짱을 끼고 도망치듯 나가는 승유를 바라보았다. 승유가 가고 난 뒤 종각상단 소장품 매장엔 꺼내놓은 물건이 수북했다. 하나하나 정리를 하던 박 씨는 울화가 치밀었다.

"미꾸라지도 백통이 있고, 빈대도 콧잔등이 있는데 연지라도 하나 사겄지, 했더니만 그냥 가버리네. 어떤 년이 마누란지 안 됐네, 안 됐어. 야 소중아 소금 뿌려라!"

소중이가 바가지에 소금을 듬뿍 담아 승유가 간 길에다 휙 뿌렸다.

7. 단이의 비밀

승유는 국밥 먹다가 한숨 쉬며 숟가락을 놓았다. 영추는 기다렸다는 듯이 얼른 승유 그릇을 당겨 퍼먹었다. 승유는 혼자 중얼거렸다. 쉽지 않아. 영추는 밥을 먹다가 승유를 쳐다보았다.

"사치품 말이다. 진품 가품 구별도 어렵고... 가격 알아보기도 힘들고."

"오늘 보니 나리 솜씨로는 사치품 걸러내기는 글렀고요. 차라리 씀씀이 헤픈 사대부가를 급습하는 게 어떻습니까요?"

"씀씀이 헤픈 사대부가?"

"예, 그곳에 드나드는 깃털들을 잡아 족치면, 몸통이 나올 거 아닙니까요?"

"아니, 이눔아, 시대부가에 닭이 드나드느냐? 장끼가 드나드느냐? 깃털을 왜 잡어?"

"아 놔. 나리는 밤에 나서 밤에 컸나요? 세상 물정을 몰라도 너무 몰라. 사대부가에 물건을 날라다 주는 사람이 깃털이라구요 쫌."

"일삼오칠구로 말하면 알아듣느냐?"

"장원급제, 대감마님이 추천서 써줘서 들어간 거 맞죠? 맞아 그런 거였어."

승유가 영추의 머리를 숟가락으로 쾅 쳤다. 영추는 폭행죄 운운하며 난리를 치는데 승유는 웃기만 했다. 밥 먹을 때는 개도 안 건드린다는 둥 불만을 늘어놓는 영추를 데리고 승유는 포도청으로 발길을 옮겼다. 포도청 종사관은 의외로 좋은 정보를 주었다.

"그러니까, 오늘 교동 대감댁으로 사대부가 마님들이 모여서 단체로 단장을 한단 말이죠?"

"그렇답니다. 명에서 들여온 개미즙 비누와 진주 분을 쓴답니다. 개미 수만 마리를 잡아서 삭히면 그게 바로 얼굴 씻는데 최고의 비누가 된답니다. 명에서 아주 유행하는 최신 상품을 시연

한다는데... 이참에 나리랑 저랑 크게 한 건 올립시다."

"좋습니다. 내가 급습을 할 터이니 종사관께서 포졸을 데리고 대기하면 되겠습니다."

됐다.

드디어 한 건을 올릴 수 있게 되었다.

이영은 효순을 대동하고 몰래 궁을 빠져나와 시전 거리에 들어섰다. 난생처음 다니는 시전 거리인지라 모든 것이 신기했다. 거리에서 파는 향낭도 대보고, 머리빗 빗살도 만져보고, 신이 나서 이것저것 들었다 놨다 하는 이영에게 효순은 주의를 줬다. 이영은 모든 것이 신기했다. 난전에서 파는 떡도, 엿도 다 먹고 싶었다. 궁에서는 먹을 것이 산처럼 쌓여있어도 잘 먹지 않았는데 이상하게 갑자기 배가 고팠다. 난전에서 파는 지지미 가게를 지나는데 먹고 싶어 미칠 것 같았다. '저거 먹자'하니 안 된다며 효순은 고개를 세게 저었다. 얼른 오얏꽃 사건 당사자만 만나고 들어가야 한다며 이영을 이끌었다. 효순은 지지미 가게 주인에게 오얏꽃 사건의 단이라는 매파를 아느냐고 물었다. 모른다고 답하는 가게 주인이 매파라면 할머니를 말하는 거라고 덧붙였다.

이영과 효순은 단이라는 이름의 할머니를 찾기 시작했다. 두 사람이 종각상단 앞까지 왔을 때 양 씨가 물건을 팔 요량으로 두 사람을 이끌었다. 효순이 오얏꽃 사건의 단이라는 할머니를 찾고 있다고 하자 양 씨는 허허 웃으며 '단이는 할머니가 아니라 저 아이'라고 말을 하며 안쪽을 가리켰다. 단이가 지승 가방을 메고 마침 나가려는 참이었다.

"아저씨 교동 대감댁에 물건 갖다주고 올게요."
"어서 가거라, 수장 어른 기다리신다. 근데 단아, 이분들이 널 찾는데?"

양 씨 말에 단이가 이영을 쳐다보았다. 이영은 다짜고짜 니가 단이냐고 물었다. 단이는 처음 보는 아씨가 자신을 알고 있는 점이 이상해서 갸우뚱했다. 이영은 약간 흥분한 상태로 말을 했다.

"나에게 단장을 하거라."

난데없이 나타나 명령하는 이영의 말에 단이는 울컥 기분이
나빴다.

"뭐래, 나 그런 거 안 하거든? 아저씨 다녀오겠습니다."

양 씨에게 인사를 하고 단이가 흔들거리며 걸어가자 이영은
당황하여 따라갔다. 종각상단에서 교동까지 빨리 걷는다면 일
각(15분) 이내로 도착할 수 있다. 교동 마님 댁에서 오늘 사대부
가 여인들의 분단장이 있는 날이라 박 씨는 일찌감치 교동으로
향했다. 그런데 미처 가져가지 못한 면지첩을 단이에게 가져오
라고 연통을 한 것이었다. 막 사포서(안국동에 있던 채소를 관
리하던 관청)를 지나려는데 뒤에서 '섯거라'라는 말이 들렸다.
단이가 돌아보니 이영과 효순이 헉헉거리며 따라오고 있었다.
단이는 뒤를 힐끗 보다가 이영을 본체만체 거들떠도 안 보고 빠
른 걸음으로 가기 시작했다. 단이가 교동 대감 댁 앞에 당도했을
즈음에 가마 두 대가 들어갔다. 문지기는 허리를 깊이 숙여 가
마에 대고 인사를 하더니 얼른 커다란 대문을 닫고 들어갔다.

"너! 섯거라! 내 말 안 들리느냐?"

단이가 대문을 들어서려는데 뒤에서 이영이 소리쳤다. 귀찮은 표정으로 왜 따라오냐고 물었더니 또 단장을 해 달라는 것이다.

"뭔 소리야? 내가 왜? 지난번에 오얏꽃 그려줬다가 금부까지 갈 뻔했는데 내가 또 할 것 같애?"

단이가 이영에게 눈을 흘기고 대문을 두드리자 문지기가 문을 열어주었다. 대문으로 쏙 들어가는 단이를 따라 이영과 효순도 우리 일행이라며 얼른 들어갔다. 별당 마당에는 다섯 대의 가마가 나란히 서 있었다. 방 안에는 마나님들 다섯 명이 쪼르록 누워있었고, 마나님들 옆에는 매분구들이 한 명씩 붙어서 면지첩으로 얼굴을 닦아주었다. 단이가 들어와 박 씨에게 면지첩을 건네자마자 문을 벌컥 열고 이영과 효순이 들어왔다. 방 안에 있던 사람들이 깜짝 놀랐다. 단이는 더 놀라 이영을 잡아 끌고 나갔다. 뒤란에는 오얏꽃과 복숭아꽃이 활짝 피어있었다. 단이 손에 이끌려오던 이영이 단이 손을 '탁' 쳤다.

"나, 시간 없어 십이 년 만에 처음 집 나왔다고. 너한테 단장 받고 얼른 돌아가야 해."

"대체 뭐냐? 갑자기 왜 단장을 해달라는 거야?"

"이유는 없어. 너한테 꼭 받고 싶으니깐. 해줘 얼른."

단이는 십이 년 만에 집을 처음 나왔다는 이영의 말에 뭔가 사연이 있는 듯하여 이영을 물끄러미 바라보았다. 까짓것, 못할 것도 없다. 마침 봄바람이 살랑 부니 오얏꽃잎이 하늘하늘 떨어졌다. 단이는 잠시 눈을 감고 바람을 느꼈다. 순전히 오얏꽃 향 때문이었다. 오얏꽃 향이 단이의 마음을 누그러트렸다. 단이는 이영의 얼굴을 단장해주기로 마음먹고 비로소 이영의 얼굴을 자세히 들여다보았다. 티 하나 없이 깔끔한 얼굴에 오밀조밀 붙어있는 눈, 코, 입이 꽤 미인이었다. 단이는 괜히 심술이 나서 한마디 했다.

"뭐. 단장할 것도 없구만. 그냥저냥 생긴 얼굴에, 평범한 이목구비에, 단장을 하나 안 하나 그게 그거구만."

"그런 소리 말고 잘 보거라."

"어쩌라고? 왜 명령인데? 얼굴에 심술하고 욕심만 덕지덕지 붙었구만."

"뭐, 뭐야?"

이영이 무엄하다며 벌컥 화를 냈다. 단이 역시 그럼 하지 말자며 돌아섰다. 이영은 얼른 그게 아니라며 단이를 잡았다

"그럼 내가 하는 대로 가만히 있어, 입 다물고."
"잠깐, 내가 원하는 건 나를 가장 잘 나타낼 수 있는 그런 단장이다."
"이봐, 나는 매분구가 아니라 단장은 못 해. 알지도 못 하고. 근데 아는 것은 하나 있지. 단장은 한마디로 심상이야. 그러니 가만히 있으라구."

이영은 '단장이 심상이라'는 말을 처음 들었다. 심상이라니, 그게 뭐지? 묻는 이영에게 단이가 차근차근 설명했다.

"마음을 곱게 쓰면 단장을 안 해도 이뻐진다는 거지. 인상 쓰는 얼굴은 단장을 하나 마나거든. 먼저 호흡을 해. 천천히. 그리고 가장 행복했던 때나 만족했던 때를 생각해 봐."
"뭐래? 난 그런 거 없어."

난 행복한가?
난 불행한가?

난 만족하는가?

난 불만인가?

난 그런 거 모른다.

난 생각 없이 살고 있다.

그게 편하다.

이영은 느닷없는 질문에 잠시 상념에 잠겼다. 그러나 단이는 틈을 안 주고 생각을 멈추게 했다.

"없어? 없으면 말고, 근데 본바탕이 고와서 단장 안 하는 게 낫다. 대신, 이 눈썹이나 만지자."

단이가 눈썹이라는 말을 하자 이영은 손으로 자신의 눈썹을 가리며 말했다.

"반달눈썹 하지 마라! 질색이야."

"일자 눈썹 할 껀데?"

"히야 너! 너 역시 내 맘을 알아주는구나? 좋아. 일자 눈썹."

"당연, 이 얼굴엔 일자 눈썹이지. 그래야 더 당당해 보이고 고급지거든."

단이가 이영 얼굴에 미묵을 들고 눈썹을 그리기 시작했다. 순식간에 이영의 눈썹이 일자로 그려졌다. 강해 보였지만 보기에 좋았다. 곁에서 효순이 엄지를 쳐들자 이영도 만족해했다.

별당 방 안에는 매분구들이 계속해서 얼굴을 단장해주고 있었다. 마나님들은 매분구들 덕분에 얼굴이 고와진다고 입바른 소리도 하고, 분은 역시 명나라에서 들어온 진주 가루가 최고라며 예뻐진다면야 돈은 얼마든지 쓸 거라는 말도 했다.

박 씨는 얼굴만 가꾼다고 여자냐, 마음이 고와야지 속으로 생각하고 있는데 그때 갑자기 문이 벌컥 열리며 문지기가 들어왔다. 방 안에 있던 여인들은 놀라 비명을 질렀다. 문지기는 어딜 감히 들어오느냐는 마나님들의 꾸지람은 듣지도 않고 제동 쪽에서 사헌부 감찰과 포졸들이 단속을 나오고 있으니 얼른 피하시라고 소리만 쳤다. 교동 마님은 우왕좌왕하는 마나님들을 안심시키고 수모들에게 얼른 짐을 정리하라 명했다.

뒤란에는 단이가 평온한 기분으로 단장을 마무리하고 있었다. 잇꽃 가루를 개서 이영의 입술 색깔만 빨갛게 칠해 돋보이게 했다. 면경을 보고 있던 이영은 입꼬리를 올리고 입술을 앞으로 쭉 오물거리며 신나 했다.

"얼굴 전체를 단장한다고 좋은 것은 아니고 강조할 부분만 이렇게 강조하면 더 돋보이거든."
"오 좋아, 이거야."

단이는 가방을 챙기며 단장해준 값을 달라고 손을 내밀었다. 이영은 돈이 없다 했다. 궁에서는 한 번도 돈을 준 적이 없다면서 왜 돈을 받느냐고 오히려 큰소리쳤다.

"너 뭐냐? 아니, 단장을 해줬으니 돈을 줘얄 꺼 아냐?"
"난 이 나라 공주다."

느닷없이 공주 타령을 하는 이영을 보고 단이가 헛웃음을 웃었다. 효순은 이영의 말에 신분이 노출되었을까 봐 안달복달했다. 그러나 단이는 눈치채기는커녕, 한술 더 떴다.

"야, 니가 공주면 난 중전마마다! 공주가 다 죽었냐? 돈 없으면 집구석에서 감자떡이나 부쳐 먹지, 왜 기어 나와서 귀찮게 하냐? 너, 이리 와. 다 지워버리게."

이영은 얼굴을 막으며, 안 된다고 소리쳤다. 단이가 계속 손을 내밀자 저고리에 붙어있는 노리개를 얼른 떼어 줬다. 황옥 노리개였다. 단이는 얼떨결에 노리개를 받았다.

"이게 뭐야?"
"비싼 거다."
"그... 그건... 안 됩니다. 그건 하나밖에 없는 유품..."

효순의 입에서 유품이라는 말을 들은 단이는 잘못 들었나 했다. 유품이라면 누가 죽었나? 이걸 받아야 하나 단이는 잠시 망설였다.

"그럼, 내가 다음에 돈 가지고 올 테니, 그때까지 가지고 있어. 꼭이다!"

단이는 노리개를 가방에 넣었다. 그때만 해도 황옥 노리개의 진짜 주인이 누구인지 단이는 몰랐다. 이영은 갑자기 소피가 마렵다며 효순을 대동하고 급히 뒷간으로 갔다. 생긴 건 곱상한데 참 정신 사나운 여자라는 생각을 하며 큰 마당 쪽으로 나갔다. 그때 안에서 수모들이 다급하게 우르르 나와 신발 신기에 바빴다. 남의 신발짝을 신고 가려는 젊은 매분구를 잡고 박 씨가 내 신발이라며 빼앗았다. 그때, 뒤란에서 나오는 단이를 발견했다. 박 씨는 깜짝 놀라 단이에게 도망가라며 소리쳤다. 단이가 어리둥절한 사이에 다른 수모들은 다 도망가고 단이와 박 씨만 남았다.

승유가 종사관, 영추, 포졸들을 데리고 들이닥쳤다. 단이와 박 씨는 깜짝 놀랐다. 능숙한 승유의 지시대로 포졸들은 단이와 박 씨를 체포했다. 박 씨는 소리 지르고 단이도 이거 놓으라며 버둥거렸다. 승유는 단이를 보고 '드디어 걸려들었군' 하며 비웃었다. 영문도 모르는 단이는 지금 복수하는 거냐고 소리치는데, 교동 마님이 점잖게 문을 열고 나왔다. 조금 전 속곳만 입고 단장을 하던 차림이 아니었다. 마님은 단정한 옷차림으로 주위를 둘러보며 위엄 있는 목소리로 물었다.

"왜 이리 시끄러운가?"
"사헌부 감찰 민승유입니다. 교동 대감댁에서 사치스런 일이 자행된다 하여 조사하려 합니다."
"나랏일인데 도와야지. 들어가 보시게."

교동 마님의 말이 끝나자마자 포졸들이 우르르 안으로 들어갔다. 별당 안은 말끔하게 정리가 되어 있었다. 방 가운데를 중심으로 차와 떡이 놓인 소반이 삥 둘러 놓여있었고, 우아하게 마님들이 앉아서 담소를 나누며 차를 마시고 있었다. 따라 들어오던 승유와 종사관은 안의 상황을 보고 어리둥절했다. 분명 사대부 마님들이 얼굴 단장을 하고 있다고 했는데... 이어 들어온 교동 마님은 품위 있는 목소리로 조용히 말했다.

"송화 가루가 좋아, 송화 차와 다식을 만들어 나누는 중이네만. 송화 가루를 먹으면 국법을 어긴 것인가?"

승유는 방 안을 두리번거리다가 '아... 그... 그게' 하며 말을 얼버무렸다. 마님들은 승유를 보고 그윽하게 눈인사를 했다.

마당에는 포박되어있는 단이와 박 씨가 버둥댔다. 이유도 모르고 잡혀있는 두 사람은 방 안에서 나오는 승유 일행과 교동 마님을 보고 소리쳤다.

"마님, 말씀 좀 해주십시오."
"대체 이유가 뭔데 날 잡은 겁니까?"

두 사람이 항의하자 교동 마님이 천천히 설명하듯 승유에게 말했다.

"안 그래도 수모를 내쫓는 중이었네만. 오늘 송화 차 모임이 있는 줄 어떻게 알고 개미즙 비누와 진주 가루분을 팔러왔더군. 그래서 혼을 내고 쫓아내던 중이었네. 끌고 가시게나, 다시는 우리 집에 얼씬도 못 하게."

눈 하나 꿈쩍 안 하고 거짓말하는 교동 마님을 보고 단이는 할 말을 잃었다. 양반들의 본성이 저렇게 드러나는구나, 생각하면서 어떻게든 빠져나갈 궁리를 하는데 아무것도 모르는 이영이 뒤뜰에서 나오다가 이 상황을 보고 놀라서 얼른 숨었다. 효순은 입을 틀어막고 얼른 이 자리를 피하자며 이영을 데리고 살금살금 구멍으로 빠져나갔다.

포도청 마당에 무릎 꿇린 박 씨와 단이는 어이가 없었다. 큰 건 하나 잡나 했지만 별거 아닌 피라미만 잡는 바람에 승유는 기분이 떨떠름했다. 하지만 사치품을 팔고 다니는 박 씨와 단이를 붙잡은 것만으로 만족해야 했다.

"야 이놈들아, 그것들을 잡아야지, 왜 나를 잡아 와?"
"이거 얼른 풀어달라고!"

박 씨와 단이가 항의하자 종사관은 금부에 넘기겠다고 승유
에게 말했다. 그 말을 들은 단이는 비웃으며 소리쳤다.

"앞뒤도 안 가리고 뻑 하면 금부로 넘기겠다? 그러고도 녹봉
은 받아먹냐? 수당까지 챙기겠지?"
"금부로 압송하세요. 지금 당장. 가자, 영추야."

승유가 영추와 함께 나가려고 하자 단이가 더 큰소리로 악을
썼다.

"야! 너 나한테 왜 그래? 왜 나만 가두는데! 내가 양반이 아니
라서?"

'왜 나만 가두는데! 내가 양반이 아니라서?'

승유는 한 대 맞은 것처럼 그 자리에 멈춰 섰다.

심장이 쿵 내려앉았다.

꿈에도 잊지 못했던 그 아이의 말투였다.

분명 그 말투였다.

승유는 몸을 돌려 천천히 단이를 쳐다보았다.

어린 시절, 궁말에서 만났던 그 아이였다.

분명 그 아이, 자두였다.

궁말에서 단이와 찬이와 함께 왕이 내린 현판에 그림을 그리다가 혼이 난 적이 있었다. 그때 자신과 찬이는 벌을 받지 않고 자두만 광에 갇히는 벌을 받았었다. 그때도 자두가 소리쳤다.

"왜 나만 가두는데! 내가 양반이 아니라서요?"

승유는 십이 년 전의 기억을 더듬었다. 궁말 뒷동산에서 뛰어놀던 자두, 귀엽고 깜찍했던 자두, 꿈에서라도 나타났으면 했던 그 자두, 그토록 보고 싶었던 자두를 떠올렸다. 그랬다. 단이를 보는 순간 어디선가 본적이 있다 했는데 단이가 자두였다니, 자두가 살아있다니, 승유가 놀라서 눈을 동그랗게 뜨고 단이에게 시선을 두고 걸어왔다. 단이는 승유에게 눈을 흘기며 소리쳤다.

"왜, 바른말 들으니 찔리나?"

"너... 너..."

"그래 너 뭐?"

"너... 너... 자... 자두지?"

"뭐래? 이제 헛것도 보냐?"

"나... 나 승유야, 나 몰라?"

"알지 도둑놈, 민승유."

"자두... 너... 자두 아니야?"

단이는 어이없다며 고개 돌리고 '별 미친'이라고 중얼거렸다.

"끌고 금부로 가라!!"

종사관의 말에 포졸들은 단이와 박 씨를 끌고 갔다. 억울하다며 악을 쓰는 박 씨의 소리 들으며 승유는 멍하니 단이의 뒷모습을 바라보았다.

포도청을 나와 천천히, 천천히 걸어가는 승유에게 영추가 조심스럽게 물었다.

"자두가 누구예요?"

승유가 말이 없자 영추는 어색한 분위기를 만회하려고 자신은 자두보다 복숭아를 더 좋아한다고 농을 하였다. 농도 받아주지 않고, 말참견도 하지 않고 승유는 천천히 걸었다.

"나리, 자두가 누군데요?"
"...죽은 아이다..."

　담담하게 말하는 승유를 보며 영추는 놀라 걸음을 멈추고 승유의 얼굴을 보았다. 승유는 넋이 나간 얼굴이었다. 천성이 밝고 웃기도 잘하는 승유의 모습이 아닌지라 낯설었다. 영추는 가던 길을 멈추고 천천히 걸어가는 승유의 처진 어깨를 보았다.

8. 흥청과 매분구

덕안전 모퉁이를 돌아서니 시원한 바람이 한 가닥 삐져나온 귀밑머리로 불어왔다. 이영은 숨을 고르며 효순을 따라 덕안전 뒷마당을 살금살금 걸어갔다. 난생처음 궁 밖을 나갔다가 금부에 끌려갈 뻔했다는 생각을 하자 오금이 저렸다. 그렇지 않아도 아바마마께서는 사치스러운 단장을 금지한다는 어명을 내렸는데 자신이 그 현장에 있었다는 사실이 알려지면 큰 사달이 날것이 뻔했다. 효순이 손짓하는 대로 살금살금 걷고 있을 때 미령의 궁녀 덕이가 큰소리로 이영을 불렀다.

"마마! 어디 다녀오십니까? 종일 찾았습니다. 성빈 마마께서 찾으시옵니다. 제가 마마 침전에 세 번이나 다녀오는 길입니다.

어서 가세요."

"아... 알았어, 금방 가마."

이영이 덕안전에 들었을 때 미령은 서안에 놓인 오얏꽃 가지를 고르며 꽃꽂이를 하고 있었다. 자신이 꽂은 꽃들을 보며 미령은 흡족한 듯 빙긋 웃었다.

"어머니 찾으셨습니까? 오 이거 오얏꽃이다. 어머니가 좋아하시는 꽃."

"그래, 어떠냐? 예쁘냐?"

"네. 어머니께서 꽃꽂이하는 것 처음 봅니다."

"꽃을 보면 마음이 편해지고 기분이 좋단다."

"향이 정말 좋아요."

꽃이 소담스럽게 핀 긴 가지를 잘라 수병에 꽂으며 미령은 무엇인가를 생각하듯 아련하면서도 그윽하게 말했다.

"오얏꽃 피는 길엔 없던 길도 생긴단 말이 있단다."

"예? 무슨 뜻이에요 어머니?"

"길도 없는 숲속에 오얏꽃이 향이 나면, 사람들은 향을 따라

수풀로 들어간단다. 한 사람 두 사람이 오얏꽃을 보려고 드나들다 보니 없던 길도 생긴다는 거야."

"아, 그런 뜻이 있었구나."

"근데, 어딜 다녀오는 게냐?"

미령은 오얏꽃 가지를 들고 궁금한 듯 물었다. 이영은 얼버무리며 궁 안에서 산책했다고 하자, 미령이 아니라고 고개를 젓더니 고개를 쑥 내밀고 이영의 얼굴을 찬찬히 훑었다. 이영은 고개를 돌려 외면하려는데 미령은 여전히 이영을 빤히 쳐다보았다.

"누가 단장을 해 준 게냐? 하 상궁 솜씨는 아닌 듯한데?"

"아... 아무도... 해주지 않고... 아니, 맞습니다. 제가 하였... 습니다."

이영이 당황하여 얼버무리자 미령이 나직하게 힘 있는 소리로 나무랐다.

"바른대로 고하라. 어딜 다녀왔느냐?"

이영은 얼굴이 빨개지면서 고개를 숙였다. 미령은 무언으로 대답을 재촉하였다.

"저... 실은... 어떤 아이에게 단장을 받고 돌아오는 길입니다."

"어떤 아이? 어떤 아이라니? 어디서? 허면, 궐 밖을 나갔단 말이더냐?"

"...네..."

"이... 이런... 누... 누구 본 사람은 없느냐?"

"그게... 본 사람이 바로 제 단장을 해준 아인데... 붙잡혀 갔어요."

"뭐? 붙잡혀 가?"

"사치 조장한다며 매분구랑 같이 금부로 끌려갔어요."

이영의 말에 미령은 기가 막혔다. 미령은 몸을 이영에게 바짝 붙이며 물었다.

"너... 넌... 연관 없는 거지?"

"모... 모르겠어요. 그 아이랑 어떤 매분구가 붙잡혀가는 거만 보고 도망쳐왔거든요."

미령은 다급하게 오 상궁을 불러들였다. 오늘 금부로 들어온 매분구 사건, 누가 담당하는지 알아보라고 말을 했다. 오 상궁은 알았노라며 서둘러 나갔다.

경복궁의 밤은 어둠이 내려앉아 고요했다. 봄밤의 두견새가 삼각산에서 구슬프게 날아들었다. 부산했던 전각과 궁 뜰은 그림자도 사라졌다. 승유는 가무락 거리는 등불 심지를 올렸다. 등촉이 파닥 하더니 사헌부 집무실이 환해졌다. 먹을 찍어 문서를 작성하던 그는 눈의 초점을 잃고 멍하니 창밖을 내다보았다. 이미 활짝 핀 오얏나무 가지가 어둠 속에서 흔들리고, 살짝 얼굴을 내민 모감주나무 이파리가 파르르 떨었다. 무거운 마음만큼이나 무거운 밤하늘의 무게가 사헌부 뜰에 가득 찼다. 곧 여름이 다가올 터인데 바람은 여전히 서늘하다. 갑자기 바람이 착착 접혔다가 펼쳐지는지 소리가 세차게 밀려왔다. 사헌부 자리는 바람이 몰아치는 곳인지라 가끔 회오리 같은 바람이 불어온다. 그 바람결에 붙잡혀 가던 단이 얼굴이 실려 왔다. 눈을 질끈 감고 고개를 흔들어 정신을 차리려고 애를 쓰는데 감찰부 동료인 영재와 진성이가 다가왔다.

"한 껀 했다며? 축하하네."

"사헌부의 저승사잔데 그럼... 이 정도야 뭐. 누운 소 타기지. 축하허이."

승유는 짜증을 버럭 내며 그만 좀 하라고 소리쳤다. 난데없이 봉변을 당한 영재가 어이없다는 듯 왜 저러냐고 진성에게 물었다.

"내가 아느냐? 네가 아느냐? 나도 몰라. 중모린지 자진모린지 알려주지도 않는데. 에이, 퇴청이나 합시다아."

"암 해야지. 민 감찰은 퇴청 안 하시나?"

영재의 말은 대꾸도 않고 승유는 벌떡 일어나 밖으로 나갔다. 두 사람은 승유를 향해 입을 삐쭉이며 고개를 흔들었다.

의금부 옥사 앞엔 횃불이 사방으로 켜있었다. 밤이 깊어지자 사방이 조용해지고, 구름마저 움직임을 멈춰 밝은 달을 조용히 가렸다. 문을 지키는 옥사 병졸은 졸음이 오는지 눈을 감았다 떴다 했다.

냄새가 났다. 죽음의 냄새다.

단이는 눈을 꼭 감고 옥사 안을 둘러보았다. 머리가 아프다. 속도 불편하다. 얼른 집으로 돌아가야 한다. 머리가 욱신거려 관자놀이를 지그시 눌렀다. 맥이 욱신욱신 거렸다. 지금쯤 유란 대행수가 나의 소식을 알고 있을 것이다. 유란이 그랬다.

넌 자두가 아니라 단이라고,

절대로 자두여서는 안 된다고,

네가 어떤 일이 있어도, 나는 네 앞에 나타나지 않을 것이라고,

너 스스로 헤쳐 나가라고,

승유가 너 자두지? 하는 순간 단이는 깜짝 놀랐다. 자신을 알아본 사람이 있다니, 분명 자두는 죽었는데 대체 이 사람은 누구지? 하는 순간 단이는 궁말에서 뛰놀던 그 오라버니가 생각났다. 나비처럼, 참새처럼, 구름처럼 뛰어놀던 오라버니 민승유. 단이는 울컥 울 뻔했다. 그리고 일어나 오라버니하고 안겨 울고 싶었다. 그러나 시치미를 뗐다.

나도 안다.

당신이 민승유인 것을 나도 안다.

나는 민승유를 모른다, 몰라야 한다.

난 자두였다.

지금은 자두가 아니라 단이다.

난 이미 죽었다.

내가 자두인 순간, 또 죽을 수 있다고 유란 대행수가 말했다.

또 죽을 수는 없다.

대체 왜 나는 죽어야 하는가?

나는 죽지 않을 것이다.

나는 반드시 단이로 잘 살아남을 것이다.

승유는 전각을 지나 검은 숲속으로 들어섰다. 궁의 밤은 어둠밖에 없었다. 멀리 환하게 불이 켜진 금부 옥사가 보였다. 그는 다급한 걸음으로 헛기침을 하며 옥사 앞에 멈추어 섰다. 오늘 들어온 죄인을 보러왔다 하자, 병졸은 두말없이 옥문을 열어주었다.

금부 옥사 기둥에 매달려 있는 횃불에서 희미한 송진 냄새가 났다. 새우등을 하고 누워서 잠이 든 박 씨와는 달리 단이는 무릎을 곧추세우고 쭈그리고 앉았다. 그녀는 한숨을 쉬고 바닥을 한 번 보았다가 천장을 보았다가 하더니 이내 고개 숙이고 얼굴을 감쌌다. 오늘 하루 벌어진 일들이 모두 민승유 때문이라는 생각을 하니 갑자기 울화통이 치밀었다. 그자가 나를 자두로 알든, 단이로 알든 상관없다. 날 이렇게 만든 자는 바로 그자다. 그자가 나타나고 되는 일이 없었다. 옥사 바닥에 놓인 지푸라기를 한 움큼 집어 허공에다 뿌리고 억울해서 발을 동동 굴렀다.

민승유.

나직하게 '민승유'를 읊조리는데 느닷없이 승유가 나타났다. 단이는 헛것을 본 줄 알았다. 하지만 틀림없는 승유였다. 단이는 승유를 보고 화들짝 놀라 벌떡 일어났다.

"어? 이... 이봐요. 나 꺼내줘요, 난 죄가 없어."

단이의 다급한 소리에도 승유는 아무 말도 안 하고 서서 그녀의 얼굴만 바라보았다. 자두가 아닐 수도 있지만 자두라고 믿고 싶었다. 왜 입 다물고 있냐고 소리치는 단이의 목소리에 박씨는 화들짝 놀라 깨서 승유를 보자마자 소리쳤다.

"어? 이봐 나리 양반. 왜 우리만 잡아와? 방에서 방금 내가 볼따구니에 분 발라 줬는데, 송화 차를 마신다는 게 말이 되냐고?

밥만 처먹고 똥만 싸는 것들이 거짓말만 하고 말야. 대감댁 마님이면 뭘 해! 순 위선자들 같으니라구."

속사포로 쏟아붓는 박 씨의 말에 대꾸도 안 하고 승유는 옥사 포졸에게 옥문을 열라 하였다. 열린 옥사 안으로 그가 들어갔다. 단이가 뭐라고 말하기도 전에 박 씨가 승유의 도포 자락을 당겨 바닥에 앉혔다.

"앉아봐, 요기. 일에는 순서가 있는 벱여. 누가 무슨 일을 잘못했는지 따져보고, 물어보고, 조사하고, 그러는 거 아녀? 못 배운 나도 아는데 배운 니들은 왜 몰러? 이 무슨 조선 천지에 날강도 같은 짓이래?"

"그래서 다시 조사하러 왔습니다. 그때 같이 있던 분들이 누구 댁 마님이신지 아시는지요?"

단이는 박 씨에게 어서 말하라고 고개를 끄떡여줬다. 박 씨는 알았다며 말을 시작했다.

"교동 마님 댁이니까 교동 마님이 있었고, 대갈통 큰 제동 마님, 얼굴에 기미가 잔뜩 낀 가회동 마님에, 눈가에 주름이 자글자글한 팔판동 마님, 딸만 여덟 낳고도 팽팽한 원서동 마님,

이렇게. 어 맞어, 이렇게.”

“그렇게 말하면 누군지 모르지요. 이름을 말해야지.”

“뭔 소리래? 내가 그 여자들 이름을 어찌 아나? 매분구는 사
람을 모가지 위 피부와 머릿결로만 구분하는 거 몰라? 육조거
리에서 그리 말하면 다 알던데? 목멱산에서 김 서방 찾아도 다
아는 판에, 무슨.”

박 씨는 삿대질을 하며 난리를 쳤다. 박 씨의 말은 귓등으로
듣고 승유는 단이에게 다시 물었다.

“누구를 단장해 줬는지 아는가?”

“누군지 몰라요.”

단이는 고개를 휙 돌리며 퉁명스럽게 말했다.

“주문을 받았을 거 아닌가?”

“아, 그런 거 없어요, 그냥 따라 왔다구요. 그 여자가.”

“그 여자가 누군지 알아야 잡아넣지.”

“내가 알면서 모른다고 해요? 그렇게 보여요? 하긴, 높으신 양
반네들은 다 그렇게 말한다지? 모르쇠라고. 어쨌든, 난 억지로

해 준 거니까 그 아씨를 찾아봐요."

"아씨라... 이름도 모르고 성도 모르고?"

"맞다. 지가 이 나라 공주랍디다."

"잘난 체하는 것들은 다 지가 공주라 해. 난 많이 만날 때는 하루에 공주 한 꾸러미도 만났어."

박 씨가 콧방귀를 뀌었다. 승유가 천천히 일어섰다.

"아 그냥 가면 어떻게 해? 우릴 꺼내줘야지?"

단이와 박 씨가 동시에 외쳤다.

"어명이시라... 좀 기다려야 합니다."

"참. 능력도 없으면서 좋은 자리는 잘 꿰찼어."

"이봐, 말조심 좀 하지?"

"능력 발휘해서 우릴 꺼내 주면 말조심하지, 내가."

단이가 팔짱을 끼고 돌아앉았다. 승유는 할 말이 있는 듯 잠시 머뭇거리다가 나가버렸다.

"이봐 나리 양반! 조사 잘해서 우리 꼭 꺼내줘! 알았지?"

박 씨는 승유가 사라진 쪽을 향해 목을 빼고 말했다. 단이는 한숨을 크게 쉬고 바닥에 주저앉았다.

'호로록 호로록'

규칙적으로 노래를 하는 직박구리 소리가 덕안전 앞마당 꽃 더미에 내려앉았다. 고운 햇살이 경쾌하게 푸르른 이파리 사이를 비집고 들어왔다. 미령은 새소리를 들으며 경대 앞에 앉았다. 덕이는 미령의 머리에 앞꽂이를 한 다음 금으로 된 나비잠을 집어 들었다. 미령은 무심코 받아 들다가 덕이에게 다시 건넸다. 당분간 사치품 착용을 하지 말라던 박대종의 말이 생각났기 때문이었다. 양부랍시고 사사건건 간섭하는 박대종이 싫었지만, 주상 전하가 싫어한다는데 하지 말아야지 싶었다. 그때 오 상궁이 들어왔다. 어제 금부로 끌려온 교동 마님 사건은 사헌부 민승유가 담당한다고 아뢰었다. 게다가 어젯밤 옥사로 직접 찾아가서 다시 조사했다는 말을 듣고 미령은 눈을 치켜뜨며 오 상궁에게 명령했다.

"금부에 가서 옹주와 관련된 그 계집을 덕안전 뒤뜰로 데리고 오거라."

"마마, 어쩌시려고 그러십니까?"

"이영이 연관되었다는 것을 불기 전에 죽여 놔야겠다."

미령의 차가운 눈빛이 잠시 일렁였다. 자리에서 느릿느릿 일어나더니 가늘고 긴 손가락으로 창가 수병에 담긴 오얏꽃을 바라보았다. 시들어가는 꽃잎을 똑똑 땄다. 덕이는 두 손을 받쳐 시든 꽃잎을 받았다.

"교동에 급습했는데 아니었다? 허면, 빈손이더냐?"

"아니옵니다 전하, 비싼 소장품과 향유를 팔던 매분구 두 명을 잡아 왔습니다."

"신상필벌, 일벌백계(信償必罰, 一罰百戒)다. 공이 있는 사람은 상을 주고, 죄가 있는 사람은 벌을 준다. 알았느냐? 모든 사람에게 경각심을 주기 위해선 반드시 본보기로 처리하거라."

"분부 받잡겠습니다."

고요한 하늘을 까마귀 한 마리가 날개를 퍼덕이며 날아갔다. 엽왕과의 독대를 마치고 편전을 나선 승유는 하늘을 한번 쳐다보았다. 속이 착잡했다. 발걸음이 어디로 향해야 할지 몰랐다. 단이 말대로 양반들은 다 빠져나가고 힘없는 양민들만 잡아 온 것이 아닌지 잠시 생각을 했다. 만약 그렇다면 왕까지 기만하는 일인지라 가슴이 서늘하였다. 자신을 몰라보는 단이는 자두가 아닐 수도 있다는 생각에 머리가 지끈지끈했다. 이 무슨 망신이란 말인가. 사헌부의 저승사자가 영추 말대로 아무나 다 잡아 와서 그런 것이라면 끔찍했다. 자신의 명성에 먹칠하는 것일 뿐 아니라 가문의 흉이 될 것이 뻔했다.

오 상궁은 조심스럽게 금부 옥사 포졸에게 다가갔다. 오 상궁이 포졸에게 무어라 속닥거리자, 포졸은 안에서 단이를 끌고 나왔다. 단이는 영문도 모르고 대나무 담이 우거진 덕안전 뒤뜰로 끌려갔다.

"으아악!!!"

단이의 비명 소리가 덕안전 뒤뜰에 울려 퍼졌다. 바람 소리와 댓잎 소리에 섞여 비명 소리가 공중으로 흩어졌다. 단이를 고문하던 궁녀는 단이의 입을 틀어막았다. 발버둥을 치는 단이의 다리를 더 옥죄는 궁녀의 눈에 핏발이 섰다. 전각 뜰 위에 서 있는 미령은 치마를 살짝 잡고 아래를 내려다보고 있다. 주위에는 다수의 궁인과 오 상궁이 함께 서 있었다. 미령이 간단한 턱짓을 하자, 오 상궁은 '더 죄어라' 명 내렸다. 단이는 비명 소리도 내지 못하고 고개를 뚝 떨어트렸다. 기절했다.

"물을 뿌려라."

단호한 미령의 목소리에 궁녀들은 기절한 단이의 얼굴에 찬물을 끼얹었다. 단이는 몸을 푸르르 떨며 이내 깨어났다.

"네 이년, 니가 우리 이영을 꼬여내어 억지로 단장을 시킨 년이렷다?"
"이영이 누굽니까? 전 이영이 누군지도 모르옵니다."
"뭐라? 천한 입으로 감히 이영을 입에 담느냐? 더 죄어라!"

궁녀들이 단이를 더 옥죄자 단이의 비명 소리가 하늘을 찔렀다.

새들이 놀라 푸드득 날아갔다. 자선당 쪽으로 걷던 승유가 퍼뜩 놀라 걸음을 멈추고 뒤돌아보았다. 승유의 시선 끝에는 천한 티가 나는 걸음으로 바삐 걸어오는 박명기가 있었다.

단이가 축 늘어져 있는 덕안전 뒤뜰로 박명기가 들어섰다. 난데없는 박명기의 등장에 미령은 놀라 고개를 팩 돌렸다. 박명기는 할 말이 있는 듯 잰걸음으로 발을 동동거리며 미령을 힐끗거렸다. 궁녀들은 익숙한 듯 박명기에게 인사를 했다. 박명기는 인사를 받는 둥 마는 둥, 미령만 쳐다보았다.

"금부 옥사로 다시 보내라!!"

미령은 서늘하게 한마디를 하고 안으로 들어갔다. 박명기는 종종걸음으로 미령을 뒤따랐다. 궁녀 두 명이 기절한 단이를 끌고 가려는데 급하게 승유와 영추가 달려왔다. 승유는 단이를 보자마자 놀라서 버럭 화를 냈다.

"지금 뭐 하는 겁니까? 금부 일을 왜 덕안전에서 치죄합니까?"
"성빈 마마 분부십니다."
"사헌부 감찰이 조사 중인 사건을 왜 덕안전에서 처리합니까?"

"조정의 일을 덜어주고자 하십니다."

아무 일도 아니라는 듯 대수롭지 않게 말하는 오 상궁을 승유는 어이없이 쳐다보았다. 영추는 단이의 코에 손가락을 댔다. 다행히 죽지는 않았다. 영추가 의식이 없는 단이를 흔들어도 단이는 깨어나지 못했다. 승유가 단이를 번쩍 안았다. 오 상궁이 승유 앞을 가로막았다.

"사헌부 감찰이라고 내명부 일을 간섭하시면 안 됩니다."

오 상궁의 말은 들은 척도 안 하고 승유는 단이를 안고 빠른 걸음으로 일각문으로 걸어 나갔다. 단이의 발에서 신발이 뚝하고 떨어졌다. 영추가 얼른 신발을 들고 승유를 따라 나갔다. 승유가 내의원 쪽으로 서둘러 발길을 옮기는데 마침 약제 통을 들고 세자궁을 가는 석이를 만났다. 석이는 의식이 없는 단이를 보고 놀라서 물었다.

"승유, 무슨 일인가? 누구인가?"
"마침 잘됐네. 이 아이 좀 봐주게나."
"지금 세자 저하 뵈러 가는 길인데? 어쩌다 이리된 건가?"

"잘됐네. 세자궁으로 같이 가세."

　찬은 자신의 침구에 의식을 잃고 누워있는 단이를 쳐다보았다. 곱상하고 예쁜 얼굴인데 피로 범벅이 되어 엉망이 된 단이를 보고 마치 자신이 아픈 듯 얼굴을 찡그렸다. 석은 장침으로 단이의 사관[7]에 침을 놓았다. 승유는 안타까웠다. 영문도 모르고 자신의 자리를 내준 찬은 승유와 석을 번갈아 쳐다보았다. 석이 황침을 침통에 집어넣었다.

　"이 아인 누구더냐? 어찌 사람을 이리 만들었나?"

　승유는 뭐라고 말을 할까 잠시 망설이다가 입을 열었다.

　"사치스런 분구를 팔다가 잡혀 온 아입니다."
　"분구? 그런데 어찌 이리... 상했느냐? 금부에서 그랬더냐?"
　"아닙니다. 덕안전에서... 그랬습니다."

---

7) 사관(四關): 엄지와 검지 사이의 혈과 엄지발가락 검지발가락 사이의 4개 혈을 말한다. 경풍, 의식을 잃었을 때, 사관에 침을 놓는다.

"성빈 어머니께서? 왜?"

"...소신이 알아봐야겠습니다."

승유의 말에 찬은 고개만 끄떡이며 단이를 바라보았다. 승유는 단이가 자두일지도 모른다는 말을 찬에게 할까 말까 망설이는 자신을 스스로 책망하였다. 또 일을 그르칠 수도 있기 때문이었다.

미령은 갖가지 장식품을 골랐다. 그녀가 좋아하는 진주를 집어 들고 면경을 보며 스스로 앞꽂이를 했다. 박명기에게는 눈길도 안 주고 면경 속의 자신을 보며 말을 했다.

"대비전에 가야 합니다. 내탕금 빼먹고 들킨 후로 보는 눈 많으니 입궁 자제하라 하지 않았습니까?"

"마마. 안 올 수가 없었습니다."

"내가 부를 때까지 오지 마세요. 사방에서 나를 옭아매려고 혈안인데, 왜 불쏘시개를 자처하시려 합니까? 돌아가세요."

"마마, 제가 왜 왔는지 아십니까?"

"알고 싶지 않습니다. 앞으로 절대 입궐하지 마세요."

박명기가 갑자기 초조하게 눈알을 굴리며 밖을 의식했다. 이내 아주 작은 소리로 '미령아'라고 말했다. 미령은 화들짝 놀라서 면경을 밀어트렸다. 면경이 쨍그랑 깨졌다. 그 소리에 놀라 미령이 두 손을 움츠려 입을 막았다. 박명기가 또다시 '미령아' 하고 불렀다. 미령은 가슴이 철렁했다.

박미령.
십이 년 전에 버린 나의 이름이다.

갑자기 미령이라니? 미령은 밖을 의식했다. 다시 가슴을 진정하면서 어금니를 꽉 물고 화를 내며 눈을 부릅떴다.

"미. 미령이라뇨? 마마라고 부르세요."
"미… 미령아,"
"언제까지 나를 따라다니며 괴롭힐 생각입니까? 왜 이러세요, 정말?"
"…내… 내가 오늘 이상한 책을 한 권 발견했어…"
"책이 말이라도 한답니까? 춤을 춘답니까? 뭐가 이상합니까?"

"자... 자두가 살아있는 거 같어."

떨리는 목소리로 박명기가 어렵게 말을 하자 미령은 숨이 컥 막히는 듯 깜짝 놀라 앉은자리에서 비틀거렸다.

"예? 자... 자... 두... 뭐... 뭔 소리예요? 지금?"

미령이 눈을 동그랗게 뜨고 으름장을 놓았다. 박명기는 멈추지 않고 말을 이었다.

"니가 버린 자두 말이다."

미령은 소스라치게 놀라며 소리를 질렀다.

"아버지!!"
"왜, 내가 틀린 말 했냐? 니가 버린 거 맞지"
"지... 지금 누... 누구 죽는 꼴 보려고 그런 소릴 하세요? 나... 나만 죽어요? 다 죽어요!"

미령은 떨리는 두 손을 꼭 쥐다가 서안을 부여잡고 이를 깨물며 말을 했다. 박명기는 불안한 듯 밖을 쳐다보았다. 잠시 숨을 고르고 입술을 바르르 떨더니 소매 안에서 책을 한 권 꺼냈다. <흥청과 매분구>라고 쓰인 책이었다. 미령은 일어나서 박명기 손안에 있는 책을 빼앗듯이 잡아챘다.

"흥청과 매분구? 이, 이게 뭡니까?"

"오늘 저잣거리에서 책 파는 전기수 놈을 만났는데... 이 책 내용이 수상해서 말이야."

"무... 무슨 내용인데요?"

"딸 버린 엄마는 흥청이고, 딸은 엄마를 찾기 위해서 매분구가 되었다는 소설인데, 아무래도... 너랑 자두 이야기인 것 같아."

"그... 그럴 리가... 아... 아무도 모르는 일을... 그 아인 죽었어... 죽었다고..."

균형을 잃은 미령이 휘청하며 책을 떨어뜨렸다. 책은 장식품이 담긴 은쟁반 위로 뚝 떨어지면서 두 번 튕기더니 나동그라졌다. 요란한 소리와 함께 은쟁반이 뒤집혔다. 보석들이 쏟아지고, 깨졌다. 미령은 혼이 나간 듯 털썩 주저앉았다. 미령은 지우고 싶었던 십육 년 전으로 아득하게 빨려 들어가고 있었다.

9. 이말산의 봄

　야트막한 이말산에 봄이 왔다. 구파발에서 낳고 자란 미령에
게 이말산은 친구이자 어머니 같은 산이었다. 봄이면 어머니와
함께 소쿠리를 들고 따사로운 볕을 쬐며 꽃을 땄고, 여름이면
수목 향이 그득한 짙은 나무 그늘 아래서 어머니와 함께 낮잠
을 잤다. 가을이면 색깔의 조화를 눈으로 담으며 단풍잎을 보
았고, 겨울엔 눈이 소복하게 쌓인 오솔길을 썰매를 타며 신나
했었다. 그러나 미령이 여덟 살 때 어머니가 돌아가신 후로 십
년 동안 술주정뱅이 아버지를 따라 약초만 캐러 다녔다. 이말
산은 더 이상 미령에게 친구가 되지 못하고 지겨운 일터일 뿐
이었다.

미령은 열여덟에 애비도 모르는 아이를 임신했다. 박명기는 딸이 행실이 나빠 남자를 만나고 다니더니 애새끼까지 배어왔다고 매일 욕을 했다. 다른 수가 없었다. 아버지의 욕설을 들으며 여전히 부른 배를 안고 약초를 캐러 다녔다. 먹고살아야 했다. 지긋지긋했다. 손은 나뭇가지에 긁혀 상처투성이가 되었다. 매일같이 약초를 캐고, 말리고, 다듬어서 약초전에 가져다 파는 것이 일이었다.

담장도 없는 좁은 마당에는 멍석이 깔려있고, 그 위에 미령이 캐온 약초, 나무뿌리, 꽃잎이 널어져 있다. 미령이 입은 저고리는 낡았지만, 얼굴은 빛이 나고 예뻤다. 이말산 산등성이에 살기엔 아까운 얼굴이었다.

미령은 쭈그려 앉아 바람이 통하도록 약초 뿌리를 뒤집어 주다가 헛구역질을 했다. 참으려 했지만 이내 약초 뿌리에다 대고 구토를 하고 말았다. 술병을 들고 비틀거리며 마당으로 들어오던 박명기가 미령을 보자마자 술병을 내팽개치고 달려들어 등짝을 후려쳤다.

"이년이 어디다 대고 토악질이야? 어떻게 캐온 약촌데 여기다

대고 쏟아내? 엉?"

"왜 때리는데? 치우면 되잖아."

미령은 토사물을 치우려다가 또다시 입덧을 했다. 박명기는 멍석과 미령을 발로 걷어찼다. 미령은 꼬꾸라지고 약초가 땅바닥으로 다 쏟아졌다.

"이걸 누가 사가? 니년 같으면 사겄냐? 언놈의 씬지도 모르는 애새끼는 배 가지고, 동네 챙피해서 살 수가 없어 내가!!"

미령은 일어나 양손으로 눈물 콧물을 쓱 닦고 밖으로 나갔다. 어딜 가냐고 악다구니하는 박명기의 목소리가 이말산 능성이 까지 울려 퍼졌다.

만삭의 배로 장 진사 댁 우물가에서 빨래통을 낑낑 들고 마당으로 나오는 미령은 마른 기저귀 감을 걷다가 잠시 대청 쪽을 살폈다. 아무도 보지 않는다는 생각에 찢어지고 삐뚤게 잘린 기저귀를 걷어서 움켜쥐어 얼른 치마 속으로 숨겼다. 장 진사 큰며느리의 출산을 앞두고 잘못 잘린 기저귀는 해산할 때 걸레로 쓴다 했다. 그러나 같이 해산을 앞둔 미령은 그런 찢어진 천 쪼가리도 없었다. 대청마루에서는 만삭의 장 진사 며느리가 푸짐한 밥상을 받았다. 빨래를 널며 며느리를 쳐다보는 미령의 배에서 꼬르륵 소리가 났다. 마님은 며느리 숟가락에 고기를 얹어주며 아들 낳으려면 많이 먹어야 한다고 했다. 하지만 며느리는 더 이상 고기가 안 넘어간다며 뱉어냈다. 밥상에는 며느리가 씹다 만 물컹한 고기가 수북하게 쌓였다. 된장찌개가 식은 것을 보고 마님은 미령을 불러 상을 깨끗이 치우고 된장찌개를 다시 데워오라 시켰다. 미령은 힘겹게 밥상을 들고 부엌 쪽으로 갔다. 그녀는 부뚜막에 상을 내려놓고 밖을 한번 힐끗 보더니 침을 한번 꿀떡 삼켰다. 상위에 수북한 고기를 보았다. 씹다 뱉은 고기였지만, 고기는 미령의 허기진 배를 자극했다. 미령은 고기를 양손으로 집어 얼른 입으로 욱여넣었다. 배가 고팠다. 뱃속의 아가도 굶고 있다고 생각하니 못 먹을 것이 없었다. 맛있었다. 미령이 다시 고기를 집어 먹으려는데 마님이 다가오더니 미령의 머리끄덩이를 잡아채며 밀어트렸다.

"이년이 어디서 부정 타게 더러운 손을 귀한 밥상에 대는 거야 엉? 아들 안 낳으면 니년 탓인 줄 알어? 내 가만둘지 알어?"

미령은 배가 아픈 듯 움켜쥐며 바닥에 쓰러졌다. 치마 밑으로 기저귀가 떨어지자 마님은 바닥에 떨어진 기저귀를 들더니 바닥에 부지깽이를 들고 미령을 세게 쳤다. 미령의 비명 소리에 하인들이 몰려왔다.

"이런, 도둑년을 봤나! 이년을 당장 관가에 끌고 가거라!"

미령은 건장한 하인에게 질질 끌려 마당에 내팽개쳐졌다. 제발 용서해달라고 마님에게 빌고 또 빌었다. 마님은 구정물을 미령에게 쏟아부었다. 미령은 심한 구토를 하고 복통을 느꼈다.

깜깜했다.
어머니 뱃속에서 나는 배가 고팠다.
내 의지와는 상관없이 자꾸 내 몸이 꿈틀댔다.
불쾌해서 토할 것 같았다.
기분이 좋지 않았다.
자고 싶었으나 난 어둠 속에서 잠을 이루지 못했다.
희미한 울음소리와 외마디 비명을 들은 듯하다.
난 포근한 이곳에서 잠을 자고 싶었다.

하지만 영문도 모르고 어두운 동굴 밖으로 밀려 나왔다.

난 태어나버렸다.

갑자기 들판에 버려진 것같이 쑥 밀려 나왔다.

답답한 숨이 탁 트이는 것 같았다.

둔탁하고 거친 누군가의 손이 나를 들어 올렸다.

추웠다.

나는 발목을 잡힌 채 거꾸로 매달려 엉덩이를 세 대나 맞았다.

아파서 울어야 하는데 울음이 안 나왔다.

어미를 닮아 이쁘다는 소리가 들렸지만 난 무서웠다.

겁이 나서 울지 못했다.

누군가 말했다.

숨을 안 쉬어.

우째 죽었나베...

난 누구일까?

어머니 뱃속에서 나오자마자 죽은 아이일 뿐이다.

여기가 어디지?

감옥이랬다.

감옥이 무엇인지 몰랐다.

어머니가 나를 낳은 곳은 감옥이었다.

난 눈을 뜰 수가 없었다.

소란스러웠던 사람의 소리가 희미해져 갔다.

어머니는 나를 안으며 소리를 질렀다. 자두야라고...

자두가 처음 맞이한 것은 일그러진 어머니의 얼굴과 피비린
내, 그리고 살을 쿡쿡 찌르는 지푸라기였다. 미령은 자두를 끌
어안고 울다가 옥사 윗목에 밀어놓았다. 울지도 않고 축 늘어져
숨도 안 쉬는 자두가 죽었다고 생각했다. 아니 죽었다. 자두는
태어난 첫날 따가운 지푸라기를 덮고 잤다. 아침이면 옥사 포졸
이 아기를 들고 나가서 어딘가에 묻을 것이다. 그러나 새벽녘에
자두는 아주 작은 소리로 울었다. 죽지 않았다. 그때 비로소 미
령이 소리를 지르며 울었다. 내 아기를 살려 달라고...

미령은 핏덩이 자두를 안고 집으로 돌아왔다. 자두 덕에 미
령은 풀려났다. 미령은 조금씩 변했다. 발톱을 세운 고양이 같
았던 그녀는 아기를 품은 순한 어미가 되었다. 자두가 방긋 웃
고 옹알이할 즈음부터 이말산은 다시 미령의 놀이터가 되었다.

미령은 자두 덕분에 비로소 웃을 수 있었다. 그녀의 어머니가 미령을 데리고 산으로 들로 다니며 놀았던 것처럼 미령도 자두를 데리고 이말산 구석구석을 다니며 놀았다. 오얏꽃이 소담스럽게 핀 둔덕에서 꽃을 따며 모녀는 까르르 웃었다. 미령은 자두와 함께 있으면 모든 시름을 잊고 즐거웠다. 자두가 오얏꽃을 따서 미령에게 주면, 미령이 자두 볼에 입을 맞추며 다정하게 말했다.

"우리 자두, 예쁜 꽃 엄마 주는 거야?"
"응."
"이거 오얏꽃이야. 엄마가 젤 좋아하는 거야."
"응. 자두도 좋아해."
"우리 자두 이름도 오얏꽃이야. 오얏꽃이 자두거든."
"응. 엄마. 난 자두야. 오얏꽃 자두."

종일 이말산을 쏘아 다니느라 피곤한 자두는 마루에서 잠자고 있고, 미령은 향낭에다 말린 꽃을 집어넣었다. 그중 한 개의 향낭에 오얏꽃을 자수로 수놓았다. 어느새 향낭이 곱게 만들어졌다. 미령은 누릿대와 등골나물, 그리고 오얏꽃 말린 꽃잎을 향낭에 넣었다. 누릿대와 등골나물, 거기에 오얏꽃잎을 섞으면 참으로 신비로운 향이 났다. 달콤하면서도 쌉싸래한 향이 참 묘했다. 미령의 어머니가 만들던 향이었다. 이 향을 맡으면 돌아가신 어머니를 만난 것 같아 기분이 좋았다. 미령은 어머니가 된장에 무쳐주던 누릿대와 등골나물을 좋아했다. 하지만 자신이 만들면 그 맛이 나지 않았다. 대신 말려 향낭에 넣으니 어머니가 만들어 주던 그 나물 향이 났다. 미령은 어머니 냄새가 나는 향낭을 흔들어 향을 한 번 더 맡아보곤 치마에다 매달았다.

그때 박명기와 감나무 집 육가가 들어왔다. 둘 다 다 거나하게 취했다. 미령은 인상 쓰며 자세를 고쳐 앉았다.

"어, 마침 있네. 아, 양 노인이야 돈 많지, 돈 많으면 장땡여. 아, 딸린 자식도 있는데, 재취로 받아주기가 쉽나?"
"누가 늙은이 재취로 간대요?"

미령이 소쿠리에 향낭을 담으며 날카롭고 불쾌한 듯 말했다.

"니 애비 노름빚이 좀 많어? 그거 감해주고, 한살림 떼어 준대잖어. 자두도 키워 준댜."

박명기는 남 이야기 듣는 듯 뒷짐만 지고 서 있었다. 미령은
발끈해서 박명기를 노려보며 쏘아붙였다.

"아부지! 지금 딸 가지고 장사해요?"
"이년아, 진짜 장사 한번 해 봐? 돈도 주고, 멕여 준다는데 이
런 횡재가 어딨어? 엉?"

소란스러운 소리에 자두가 잠에서 깨어 울기 시작했다. 미령
은 자두를 안아 업었지만 자두는 놀란 듯이 계속 울었다. 미령
이 자두를 어르는데 자두 오른쪽 종아리에 붉은 점 세 개가 드
러났다. 박명기는 우는 자두를 향해 삿대질했다.

"저런 년 갖다 내다 버려! 밤낮 쳐 울기나 하고. 에잉 재수 없어."
"아부지!"
"어디서 못 배워 처먹은 게 애비한테 소리를 질러 소리를? 이
집에서 나가, 나가 죽어 이년아!"
"아부지 소원대로 죽으면 될 거 아냐!"
"니년 혼자 죽지 말고 니 딸년도 같이 죽어, 나한테 떨구지 말
고. 엉?"

육가는 눈치 보며 슬금슬금 마당을 빠져나갔다. 미령은 소쿠리에 향낭 주머니를 모두 담고 밖으로 휙 나갔다. 참을 수가 없었다.

저잣거리는 사람들로 북적거렸다. 엿장수, 고무신 장수, 갓 장수, 절초전(담배 파는 곳), 연지전 등이 나란히 늘어서 있었다. 미령은 자두를 가여운 듯 내려다보았다. 어린 것이 겁에 질려 눈물이 그렁그렁 한 것을 보자 마음이 저렸다.

그래, 우리 여길 뜨자. 어디 간들 여기보다야 낫겠지...

미령은 향낭 소쿠리를 들고 약초전으로 갔다.

"지난번 것도 그냥 있어. 저 봐 수북하게 남았잖어. 향낭 누가 산다고."
"아저씨 이번 향낭은 진짜 좋은 거예요."
"좋은 거나 매나 흔해 빠진 거 누가 사?"
"흔해 빠진 거 아니에요. 이말산을 다 쑤시고 다니면서 만든 거라고요. 이건 매자나무꽃, 은방울꽃, 덜꿩나무, 미나리아재비, 팥배나무꽃, 붓꽃, 민백미꽃, 이 병꽃나무는요, 이런 거는 궁궐로 들어가는 거예요."

미령의 말솜씨에 넘어가 약초전 주인은 헐값에 향낭을 샀다. 미령 손바닥에 떨어진 엽전은 닷 전이었다. 턱없이 적은 돈이었다. 약초전 주인은 수염을 잡아 늘이면서 말했다.

"이따 물레방앗간에서 만나주면 한 냥도 줄 수 있지 내가."

주인은 미령의 왼손을 잡았다. 미령이 손을 빼려 했지만 주인은 더 세게 움켜쥐고 징그럽게 웃었다. 미령이 이거 놓으라며 소리치자 자두가 울기 시작했다. 순간 미령이 오른손에 있던 소쿠리로 주인을 내리쳤다. 주인이 머리를 감싸며 넘어졌다. 소쿠리에 구멍이 났다. 미령이 어금니를 깨물고 돌변했다.

"야, 너 죽이는 거 일도 아냐. 나, 독밖에 안 남았거든? 어디서 수작야 씨, 고발해 버릴까부다."
"뭐?? 저저저!! 아이고 뭐 저런 게 다 있어? 아이고 독해라... 하! 재수 옴 붙었어, 퉤퉤퉤!"

늘 그랬다. 남정네들은 미령을 보면 탐을 냈다. 반반한 얼굴에 서방도 없이 아이를 키우니 쉽게 보는 것이었다. 그동안은 향낭과 약초를 넘길 요량으로 좋게 넘어갔지만, 이제는 아니었다. 아쉬운 소리 할 일도 없어졌으니 무서울 것이 없다.

떡 가게 앞을 지나가는 미령은 자두를 쳐다보았다. 자두의 시선이 떡 좌판에서 안 떨어졌다. 사주고 싶었지만 한 푼이라도 더 모아 이말산을 떠야 했다. 미령은 엽전을 만지작거리다가 아무 말도 없이 자두의 손을 이끌었다. 두말도 안 하고 따라오는 자두가 기특하고 가여웠다. 신발가게를 막 돌았을 때 엿판을 든 아저씨가 엿을 팔고 있었다.

승유와 민정립이었다. 승유는 일곱 살 어린 꼬마이지만 뭔가 의젓해 보였다. 민정립은 엿가락을 승유에게 쥐여 주며 계산을 했다. 자두는 엄마 손을 놓고 발걸음을 멈추어 승유 손에 있는 엿가락만 쳐다보았다. 승유가 자두를 보았다. 자두가 자신의 엿을 보고 있는 것을 알았다. 승유는 엿을 들고 다시 자두를 보았다. 그는 얼른 엿가락을 자두 손에 쥐여 주었다. 자두는 망설이지도 않고 엿을 받아 들고 미령에게로 달려갔다. 승유는 웃으며 자두의 뒷모습을 바라보았다. 귀여운 꼬마에게 호기심이 생겼다.

요즘 들어 저잣거리에 신기한 장사꾼이 들어섰다. 여러 가지 분구(화장품)를 벌려놓고 파는데 동네 아낙네들은 서로 몰려들어 분구를 구경했다. 매분구라 했다. 이름도 생소한 매분구였다. 저잣거리에 나온 아낙들은 물건을 산다기보다 매분구 자체에 호기심이 생겨 몰려들었다. 미령도 저잣거리에 올 때마다 매분구를 보기는 했지만, 관심을 두지 않았다. 쌀 한 섬 값도 더 되는 분구들을 감히 엄두도 못 냈기 때문이었다. 얼굴이 땅기는 날이면 세수 한 번 더해서 물 칠을 해주면 그만이었다.

　미령은 자두의 손을 이끌고 사람들이 모여든 매분구 앞을 기웃거렸다. 길 한가운데서 작은 평상을 놓고 분구를 파는 매분구 박 씨를 둘러싸고 사람들이 구경했다. 미령도 구경할 요량으로 고개를 빼고 들여다보았다. 얼굴에 기미가 잔뜩 앉은 박 씨는 열심히 분구를 설명했다. 자주색 고름을 맨 여인이 작은 호리병을 들더니 흥정을 시작했다.

　"에이 닷 전에 줘."
　"그런 소리 말어. 요거 만드느라고 내가 남정네가 꼬시는 것도 마다한 사람여. 수세미가 지절로 요렇게 매끈매끈한 미안수가 되는 줄 아남? 수세미즙에 벌꿀도 들어간 거여. 한 냥!

박 씨는 호리병을 빼앗아 들며 다시 흥정을 시작하다가 미령을 보았다. 박 씨는 흥정을 멈추고 미령의 얼굴을 턱 가까이 쳐다보며 놀라운 듯 말했다.

"아따, 미인이네? 분단장만 하믄 나라님도 홀리겠어?"
"네?"

미령은 어이가 없어 픽 웃었다. 박 씨 말에 사람들은 미령을 쳐다보았다. 미령은 사람들의 시선이 자신에게 쏠리자 갑자기 민망하여 자리를 뜨려고 했다.

"아니 이봐요 애기 엄마. 가지 말고 잠깐 있어 봐. 아따 피부도 곱네. 이 동네에 이런 미인이 있었어? 저... 근데에, 나랑 동업 안 해 볼쳐?"
"네? 동업요?"
"그니까 내 말은, 애기 엄마한테 내가 분단장해주고, 요, 요분을 쪼금, 손가락 한 마디만큼, 쪼끔 덜어주겠다고. 어뎌?"

미령은 갑자기 들어온 제안에 곰곰이 생각했다. 동업이라면 돈을 벌 수 있다는 말이었다. 한 푼이라도 더 벌어 여길 뜨려면 돈이 필요했다. 미령은 분가루 대신 두 푼을 받기로 했다. 미령은 졸지에 매분구와 동업을 하게 되었다. 미령이 의자에 앉자 매분구 박 씨는 미령의 얼굴에 분을 바르기 시작했다. 워낙에 곱고 뽀얀 얼굴이라 더욱더 아름다웠다. 사람들이 입을 모아 감탄을 했다. 그런데 자두는 분을 바르고 있는 미령을 기다리기엔 너무 어린 나이였다. 미령의 치마꼬리를 붙잡고 있던 자두가 칭얼대기 시작했다. 미령은 난생처음 분을 발라 보는지라 상기되어 있었다. 박 씨는 신이 나서 분구를 들고 장사를 하기 시작했다.

"자자, 여기 좀 보셔요오. 이 분가루는 명나라에서 건너온 건데, 쥐 눈꼽만큼만 발라도 양귀비보다 더 뽀시시시시 예뻐지니께, 나라님이 호올딱 반하고도 남지이."

박 씨의 말에 구경꾼들은 박장대소를 하고 웃었다.

"아유 애기 엄마, 이렇게 예쁜 얼굴인 줄 몰랐어. 이제까지 본 여자들 중 최고 미인이야. 분단장까지 하면 더 이쁘겠어. 진짜 임금님도 홀딱 반하겠어."

박 씨는 여인의 말을 듣더니 잠시 멈추어 미령을 빤히 보았다. 미령은 박 씨의 시선이 어색하여 얼굴을 한 손으로 가렸다. 박 씨는 미령에게 다가와 나직하게 속삭였다.

"저어기, 흥청 해 볼 테야? 이 얼굴이면 흥청으로 바로 뽑히고도 남어. 지과 흥청이면, 그날로 임금님 여자 되고, 후궁 되고, 팔자 피는 거여."

미령은 느닷없는 박 씨의 말에 깜짝 놀랐다.

"벼... 별소릴 다 하네요. 아 좀 가만히 있어, 엄마 돈 벌고 있잖아."

미령은 칭얼거리는 자두를 무릎에 앉히고 눈을 흘겼다. 박 씨는 시큰둥하게 자두를 바라보며 고개를 젓더니 포기하는 듯 중얼거렸다.

"하긴, 애가 딸렸으니, 흥청이고 나발이고 글렀어, 글렀어. 애나 없으면 몰라도... 아가, 엄마 만지면 안 되야. 비싼 거 발랐어."

미령은 자두를 가슴에 꼭 안고 엉덩이를 토닥여줬다. 자두 종아리에 붉은 점 3개가 박 씨 눈에 들어왔다. 자두는 박 씨 눈치를 보며 미령 저고리에 달린 향낭을 만지작거리다가 냄새를 맡았다. 엄마 냄새다. 미령은 향낭 냄새를 맡는 자두를 보았다. 자신의 저고리 밑 섶을 들어 치마에 달린 향낭을 떼어서 자두의 저고리에 달아주며 미령이 말했다.

"자두야. 요거 가지고 놀고 있어. 알았지? 이따가 떡 사줄게. 알았지?"

자두는 미령의 향낭을 손으로 만지작거리며 미령 곁에서 왔다 갔다 했다. 박 씨는 여전히 목청을 높여 분구 선전을 했다. 미령은 어색했지만 기분 좋은 동업자 역할을 했다. 혼자 놀다가 심심해진 자두는 어디론가 아장아장 걸어갔다. 분구에 정신이 팔린 미령은 자두가 걸어간 것도 모르고 있었다.

민정립과 승유는 운도(나침반) 가게에서 운도를 고르고 있었다.

"승유야, 이 운도 어떠냐?"

"와 좋아요, 아버지. 찬이가 좋아하겠어요. 동, 서, 남, 북. 다 있어요, 아버지."

"동서남북 다 있으니 운도지. 근데 일곱 살 아이가 쓸 건데 글씨가 좀 작다. 이거보다 가볍고 더 큰 운도는 없소?"

민정립이 운도를 고르고 있을 때 향낭을 만지작거리며 자두가 걸어왔다. 아버지 곁에서 운도를 고르고 있던 승유가 자두를 보고 활짝 웃으며 말을 걸었다.

"왜 혼자야? 엄마는?"

자두는 승유를 보았다. 조금 전 엿을 준 오빠였다. 자두는 코를 찡긋하며 웃더니 손을 내밀어 승유 손을 잡았다. 아주 작은 손이 승유 손안에 쏙 들어왔다. 승유는 자두 손을 꼭 움켜쥐고 주변을 돌아보며 다시 물었다.

"엄마 잃어버렸어? 오빠가 엄마 찾아 주까?"

승유는 고개를 끄덕이는 자두와 함께 저잣거리 밖 쪽으로 걸어갔다.

그 시각, 이말산 산길을 도망가던 이성곤이 저잣거리 쪽으로 내려왔다. 용왕의 폭정에 항의하다가 귀양 갔던 홍문관 이성곤 교리였다.

"도망자 이성곤을 반드시 잡아야 한다!! 어명이시다!!"

군관이 호령하자 말을 탄 무장들이 일사불란하게 움직였다. 골목으로 달아나는 이성곤을 뒤따르는 말 서너 필은 먼지를 일으키며 저잣거리를 휩쓸었다. 사람들은 소리를 지르고 넘어지기도 했다. 말 한 필이 박 씨의 분구를 치는 바람에 분구들이 나뒹굴고, 미령도 옆으로 넘어졌다. 박 씨는 자신의 분구가 쏟아진 것을 보고 소리를 질렀다.

"아이고 내 분!! 이게 얼마짜린데, 아이고 못 살어. 아, 안 줍고 뭐 하는 겨?"

박 씨는 미령의 등짝을 후려쳤다. 생각할 겨를도 없이 미령은 얼떨결에 분구 통을 같이 집었다.

비단전을 끼고 걸으며 승유는 자두에게 다정하게 물었다.

"너 이름이 뭐야?"
"자두."
"자두... 이쁜 이름이네? 자두야, 오빠는 승유야 민승유, 오빠하고 저쪽에 엄마 있나 가볼까?"
"어 오빠."

자두는 승유 손을 더 꼭 잡고 함께 걸어갔다. 곱게 한 갈래로 땋은 자두의 머리가 찰랑거렸다. 그때 군관의 말들이 두 아이 곁을 빠르게 지나갔다. 발 발굽 소리에 놀라 두 아이가 함께 넘어졌다. 자두 품에서 향낭이 떨어졌다. 승유가 떨어진 향낭을 집어 드는 순간, 민정립이 승유 손을 낚아챘다. 민정립은 귀한 아들이 발 발굽에 치일 뻔했다는 생각에 서둘러 자리를 피했다. 바닥에 넘어진 자두가 울기 시작했다. 골목 안에 숨어 있던 이성곤이 자두를 확 안아 챘다. 아주 짧은 시간이었다. 민정립의 손에 이끌려가던 승유는 고개를 돌려 넘어진 자두를 바라보았다. 자두가 없다. 어디 갔지? 두리번거리는 승유를 민정립은 더 세게 잡아끌고 저잣거리를 벗어났다. 승유 손에는 자두가 떨어트린 향낭이 달랑거렸다. 어디선가 '저쪽이다!! 놓치지 말고 반드시 반역자를 잡아야 한다!'라는 소리가 들렸다. 이성곤은 안으로 깊숙이 숨었다.

놀란 자두가 더 크게 울었다. 이성곤은 자두 입을 틀어막고 저잣거리를 빠져나가려고 움직였다. 그때 자두가 비명을 질렀다. 군관이 쏜 화살이 자두의 귀를 스쳤다. 피를 흘리던 자두가 순간 축 늘어졌다. 사람들의 비명 소리가 울렸다. 자두의 꽃신 한 짝이 떨어졌다. 귀에서 떨어진 핏방울이 꽃신에 묻었다. 오 얏꽃이 그려져 있는 작은 꽃신이 먼지 구석에서 나뒹굴었다.

박 씨의 잔소리와 푸념을 들으며 정신없이 물건을 정리하던 미령이 벌떡 일어났다. 갑자기 주위를 돌아보다가 깜짝 놀라 자두, 자두, 자두를 중얼거리더니 비명에 가까운 소리를 질렀다.

"자두야, 자두야!"

10. 물거품

어둠이 내려앉은 저잣거리는 사람들이 모여 있었다. 반쯤 정신이 나간 미령은 아무나 붙잡고 자두를 못 봤냐고 물었다. 손에는 피가 묻은 자두의 꽃신이 들려있었다. 골목골목 돌아다니며 사람들에게 물어보았지만, 고개를 젓는 사람들뿐이었다. 미령은 목이 쉬어 나오지도 않는 목소리로 '자두야, 자두야!'를 부르며 쏘다녔다. 저잣거리 사람들은 한두 명씩 집으로 돌아갔다. 아직 남은 사람들은 삼삼오오 모여 안타까운 듯 미령을 보며 수군거렸다. 미령은 두 손으로 자두의 꽃신을 꽉 움켜쥐며 흐느꼈다. 박 씨는 자신의 신발을 벗어 먼지를 털며 말했다.

"아이고 뭔 일이랴. 이게 날벼락이지 참말로 환장하겠네."

사람들은 각자 한마디씩 더했다.

도망자가 얼라를 인질로 데리고 가다가 강에 빠져 죽었대.

얼라가 화살까지 맞았으니... 에고 가여워라.

죽은 거여, 쪼그만 몸띵이에 크다란 화살이 백혀서 강에 빠지면 사나? 죽지.

엊그제 비 와서 물이 잔뜩 뿔어 가지고... 시체도 못 찾아.

박 씨는 사람들에게 눈치를 주며 그만하라고 손가락을 입술에 대고 말했다. 미령은 흡사 넋이 나간 사람 모습 같았다. 박씨는 먼지 묻은 분구를 입으로 후후 불며 평상에 앉았다.

"난리여 난리. 가만히 퍼질러 있지 왜 귀향 갔다가 도망을 쳐서 난리래?"

"아 붙잡혀 가, 입조심 혀."

초점이 없는 미령을 보며 박 씨가 잠시 멈칫하더니 지나가는 말처럼 툭 던졌다.

"운명인갑네. 에미 출세하라고 비켜준 거 보니이."

미령의 귀에는 아무 소리도 들리지 않았다.

"독한 년, 저년이 진짜로 딸년을 버리고 왔네? 저년이 사람여?"

어떻게 집에 왔는지도 모르겠다. 미령은 우물가에 서서 꼬질 꼬질한 발에 물을 끼얹고 두 발을 비벼 씻기 시작했다. 마루에 앉아 술 퍼마시던 박명기가 미령을 향해 욕을 했다. 곁에 앉은 육가는 박명기를 쿡쿡 찌르며 말렸지만, 박명기는 멈추지 않 았다.

"그래, 멋 내다가 딸년 죽이고 와서 지 몸뗑이 씻는 에미가 사 람은 아니지. 꺽."
"미령이도 속이 말이 아닐 텐데 왜 자네까지 그러는 건가? 에 구 안 됐지만... 기왕지사 이렇게 된 거 살길 찾아야지 뭐... 양 노인도 있고 뭐..."

얼버무리는 육가의 말에 대꾸도 안 하고 미령은 계속 서서 발 을 비벼 씻었다.

"누구 씬지도 모르는 년, 키워봐야 난중에 뒤통수나 치지. 내가 그년 태어나고 되는 일이 없었어, 잘 죽었어. 암만."

"내 딸이 죽었다구요. 내 딸이... 죽었는데... 잘 죽었다니... 그래요 아버지 소원대로 죽어줬으니 잘됐네요!"

"저저저 지 년이 지 얼굴 멋 내다가 죽여 놓고 누구보고 소릴 질러? 엉?"

어디서 산비둘기가 울어댔다. 궁말[8]의 밤은 더 스산했다. 노쇠한 정 상궁이 자두의 귀에 천을 댔다. 산골짜기에서 내려오는 바람 소리에도 이성곤은 화들짝 놀랐다. 잔뜩 긴장한 목소리로 이성곤이 말했다.

"아이는 괜찮겠습니까? 마마님?"

"두고 봐야지요."

"암튼 고맙습니다. 전 그만 가봐야겠습니다."

---

8) 궁말: 병들거나 늙어서 퇴궁한 궁녀들이 모여 사는 곳, 조선시대에 구파발 근처에 있었다.

정 상궁은 밖 쪽을 한번 쳐다보고 다시 이성곤을 쳐다보며 말했다.

"이 교리 앉아보시오."

이성곤이 눈을 깜빡이며 긴장하자 정 상궁은 일어나서 벽장 쪽으로 갔다. 벽장 안에서 색이 바랜 누런 종이 합을 꺼냈다.

"지금 궁말 근처까지 관군들이 쫙 깔렸는데, 그냥 가다간 잡힐 것이오."

정 상궁은 자리에 앉아 종이 합을 열었다. 그 안에는 오래된 분구들이 가지런히 놓여있었다. 이성곤이 합을 한번 보고 정 상궁을 다시 바라보았다.

"이 분구들은 중전마마와 대비마마 단장해드리던 것이라오. 이것으로 신분을 숨길 수 있을 것이오."

이성곤은 단장을 해준다는 정 상궁의 말에 당황했다. 정 상궁은 천천히 분구통을 열고 이성곤의 얼굴에 단장하기 시작했다.

본디 순하고 여린 이성곤의 얼굴인데 정 상궁의 손끝에서 점점
더 강인하고 무사다운 모습으로 변했다.

"좋은 세상 오거든 그때를 기약 하십시다."
"감사합니다, 마마님. 이 아이를 잘 보살펴주십시오."

이성곤은 정 상궁에게 절을 하고 궁말을 떠났다.

한 달이 지났다.
박명기는 놀음판에서 놀음을 하고 있었다. 미령을 양 노인
재취로 보내기로 하고 받은 돈이었다. 사람들은 딸을 판 돈이니
놀음으로 날리지 말라고 충고했지만, 박명기는 아랑곳하지 않
았다. 딸년이 하나만 더 있으면 좋겠다, 생각도 했다. 품 안들이
고 돈을 버는 일인지라 생각만 해도 신이 났다. 그런데 하필 딸
은 하나밖에 없었다. 아쉬웠다.

미령은 방바닥에 놓인 청홍색 보자기를 바라보았다. 눈에 초
점 없이 보자기를 천천히 풀었다. 안에는 노랑 저고리에 다홍

치마, 버선, 운혜, 은비녀, 쌍옥가락지, 노리개가 들어있었다. 미령은 하나씩 들어보았다.

'낼 유시(오후 7시경)까지 치장을 하고 양 노인 댁으로 오시게나. 수모가 신시(오후 5시경)까지 와서 도와줄 껄세. 돈은 이미 자네 애비에게 치렀네."

매파의 카랑카랑한 목소리가 귀에 울리는 듯했다. 내일이면 호호 늙어빠진 양 노인의 재취로 들어가야 했다. 생각만 해도 구역질이 났다. 미령은 미동도 없이 오랫동안 앉아 있다가 보따리를 들고 벌떡 일어났다.

'컹컹컹'

개 짖는 소리가 마을 전체를 흔들었다. 그믐이라 달빛도 없이 깜깜했다. 미령은 보따리를 들고 주위를 살피며 도망가듯 가고 있었다. 앞이 안 보이는 산길은 위험하기만 했다. 멀리 성황당이 보였다. 흰 천이 나부끼고 귀신이 나올 것 같아 평상시에는 쳐다보지도 않던 성황당인데 무섭다는 생각도 없이 잰걸음을 옮겼다. 사당을 막 지나갈 때였다. 갑자기 시커먼 남정네 두 사람이 나타나 미령을 후려치며 넘어트린다.

"이년이, 어딜 도망가? 돈만 받고 도망가게 둘 줄 알았어?"

'으악' 미령이 기겁을 하며 고개를 땅에 박았다. 사내 두 명이 미령의 머리채를 잡고 자루에 집어넣었다. 미령은 발버둥 치며 소리쳤지만, 소용이 없었다. 사내 한 명이 미령을 들쳐 메고 산을 내려가기 시작했다.

마을에서 제일 큰 양 노인의 한옥은 불이 환하게 밝혀져 있었다. 마당에서는 분주하게 사람들이 움직였고 소쩍새 소리가 들렸다. 밤이 깊은 사랑채에는 호호백발 늙은 양 노인이 히히 징그럽게 웃고 있었다. 방엔 흔들리는 황촉불에, 화려한 원앙이 수놓아진 이불이 깔려있고 그 곁에는 주안상이 차려져 있었다. 윗목에 앉아 있는 미령은 불안한 표정으로 이불을 바라보았다. 양 노인은 앉은 채로 엉덩이 끌며 미령 쪽으로 움직였다. 미령은 소름 끼치는 얼굴로 뒤로 물러났다.

"이쁜 거, 히히히, 이쁘다, 히히히."

가늘고 노쇠한 양 노인의 목소리는 귀신같았다. 소름이 돋았다. 미령은 몸서리를 치며 뒤로 물러섰다. 온몸에 벌레가 기어가는 것 같았다. 눈물이 쏟아질 것 같았다. 웅성웅성하는 소리와 함께 창호지 문구멍이 뽕뽕 뚫렸다. 구경꾼들이 잔뜩 몰렸다. 미령은 창호지를 가리키며 겨우 한마디 했다.

"사... 사람들을 치워주세요."
"꺼지거라! 오지 마라!"

양 노인의 한마디에 후다닥 사람들 움직이는 소리가 들렸다. 양 노인 미령에게 더 가까이 다가앉으며 미령의 옷고름을 잡아당겼다. 미령이 기겁을 하고 화들짝 떨어졌다.

"자자. 히히히, 우리 자자."

미령은 큰 호흡을 하고 잠시 숨을 가다듬었다.

"잠, 잠깐만요. 잠깐만요. 제가 벗을게요."
"벗어라, 히히히."

미령이 양 노인을 살피며 저고리를 천천히 벗기 시작했다. 꾹 닫은 입술엔 오기가 서렸다. 무엇인가 작심한 듯했다. 저고리를 벗자 미령의 뽀얀 살결이 나타났다. 양 노인의 얼굴이 붉어지며 호흡이 가빠졌다. 입과 눈과 코는 웃고 있는 건지 우는 건지 알 수 없는 표정이었다. 미령은 다시 결심한 듯, 양 노인 눈을 빤히 바라보았다. 눈을 맞추며 미령이 도발적으로 속저고리도 벗어버렸다. 양 노인의 숨소리가 더 거칠어졌다. 미령은 작심한 듯 양 노인과 눈을 맞추며 다홍치마를 벗었다. 하이얀 속곳 차림의 미령의 모습은 아름다웠다. 미령은 속으로 외쳤다.

'넘어가라, 넘어가. 제발 이 노인네야!'

양 노인이 숨을 가쁘게 내쉬더니 컥컥거렸다. 미령은 심장이 터질 것 같았다. 눈에 힘을 주고 양 노인을 노려보았다. 양 노인 얼굴 핏줄이 툭 붉어졌다. 노인의 호흡이 거칠어졌다. 칠십 평생 이런 미인은 처음 봤을 양 노인은 정신이 혼미했다. 미령은 더 가까이 양 노인에게 다가갔다. 양 노인이 컥 하며 숨이 꼴딱 넘어가는 소리를 냈다. 그러더니 쿵 쓰러졌다. 미령은 얼른 앉아 손바닥을 양 노인의 코에 댔다. 호흡은 있다. 기절한 것이다. 가슴을 쓸어내리며 미령은 휴 한숨 쉬었다. 다시 깨어나기 전에 도망가야 한다. 미령은 밖을 의식하며 얼른 옷을 입고 황촉불을 껐다.

매분구 박 씨는 백구가 짖는 소리에 잠을 깼다.

"이누무 개새끼야, 달구 새끼나 울면 짖어. 한밤중에 왜 짖어?"

문을 벌컥 열어 신발을 던지려다가 박 씨는 깜짝 놀라 뒤로 자빠졌다. 흐트러진 옷매무새와 눈물범벅이 된 미령이 살강 밑에 귀신처럼 서 있었다.

미령은 박 씨가 덮어주는 이불을 가슴팍까지 끌어 올리며 오들오들 떨었다. 박 씨는 미령에게 물을 건네며 등을 두드려주었다.

"잘했어, 잘했어. 자식들은 여자 붙여주는 게 무슨 효돈 줄 알고. 첫날밤에 황천길 가는 줄 모르고. 에구 징혀 징혀. 쯧쯧쯧. 이럴 줄 알았으면 진작 흥청으로 갈 걸 그랬잖녀. 하긴 지금이라도 늦지 않았지만서두."

벌벌 떠는 미령에게 안심시키듯 박 씨가 부드럽게 말했다.

"걱정 마. 내가 흥청 소개해주고 구전 먹자고 그러는 건 절대로 절대로 아니여."

"어... 언제 가면 되나요? 지... 지금이라도 갈게요."

미령은 그 수밖에 없었다. 한시라도 여길 뜨고 싶었다.

"여기 있다가 날 밝으믄 가는 겨. 새벽 달구 새끼 울면 출발여. 다 잊고 애기 엄마도 새 인생 살어야지. 아, 애기 엄마라고 하믄 안 되지. 나랏님이 처녀만 원한다잖여. 근데 흥청 되면 나 잊어버리지 말어. 알었지? 양 노인... 진짜 죽은 거는 아니지?"

미령은 오돌오돌 떨며 고개를 끄덕였다.

"그럼 됐어. 모든 게 애기 엄마 복여. 복은 화에서 오는 거래잖녀."

"으아악!!"

날카로운 비명 소리가 양 노인 사랑채에서 울려 퍼졌다. 양
노인은 사지가 뻗은 채로 죽어 누워있었다. 양 노인 아들과 며
느리는 놀라서 주저앉았다. 아들은 절규하며 소리 질렀다.

"이년 어디 갔어? 이년을 당장 잡아 와, 당장!"

사내 두 명이 몽둥이로 박명기를 쳤다. 양 노인 아들은 노여
움으로 지켜보다가 박명기를 세게 걷어찼다.

"그년 어디 갔어 엉?"
"으윽!! 모릅니다. 난 몰라요. 그년이 사람 죽이고 도망을 갔는
지, 내가 어찌 압니까."
"이실직고할 때까지 매우 쳐라!"
"나리... 나... 난 모르는 일이요 그년은 애비도 몰라보는 년이
요! 나랑은 상관없는 년입니다요."

박명기는 사내가 휘두르는 몽둥이에 허벅지를 맞고 팩 고꾸
라졌다. 죽었는지 살았는지 확인도 안 하고 사내들은 사라졌다.

박명기는 미동도 안 했다.

11. 희망과 절망

뇌양원(흥청을 심사하는 곳) 넓은 마당에는 흥청으로 뽑혀온 여인들이 줄지어 서 있었다. 뇌양원에서는 흥청 심사가 한창이다. 흥청들은 속곳만 입고 일렬로 줄을 서 신체검사를 받았다. 궁녀들은 새로 들어온 흥청들의 얼굴 점, 색깔, 가슴, 허리, 엉덩이 크기, 발목 두께까지 기록했다. 흥청들은 큰 절, 작은 절, 느린 걸음, 빠른 걸음들을 익히느라 분주했다. 1차 심사, 2차 심사, 3차 심사를 거쳐 이제 그 어렵다는 지과흥청[9]만 남았다. 지과흥청은 왕의 여자가 될 수 있는 마지막 관문인데, 그러나

---

9) 지과흥청: 궁궐에 들어갈 수 있는 흥청.

뽑히기는 쉽지 않았다. 군관이 지과흥청에 뽑힌 열한 명을 호명했다.

"추막내, 진달래, 오끝순, 개금이, 덕춘이, 박미령, 고온지..."

군관이 부르는 대로 11명이 왼쪽에 모였다. 미령은 긴장하면서도 흥분된 표정으로 옆에 서 있는 덕춘이를 보았다. 덕춘의 얼굴이 사색이 되었다. 뇌양원 별채에서는 하얀 속저고리와 속치마만 입고 줄지어 서 있는 11명의 지과흥청들이 교육을 받았다.

상궁 서너 명이 신체검사하듯 눈, 귀, 치아, 목덜미, 어깨, 가슴, 허리, 엉덩이를 매의 시선으로 검사를 또 했다. 교육 상궁은 지과흥청 한 사람 한 사람의 자세를 잡아주며 말했다.

"눈을 아래로 내리고, 어깨는 힘을 빼거라. 가슴은 드러내는 듯하나 어깨로 감싸야 하고, 허리는 펴되 단전에 힘을 줘야 한다. 허벅지에 힘을 주고 엉덩이는 긴장하여 올려라. 발목은 구름 위를 걷는 것처럼 사뿐히 걸어야 한다."

교육 상궁의 말대로 움직이는 흥청들 사이에서 갑자기 덕춘이 주저앉으며 소리쳤다.

"마마님, 저는 집으로 보내주십시오. 저는 처녀가 아닙니다. 집에 어린 딸과 젖먹이 아들이 있습니다."

모든 사람이 덕춘을 바라보았다. 미령 또한 침을 꿀꺽 삼키며 긴장을 했다. 교육 상궁은 노기 띤 음성으로 말했다.

"입을 조심하거라! 네년이 그 말을 다시 한 번 더 꺼내는 순간, 너를 보낸 채홍사와, 너의 가속들은 죽음을 면치 못할 것이다."

"마마, 젖이 뽈고 있사옵니다. 제발 보내주십시오. 흐흐흑. 마마 제발 흐흐흑."

미령이 덕춘과 고온지와 함께 쓰는 방은 세 사람이 겨우 누울 만한 정도였다. 미령은 긴장이 풀려 눈을 감았다. 덕춘은 울음 끝인지라 가늘게 한숨 소리를 냈다. 새초롬한 고온지가 기지개를 켜며 상기된 말투로 중얼거렸다.

"아, 드디어 내일 밤이 오는구나. 난 홍청이 되기 위해서 매분구한테 한 달 내내 관리받았거든. 돈 좀 썼지."

미령의 시선이 느껴지자 고온지는 대놓고 말을 했다.

"내가 뽑히면 매분구한테 들인 돈, 뽕 뽑는대. 우리 집도 살아나고, 우리 아버지는 물론이고 큰아버지, 작은아버지, 팔푼이 삼촌까지도 벼슬도 할 수 있대. 난 이 기회를 꼭 잡을 거야. 니들도 마찬가지겠지만."

"만약 안 뽑히면 집에 갈 수 있을까? 있겠지?"

"못가지, 이미 상감마마의 여자가 되었는데, 그래도 난 좋아, 분도 공짜로 주지, 밥 멕여 주지, 옷도 주지. 최고지 뭐. 또 기회가 올거구."

고온지와 덕춘이가 두어 마디 더 주고받았을 때 궁을 드나드는 수모가 세 명 들어왔다. 수모들은 분구통을 내려놓고 명령하듯 말했다.

"저고리 벗고 누워라."

세 명이 저고리를 벗고 눕자 수모들이 머리맡에 앉아 얼굴 손질을 시작했다. 면포를 얼굴 위에 덮어주었다. 난생처음 얼굴에 면포를 덮은 미령은 기분이 묘했다. 이 면포를 떼어내면 새 인생을 사는 건가? 제발 그러기를 바랐다. 수모는 얼굴의 긴장을 풀어준다며 경락 지압도 해주었다. 왕 앞에서 생긋 웃으려면 얼굴 근육을 풀어줘야 한다 했다. 명주실을 팽팽하게 잡더니 얼굴에 실 면도도 해 주었다. 솜털이 뽑혀 나가 얼얼한 부위에 이름을 알 수 없는 면약을 발라주었다. 그 순간 저잣거리에서 단장하던 그날이 떠올라 눈을 질끈 감았다. 수모의 손끝으로 전해오는 온기를 느끼며 생각했다.

　돈을 벌기 위해 자두를 잃어버린 것일까?
　아니면 분향에 취해 자두를 잃어버린 것일까?
　맞다.
　분향이 자두를 죽게 한 것이 맞다.
　그런데 또다시 얼굴에 분을 바르고 있다.
　니년 얼굴 단장하다가 딸 죽여 놓고, 니년은 살려고 화장을 하는구나.
　그래, 여기까지 온 거 끝장을 보자.
　나도 굶지 않고, 깨끗한 옷도 입고, 가꾸면서 사람답게 살고 싶다.

날 우습게 알고 깔보던 연놈들 보란 듯이...

보란 듯이...

미령은 밤새워 뒤척였다. 알 수 없는 불안감에 잠이 잘 오지 않았다. 이것이 꿈인지 생시인지 알 수도 없었다. 꿈속에서 자두가 울었다. 아마 미령 자신도 울었던 것 같다. 아닐 수도 있다. 어느새 잠깐 잠이 들었다. 들창문으로 푸르른 여명이 비추었다. 더 자야 하나 고민하는데, 어디선가 고온지의 날카로운 비명 소리가 들렸다.

고온지는 뇌양원 세욕 방에 주저앉아서 비명을 질렀다. 덕춘이가 천장에 목매달아 죽은 것이다. 반쯤 정신이 나간 고온지는 문고리 잡고 바닥에 주저앉아 계속 비명을 질렀다. 후다닥 세욕 방으로 들어오는 상궁들 뒤로 미령도 따라 들어왔다. 끔찍했다. 미령은 눈을 질끈 감고 고온지를 부축했다.

"치워라. 서북쪽 요금문으로 내보내되 시신을 눕혀서는 안 된다. 감히 상감마마가 계신 궐 안에서 죽었다. 이는 불경죄에 해당하니 시신은 거꾸로 세워 내보내고, 이 아이 가솔들도 벌을 받도록 조치하라."

내가 살아남지 않으면 죽을 수 있는 곳이구나, 여긴. 미령은
가슴이 떨려서 숨을 쉬기가 힘들었다.

교육 상궁이 앞을 섰다. 뒤로 궁녀 서넛이 나란히 따르고, 이
어, 열 명의 흥청들이 곱고 깨끗한 한복으로 갈아입고 따라갔
다. 교육 상궁은 뒤를 돌아보며 카랑카랑한 목소리로 또 한 번
주의 줬다.

"너희들은 오늘 상감마마의 최종 심사를 받을 것이다. 절대
상감마마의 눈을 봐서도 안 되고, 웃어도 안 된다."

사정전(왕이 정사를 보는 곳)에서는 술판이 벌어졌다. 용왕은
정치에는 관심이 없고 흥청과 놀기에 바빴다. 먹을 것이 넘쳤다.
쉬지 않고 술을 마시는 용왕과 후궁들은 희희낙락 웃고 있었
다. 한쪽 옆에서 장악원 악공들이 가야금, 해금, 좌고, 박, 생황
등의 악기를 연주하면, 무희들이 춤을 추었다.

"으하하하 더 추어라, 더 추어라! 으하하하."

"전하, 영의정 오순창, 우찬성 홍영재, 예조판서 남건, 대사헌 권민호, 대사간 이형 들었사옵니다."

밖에서 최 내관이 아뢰자 용왕은 술 한 잔을 털어 넣고 기분 상한 듯 말했다.

"다음에 들라 하라."

사정전 방 밖 복도에는 내관 두 명과 상궁이 서 있고, 다섯 명의 대신들은 기분이 안 좋은 표정으로 각자 다른 곳을 보고 있었다.

"전하, 오늘로 세 번째 알현을 청하는 것이옵니다."

"전하, 영의정 오순창이옵니다. 천추전에서 문부 백관들이 아침부터 전하를 알현하고자 기다리옵니다. 거둥(왕의 행차) 하여 주시옵소서."

"전하, 대사헌 권민호입니다. 정사를 논하고 백관을 감찰하여 조정의 기강을 진작(떨쳐 일으킴) 하셔야만 하옵니다."

권민호가 허리를 펴려는데 편전 문이 벌컥 열렸다. 융왕이 다짜고짜 권민호에게 술잔을 던졌다. 술잔이 권민호의 눈을 치고 바닥에 나뒹굴었다. 권민호는 얼른 눈을 가렸다. 가린 손 밑으로 피가 흘렀다. 모든 사람이 놀라 고개를 숙였다. 융왕은 눈빛이 반쯤 돌아간 채 버럭 삿대질하며 화를 냈다.

"물러가라 하지 않았느냐! 내가 한가해지면 갈 것이니 썩 물러들 가라! 썩!"

융왕은 문을 세게 닫고 안으로 들어갔다. 황당하고 어이없는 대신들은 서로 눈만 마주치고 있는데 복도 쪽에서 걸어오는 상궁과 지과흥청들을 보고 모두 혀를 차고 고개를 가로저었다.

화려한 머리 장식을 올린 후궁이 술을 따르자 융왕은 거칠게 털어 마시며 한 손을 들었다. 악공들은 다시 연주를 시작했고 무희들도 춤을 추었다.

"전하, 지과흥청 들었사옵니다."
"오, 그래그래, 어서 들여라!!"

상궁의 말에 용왕은 다시 손을 들며 말했다. 악공들은 연주를 멈췄고, 무희들은 한쪽으로 비켜서 바닥에 앉았다. 이내 줄지어 흥청들이 들어왔다. 미령은 깊은숨을 쉬고 눈을 들어 편전 안을 둘러보았다. 상궁이 미령에게 주의 주었지만, 미령은 계속하여 편전을 둘러보고 입을 다물지 못했다.

용왕은 손에 술잔을 들고 흥청들 가까이 걸어왔다. 한 명씩 턱을 잡고 얼굴을 세게 들어 올린 뒤 노려보았다. 계속해서 흥청의 턱을 잡았다. 확 치우며 밀치고, 다음 흥청도 밀치고, 또 밀쳤다.

용왕이 미령 앞에 섰다. 왕이 미령의 턱을 들려 하자 미령이 고개를 살짝 돌렸다. 그리고는 다시 정면으로 고개를 돌리며 왕을 똑바로 보았다. 용왕이 양미간을 찡그리며 픽 웃었다. 그러더니 미령의 얼굴에 술을 끼얹었다.

"네년이 감히 고개를 돌렸겠다?"

용왕이 용상(왕의 의자) 뒤에 걸려있던 칼을 빼 들었다. 편전 안의 사람들이 고개를 숙이고 숨을 죽였다. 미령은 깜짝 놀라 심장이 쿵쿵쿵 뛰었다.

여기서 끝을 봐야 한다.

아니면 죽을 수도 있다.

미령은 눈을 똑바로 뜨고 치마를 들친 뒤 속치마로 얼굴을 닦았다. 왕은 눈을 부릅뜨고 미령의 턱밑에 칼을 댔다. 미령은 덜덜덜 떨렸지만 태연한 표정을 지었다.

"이런 발칙한 계집 같으니라고!! 감히 내가 뿌린 술을 닦아내?"

왕이 다시 한 번 칼에 힘주었다. 미령의 목에서 살짝 피가 배어 나왔다. 미령이 침착하게 입을 뗐다.

"제 얼굴에 묻은 분구가 전하의 손을 더럽힐까 봐 닦았사옵니다."

왕은 미령의 말에 잠시 눈을 깜박이더니 푸하하하 웃었다.

"내 손이 더러워진다? 푸하하하하. 네년이 제법이구나, 이름이 무어냐?"

"박가 미령이옵니다."

"돌아보아라!"

미령이 허리를 쭉 펴고 가슴을 내밀며 한 바퀴 돌았다.

"저고리를 벗어라."

미령은 왕의 눈을 쳐다보며 저고리를 벗었다. 미령은 보았다. 용왕의 흔들리는 눈동자를 분명히 보았다.

"발목을 보여라!"

미령이 치마 들치어 발목 드러나게 올렸다. 버선 위로 드러나는 가느다란 발목과 하이얀 속살이 눈이 부셨다. 왕은 더욱 미령의 앞으로 다가와 말했다.

"치마를 걷어 올려라."

이젠 됐다 싶었다. 미령은 눈 하나 깜빡 안 하고 치마를 걷어 올렸다.

"더 올려라."

미령은 양손으로 치마 솔기를 잡고 높이 들어 올렸다. 연분홍 속바지가 완전히 드러났다. 사람들이 면구스러워 고개를 돌렸다.

"푸하하하! 이 아이로 결정했다!"

미령은 긴장이 풀려 휘청했다. 심장이 터질 것 같았다. 죽기 아니면 살기였다. 아니, 살기 아니면 죽기였다. 용왕이 한 손을 높이 쳐들자, 상궁들이 나머지 흥청을 데리고 나갔고, 고온지는 심통이 나서 입을 쑥 내밀었다. 무희들이 나와 혼자 남은 미령을 둘러싸자 악공들이 연주를 시작했다. 무희들이 미령 주위를 돌면서 춤을 추었다. 미령은 됐다 싶었다. 용왕은 푸하하하 웃고. 후궁들은 웃는 둥 마는 둥 했다.

달이 가장 둥근 날이었다. 달빛이 지중추부사 박대종 대감의 사랑채를 향해 내리고 있었다. 박대종 앞에는 이조판서 유순정,

우찬성 홍영재, 홍문관 수찬 심창, 예조판서 남건, 대사간 이형이 머리를 맞대고 모의 중이었다.

"대사헌은 못 왔소이다. 눈이 터졌으니... 실명 안 하기 다행이오... 쯧쯧... 술병에 맞은 지 얼마나 됐다고..."

유순정의 말을 자르며 박대종이 위엄 있게 말했다.

"잘들 들으시오. 지금 임금은 군주의 도리를 잃어 정령이 혼란하고 민생은 도탄에 빠져 있소. 종사 또한 위태롭기 그지없소이다."

"맞소이다. 우리의 대의를 조선 천지에 밝혀야 하오, 음탕한 짓만 일삼고, 성균관을 흥청들 놀이판으로 만드는 게, 이게 나라입니까?"

"거병 날짜는 이틀 뒤 왕이 장단 석벽에 거둥할 때 어떻소? 장단까지 흥청 팔십 명 데리고 놀러 간답디다."

"아닙니다, 우찬성. 관천대(천문대) 관원이 말하기를, 오늘 밤 술시(오후 9시경)에 동남쪽에서 꼬리별이 나타난답니다. 오늘이 적십니다."

"나도 들었소이다. 게다가 파란색 꼬리랍니다."

"파란 꼬리별이면, 나라에 변괴가 일어난다는 징조 아닙니까? 하늘도 우리 편입니다! 지중추부사를 믿고 따르겠소."

각자 결의에 차서 한마디씩 하자 박대종이 강한 눈빛으로 끄떡이며 말했다.

"오늘 밤입니다! 오늘 밤, 유시(오후 7시경), 이 나라 종묘와 사직을 위해 거병하고자 합니다. 이미 훈련원에 거병을 준비해 놨소이다. 이제 조선의 역사를 새로 쓰는 것입니다!"

박대종이 주먹을 불끈 쥐자 함께 있던 모든 이들이 주먹을 같이 쥐고 '따르겠소이다!'를 외쳤다. 달빛이 더욱 밝았다.

향방 상궁들은 미령을 단장시켰다. 지켜보던 교육 상궁이 딱딱하게 한마디 했다.

"운이 좋은 거다."

미령은 긴장하여 침만 삼켰다. 꿀꺽하는 소리가 방 안을 울렸다.

"상감마마의 용안을 쳐다봤다가 목이 댕강 달아나 기병청 망루에 걸린 홍청도 있었다. 합방하는 날, 목이 달아난 지과도 있었다."

난 살아남을 거다.
난 씹다 뱉은 더러운 고기도 먹고,
시궁창에 버려진 오이 꼬랑지도 먹은 년이다.
딸도 잃어버렸고, 아니... 죽였고...
이말산 저잣거리의 박미령도 죽였다.
난 살아야 한다.
반드시 살아남아야 한다.

미령이 다짐을 하는 사이 상궁이 미령의 얼굴을 정성껏 다듬어 주었다.
미령은 교육 상궁을 따라 강녕전 복도로 들어섰다. 교육 상궁은 다시 한 번 주의 줬다.

"함부로 말하지 말고, 질문도 하지 말며, 오늘 밤 승은을 입었으면 치마를 거꾸로 뒤집어쓰고 나오거라."

"네에."

미령이 다소곳하게 대답을 하던 그 시각, 강녕전 앞에는 횃불을 든 수십 명 군사들이 도열해 있었다. 긴장된 분위기 속에서 말발굽 소리와 함께 말 일곱 필이 중문으로 들어섰다. 선두 말에 탄 위풍당당한 박대종을 필두로 성이안, 오순창, 홍영재, 심창, 이형, 남건이 따랐다. 박대종은 우렁차게 외쳤다.

"주색에 빠지고 포학한 정치를 일삼아 군주의 도리를 잃은 임금을 포박하라! 위태로운 이 나라 종묘사직을 구하고, 도탄에 빠진 백성들을 구하고자 함이다!!"

박대종의 외침에 군사들은 함성을 질렀다. 함성 소리는 강녕전에 울려 퍼졌다. 강녕전 복도에는 소란스러운 소리와 함께 비명 소리가 들렸다. 후다닥 쿵쾅거리면서 내관과 상궁들이 쫓아나왔다. 갑작스러운 일에 미령은 당황했다. 미령을 데리고 가던 상궁도 미령을 두고 도망을 갔다. 당황한 미령은 어쩔 줄 모르고 멍하니 서 있었다.

횃불을 들고 도열한 군사들의 함성 뒤로 홑겹 저고리와 고의 차림의 용왕이 중문 쪽으로 걸어갔다. 왕의 뒤편으로 말을 탄 무장들이 왕을 쫓아내듯이 뒤에서 몰아냈다. 비틀비틀 술 취한 모습으로 억지로 걸음을 옮기는 용왕의 모습이 처참했다. 동남 쪽 하늘에서 파란 꼬리별이 지나갔다.

날이 밝았다.

시전 거리에서는 쫓겨난 후궁과 흥청들이 몰려있었다. 백성들이 돌멩이를 던졌다. 피투성이 된 흥청들과 후궁들 얼굴을 파묻으며 도망을 갔다. 미령은 숨어서 벌벌 떨었다.

왜, 왜 나는 되는 일도 없을까.

온몸이 쑤시고 아팠다. 처참히 쓰러져있는 흥청들과 후궁들을 보며 미령은 겁이 났다. 차라리 다행이었다. 치마를 여몄다. 얼른 빠져나가야 한다. 어깨를 오므리고 이 자리를 벗어나려 돌아섰다. 그때 매분구 박 씨가 고개를 내밀어 미령을 보았다. 박 씨는 이말산에서 한양으로 막 이사를 왔는데 나라에 변고가 생겨 장사를 망치고 있었다. 장사도 안 되는데 시전 거리 구경이나 가자 했는데, 미령을 본 것이다. 박 씨는 놀라서 미령을 세게 쳤다.

"어어? 애기 엄마, 아니 미령이? 맞지? 아이고 맞네, 맞어."

미령은 고개를 돌려 박 씨를 보았다. 눈을 동그랗게 뜨고 자신을 쳐다보는 박 씨를 끌어안고 그 자리에서 무너지며 미령은 오열했다.

"아... 아줌마, 아줌마, 아줌마... 흐흐흐흑."
"지과까지 올라간 겨?"

미령의 옷차림을 보고 박 씨가 놀라서 물었다.

"아줌마, 나 무서워 죽겠어... 사람들 죽고 막 때리고... 흐흐흑."

흐느끼는 미령을 안고 박 씨는 울 듯한 표정으로 웃었다.

"시상에, 내 말이 맞았어. 내가 보는 눈이 있었어. 내가 미령이 인물은 잘 본 겨."

박 씨는 스스로 대견해하며 미령을 안고 엉덩이를 들썩였다. 미령은 박 씨를 꼭 안고 엉엉 소리 내어 울었다.

"근데... 집에 아부지 맞아 죽었단 말이 있던디. 돈만 받고 딸 도망가게 했다고."
"아줌마. 나 어떡해. 무서워 죽겠어... 나 어떡해. 흐흐흑..."
"참 팔자도... 드럽구먼. 애비 죽어, 딸 죽어, 근데... 미령이가 양 노인을 죽였다메?"
"예? 안 죽였는데요?"

미령은 어이가 없어서 눈을 동그랗게 뜨고 말했다.

"아녀, 양 노인 기절만 한 게 아니고 아예 죽여 놨다는데?"
"아... 아니에요. 난 죽이지 않았어요. 그냥 기절 한 거예요."
"아이구 누가 믿어? 살인했다고 수배령 떴어. 사방팔방에 미령이 얼굴 방도 붙었당께?"

미령은 덜컥 겁이 났다. 이젠 죽었구나 싶었다. 사람까지 죽였으니 빠져나갈 방법도 없었다.

"아이고 이래 죽으나 저래 죽으나 죽을 팔자구먼. 화가 복이 된 게 아니라, 이젠 복이 화가 됐어. 흥청으로 성공이나 했으믄 좋기나 하지, 흥청들 다 잡아 죽인다는데…"

흥청이라는 말에 옆을 지나가던 사내가 갑자기 소리를 질렀다.

"여기 흥청 한 년 더 있다아! 죽여라!!"
"죽여라! 죽여라!!"

갑자기 날아오는 돌멩이에 미령은 얻어맞았다. 얼굴과 머리에서 피가 철철 흘러내렸다. 놀란 박 씨는 혼비백산하여 도망을 갔다. 미령은 연신 날아오는 돌멩이에 정신을 차릴 수가 없었다. 비명을 지를 수도 없었다.

그래, 죽자.
살 이유가 없다.
자두도 죽었다.

아비 같지 않은 아비도 죽었다.

난 살인도 했다.

그래, 여기서 죽자.

차라리 마음이 편해졌다. 아버지는 그렇다 쳐도 자두 잃고 혼자 살겠다고 나선 자신이 미웠다. 자두의 얼굴이 떠올랐다. 이말산으로 다니며 꽃 따고, 들풀 따고, 산새하고 나비하고 놀던 행복했던 시간이 떠올랐다.

자두야 엄마가 미안해.

엄마 용서해줘.

엄마도 금방 갈게.

마지막으로 자두에게 용서를 빌었다. 이제 죽으면 자두를 만날 수 있다는 생각으로 서서히 생명의 끈을 놓았다. 그때였다. 손에 힘이 들어간 남자의 손이 미령을 벌떡 안았다. 역관 최판술이었다.

12. 살아난 불씨

    근정전 앞에는 문무백관들이 양쪽으로 도열해 있었다. 익선관에 곤룡포를 입은 엽왕이 즉위식을 끝내고 내관과 상궁들을 거느리며 근정전 정문으로 들어왔다. 엽왕이 지나가면, 문무백관들이 고개를 숙이며 인사를 했다. 왕이 계단을 올라 옥좌에 앉자 박대종이 우렁차게 외쳤다.

    "전하! 경하 드리옵니다!!"

    문무백관이 박대종의 선창에 따라 '경하 드리옵니다'를 외쳤다.

엽왕은 차분히 주위를 둘러보았다.

"천명과 민심은 전하의 것이옵니다."
"전하! 성군이 되어주십시오."
"성군이 되어 주십시오!"

우렁차게 외치는 대신들의 합창에 왕은 천천히 말했다.

"알았소이다. 짐은 천명과 인심에 귀의해서 여러 종친과 문무의 백관, 대소 신료들의 추종에 보답하겠소. 종묘와 사직이 안정을 얻고, 올바른 정치로 제대로 된 나라를 만들 것이오."
"성은이 망극하옵니다."

대비 윤 씨는 중전 김 씨와 어린 왕자 이찬, 유란, 이영과 함께 다과상을 들었다. 유란은 어린 이영의 손을 잡았다가 놓았다. 깊은 눈매에 요염하게 보이는 유란과는 달리 중전 김 씨는 얼굴이 파리하고 입술도 핏기가 없다. 대비는 좌중을 둘러보며 인자하게 말했다.

"이렇게 왕실로 들어왔으니 이제부터는 사가에 있을 때와는 다르다는 것을 명심하시기 바랍니다."

"알겠사옵니다. 대비마마."

유란과 중전 김 씨가 동시에 말을 했다.

"우리 왕자, 찬이. 우리 옹주, 이영이."

"네 할마마마."

맑고 고운 소리로 아이들이 대답하자 대비는 기분이 좋은지 고개를 끄떡이며 웃었다.

"너희들은 이제 법도에 어긋나는 행동을 해서도 안 되고, 서로 우애 있게 지내야 하느니라, 알겠느냐?"

"네 할마마마."

대비는 고운 소리로 답을 하는 아이들에게 약과 하나씩 들려 주며 중전을 보았다. 중전의 안색이 좋지 않았다. 원래 병약한 사람이었지만 막상 중전 자리에 앉히고 보니 근심이 되었다.

"근데, 중전, 어디 편찮은 게요? 얼굴이 미령해 보이십니다."

"아니옵니다. 환절기라 가벼운 고뿔이 든 것 같사옵니다."

"저런, 중전은 이 나라 국모이십니다. 중전의 옥체는 이제 중전 혼자만의 것이 아니오. 급히 내의원에 기별하시어 진맥을 받도록 하세요."

"갑작스런 입궐에 놀라서 그런 듯하옵니다."

"이제 궐 밖에서처럼 사시면 안 됩니다. 몸도 챙기시고, 마음 다잡으시고 국모로서 어질고 자애롭고, 강단 있게 사셔야 합니다."

"명심하겠사옵니다. 대비마마."

대비는 이어 유란을 그윽하게 쳐다보았다.

"참으로 곱소이다. 유귀인은 주상을 잘 보필하여 마음의 안식처로 삼을 수 있도록 힘써 주세요. 사치하지 말며, 시기하지 말며, 일품 내명부로서의 도리를 잘 지키시면 됩니다. 알겠습니까?"

"알겠사옵니다, 대비마마."

"우리 세자, 공부 많이 해야 합니다. 그래야 이 나라가 튼튼해집니다. 알겠습니까?"

"네 알겠사옵니다. 할마마마."

편전 서안에는 돌돌 말린 상소문이 가득했다. 엽왕은 하나씩 펼쳐서 읽었다. 왕 앞으로는 박대종, 성이안, 오순창, 홍영재, 남건, 심창이 좌우로 앉아있었다. 왕이 상소문에 눈을 떼지 않았다.

"군주민수(君舟民水)임을 명심하시기 바랍니다. 백성을 배반한 왕은 혁명으로 똥물을 뒤집어쓸 것이니 명심하라?"

'망극하옵니다'라는 대신들의 합창을 들으면서 왕이 고개를 들어 대신들을 둘러보곤 또 다른 상소문을 폈다.

"혼용무도(昏庸無道)를 경계하십시오. 사리에 어둡고 상황에 대처하지 못하는 왕은 필요 없다라?"

"망극하옵니다. 전하."

왕이 다시 고개를 들어 대신들을 둘러보았다. 용안에 노여움이 가득했다.

"잘해보자, 잘해보자 의기투합은 못 할망정, 한마디로, 너도 쫓겨나지 않으려면 알아서 기어라, 이거 아니더냐?"

"중흥 공신 박대종, 돈수백배하여 삼가 아뢰옵니다. 이 나라는 더 이상 전하의 사사로운 국가가 아니오라, 중흥 공신인 소신들이 만들어낸 국가이옵니다. 소신들의 의중을 헤아리소서."

"뭐라? 지금 뭐라 하였느냐?"

"맹자께서 말씀하시길, 불소지신(不召之臣)이라 하였습니다. 어떤 위협이 오더라도 충언을 하고 쓴소리를 하는 신하는, 임금도 그 신하를 함부로 하지 못하고 어려워한다는 뜻입니다. 이 모두가 중흥 공신들의 충언임을 명심, 명심하시기 바랍니다."

왕이 천천히 좌중을 둘러보았다. 모두 중흥 공신들이었다. 자신을 왕으로 세워놓고 왕을 짓누르려는 수작이 보였다. 왕은 물러서지 않았다.

"불소지신이라... 함부로 나서지 말고 대신들 어려운 줄 알아라? 시키는 대로, 주는 대로 국으로 입 다물고 있으라?"

"망극하옵니다."

왕은 서안을 쾅 내리쳤다.

"망극, 망극, 입으로만 망극!! 물러들 가라!!"

빈청(대신들의 업무 공간) 안은 어수선했다. 정국공신들이 결심한 듯 대놓고 왕을 성토했다. 어떻게 이룬 정권인데... 왕에게 밀리기만 해서는 안 될 일이었다. 박대종이 먼저 입을 뗐다.

"이제부터 시작이오. 우리 정국공신들은 이 나라를 이끌어 갈 주역들이란 것을 명심하길 바라오. 전하에게 휘둘릴 필요가 없소이다."

"좌의정 말이 맞소이다. 이 나라는 우리 정국공신들의 나라임을 자각해야만 할 것이외다. 전하에게 빈틈을 보여서는 안 됩니다."

"대신들의 힘을 더 키워야만 하지 않겠소?"

"대신들의 힘을 키우는 방법으로 무엇이 있을까요?"

"대비전과 중궁전 외척이 커지는 것을 막아야지요."

설왕설래하는 대신들의 말들을 들으며 박대종은 의미 있게 끄덕였다. 무엇인가를 생각하는 모습이었다.

하늘엔 뭉게구름이 높이 피어올랐다. 가을볕이 높아 고추 널어 말리기에 좋은 날씨였다. 최판술 집 마당에는 통통하게 잘 익은 붉은 고추가 널려있었고, 고추잠자리가 장독 위를 뱅뱅 돌았다. 여종은 연신 부채질하며 한약을 달이느라고 비지땀을 흘렸다. 요 며칠 내내 집안에 한약 냄새가 진동하였다. 여종이 별채 쪽을 턱으로 가리키며 볼멘소리를 했다.

"쳇, 일 좀 부려 먹으라고 했더니 저 여자는 일손이 아니라네?"

"맞어, 일손이면 왜 한약을 달여 주겠냐고... 게다가 별채에 떡 허니 앉혀 놓고... 도방 어르신 첩으로 들어온 거지."

"하여간에 이쁜 것들은 사내한테 꼬리나 치고, 딱 첩질하게 생겼잖아. 눈꼬리 봐, 여럿 잡아먹고도 남어."

수군거리던 여종들은 마침 들어오는 최판술과 서 의원을

보고 일어나 인사를 했다.

　서 의원이 미령 곁에 앉아 맥을 짚었다. 미령의 얼굴엔 멍 자국이 푸릇푸릇 남아있었다. 핏기가 없는 얼굴이 안쓰러웠다. 곁에서 지켜보는 최판술은 서 의원에게 물었다.

　"좀 어떤가?"
　"어혈이 많이 풀어졌습니다. 생지황 즙을 좀 더 먹으면 다 나을 것입니다."
　"수고했네. 나가서 기다리시게나."

　서 의원이 인사하고 나가자 누워있던 미령이 천천히 일어났다. 아직도 결리고 아픈지 인상을 썼다. 이내 한숨을 쉬며 바닥만 쳐다보고 말했다.

　"죽게 놔두지 왜 나를..."
　"이렇게 아름다운 여인을 죽게 놔둘 수 있나."

　최판술이 부드럽게 웃으며 말하자 미령은 단박에 표정이 변하며 톡 쏘아붙였다.

"돈 없어요. 돈 같은 거, 먹고 죽으려도 없으니까."

"글쎄... 나는 장사꾼이라 매사에 손해 볼 짓은 안 하는 사람
인데... 어쩐다아? 살려준 값을 받아야겠는데?"

미령이 옷깃을 여미고 앙칼지게 말했다.

"설마... 날 첩으로 들일 생각이에요? 당장 나가겠어요."

미령이 일어나려고 움직였다. 어디가 결리는지 으으 신음소
리를 냈다. 최판술은 손으로 저지하며 비웃음 반, 칭찬 반으로
말했다.

"하하하 강단도 좋아. 사람까지 죽였으니, 갈 곳도 없이 막다
른 골목일 텐데?"

"네... 네? 누... 누가 누굴 죽여요? 나... 나는 안 죽였어요!"

"아냐 아냐 아냐, 잠꼬대를 들었을 뿐이야."

최판술의 표정을 살피더니 비로소 미령은 안도의 한숨을 쉬
었다. 그리고 눈치를 보며 말했다.

"그... 그럼, 원하는 게 뭔데요?"

"죽은 사람 살려 주는 것은 우리 최씨 가문의 미덕일 뿐, 다른 뜻은 없소."

"처음으로 손해 볼 장사를 하셨네요."

"아니지. 난 손해 보는 장사는 안 한다고 하지 않았나?"

"쳇! 이 말 했다, 저 말 했다,"

"역관 최판술이, 겨우 코딱지만 한 상단 하나 갖고 있어. 난 더 큰 세상이 필요하거든."

최판술이 자신의 가슴을 탁탁 치며 말했다. 미령이 갸우뚱하며 최판술을 쳐다보았다.

미령을 한참 보더니 그가 입을 열었다.

"너를 좌상대감한테 보낼 예정이다."

"네? 좌~ 상?"

"좌상대감이 왕에게 바칠 후궁을 찾고 있어. 수양딸로 말이다."

"후... 후궁? 진짜로 후궁요?"

"가짜 후궁도 있나? 후궁이 된다면 당신을 발판으로 난 날개를 다는 거지."

최판술이 의미심장하게 웃었다. 미령은 이해하지 못하고 잠시 눈을 깜빡였다.

"저기요, 내가 후궁이 된다고요?"

"아니지, 아니지, 된 것은 아니고 되도록 만드는 거지."

"그... 그럼, 나한테는 뭘 해 줄 건데요?"

미령이 갑자기 턱을 치켜들어 거들먹거리며 말했다.

"으흠... 맞아 죽을 뻔한 너를 살려주지 않았나?"

"돈, 돈 주세요."

"돈? 돈이라 하하하. 후궁이 되기만 한다면야, 내가 돈을 안 줘도 저절로 금은보화가 생길 텐데? 허나, 되기만 한다면야 내 자금에서 한몫 크게 떼어 주리라."

"저... 정말요?"

"어허! 속고만 살았나? 근데, 혼자 몸으로 왜 돈이 필요하지?"

"혼자라고 돈이 필요 없는 줄 아세요? 난요, 돈이 생기면, 날 업신여기고 날 때린 연놈들에게 복수할 거예요."

"하하하 더 이상 물러설 곳이 없는 사람이니, 뭘 해도 할 사람이야. 합시다, 계약!"

미령은 꿈인지 생신지 떨떠름한 표정으로 커다란 눈만 꿈쩍거렸다.

박대종 사랑채에 밤이 깊었다. 최판술은 박대종과 함께 술잔을 기울이고 있었다. 술잔을 입에 털어 넣으며 박대종이 운을 뗐다.

"그 아이를 날 준다고?"

"네 좌상대감. 맞아 죽어가던 흥청 한 아이를 구해서 치료 중인데 거의 완쾌 되었습니다."

"인물은 어떤가?"

"미모도 좋고, 강단도 있고, 무엇보다도 승부 근성도 있습니다."

"승부 근성이라... 최 주부 보는 눈이야 내가 인정하지. 데려오시게나. 내가 양딸로 삼으려네."

"알겠습니다. 대감."

"이 일은 자네와 나만 알고 있는 것이야. 대신, 명나라 사신 선발에 꼭 최 주부를 집어넣음세."

"고맙습니다, 대감."

"우리 둘이 인물 하나 만들어 봅시다. 밑바닥 인생, 구름 꼭대기에 올려 줍시다! 그래야 우리도 구름 속에서 놀지 않겠소?"

두 사람은 각자의 잔을 들어 쭉 들이켰다.

궁말 대청마루에 앉아서 정 상궁은 책을 보고 있었다. 마당에서 노는 자두를 한번 쳐다보다가 다시 책을 보는데 눈이 침침한지 손으로 눈을 꾹꾹 눌렀다. 자두는 옥이를 따라다니며 마당에서 까르르 웃었다. 정 상궁은 눈을 지그시 감고 다행이라 생각했다. 엄마도 안 찾고 늙은이들만 있는 궁말에서 잘 놀고 있는 자두가 안 되었기도 했지만, 이것이 자두의 운명이라 생각했다. 그때 의관을 갖춰 입은 이성곤이 들어왔다.

"마마님."

이성곤의 목소리에 정 상궁은 눈을 떴다.

"아이구 이 교리 오셨는가."

"마마님, 좋은 시절을 만나 인사드리러 왔습니다."

이성곤은 마당에 엎드려 정중히 인사를 했다.

"어이구 일어나시게. 잘 오셨어. 들어가십시다, 들어가십시다."

성곤은 약초 바구니 옆에서 자신을 보고 있는 자두를 쳐다보았다. 자두는 어색한지, 말없이 고개만 까딱이며 인사를 했다. 성곤은 자두 눈높이로 앉으며 흐뭇하게 웃으며 말했다.

"다 나았구나. 괜찮으냐?"

"아이라서 금방 다 나았다네."

자두는 정 상궁에게 갸우뚱하며 물었다.

"누구세요?"

"자두야 인사드려라. 널 구해 주신 분이시다."

"안녕하세요?"

자두가 귀여운 목소리로 인사를 하자 성곤은 자두를 안아주며 감격스러운 말투로 중얼거렸다.

"그래, 안녕하고말고..."

한과와 식혜가 놓인 반상을 앞에 두고 성곤은 정 상궁에게 말했다.

"내일 등청하기로 하였습니다."
"잘하셨습니다. 돌아오실 줄 알았습니다."
"마마님께서 도와주신 덕입니다."
"이 교리 같으신 분들이 많으니 이 나라가 굳건해질 것입니다. 암요."
"네. 그래야지요.. 헌데... 아무래도 저 아이가 걸려서요. 분명 누군가 가족이 있을 터인데 찾아줘야 하지 않겠나 싶어... 그래서 왔습니다."

딱 두 달 만에 성곤은 저잣거리를 찾았다. 그때는 도망자로, 지금은 자두의 가족을 찾아주러 온 것이다. 성곤은 자두를 안고 옥이와 함께 저잣거리를 돌아다녔다.

할애비는 돈 때매 맞아 죽고, 애미는 흥청으로 갔다가 돌에
맞아 죽었다지 아마?

게다가 애미는 살인도 했잖어. 불쌍한 거... 어쨌거나 고아가
되었구먼... 쯧쯔...

성곤이 수소문했지만 들려오는 소리는 자두가 가족을 다 잃
었다는 말뿐이었다. 그는 자신의 품에서 잠들어 있는 자두를
꼭 안아주었다.

작고 동그란 연못엔 수련이 떠 있다. 달빛을 머금은 이파리가
반짝거렸다. 달빛은 댓돌 위에 여자 운혜 한 켤레, 남자 가죽 진
신 한 켤레를 환하게 비추었다. 박대종의 사랑채 들창으로 새
하얀 달빛처럼 부드러운 소슬바람이 들어왔다. 바람이 미령의
얼굴에 불어와 살짝 삐져나온 옆머리를 살며시 흔들었다. 박대
종은 멀뚱멀뚱 앉아있는 미령을 찬찬히 훑었다. 고개만 숙이고
있던 미령도 마음을 바꿔서 박대종을 같이 쳐다보았다.

"몇 살이냐?"

"스무 살입니다."

"너는 입궐을 할 것이다.

"네?"

미령이 숨을 멈추고 깜짝 놀라 박대종을 쳐다보았다.

"왜 놀라느냐? 니가 지과까지 올라갔을 때는 임금의 여자가
되기로 한 거 아니더냐?"

"으으 지과고 뭐고, 흥청에 대한 말은 꺼내지도 마세요. 생각
하기도 싫어요. 내가 돌멩이에 맞아 죽을 뻔했다니깐요?"

"한 가지 약조할 것이 있다. 니가 폐왕의 지과흥청이었다는
말은 절대 금물이다. 흥청보다야 후궁이 낫지 않겠느냐?"

미령은 후궁이란 말에 침을 꿀꺽 삼켰다.

"준비는 내가 다 할 것이니, 너는 마음의 채비만 하고 있거라.
글은 아느냐?"

"약초꾼으로 일할 때 언문과 한문을 깨우쳤어요."

"됐다, 궁궐에서 익힐 법도와 내훈을 줄 터이니 다 외우도록
하여라."

"아... 책 읽는 거 싫은데..."

"가족은 어찌 되느냐?"

"혼잡니다."

"한 치의 거짓이라도 있어서는 안 될 것이야. 가족이 있느냐?"

미령은 입술이 바짝 마르는 느낌이었다. 자두를 떠올렸다. 자두마저도 없었다고 말하기는 싫었다.

"딸이... 있었는데... 딸이..."

"딸이 있었는데?"

박대종이 되묻자 미령은 시선 먼 곳을 향하고 눈물을 뚝 한 방울 흘렸다. 눈물을 옷소매로 쓱 훔치고는 담담하게 말했다.

"죽었어요... 이말산에서..."

"넌 딸이 없었다."

미령은 잠시 눈을 껌뻑거렸다. 이내, 박대종의 말뜻을 알아들었다.

"딸 이야기를 내뱉는 순간, 너는 죽을 것이야."

미령은 흠칫 놀라고 겁이 났지만, 천천히 고개를 끄덕였다.

"내일 최상단 사람이 데리러 올 것이다. 가마를 내줄 터이니 직접 가서 사대부가 여인들의 소장품과 장신구를 고르도록 하여라."
"꼬... 꽁짜루요?"

미령은 깜짝 놀라서 소리치듯 물었다. 박대종은 그런 미령을 지긋하게 바라보고 의미심장하게 웃었다.

"자두야, 옥이 언니 도와주는 게냐?"
"네. 할머니."

궁말 마당 구석에는 커다란 항아리가 죽 늘어서 있었다. 자두는 항아리에 소루쟁이 약초를 담는 옥이를 도와 뒤꿈치를 들고 항아리에 소루쟁이를 넣었다.

"너무 꽉꽉 눌러 담지 말아야 한다."

"왜요? 할머니?"

"풋내가 나면 약효가 떨어지거든. 소루쟁이는 저절로 발효되어야 약효가 있는 게야."

"아, 알겠어요. 할머니."

"마마님. 오늘 최상단에 다녀오려 합니다."

옥이가 항아리 입구를 밀봉하며 말했다.

"어인 일로?"

"약초도 갖다주고 임자유(荏子油)[10]를 갖다 줘야 합니다. 귀한 손님 오신다고 미리 보내 달라고 연통이 왔습니다."

"양 씨가 가지러 안 오고?"

"임자유는 들깨로 만들어서 향이 날아가기 전에 미리 갖다주려 합니다. 간 김에 자두 시전 거리도 구경시켜주게요."

"오 그래라. 자두 좋겠네? 시전 구경도 가고?"

---

10) 임자유: 목화씨, 살구씨, 순무 씨, 배추씨, 붉은 차조기 씨 기름과 호도의 푸른 껍질로 만든 영양 머릿기름이다.

"네 할머니."

비단을 파는 선전, 명주 파는 면주전, 면직물을 파는 면포전, 모시를 파는 저포전, 종이를 파는 지전, 어물을 파는 어물전 등이 고급스럽게 펼쳐져 있는 시전 거리가 신기한지 자두는 우와 우와 소리를 냈다. 활기찬 거리에는 달구지도 지나가고, 마차도 지나가고, 가마도 지나갔다. 가마가 지나갈 때 자두는 더 큰소리로 환호성을 질렀다. 그런 자두를 보고 데려오길 잘했다고 옥이는 생각 했다.

"깨끗하게 치우거라. 좌상 대감 손님이시다."

다양한 소장품과 인삼, 소금, 빗, 허리띠, 갓 등을 파는 최상단 앞에서 최판술이 말했다. 물건 정리하던 양 씨가 궁금한 듯 환하게 웃으며 말했다.

"알겠습죠. 도방께서 이번에 명나라에 사은사(謝恩使)로 다녀오시면서 가지고 온 물건들은 진짜 존 거 같습니다요."

"니깟 놈이 보면 아냐?"

"소인도 내궁 출입 장사경력 이십 년입니다. 척 보면 삼천리죠. 근데. 대체 누구신데 이리 공을 들입니까?"

"이 최판술이, 사역원 주부에서 도제조로 오를, 아, 아니다. 가장 귀하고 귀한 분이 저 길로 당당히 들어오실 것이다."

최판술의 말이 끝나기도 전에 깨끗하게 치운 입구로 자두가 당당히 걸어 들어왔다. 깜짝 놀란 최판술이 팔딱팔딱 뛰었다. 야야!! 그는 소리를 꽥 지르며 자두의 머리를 세게 흔들어 쳤다. 옆으로 팍 엎어지는 자두가 으앙 울음을 터트렸다. 옥이가 얼른 자두를 일으켰다.

"이 계집아이 누구야? 길 닦아놓으니 똥개가 똥 싼다고, 어딜 더럽혀? 엉?"

"죄송합니다. 궁말에서 왔어요. 임자유... 가지고 왔어요."

양 씨는 우는 자두를 쳐다보며 임자유를 받았다.

"아이구 여기까지 왜 왔어? 내가 가지러 갈 건데? 얜 누구야? 울지 마라, 울지 마."

자두는 옥이 품에 안겨 계속 울었다.

그 시각, 시전 거리에는 미령이 탄 가마가 들어섰다. 가마 옆
엔 하녀 한 명 따라붙었다. 멀리서 보면 영락없는 대감댁 마님
의 행차처럼 보였다. 미령은 가마 창을 조금 열어 밖을 내다보
았다. 낯선 시전 거리가 눈에 들어왔다. 창을 닫고 상기된 얼굴
로 자신이 입은 고급스러운 비단옷을 만져보며 중얼거렸다. 꿈
인지 생신지... 얼굴을 꼬집어보니 아팠다. 필경 꿈은 아니었지
만 믿기지 않았다.

자두는 계속 울었다. 옥이는 들고 온 약재들을 내려놓느라고
자두를 달래지도 못했다. 그때 안에서 필주가 나왔다. 눈이 살
짝 올라가고 볼이 빵빵한 모습이 매우 심술궂게 생긴 듯했다.
필주가 자두를 빤히 쳐다보았다.

"아부지, 얘 누구야? 왜 울어?"

최판술은 필주의 말에 대답도 안 하고 하인들에게 서두르라고
재촉을 했다. 누가 오는지 고개 빼서 길가를 쳐다보며 말했다.

"빨리빨리 얘 치워. 얼른! 귀한 손님 오시는데 망칠 일 있어? 엉?"

물건을 받아 들던 양 씨는 옥이에게 어서 가라고 밀어냈다.

"아부지, 쟤 누구냐니깐?"
"조용히 해. 필주 너도 들어가 있어. 얼른."

필주가 투덜대며 안으로 들어갔다. 훌쩍이는 자두의 손을 잡고 옥이는 서둘러 최상단 점포를 빠져나왔다. 옥이가 자두의 손을 잡고 막 내자골 쪽으로 발길을 옮길 때, 미령의 가마가 멈추었다. 미령은 창을 살짝 열고 밖을 내다보았다. 미령의 눈에 옥이의 손을 잡고 가는 자두의 뒷모습이 들어왔다. 자두의 찰랑거리는 갈래머리를 보고 있는데, 어서 내리시라는 하녀의 목소리를 듣고, 얼른 창을 닫았다.

미령은 가마에서 내려 위쪽으로, 자두는 울면서 아래쪽으로 걸어갔다. 두 사람은 시전 거리에서 갈라지고 말았다.

미령은 최상단 매분구 장 씨의 안내에 따라 난생처음 보는 분구들을 보며 눈이 휘둥그레져 입이 안 다물어졌다. 작은 합을 열어 향을 맡아보고, 손에 덜어 발라도 보고, 다시 향을 맡아보는 미령은 장 씨의 설명이 끝나지도 않았는데 눈에 들어오는 대로 정신없이 바구니에 담았다. 최판술은 미령의 모습을 보며 이제 시작이다, 생각했다.

"주상전하와 합이 딱 맞는 사주로 만들었습니다."

소격서 성 상궁은 박대종에게 사주가 적힌 종이를 내밀었다.

"기유년 오월 십오일 술시면... 어떤 사주인가?"

"이 사주는 기유, 경오, 신미, 정유이온데, 대길, 대귀 격입니다. 이 사주를 가지고 귀한 지위에 있게 되면, 수와 귀를 겸하고 복록도 끝이 없으며, 백자천손을 둘 사주인지라, 다시 평할 것이 없습니다. 왕비의 사주이옵니다."

"하하하하. 왕비의 사주라... 그럼, 본래 사주는 어떻던가?"

"경신, 일주, 인시, 사패살[11]이옵니다."

"사패살?"

"하오나, 한밤중 달빛 정기를 받아 태어났으니, 탐스러운 미모는 상감마마를 취하게 할 것입니다. 상감마마의 진기를 다 뺏고도 모자라, 나라를 쥐고 흔들 사주이옵니다."

"하하하, 나라를 쥐고 흔들 사주라... 이게 더 마음에 드는구나. 나라를 쥐고 흔들 사주라... 역시 물건이로다!"

박대종은 고개를 끄떡이며 묵직한 비단 주머니를 건넸다.

성 상궁이 돌아가자 그는 미령을 불렀다. 미령은 박대종에게 술을 따랐다.

"이제 니가 입궐을 할 것인데... 내 너와 약조를 하나 하려 한다."

"약조? 아, 약속요? 무슨 약속요?"

"궁중 예법과 내훈은 읽었느냐?"

"읽었사옵니다."

"한 달 전만 해도 날뛰는 망아지 같더니만, 태도가 달라지긴 했구나. 허나, 아직 멀었구나. 거이기양체(居移氣養體)란 말이 있다. 사람은 처해 있는 환경이 바뀌면, 먹고 입는 것에 따라

---

11) 사패살: 일생 고통이 많고 큰 위험이 있거나 잔병이 많아 단명하는 사주.

태도도 달라진다는 뜻이야. 자리가 사람을 만든다는 거지.”

“네에...”

“어떤 재능이 있느냐?”

“약초로 약재도 만들고 향을 만들어 팔고...”

“너는 향에 대해서 아무것도 모르는 사람이다.”

“네?”

“후궁은 재능이 없는 것이 덕이다.”

“내가 향으로 먹고살았는데, 모른척하라니요? 그런 게 어딨
어요?”

“후궁의 덕은 아이를 낳는 것이다.”

미령은 당황하여 얼굴이 빨개졌다.

“왜 놀라느냐? 음양의 이치도 배워야 하는 법이야. 이제 곧
너를 궁에 보내지만, 너를 만든 것도 나고, 너를 살릴 수도, 죽
일 수 있는 것도 나란 사실을 잊어서는 아니 된다. 해서, 내 오
늘 너와 이곳에서 자려 한다. 오늘 밤, 너에게 가르쳐 줄 일이
있음이야.”

미령이 박대종을 노려보며 날카롭게 소리 질렀다.

"가르치기는 뭘 가르쳐요? 누가 가르쳐줘서 내가 애를 난 줄 알아요? 웃기지도 않아. 증말. 더 이상 할 말 없으면 가주세요. 나 우습게 보지 말고."

"그년 물건이로다!! 하하하"

박대종은 잠시 당황하더니 호탕하게 웃어 젖혔다.

편전에 앉아서 박대종이 건넨 밀첩을 읽으며 엽왕은 천천히 고개를 들었다.

"후궁들의 이름이 모두 공신들의 자녀가 아니더냐?"

"전하, 본질만 보시기 바랍니다. 왕실의 자손이 번창해야 왕조의 근간이 더욱 건승할 것인지라, 소신들의 충정을 바치는 것이옵니다."

"난 지금의 왕비와 귀인 유 씨만으로도 만족하다."

"아니 될 말이옵니다. 이는 선대왕조에는 있을 수도, 있어서도 아니 되는 일이옵니다."

"공신들의 딸들을 후궁으로 들여보낸다? 그대들의 눈과 귀

노릇을 시켜 무엇을 더 알아내고자 하는 것이더냐?"

"전하, 오로지 왕실의 번성을 위함이옵니다."

왕은 박대종의 속셈을 알아차린 듯 눈을 부릅뜨고 노려보았다.

푸른 안개에 휩싸인 경복궁은 잠에서 막 깨어났다. 궁을 살아나게 하는 듯 파루를 알리는 장중한 북소리가 들렸다.

이른 새벽, 옷을 차려입은 미령은 대전 김 상궁과 함께 조심스레 걸어가고 있었다.

한 가지만 명심하여라.

궁에서는 이용 가치가 있어야 살아남는다.

그래야 남도 이용하면서 내가 살아남는 거라는 것을 명심하거라.

박대종이 당부하던 말을 되새기며 미령은 걸음을 멈추었다. 웅장한 강녕전을 바라보며 큰 호흡을 했다. 우뚝 선 미령의 시선은 밑에서 위로 차근차근 올라갔다.

강녕전 바닥돌, 강녕전 계단, 강녕전 전면 창호, 기둥, 현판,

누마루, 추녀, 용마루가 없는 전각 지붕까지 하나하나 그림을 그리듯 눈에 담았다.

이제 시작이다.

미령의 올라간 입꼬리는 웃고 있었다.

13. 미령의 시대

　궁말 정 상궁은 처소에서 꽃 그림, 나무 그림, 뿌리 그림에다 작은 글씨로 설명을 썼다. 옥이는 다 된 그림과 글을 정리하면서 정 상궁에게 말했다.

　"민들레, 두충목, 운목향, 목단피... 마마님 이 정도면 책 두 권은 나오겠는데요? 근데 마마님, 이 많은 꽃 향하고 목향을 어떻게 다 아세요? 뿌리까지 한 백? 아니 한 이백 가지 더 되겠는데요? 다 공부하신 거예요?"

　"아니다. 향은 말이야... 기억이고 내 역사란다. 향을 생각하면 모든 것이 다 떠올라... 근데, 더 늙어서 기억이 안 나기 전에 적어 놔야지... 자두야 졸리냐?"

책을 보고 있던 자두는 졸린지 하품을 했다.

"네 할머니. 졸려요. 공부 그만할래요. 근데요, 할머니. 왜 자꾸 공부하라고 그래요? 공부하기 싫은데..."

"양반이 아니니까 공부하는 게야."

"지난번에는 양반들이 공부하고 나라도 다스리는 거랬잖아요."

"양반들은 공부해서 더 똑똑해지고, 더 아는 것이 많아지는데, 양반이 아닌 사람들은 공부를 안 하니까 더 뒤질 거 아니더냐. 무시당하기도 하고..."

"나는 양반이 아니잖아요."

"자두야, 양반이 아니어도 공부를 해야 하는 게야. 공부를 해야 이 할미가 쓴 글도 읽을 게 아니겠느냐?"

"그럼 할머니는 양반이에요?"

"이 할미도 양반은 아니야. 평생 궁궐 향방 상궁으로 살았으니..."

"향방 상궁요? 그게 뭐예요. 할머니?"

"응, 임금님 계신 궁궐에서 꽃으로 향도 만들고, 향유도 만들고, 아픈 사람 고쳐주는 약도 만들고, 이쁘게 단장하는 소장품 만드는 일을 했지."

"와, 임금님 계신 곳에서요?"

"그렇지, 향으로 약도 만들어 임금님도 치료해 드리고, 기분이 나쁘실 때는 좋은 향으로 기분을 좋게도 만들어드리고."

"와 신기하다. 향방 상궁은 그런 것도 해요? 나도 향방 상궁 될래요."

"그러니 공부를 해야 하는 게야. 공부 안 하면 이 할미가 쓴 글을 읽을 수 없지 않겠느냐?"

자두는 알았다는 듯 고개를 끄떡였다.

박대종은 전략적으로 미령이 다른 후궁보다 왕을 일찍 모실 기회를 만들었다. 그는 미리 대전 김 상궁에게 패물 뭉치를 던져주며 전하를 모실 수 있도록 손을 썼다. 일이 성사만 되면 후한 상금을 더 내리겠노라는 말도 잊지 않았다. 떨리는 손으로 패물을 받아 쥔 김 상궁이 조심스럽게 방을 나섰다. 주위가 고요해지자 박대종은 자신의 세상을 위해 미령을 최우선으로 밀어야 한다고 생각했다. 미령을 불러 은밀히 사향을 건네주며 침소에 들 때 반드시 몸에 지니도록 했다.

엽왕은 고민에 쌓였다. 정국공신들은 논공행상이나 벌이면서 자신들의 세력을 구축하기에 바빴고, 뜻있는 사림파 인재들은 입궐을 거부하여 정치를 멀리했다. 오랜 흉년으로 백성들은 굶주리고 있어 하루도 편할 날이 없었다. 밤이면 아무도 침소에 들이지 않고 혼자 술을 마셨다. 그 틈에 대전 김 상궁은 왕에게 미령을 선보였다. 이미 전작이 있던 왕은 다소곳하게 천일주를 따르는 미령을 보고 한눈에 반했고, 다음 날 아침, 미령은 속치마를 뒤집어 입고 나와 승은을 입었음을 알렸다. 미령의 시대가 시작되었다.

그날 바로 미령은 첩지를 받아 단박에 성빈 박 씨가 되었다. 다음 날 김 상궁 사가에 쌀섬과 은전 꾸러미가 도착했다.

유란은 궁궐 향방 나인을 끼고 아침부터 밤까지 몸단장을 했다. 살구씨를 가루로 만들어 계란과 꿀을 섞어 얼굴에 붙였다. 더 좋은 분구와 향낭을 원할 때는 직접 제용감의 분장과 내의원 향장을 찾아가 주문도 했다. 유란 처소의 향방 나인들은 하루 종일 바빴다. 유란의 미백을 위해서 매, 독수리, 비둘기의 배설물을 말려 가루를 내어 얼굴에 붙여주기도 했다. 예뻐지기 위해서는 냄새도 참을 수 있었다. 유란은 특히 세욕을 좋아했다. 유란의 향방 나인들은 살갗을 희게 만들기 위해 인삼탕,

창포탕, 도엽탕(복숭아 우린 물)을 끓여댔다. 그중 최고 좋아하는 것은 난탕(蘭을 넣어 달인 물)이었다. 온몸에서 그윽한 난향이 나면 왕은 그녀를 품에서 놓지 않았다. 유란은 왕이 대군 때부터 함께한 첩실로, 왕을 따라 입궁한 뒤 자리 보전을 위해 끊임없이 노력했다.

그런 그녀에게 위기가 찾아왔다. 미령이었다. 왕은 그녀를 찾지 않고 미령만 찾았다. 미령의 단장법은 궁궐의 단장과는 다른 은은하면서 그윽한 것이라는 소문이 났다. 그 근원은 미령이 쓰는 소장품이라고 했다.

그동안 궁 안에서 제일 아름다운 여인으로 유란을 꼽았었다. 그런데 지금은 모두 미령을 최고의 미인이라 칭한다. 유란은 궁금했다.

대체 미령의 소장품은 무엇일까?

유란은 율이를 시켜 미령이 쓰는 소장품은 뭔가 특별한 것이 있는지 알아보게 했다. 하지만 미령에게 바치는 향방 소장품은 일반적인 것이었다. 다만 몇 가지 소장 밀지첩은 미령을 위해서만 만들기 때문에 아무도 볼 수 없다 했다. 미령의 허락을 받아야만 같은 소장품을 만들 수 있다는 것이다. 그것이 무엇인지 궁금했다.

유란은 흑진주 앞꽂이를 들고 미령을 찾았다. 유란이 미령의 피부를 칭찬하자, 너그러운 미령은 아끼는 것이라며 기꺼이 소장품을 내주었다.

듣던 대로 향도 좋고 피부에도 잘 먹었다. 분칠하니 정말 곱고 아름다웠다. 유란은 미령의 소장품을 보며 흐뭇하게 웃었다. 미안수 병을 열어 손에다 덜어 비빈 다음 얼굴에 두드려 발랐다. 은합에 담긴 곤약(크림)을 덜어 바른 뒤 손으로 얼굴을 감싸고 계속 두드렸다. 이제 왕이 자신을 찾을 것이라 생각하니 흐뭇하기만 했다. 또 덜어 바르고 또 발랐다. 향도 좋고 발림도 좋은 미령의 소장품을 바르면 바를수록 욕심이 났다. 조금씩 바르면 될 일을 지나치게 많이 발랐다. 그런데 얼굴이 화끈거리기 시작하더니 급기야 얼굴에 붉은 발진이 생겼다. 얼굴을 감싸고 놀란 얼굴의 유란, 면경을 들여다보다가 기절할 듯 소리쳤다.

"율아, 율아! 율이 게 있느냐!"

유란의 고함을 듣고 뛰어 들어온 율이는 놀라 기겁을 했다.

"으아아악! 마마 왜... 왜 이런 것입니까?"

"이... 이 얼굴, 왜 그러느냐? 이거 이거, 어쩌면 좋으냐? 어찌 좀 해보아라!"

그때 엽왕이 내관과 김 상궁을 거느리고 유란 처소로 들어왔다. 오랜만이었다. 그동안 유란에게 소홀했던지라 오늘은 유란을 위로할 마음이었다. 유란의 지밀상궁이 당황하여 안에다 대고 고하려는데 유란의 비명이 또 들려왔다. 내관과 김 상궁은 비명 소리에 놀라 당황했다. 왕 또한 미간을 찡그리며 심기가 불편한 듯 고개를 갸우뚱거렸다. 상궁이 다시 마마를 부르며 고하려는데, 왕이 손을 들어 제지하며 문을 열라 했다. 상궁이 유란 처소 문을 열어 왕이 들어가려는데, 급하게 유란이 뛰어나왔다. 유란은 엽왕을 보지 못하고 다급히 소리쳤다.

"당장 내의원을 불러라. 당장!"

정신없이 뛰쳐나오던 유란은 엽왕과 세게 부딪혔다. 왕이 기우뚱하며 넘어졌다. 신하들이 놀라 전하, 전하 외쳤다. 유란은 더 놀라 주저앉아 어쩔 줄 몰랐다. 왕은 허리를 만지며 신음 소리를 냈다. 그러다가 유란의 얼굴을 보고 또 놀랐다. 한쪽 얼굴이

붉게 부풀어 올랐고 다른 한쪽은 수포까지 생겼기 때문이었다.

경복궁 어두운 하늘은 먹구름이 빠르게 지나가고. 호랑지빠귀 우는 소리가 구슬프게 들렸다.

"전하는 어떻습니까?"

"네, 어요경근(御腰 經筋)[12]이 놀랐다 합니다."

대비 윤 씨의 말에 중전이 면구스러운 듯 대답했다.

"내 듣자 하니, 질투에 눈먼 귀인 유 씨가 소장품을 한꺼번에 너무 많이 발라 독이 오른 게 원인이라지 않소. 게다가, 성빈이 귀인 유 씨를 위해 내의원 향방에서 제일 좋은 소장품을 드린 것인데, 무슨 욕심에 한꺼번에 그걸 다 바릅니까? 성빈이 잘했다는 것은 아닙니다. 허나, 욕심이 화를 불렀어요. 이게 올바른 일입니까? 그동안 중전이 미령하여 싫은 소리도 아니 하고, 서로

---

12) 어요경근: 임금님의 허리 근육.

우애 좋게 지내는 빈과 귀인들을 보고 아무 소리도 안 했습니다. 헌데, 이 무슨 난리입니까? 비빈들을 위해 제용감과 내의원에서 독수리 똥에, 비둘기 똥에... 입에 담기도 민망합니다. 토끼 오줌은 뭐고, 은갈치 비닐은 또 뭡니까? 궁에서 그런 걸 왜 구하는 겁니까? 이게 피부에 좋다는 겁니까? 망치자는 겁니까? 언제부터 우리 내명부가 저잣거리 매분구 판이 되었단 말입니까?"

중전 김 씨는 대비의 말에 뭐라고 답을 할 수가 없었다. 내명부의 수장은 대비마마이고, 왕의 총애는 미령이 받고, 자신은 아픈 중전인지라 후궁을 다스리기엔 역부족임을 알고 있었다.

내의원 향방에서는 천 상궁이 향방 나인들을 놓고 훈계했다. 하 상궁, 박 상궁, 율이, 그 외 스무 명의 향방 나인들이 무거운 표정으로 앉아있었다. 박 상궁은 벌벌 떨며 바닥만 내려다보았다. 천 상궁이 노여운 목소리로 말했다.

"우리 향방은 이제부터 정신 똑바로 차려야 한다. 너희들이 그동안 향방에서 만든 소장품을 몰래 가져다 쓰는 것도 눈감아줬고, 내궁 출입 상인들이 가져다주는 민가 소장품도 쓰도록 허락했으나, 이제부터 그것도 금지다. 유귀인 마마의 면부는 회생 불가로 판정이 났다. 문제는 그 소장품이 우리 향방에서 만든 것이라는 사실이다. 박 상궁."

"네... 네 마마님."

"소장품을 어찌 제조했길래 유귀인 마마께서 바르자마자 독이 올라 얼굴이 뒤집어지느냐?"

"소... 소인은 지밀 책에 있는 대로 배합을 맞추었을 뿐입니다."

"너의 일지를 보니 천궁을 넣었다고, 맞느냐?"

"네 면약의 방부효과를 위해 천궁을 넣었습니다."

"근데. 황련도 넣었다고 쓰여 있지 않느냐?"

"황련은 피부를 진정시키는 효과가 있사옵니다. 그래서 넣었습니다."

"네 이년, 누구의 사주를 받은 것이냐? 천궁에 황련을 섞으면 독이 된다는 것을 몰랐단 말이냐?"

"네? 모... 몰랐사옵니다. 정말 몰랐습니다. 허나, 아주 소량을 넣었기 때문에 독성은 없을 것이옵니다."

"독성이 있으니 유귀인 마마께서 저리된 것이 아니더냐!

이년을 감찰 상궁에게 넘겨 이실직고할 때까지 주리를 틀어라!"

"마마, 억울하옵니다. 저는 향방에서 내려오는 책자대로 한 것뿐입니다. 마마!"

궁녀들이 박 상궁을 데리고 나갔다. 박 상궁의 절규하는 소리가 사방으로 울려 퍼졌다.

유란의 얼굴이 더 뒤집어졌다. 어의 안 국이 얼굴에 검은 액체를 발라주는데 따가운지 유란이 신음 소리를 처절하게 냈다. 율이와 나 상궁도 고개 돌려 눈물을 흘렸다.

"다 됐사옵니다. 마마. 약은 내일 다시 와서 발라 드리겠습니다. 어제처럼 잠을 못 주무시면 이 약을 드리세요."

안 국의 말에 나 상궁은 눈물을 훔치며 알겠노라 대답을 했다. 안 국은 일어서면서 한숨을 내쉬며 고개를 가로저었다. 유란은 나 상궁에게 면경을 달라고 소리쳤다. 나 상궁은 아니 된다며 눈물을 흘렸다. 하얀 면보로 유란의 얼굴을 둘러주면서 흐느끼기 시작했다. 유란의 까만 눈에서 눈물이 뚝뚝 떨어졌다.

"그럼, 유귀인은 앞으로도 회생이 불가하다는 것이더냐?"

왕은 평안 진료를 마친 안 국에게 근심스럽게 물었다.

"네 전하, 더 이상 약제가 들지 않습니다. 특이 체질이신지라
약을 쓰면 쓸수록 상처가 더 덧나서 어렵사옵니다. 해독에 탁
월한 청미래덩굴을 두 세배로 써도 듣질 않습니다."
"어찌해야 하겠느냐?"

안 국이 답하기 전에 박대종이 먼저 말을 했다.

"전하, 유귀인을 출궁을 시켜야 합니다."
"출궁을? 치료를 해야지, 어찌 출궁을 시키란 것이더냐?"
"궁궐에서는 치료가 불가라 하니, 출궁하여 따로 가료를 하
는 것이 옳다고 봅니다."
"어의도 그리 생각하느냐?"

왕은 안 국의 의향을 물었다.

"그러하옵니다. 전하."

"그럼, 정업원에 모셔서 가료를 받게 한 뒤 다시 입궁을 시키면 어떠하겠느냐?"

"정업원은 어의가 없사오나 궁말엔 어의가 있으니 궁말 암자에서 편하게 가료를 받는 것이 더 좋을 듯싶사옵니다."

"궁말?"

"네 전하, 청미래덩굴즙도 궁말에서 만들어 올린 것이옵니다."

"그럼, 그렇게 하도록 하여라. 궁말에서 가료한 뒤 호전되면 다시 들어오는 것으로 말이다."

"알겠사옵니다, 전하."

박대종은 어의를 보며 청미래덩굴즙의 의도가 무엇인지 곰곰이 생각했다. 박대종은 급히 덕안전으로 발길을 옮겼다.

"그럼, 마마가 저지른 일이라 이겁니까?"

"발진 정도만 생기라고 수은을 쪼끔 섞은 것뿐인데... 일이 커졌어요. 근데 아무도 모르게 한 것입니다. 다들 천궁하고 황련 때문에 그리된 것이라 믿고 있어요. 천궁하고 황련 때문이기도 하구요."

박대종의 말에 미령은 변명했다. 자신의 미색을 탐내는 유란을 골탕 먹이기 위해 분구에다 수은을 조금 섞었던 것이었다. 박대종은 발끈했다.

"아닙니다, 아니에요. 어의가 알고 있어요."

"어의가요? 그걸 어찌... 아세요?"

"청미래덩굴을 썼다는 것은 수은 중독이라는 것을 안다는 거지요. 일이 커졌습니다. 잘못하다가는 마마의 목이 달아납니다."

"에? 그럼... 어쩌지요?"

화를 눌러 참던 박대종이 갑자기 말투를 바꾸며 미령에게 화를 냈다.

"너의 행동과 생각은 반드시 나의 생각과 행동과 일치해야 한다고 하지 않았느냐!!"

"아... 아버님. 갑자기 왜 화를 내시는지요."

"목숨이 아깝거든 질투에 눈멀어 첩질할 생각 그만하거라! 이번은 내가 해결할 터이니 함부로 나서서는 아니 될 것이야!!"

일어나 나가는 박대종을 바라보던 미령이 화가 나서 서안을 꽝 내려쳤다.

누구 때문에 당신이 권세를 누리는데?
내가 당신 덕에 이 자리에 있는 줄 알아?
나 스스로 만들어낸 자리임을 내가 알고, 당신이 알고, 세상이 알거든?

대비 윤 씨는 세 분의 왕을 모셨던 정 상궁이 병세가 깊어진다는 말을 들었다. 정 상궁이 그리웠던 대비는 왕의 하사품으로 궁말 현판을 들고 문병을 가기로 했다. 민정립은 찬이와 승유를 대동하고 대비 윤 씨를 모시고 함께 궁말로 향했다. 어린 찬은 자신이 왜 궁말에 가야 하는지 잘 몰랐다.

"할마마마, 근데 왜 저도 궁말에 가나요? 거긴 아프고 늙어

물러난 상궁들이 사는 곳이라면서요?"

"가고가하(可高可下)란 말이 있단다. 어진 사람은 지위의 상하를 가려서는 안 되는 법이야. 왕세자는 앞으로 올 사람보다도 지나간 사람을 챙겨야지만 후한이 없고 태평 시대를 맞이할 수 있는 거란다."

"아 네 알겠습니다. 할마마마."

볕이 좋은 궁말 마당에는 염색하는 궁녀들과 옥이가 빨랫줄에 하얀색 광목천을 널어 말리고 있었다. 자두는 궁녀 언니들 몰래 손에 붓을 들고 광목천에 염료를 찍어 그림을 그렸다. 오얏꽃이 소담스럽게 광목 안에 피었다. 초록색 잎을 막 그리려고 할 때 정 상궁의 목소리가 크게 들렸다.

"자두야! 그만하거라! 지난번에도 약초를 다 섞어놔서 혼이 나구선, 또 천에다가 그림을 그리느냐? 하지 말아야 하는 것은 안 해야 하는 게야, 알았느냐?"

"할머니, 천에다 그림 그리니까 알록달록하고 이쁜데요?"
"그 광목은 시전에 내다 팔 것인데 그럼 누가 사겠느냐?"
"아, 알았어요. 할머니. 그럼 뒷동산에 가서 꽃 딸래요."

자두가 그림 도구를 치우고 있을 때 승유와 찬이가 먼저 들어왔다. 자두는 큰소리로 '할머니, 할머니, 누가 왔어'를 외쳤다. 금방 혼이 나고서도 천방지축 소리치는 자두를 나무라기 위해 정 상궁이 방으로 들어가려다 고개를 돌렸다. 그런데 그 자리에서 얼어붙었다. 대비마마가 서 계셨기 때문이었다. 정 상궁이 너무 놀라 버선발로 마루에서 내려와 무릎 꿇고 울먹이며 절을 했다.

"대비마마! 대비마마!"

궁말 상궁들 모두 나와 무릎 꿇고 인사를 했다. 어리둥절한 자두는 멀뚱멀뚱 손님들을 쳐다보았다. 대비마마는 정 상궁을 일으켜 세우고 안부를 물었다.

"일어나세요. 정 상궁. 몸은 좀 어떠십니까?"
"대비마마의 하해와 같은 은혜 덕분에 점점 좋아지고 있사옵니다. 대비마마께서 이 누추한 곳까지... 오시다니... 몸 둘 바를 모르겠사옵니다."

정 상궁은 대비마마를 모시고 민정립과 안으로 들어갔다.

찬은 이미 안으로 들어가고 있었고, 승유가 걸음을 멈추고 자두를 쳐다보았다. 귀여운 여자아이를 한번 보고, 다시 안으로 들어가려다 화들짝 놀랐다. 저잣거리에서 보았던 그 아이, 자두였다. 승유는 반갑고 놀라서 큰 소리로 말했다.

"야! 너 왜 궁말에 있어? 엄마 못 찾았어?"
"엄마? 나 엄마 없어. 오빠 누구야?"
"오빠 몰라? 저자에서 만났던 승유 오빠야. 내가 엿도 줬잖아"
"엿? 모르는데? 근데 여기 왜 왔어?"
"너 그때 엄마 못 찾은 거야?"
"잘 몰라. 나 엄마 없어. 나 뒷동산에 꽃 따러 갈 건데. 오빠도 같이 갈래?"

어머니를 잃었구나.

승유는 '엄마 없다'는 자두의 말을 듣고 무엇인가 울컥했다. 내가 그때 엄마를 찾아주겠다고 돌아다니지만 않았어도 어머니를 잃지 않았을지도 모를 일이었다. 더 묻고 싶었다. 어머니를 찾아보았을까? 정말 헤어진 것일까? 입을 오물거리며 물어보려는데, 자두가 먼저 걸어가자 망설이던 승유도 자두를 따라갔다.

찬이 안으로 들어가다가 두 사람을 돌아보고 관심 있게 쳐다보았다. 자두가 동산에서 꽃과 열매를 딸 때 승유는 자두만 졸졸 따라다녔다.

"궁말은 친구도 없는데 안 심심해?"
"나 친구 많아. 궁녀 언니들도 친구고, 저 꽃도 내 친구고, 나비도 친구고, 참새도 친구야. 저기 저 풀들도 다 친구야."

그 말도 놀라웠다. 친구와 놀아야 좋은 것인데 자두는 친구가 아닌 것들과 놀고 있다. 어린 여자아이가 자신은 알지도 못하는 열매를 따고, 꽃을 따면서 하나하나 설명해주는 것이 놀라웠다. 자두는 누릿대, 은방울꽃, 작약꽃을 조심스럽게 따면서 승유에게 냄새가 좋다며 웃었다. 잘못 만지면 향이 손에 배어 냄새가 독한 측백나무 열매도 따서 승유의 손에 쥐어 주었다. 그리곤 천진난만하게 웃었다. 승유는 측백 열매 향이 독해서 바닥에 버리려다가 열매를 한번 쳐다보고 손에 꼭 쥐었다.

마당으로 들어오니 궁녀의 손에 간식이 담긴 나무접시가 들려있었고, 찬이가 두 사람을 불렀다. 자두는 평상에 앉아 매작과와 주악을 먹었다. 난생처음 맛본 매작과와 주악은 궁중음식이라 했다.

"와 맛있다. 오빠, 부자구나. 그럼, 오빠들은 양반이야? 난 양반이 아니라서 공부도 많이 해야 한대."

어른들도 하지 않는 말을 자두가 했다. 양반과 양반 아닌 사람. 평상시에 한 번도 생각해보지 않았던 말인데 자두 입에서 자연스럽게 나와 승유는 또 놀랐다. 찬이 자두에게 식혜도 먹으라고 건네는데 갑자기 자두가 마당에 놓여있던 현판을 보았다.

"어? 저게 뭐지?"

자두는 커다란 나무판에 이상한 글씨가 쓰여 있는 현판 앞으로 갔다. 현판이 신기했던 자두는 요리조리 살펴보더니 안 예쁘다고 말을 했다. 궁말은 예쁜 것이 하나도 없는데 자신이 예쁘게 만들겠다 했다. 승유가 말렸지만 자두는 염색 물감과 붓으로 그림을 그리기 시작했다. 찬이 신기한 듯 바라보았다. 자두가 찬이와 승유에게 붓을 들려주었다. 승유와 찬이는 망설였지만, 자두가 그리는 그림이 재미있어 보여 같이 붓을 들었다. 나무판이 나무와 꽃으로 아름답게 바뀌었다. 대비 윤 씨가 정 상궁과 함께 마당으로 나오다가 깜짝 놀랐다. 세 아이가 붓을 들고 현판에 그림과 색칠을 하고 있었고, 궁녀는 당황하여 어쩔 줄 몰라 하며 서 있었다. 궁녀가 무릎을 꿇고 용서를 빌었다.

"대비마마, 죽을죄를 졌사옵니다. 아니 된다고 만류했는데도... 죽을죄를 졌습니다."
"저, 저, 저, 자두를 당장 광에 가두어라!"

대비는 심기가 불편한 얼굴로 내려다보았다. 찬과 승유도 어찌할 바를 모르는데 상궁 한 명이 자두를 데리고 광으로 끌고 갔다. 안 가려고 떼쓰는 자두가 소리쳤다.

"왜 저 오빠들과 같이 그렸는데, 나만 광에 가둬요?"
"조용히 하지 못할까?"
"왜 나만 가두냐구요!! 내가 양반이 아니라서요?"

어린아이 입에서 나오는 말을 듣고 모든 사람이 놀라 입을 다물지 못했다.
승유는 자두를 만난 짧은 시간에 네 번이나 놀랐다.

14. 비애, 자두의 죽음

　얼굴을 면보로 가린 유란은 들창 너머로 어른거리는 버드나무를 바라보았다. 버드나무 뒤로 밝은 달이 허공 높이 떠올랐고, 달빛이 구름 사이에 끼어 흔들거렸다. 버들잎이 비취색을 띠니, 가을의 서러움이 느껴졌다. 얼마 지나지 않아 버들가지는 벌거벗을 것이고 금방 빈 가지만 남을 것이다. 자신이 버들가지 신세가 된 듯했다. 머리부터 발끝까지 온몸이 분노로 가득 찼는데 머리는 투명하고 마음은 차분히 가라앉았다. 이제, 자신의 욕심으로 망가진 얼굴이 회생 불가라는 판정으로 궁을 떠나야만 한다.

　신성회가 늦은 밤에 찾아왔다. 말없이 황금색 보자기를 내밀었다. 노란 회장저고리에 남 스란치마였다. 상의원 제조로 있으면서 먼 조카뻘인 유란에게 옷 한 벌 제대로 못 해준 것이 마음에 짐으로 남았었다.

"마마, 다시 입궁하실 때 입고 오십시오."

노회한 신성회가 떨리는 목소리로 천천히 말했다.

"숙부님, 이런 게 무슨 소용입니까? 거두십시오."

고개를 돌리며 유란이 울먹이며 말했다.

"꼭 다시 입궁할 수 있도록 소신이 힘을 다하겠습니다."
"…"
"출궁하시기 전에 어의 안 국을 만나십시오."
"안 국을요?"
"몸을 보하게 해줄 약재를 주실 것입니다."
"몸보신… 필요 없습니다…"
"…몸조심하십시오."

신성회는 일어나 허리를 굽혀 인사하고 나갔다. 유란은 바닥에 놓인 스란치마를 들었다. 유란이 입궁할 때도 신성회가 옷을 지어주었었다. 일가붙이 없이 자란 유란을 뒤에서 소리 없이 도와준 신성회다. 말이 숙부지, 촌수로 따지면 7촌 아저씨뻘이니 가깝지도 않은 사이다. 화려한 금장술이 달린 스란치마를 잡고 유란은 흐느끼며 울었다. 누굴 원망하며 누구를 탓하리오, 이 모두 자신의 욕심 때문인 것을... 미령이 준 곤약을 유란 몰래 율이도 발랐다 했다. 헌데, 율이는 멀쩡하다. 모두가 자신의 욕심 때문이었다.

날씨마저 우울했다.

유란 처소 앞엔 사인교 가마가 쓸쓸하게 놓여있다. 가마꾼과 상궁들은 눈물을 훔치며 서 있었고, 이영은 나 상궁 뒤에 숨어서 유란을 바라보았다. 유란은 눈물을 흘리며 이영에게 손을 벌렸다.

"이영아, 이리 오너라. 이제 이 어미가 나가면 언제 올지 모르는데, 어디 한번 안아보자. 우리 아가."

"싫어. 무서워."

뒷걸음쳐 나 상궁 치마에 얼굴을 묻고 이영은 울기 시작했다.

유란은 눈물을 뚝뚝 흘리며 이영 눈높이에 맞춰 앉으며 말했다.

"할마마마, 다른 어마마마들, 세자 오라버니 말씀 잘 듣고,
잘 지내고 있거라. 어민 다 나으면 오마…"
"싫어 무서워. 오지 마. 무서워 오지 마."

울음 터트리는 이영을 보며 유란은 나 상궁에게 황옥 노리개
를 주며 말했다.

"이영을 주게나."

나 상궁은 눈물을 흘리며 황옥 노리개를 받아 이영에게 건넸
다. 하지만 이영은 고개를 가로저으며 받지 않았다.

결국, 엽왕은 미련 없이 유란을 내쳤다. 명색은 궁말에서 치
료를 하고 돌아오는 것이었지만 실제로는 미를 탐하고 얼굴만
가꾼 후궁에 대한 경고였다. 왕의 사랑을 독차지했던 유란은 그
렇게 궁말 암자로 쫓겨났다.

안 국은 그동안 내의원의 향방 약재고를 정리하면서 유란이

바른 미안수와 곤약을 분석했다. 유란이 바른 소장품에 천궁과 황련이 섞였다고 얼굴에 부작용이 나는 것은 아니라는 사실을 그는 알고 있었다. 유란의 발진과 수포, 그리고 천식 증상까지 있는 것으로 보아 이는 수은 중독이 틀림없었다. 청미래덩굴을 약제에 섞어 복용하면 나을 것이라 생각했지만, 유란의 증상은 더욱 심해졌다. 소장품을 만든 박 상궁은 자신은 결백하다 진술했으나 의금부에 투옥이 되었다. 안 국은 누군가 수은을 넣었을 것이라 의심했다. 바로 미령이었다.

유란은 궁말로 떠나기 전날 안 국을 찾았다. 신성회가 정말 약제를 받으라고 한 말일까? 그럼 궁인을 시켜도 될 일인데, 왜 가보라 했을까? 유란이 안 국에게 물었다. 자신의 증세 원인을 알고 싶으니 진실을 말해달라고. 안 국은 자신도 잘 모른다며 궁말에서 가료를 잘하시라는 당부를 남겼다. 궁말에 가시면, 꼭 청미래덩굴즙을 자주 드시라는 말을 덧붙였다. 유란은 천천히 고개를 끄떡이며 알았다고 말했다.

덕이는 내의원 담벼락에 숨어서 유란이 안 국을 만나고 가는 것을 본 뒤 서둘러 미령에게 갔다.

어제는 신성회가 유란에게 가고,
오늘은 유란이 안 국에게 갔다?

미령은 곰곰이 생각했다. 좌상대감이 알아서 한다 했는데 믿을 수가 없다. 그녀는 아주 가늘게 눈을 뜨고 고개를 끄덕였다.

안 국은 퇴청을 준비했다. 내의원 주부와 약재 관리고를 정리하고 나니 어느새 술시(오후 9시경)가 넘었다. 달빛이 컴컴한 생물방(별식을 준비하는 곳) 행각과 담 사이를 겨우 비추었다. 두루마기 스치는 소리와 마음만큼 무거운 발걸음 소리만 들렸다. 유란에게 섣불리 말을 하면 안 된다. 좀 더 조사해야 한다.

어디선가 개 짖는 소리가 들렸다. 안 국은 불안한 듯 뒤를 돌아보며 빠르게 다리 위를 지나고 있었다. 달이 구름 속으로 빠르게 숨었다. 그때 불쑥 앞에서 나타난 검객이 휘두른 칼에 외마디 비명을 남기고 다리 아래로 떨어졌다. 아버지가 퇴청하길 기다리던 석이는 어머니와 함께 오랫동안 동구 밖에서 기다렸지만, 아버지는 끝내 오시지 않았다. 아니, 오시지 못했다.

다음날 새벽, 똥지게 지고 논으로 가던 농부는 도랑에 엎드려 죽은 안 국을 발견하고 놀라 지게를 진 채로 뒤로 넘어졌다.

"마마, 마마가 죽인 것은 아니지요?"

박대종은 미령에게 의심스러운 눈빛으로 물었다.

"아버님께서는 저를 아직 잘 모르십니다. 이 박미령이, 사람을 죽일 만큼 독하지 않아요. 저도 무섭습니다. 대체, 누가 죽였을까요?"

면경을 보며 잔머리를 올리던 미령이 아무렇지 않게 말했다.

"아니면 다행입니다."

박대종이 나가자 미령은 침을 묻혀 손가락으로 면경의 먼지를 닦으며 혼자 나직하게 중얼거렸다. 신성회... 신성회... 그자가 뭐라고 말을 한 것일까? 손가락으로 다시 침을 묻혀 면경을 더 문질렀다. 마치 신성회를 문질러 없애려는 표정이었다.

"할머니, 암자에 사는 아줌마, 많이 아파요?"

궁말 뒷산 암자에 아픈 여인이 들어왔다. 자두는 누가 얼마나 아픈지 매일 궁금했다. 하지만 정 상궁은 절대 그곳은 가지 말라고 자두에게 당부를 했다. 그러나 내의원 의관이 그곳을 자주 드나드는 것을 보고 자두는 그곳이 더욱 궁금해졌다.

자두는 정 상궁 몰래 암자로 향했다. 가는 입구부터 금방이라도 귀신이 나올 것 같은 음침한 곳에서 사는 사람이 불쌍했다. 자두가 살금살금 걸어 암자 앞까지 왔을 때 방에서 나오는 유란과 불쑥 마주쳤다. 얼굴을 천으로 가리고 있는 그녀를 보자마자 자두는 놀라 엉덩방아를 쪘다. 자두보다 유란이 더 놀랐다.

이 산속에 어린 여자아이가 산다?
왜 여기에 살지?

유란이 자두에게 손을 내밀어 일어나라고 했다. 깜짝 놀란 자두는 뒷걸음쳐 도망갔다. 그녀는 아이마저도 자신을 피하고 도망간다는 사실에 미칠 것 같았다. 이영이 자신을 피하고 얼굴을 마주치지 않아 괴로웠던 것이 떠올라 더욱 힘들었다. 암자에서 궁말 쪽으로 달려 내려오던 자두는 딱 멈추고 다시 암자를 바라보았다.

아줌마에게 가야 해.
가엾은 아줌마에게 가야 해.

자두는 콩닥콩닥 뛰는 가슴을 두 손으로 안고 다시 암자로 갔다. 유란은 다시 찾아온 자두를 보자마자 괴물 같은 소리를 지르며 가라고 울부짖었다. 자두는 도망가지 않았다. 유란에게서 엄마의 냄새가 났기 때문이었다. 이상하게 엄마의 향이 났다. 유란의 울부짖는 소리에 궁녀가 달려와 자두를 잡았다. 여기 오면 너도 같이 병들어 죽을 거라고 으름장을 놓는데 겁이 났다. 하는 수 없이 발길을 돌린 자두는 그래도 유란이 걱정이 되었다. 밥은 먹는지, 아픈 데는 나았는지... 아끼는 곶감을 들고 유란을 다시 찾았다. 그런데 유란이 없었다. 혹시 죽은 게 아닌지 다시 살금살금 안으로 들어가 유란에게로 갔다. 유란이 숨도 안 쉬고 죽은 듯이 누워있었다. 겁이 난 자두는 유란을 흔들어 깨웠다.

"아줌마, 아줌마! 죽지 마! 아줌마 죽지 마!"

꿈속에서 항상 엄마를 만났다.
엄마는 언제나 죽었다.
나는 엄마를 잡고 울었다.
엄마 죽지 말라고.
엄마는 매일매일 죽었다.
난 더 이상 엄마가 죽는 것을 원하지 않았다.
아줌마도 마찬가지였다.
아줌마도 죽으면 안 된다.

자두가 울기 시작하자 유란이 자두의 손을 살그머니 잡았다. 유란도 울고 있었다. 자두를 안아준 유란은 마음이 서서히 누그러졌다. 유란은 궁에 두고 온 딸, 이영이 생각났다. 유란의 흉측한 얼굴을 보며 자지러지게 울던 이영, 그녀가 출궁 당할 때도 외면했던 딸 이영, 유란은 자두가 이영이었으면 했다. 하는 행동이 예쁘고 착한 자두가 이영이면 얼마나 좋을까. 다행히도 유란은 자두를 보고 기운을 차렸다. 자두는 이름을 알 수도 없는 꽃을 따다가 유란에게 안겨다 주곤 했다. 유란 얼굴에 비로소 생기가 돌았다.

제용감 향방에서 천궁 향로를 가지고 왔다. 유란을 쫓아내긴 했는데 미령의 마음은 초조함이 있었다. 내색은 하지 않았지만 오 상궁이 알아채고 제용감에 청을 냈더니 향방 상궁이 향로를 들고 온 것이다. 황동색 향로에서 가벼운 향이 흘러나왔다. 천궁 향이다. 마음이 불안하고 심란할 때 쓰는 안심 향이다. 미령은 손을 가볍게 저어 향을 맡았다. 이름대로 마음이 안정되는 듯했다. 아무래도 오 상궁의 말에 신경이 쓰였다.

"재조사를 한다고? 무슨 조사를 한다는 게야?"

오 상궁은 흉한 얼굴로 퇴궁 당한 귀인 유 씨의 사건을 재조사해야 한다는 소문이 있다고 미령에게 전했다. 면경을 들여다보던 미령은 불같이 화를 냈다. 안 국을 제거했지만, 유란의 상태가 점점 호전된다는 말을 듣고 고민에 빠졌는데 골치가 아팠다. 유란을 죽여야만 뒤탈이 없을 것 같았다.

미령은 몰래 사내를 시켜 유란을 겁탈하라는 지령을 내렸다. 왕의 여자가 겁탈을 당했다면 이는 분명 큰 사단이 될 것이다.

겁탈이 아니라 통정으로 몰아가면 된다. 그러면 어명이 내려질 것이다. 유란을 죽이라고. 그럼 일은 간단해진다.

　오전 내내 궁말 암자에 비가 내렸다. 유란은 하루를 멍하니 텅 빈 나뭇가지만 바라보며 지냈다. 바람이 싸늘하다. 나뭇잎이 제법 많이 늙었다. 암자 뒷마당에 소담스럽게 피어있던 배롱나무꽃이 신기하게도 한 무더기씩 무너지고 있었다. 그렇구나. 여름도, 가을도 완전히 사라지고 있구나. 갑자기 코끝이 찡해왔다. 이러다가 이곳에서 갇히는 게 아닌가 덜컥 겁이 났다. 이영이 보고 싶었다. 짧았던 궁 생활이 그리웠다. 그리워서 눈을 감았다. 그리고 생각했다.

　다시 돌아갈 수 있을까?
　나는 힘이 없다.
　살아오면서 내 힘이면 무엇이든 된다고 믿었다.
　엽왕을 만난 것도, 궁으로 들어온 것도 내 힘이었다.
　잠시 최고의 후궁이 된 것도 다 내 힘이라 믿었다.
　힘이 있으니 원하는 것은 가질 수 있었다.
　하지만 나는 힘을 잃었다.
　상처받았다.

알 수 없는 이상한 힘에게 상처받았다.

나는 이상한 힘에게 상처를 대갚음해줘야 한다.

맞서거나 다투지 않는 것도 힘이다.

나는 힘을 기를 것이다.

그래서, 대갚음해 줄 것이다.

유란은 생각을 하다가 잠이 들었다. 비가 와서인지 방구들이 식어갔다. 추웠다. 이불을 당겨 턱밑까지 올리는데 잠결에 눈을 떴다. 누군가가 자신을 짓누르는 느낌에 눈을 떴다. 시커먼 사내가 자신을 올라타고 있었다. 유란은 비명에 가까운 소리를 질렀다. 사내가 힘으로 유란을 눌렀다. 유란은 발버둥 치며 소리 질렀다. 마침 아궁이에 불을 지피러 온 최 서방이 유란의 비명을 듣고 방으로 뛰어 들어왔다. 사내는 최 서방의 목을 치고 도망갔다. 유란은 숨쉬기조차 힘이 들어 방바닥에 꼬꾸라졌다. 최 서방 덕에 유란은 겨우 모면은 했지만, 난데없이 수모를 당했다. 기가 막혔다. 왕의 여자였던 자신이 겁탈을 당할 뻔하다니. 비참하게 사는 것보다는 차라리 죽음을 택하는 편이 낫다 싶었다.

조정에서는 유란의 사건이 보고되었다. 박대종, 홍영재, 유순창은 선왕의 후궁도 아닌 현왕의 후궁이 멀쩡하게 살아있으면 이번과 같이 주상에게 누가 된다며 사약을 내려야 한다고 입을 모았다. 그것이 가혹하면 유란 스스로 자진하게 해야 한다는 상소까지 올라왔다. 이를 알아챈 상의원 제조 신성회는 남의 눈을 피해 서둘러 궁말 암자로 향했다.

의금부 도사가 사약을 들고 오기 직전, 유란의 암자에 불이 났다. 불을 발견한 자두가 깜짝 놀라 '아줌마!'를 부르며 암자로 뛰어 들어갔다. 신성회의 기별을 받고 숨어 있던 유란은 불이 난 암자로 들어가는 자두를 발견했다. 점점 더 불길이 세지고 암자가 무너지는데, 시간이 없었다. 유란은 급히 자두를 구해냈다. 화마에 휩싸여 암자는 완전히 무너졌다. 유란도 죽고, 자두도 죽었다.

의금부에서는 죽은 시신을 확인하고 돌아갔다. 유란과 여섯 살 정도의 아이 시신이 발견되었다. 동굴 속에서 살다 병들어 죽은 모자의 시신을 신성회가 미리 갖다 놓은 것이었다. 아이의 시신은 사내였지만 의금부 사람들은 확인하지 않았다.

같은 시각, 구파발 이말산엔 세 건의 살인 사건이 일어났다.
장진사 마님은 입 안 가득 씹다 만 고기가 그득했고, 고깃

덩어리에 숨이 막혀 죽었다.

약초전 주인은 양 손목이 잘려 죽었다.

양 노인 아들은 몽둥이로 맞아 죽었다.

미령은 일을 마치고 돌아온 사내에게 두둑한 은전을 던져주었다. 찜찜했던 유란도 죽었고, 자신을 우습게 안 이말산의 연놈들에게 복수를 했다. 생각보다 일찍 단죄를 했다. 니깟 것들이 나를 발톱의 때만큼도 안 여겼지? 미령은 그날 밤 꿈도 안 꾸고 푹 잤다.

그즈음, 박대종은 이성곤으로부터 업둥이를 데려다 키우려한다는 말을 들었다. 자신이 저잣거리에서 주워온 여자아이를 궁말에 데려놓았는데 병든 상궁들과 함께 있는 것이 가여워서데려다 키울까 한다는 것이었다. 어미는 흥청으로 갔다가 돌에 맞아 죽었고, 할애비는 몽둥이에 맞아 죽은 가여운 아이라는 것이었다.

박대종은 깜짝 놀랐다. 최판술에게 미령을 넘겨받을 때 들은 말과 미령에게 들은 말이 생각났다.

'흥청으로 맞아 죽을 뻔한 아이를 구했습니다.'

'딸이 있었는데 죽었어요. 이말산에서...'

확실했다. 미령의 전후 상황을 따져보니 그 아이가 미령의 딸인 것이 확실했다. 그렇지 않아도 대비와 사헌부에서는 박대종과 미령을 내치기 위해 혈안이 되어있는데 이 사실은 커다란 흠이 될 것이 뻔했다. 이 일이 누설될 경우 미령은 물론, 자신의 목숨도 위태롭다는 것을 직감했다. 박대종은 자두를 죽이기로 했다.

자두를 죽이려고 궁말을 찾아갔던 박대종 부하는 이미 자두가 불에 타 죽었다고 말했다. 박대종은 불에 타 죽은 아이의 시신이 자두라는 것을 눈으로 확인하자, 비로소 안도의 숨을 쉬었다. 대신, 미령에게는 비밀이었다.

승유는 문갑 여기저기를 열어보며 무언가를 찾고 있었다. 찾지 못하여 포기하려다 겨우 찾은 것은 바로 자두가 저잣거리에서 떨어트린 향낭이었다. 향낭을 자두에게 전달할 생각에 아래채 박 서방을 졸라 궁말에 도착했다. 자두가 이 향낭을 보면 얼마나 좋아할까, 신이 나서 도착했는데, 자두가 닷새 전에 불에 타 죽었다며 옥이가 울먹이며 말했다. 진작 찾아올 것을...

이 향낭을 자두의 손에 쥐어 줄 것을... 기가 막히고 어이없는 승유는 박 서방을 붙잡고 소리 내어 울었다.

불나기 전 유란은 자신의 얼굴을 망친 배후에 미령이 있다는 것을 알았다. 그때 알게 된 더 큰 비밀은 자두가 미령의 딸이라는 사실이었다. 피신하기 직전, 박대종 무리가 자두를 찾고 있는 것을 보았다. 어린 자두를 죽여야 한다니, 대체 이 아이를 왜 죽여야 하는 것일까? 생각할 겨를도 없이 동굴 움막서 죽은 모자 시신을 옮겨 불을 질렀다. 죽은 아이 시신을 확인하고 가버리는 박대종이 하는 말을 들었다.

저 아이가 미령의 딸이라니.
나를 이렇게 만든 미령의 딸이라니.
난 이 아이를 살린다.
이 아이는 내가 키운다.
복수를 위해서 이 아이를 이용할 것이다.

유란은 복수를 꿈꾸었다. 그리고 자두를 바라보았다.
유란은 단이와 함께 신성회의 도움으로 명나라로 향했다. 언제 돌아올까? 완전히 사람들에게 잊힐 때 돌아오련다. 갑판에 오르니 비는 진작 그쳤다. 숨었던 해가 슬며시 얼굴을 내밀더니 이내 서편 산 너머로 석양이 지기 시작했다. 해 질 무렵, 아리수에는 은은한 물안개가 피어올랐다. 서편 산 너머로 넘어가는 석양빛은 지치도록 서럽다. 언제 돌아올까? 떠나는 풍경은 쓸쓸하지만 아름다웠다. 잘 있어라. 돌아올 것이다. 길은 멀지 않을 것이다.

15. 긴 시간, 십이 년

"대행수님, 수장 어른과 단이가 금부에 갇힌 지 이틀쨌는데 어찌해야 합니까?"

"그냥 두세요. 해줄 일이 없습니다."

"그래도, 다른 매분구들은 다 빠져나갔는데 우리 종각상단만 걸려든 게 아무래도..."

유란은 양 씨의 말이 끝나기도 전에 아무 말 없이 뜰 아래 대나무 쪽으로 발길을 옮겼다. 양 씨는 두 손을 비비며 가늘게 한숨을 쉬었다. 참 냉정한 양반이다. 이해가 안 갔다. 단이는 유란을 대행수라 불렀지만, 유란이 단이에게 하는 행동은 틀림없이 아버지였다. 유란 대행수가 남자이니, 둘 사이를 보면 부녀지간이 틀림없었다. 상투를 틀고, 두루마기를 입고, 걷는 것도 남자처럼 팔자걸음이다. 특히 말투도 남자다. 그러나 양 씨가 보기엔 두 사람은 모녀지간이 맞다. 아무리 남장을 했어도 양 씨의 눈은 속이지 못했다. 아버지든, 어머니든, 단이가 위험에 처해 있으면 두 팔 걷고 나서야 하는 것이 아닌가. 이상했다. 왜 그냥 두라는 것인지 알 수가 없다.

작년 이맘때, 느닷없이 나타난 유란과 단이는 기울어 가는 종각상단을 인수했다. 시전 거리는 최상단의 횡포에 몸살을 앓는 중이었다. 종각상단은 최상단을 견제하며 장사꾼들에게 저리로 급전을 빌려주었고, 최상단에게 빚진 상인들에게는 빚도 갚아주었다. 그러다 보니 종각상단은 늘 최상단이 처치해야 할 목표가 되었다. 아무래도 이번 교동 대감 댁 사건은 최상단의 모략이 아닌가 싶었다.

유란은 대나무 숲 그늘로 들어섰다. 댓잎이 부딪히는 소리가 마치 빗소리 같았다. 세상일은 자기 뜻대로 되지 않는다. 그녀의 표정이 쓸쓸하여 마치 얄팍한 가을 서리가 내린 듯했다. 유란의 차가운 눈빛이 잠시 일렁였다. 내가 상심한들 어찌 되겠는가. 난 이미 십이 년 전에 죽었다. 아직 내가 나설 때가 아니다.

좀 더 두고 봐야 한다. 지금 나선다면 일을 그르칠 수도 있다.

박미령, 당신이 내 뺨에 남긴 흉터는 눈물 자국마저도 마르게
했다.

당신의 눈에서 핏물이 나올 때를 기다릴 것이다.

아직은 아니다.

내가 십이 년 동안 어떻게 지냈는지 아무도 모른다.

당신의 음모로 궁에서 쫓겨났다.

당신의 계략으로 겁탈당할 뻔했다.

당신에 의해 죽었다.

이제 내가 당신을 죽일 차례다.

난 내 손으로 당신을 죽이지 않아.

당신 딸 자두, 아니 단이의 손으로 당신을 죽이도록 만들 것
이다.

금부 옥사는 횃불이 켜있었으나 컴컴했다. 단이는 벽을 바라
보고 누워있었다. 박 씨가 단이를 두세 번 부르니, 그녀는 천천
히 고개를 돌렸다. 단이의 얼굴은 냉담한 기색이 있었으나 얼굴

에는 훨씬 전부터 흐른 눈물 자국이 있었다. 그녀는 진작 깨어 있었다. 박 씨가 '단아, 왜 울어' 하고 말하자, 단이의 낯빛이 바로 창백해지며 눈가에 눈물이 그렁그렁 해졌다. 아주 가냘프고 무력해 보여 동정을 불러일으켰다. 박 씨가 어깨를 두드려 줬다. 덕안전에서 고문을 당한 단이는 이제 의식을 차렸으나 눕기도 힘이 들었다. 눈을 떠도, 눈을 감아도 자신이 단장을 해준 이영이란 여자와 궁궐 후원에서 자신을 고문한 궁녀들, 그리고 높은 뜨락에 서서 노려보던 그 후궁의 얼굴까지 다 무서웠다. 왜 내 말은 듣지도 않고 다짜고짜 사람을 죽도록 고문을 하는 것인가? 단이가 눈을 꼭 감고 어금니를 깨물었다. 단이의 몸에 힘이 들어가는 것을 느낀 박 씨는 흐트러진 단이의 머리카락을 뒤로 넘겨주며 혀를 찼다.

"죽일 년들. 육시랄 년들. 씹어 먹어도 시원찮은 년들, 왜 사람을 이 지경을 만들어 놓는댜? 엉? 우리가 뭔 잘못을 했다는 겨? 지들이 해달라는 대로 해준 게 무신 잘못이랴? 귀신들은 다 머 하는지 몰라. 저런 잡년들은 안 잡아가고."

자신이 한양 토박이라며 한양 말만 쓰던 박 씨 입에서 걸쭉한 충청도 사투리가 쏟아져 나왔다. 박 씨는 기가 막혔다. 배운 것 없이 손재주 하나로 매분구를 했고, 겨우 종각상단에 수모 수장으로 들어간 지 몇 개월도 안 됐는데 이 사달이 난 것이다. 억울했다. 양반 것들은 역시 믿을 것이 못 되었다.

단이가 몸을 일으켰다. 여기저기 결리는지 얕은 신음 소리를 냈다. 왼쪽 무릎에 느껴지는 통증이 시리도록 아팠다. 까무러칠 정도의 고통이었다. 반듯하게 앉지도 못하고 기우뚱하는 단이를 박 씨가 얼른 부축했다. 단단하고 다부졌던 단이의 몸이 작고 쪼그라든 것 같았다. 박 씨는 단이를 안아 토닥거렸다. 종각상단 수모 수장을 하면서 내심 단이가 부러웠었다. 유란 대행수를 대신할 만큼 속도 넓고 다부지고, 분구를 만드는 솜씨도 대단한 아이였다. 사실 더 부러운 것은 종각상단이 단이 소유라는 것이었다. 물론 진짜 소유는 유란 대행수다. 박 씨의 눈에는 틀림없는 여자인데 왜 유란 대행수는 남장을 하고 있는지 알 수가 없었다. 모녀지간이든, 부녀지간이든 단이가 재산을 물려받을 것이 아닌가.

승유는 금부 옥사를 다시 가기 위해 사헌부 집무실을 나섰다. 황혼이 에워싼 하늘의 반은 먹물을 칠한 듯이 검었고, 반은 허망한 자줏빛과 흐르는 금빛의 저녁노을로 물들어있었다.

속절없이 아름다웠다. 대다수 관료는 이미 퇴청을 했고, 전각 주변에만 궁인들이 호위하고 서 있었다. 대전 주변에는 솔가지 등불이 전각을 에워싸듯 켜있었다. 승유가 발걸음을 옮길 때마다 맑고 짙은 솔향기가 싸하게 퍼졌다. 향기는 끊임없이 코끝에 감돌았다.

거미줄이 얼기설기 엉켜있는 금부 옥사로 막 들어서자마자 오늘따라 이상한 냄새가 났다. 후끈한 지푸라기 뜨는 냄새였다. 비 온 뒤라 더 역겨웠다. 문 하나 사이에 이렇게 냄새가 다르다니, 숨을 들이마시자 구역질이 날 것 같았다. 여기에 단이가 있다. 아니 자두가 있다. 자두를 지켜 줘야 한다. 자두가 아니라도 좋다. 어쨌든 억울한 죄인은 없어야 한다. 승유는 손으로 코를 막다가 단이가 갇힌 옥사 앞에서는 슬그머니 손을 내렸다. 단이의 작은 몸은 지푸라기 위에 접혀있었다.

"왜 나만 가두는데요? 내가 양반이 아니라서요??"

당당하게 소리치던 단이 대신 비 맞은 작은 새 한 마리가 가엽게 쪼그라져 있었다. 승유는 말없이 단이 앞에 앉았다. 왕께서 사치를 조장한 죄인들을 직접 신문한다 하였기 때문에 시간이 없다. 그 전에 왜 덕안전 미령이 단이를 치죄했는가를 알아내는 것이 급선무였다.

단이는 말하기조차 힘들어했다. 저 승유라는 작자 때문에 이곳에 잡혀있는 것이라 생각하자 화가 났다. 감찰이란 사람이 앞뒤 안 가리고, 사건을 확인하지도 않고 무조건 잡아넣었다. 어찌 저런 자가 이 나라의 사헌부 감찰이란 말인가. 쳐다보기도 싫었다. 단이는 필사적으로 입술을 깨물었다.

승유는 덕안전 뒤뜰에서 고문을 당할 때 무슨 말을 들었냐 물었다. 또한, 교동 마님 댁에서 본 여인의 인상착의를 말해 달라 했다. 하지만 단이는 말하고 싶지 않았다. 말한들, 저 무능한 작자가 도와줄 것 같지 않았기 때문이었다. 박 씨가 어서 말을 하라고 서두르는데도 단이는 입을 열지 않았다. 잠시 시간이 흘렀다. 그녀는 눈물 흔적이 채 마르지 않은 차가운 눈으로 말했다.

"왕비인지, 후궁인지, 그 사람이 그랬어요. 우리 이영을 끌어들이면 넌 죽을 줄 알라구요."

"우리 이영? 분명 그랬나?"

"그랬던 것 같아요. 근데, 이영이 누군데요?"

이영, 찬의 이복동생 이영 옹주. 본적은 없지만, 궁에서 쫓겨나 죽은 유귀인 마마의 소생인 것은 알고 있었다. 어려서부터 미령이 친딸보다 더 귀하고 소중하고 애지중지 키운 것도 알고 있었다. 혹시 단이가 이영을 걸고넘어질까 우려해 미리 단이의 입단속을 위해 치죄를 한 것이리라. 그러나 섣불리 이영이 연관되었다고 말하면 안 될 일이다. 증좌가 없으면 절대 안 될 일이다.

"하이구, 양반이란 작자들은 대가리에 똥만 들었어. 그것들 때문에 이 무슨 꼴여? 이봐 나리 양반, 나리가 잘했어, 못했어? 입 있으면 말해봐?"

승유는 한마디의 변명도 하지 않고 담담한 얼굴로 단이만 바라보았다. 험한 말을 듣고도 침착한 것이 귀한 가문에서 태어난 위엄인 듯했다.

"감찰 나리도 양반이라 내 다 믿는 것은 아니지만 서두, 조사 잘 혀 봐요. 나, 이대로 여기서 죽으면 우리 집 양반이 가만 안 둘걸요?"

단이는 아픈 와중에 수모 수장의 '우리 집 양반'이란 말에 고개를 번쩍 들었다. 단이의 시선이 느껴진 박 씨는 헛기침하면서 작은 소리로 중얼거렸다.

　"너도 봤을 거여. 소금전 옆에서 책 읽어주는 전기수, 알지? 아 뭐 매분구가 가진 게 손재주밖에 더 있남? 얼굴에 살쾡이한테 긁힌 자국 내가 지워줬더니 뭐... 그래서 합쳤지이."

　옥사에 갇힌 처지가 아니었더라면 단이는 소중이에게 큰소리로 떠벌렸을 것이다. 승유는 박 씨의 말이 정확히 무엇인지는 알 수 없었지만 아마 글쟁이자 목청 좋은 전기수일 것이라 추측만 했다. 어쨌든 사헌부에서는 감찰의 이름을 걸고 재조사를 할 것이라 하니 믿어야지 그 수밖에 없다며 박 씨가 고개를 끄떡였다. 승유는 단이에게 이영이 얼굴을 그려달라며 지필묵을 건넸다. 이영의 행적을 찾아 나서기 위해서는 단이의 도움이 필요했다. 단이는 힘없는 손으로 붓을 들어 세세하게 이영의 얼굴을 그렸다. 동그란 눈. 끝이 살짝 올라간 눈썹, 곱게 빗은 가르마, 그리고 여리한 턱선은 한눈에 봐도 미인의 얼굴이었다.

　승유는 이영의 얼굴을 들고 옥사를 나섰다. 그림을 그리는 단이의 손, 저 손은 분명 궁말에서 그림을 그리던 자두의 손, 내게 측백나무 열매를 쥐어 주던 그 손이었다. 왜 자두는 단이가 되었을까. 분명 불에 타 죽어 장례까지 치렀는데... 어쩌다 자두는 단이로 다시 나타난 것일까.

미령은 제정신이 아니었다. 손으로 턱을 괴더니, 봉황과 꽃이 새겨진 자단목 봉좌에 비스듬히 앉아 눈을 감았다. 겉으로는 평정해 보였으나 손끝이 떨리고 숨이 거칠어졌다. 면경이 코앞에 있지만 보지 않아도 자신의 얼굴은 새파랗게 질렸을 것이다. 손을 서안 위에 두었다가 거두어 자신의 턱에다 대며 매서운 눈초리로 허공을 응시했다. 오 상궁이 산딸기 차를 대령했으나 식은 지 오래다.

자두가 살아있다니.
자두는 죽은 아이다.
살아서는 안 된다.
자두가 죽어야 내가 산다.
여기서 멈출 수는 없다.

어떻게 여기까지 왔는데

절대로 절대로... 멈추지 않을 것이다.

오 상궁이 식은 차를 들고 나가자 박대종이 들어왔다.

박대종은 도포 자락을 거칠게 거두어 앉으며 미령을 바라보았다. 미령은 박대종을 보자마자 떨리는 목소리로 말했다.

"아버님."

"마마, 무엇이 문제입니까? 무에가 그리 조바심 납니까? 왜 그러십니까?"

미령은 떨리는 손으로 서안 아래에서 책을 한 권 꺼냈다. 박명기가 두고 간 <흥청과 매분구>였다.

"흥청과 매분구? 이것이 무엇입니까?"

"시... 시전의 전기수라는 자가 쓴 책인데, 아 아무래도 나와, 딸, 이야기인 듯... 합니다. 어찌하면 좋습니까?"

책을 받아든 박대종은 책과 미령을 번갈아 보았다. 미령의 상기된 표정과 일그러진 눈을 보면서 어제까지 호령하던 미령답지 않음을 단박에 알아챘다. 미령은 떨고 있다. 지금이 얼마나 중요한 때인데 이런 사소한 문제로 마음이 흔들리다니, 이래서는 안 되었다. 자두가 죽은 것이 확실하다, 내가 봤다, 말해주고 싶었으나, 몰라도 될 일을 알 필요는 없다. 중전마마의 병세가 위중하고, 세자답지 않은 세자가 왕세자 자리를 차지하고 있는데 이 기회를 놓쳐서는 아니 되었다.

"아무래도 자꾸 걸립니다."
"흥청이 수천이고, 매분구가 수백입니다. 천것들의 천한 이야깁니다."
"그래도..."

미령은 근심스러운 듯 눈썹을 살짝 찌푸렸다. 얼굴에 어두운 구름이 드리워졌다.

"마마는 흥청인 적도 없고, 딸도 없습니다. 잊으셨습니까?"
"허...면 이 책은 무엇인가요? 아무래도 누군가 나의 비밀을 알고 있는 것이 아닐는지요?"

박대종은 책을 바닥에 세게 내리쳤다. 미령이 흠칫 놀라 눈을 여러 번 깜빡거렸다.

"마마, 잘못 생각하시고, 잘못 생각하셨습니다. 살벌한 정치판에 사소한 말실수로 멸문지화를 당하는 일이 얼마나 많은지 아시는지요? 이까짓 소설 나부랭이는 저잣거리 천것들이 읽는 것이지 마마 일이 아닙니다. 이러한 일을 입에 담아서도 아니되고, 그 누구에게도 말해서는 안 됩니다. 궁 안에서는 분수에 지나친 행동을 해서도 안 되고, 절대로 풍파를 일으켜서도 안된다는 것을 잊으셨습니까? 그래야 마마를 지키고, 복진을 지키고, 나를 지킬 수 있습니다. 복진이 희망입니다. 이런 시기에 천것들이 지껄이는데 왜 신경을 씁니까? 이런 일에 조바심을 내는 자체가 마마답지 않습니다. 이번 일을 경계하시어 조심하셔야 합니다. 가뜩이나 사림파가 득세하여 조정이 심란한데 틈을 보여서는 아니 되옵니다. 아니 되고말고요. 암요."

박대종의 거친 말투에 미령은 오히려 위안을 얻었다. 역시 좌상은 괜히 좌상이 아니었다. 설마 했던 마음이 누그러졌다. 미령이 알았노라 고개를 끄떡이며 옆머리를 쓸어 올렸다. 좌상이 누그러진 말투로 다시 입을 열었다.

"별일 아닌 일에 나서지 마십시오. 사치 조장한다고 붙잡혀 온 아이를 왜 마마께서 치죄를 하십니까? 나서지 마십시오. 사소한 일에서 어긋나는 겁니다. 민심이 일그러지는 것은 커다란 명분이나 대의에서 오지 않아요. 사소한 일상에서 나옵니다. 마마 손에 피를 묻히지 마세요. 세상이 시끄러워지는 것은 한순간입니다. 이럴 때는 가만히 있는 것이 도움이 될 것입니다."

미령은 잠시 숨을 죽이더니, 담담한 눈빛으로 박대종의 얼굴을 천천히 스치듯 바라보았다.

"알겠습니다, 아버님. 아버님이 계시니 힘이 됩니다."

미령의 말투가 어느새 완화되어 부드럽고 너그러웠다. 얼굴색도 원래대로 화사한 빛이 되었다.

궁 안에서는 분수에 지나친 행동을 해서 절대로 풍파를 일으켜서는 안 된다.
그래, 가만히 있는 것이다.
이영을 지켰으면 됐다.
내 손으로 천것을 다스릴 일은 앞으로 없을 것이다.

영추는 승유의 지시대로 교동 마님 사건을 다시 조사하기 시작했다. 박 씨가 말한 대로 교동 마님, 팔판동 마님, 원서동 마님을 수소문했다. 한양엔 대감들이 많기도 했다. 다들 입을 맞췄는지 하나같이 발뺌을 하고도 당당한 것을 보니 이 나라는 양반을 위한, 양반에 의한, 양반의 나라가 틀림없었다. 자신에게만 맡겨놓고 감찰 나리는 코빼기도 안 보이니 영추는 혼자 덤터기를 쓴 느낌이었다. 그래, 감찰도 양반 중에 상 양반이지, 우리 나리는 다를 줄 알았는데 같은가 싶어 마음이 씁쓸했다.

　승유는 분명히 깨달았다. 이 사건을 제대로 해결하지 못할 경우, 단이를 잃을 것 같았다. 확실히 해결해야 한다고 승유는 생각했다. 섣불리 이영이 연루되었다고 말하면 안 될 일이었다. 단이가 중죄인이 되어 혼자서 벌을 받는다면 한양 땅에 소문이 날 것이다. 단이는 죄인이라고. 허면, 이 소문을 잠재우는 방법은 무엇일까? 그것은 바로 일을 크게 키워 진상을 정확히 밝히는 것이다. 어떻게 해야 주상전하께서 믿을 것인가? 현장을 덮친 것도 아니고 증인도 없고, 증좌도 없다. 하나씩 찾아봐야 한다.

승유는 이영의 얼굴을 들고 제일 먼저 종각상단을 찾았다. 소중이는 이영의 얼굴을 보자마자 단이를 따라간 여인임을 단박에 알아봤다. 다음으로 교동 마님 댁을 찾아 문지기를 만났다. 문지기는 절대로 본 적이 없다 했다. 그림 속 여자를 본 적이 있어야만 마님의 죄가 사라진다고 말하자, 문지기는 두말없이 이곳에 온 적이 있다고 말을 해줬다.

엽왕은 승유를 직접 불렀다.

승유가 들어섰을 때 대전 안은 아무 소리도 들리지 않았다. 귀를 기울이니 엽왕이 손가락으로 상소문을 톡톡 치는 소리가 겨우 들렸다. 김 내관이 곁눈질로 승유를 쳐다봤다. 사관은 서안에 앉아 붓을 들고 있었다. 두 사람의 독대를 적을 참이다. 엽왕은 김 내관과 사관에게 나가라고 손을 내저었다.

두 사람이 나가자 왕은 연두색 상소문을 펼쳤다. 승유가 이 사건에 이영 옹주가 연관되어 있으니 이영 옹주를 조사해야 한다고 상소를 올렸기 때문이다. 왕은 자신이 귀애하는 옹주를 음해하지 말라며 무시했지만 민승유는 증좌와 증인을 들었다.

사치를 단속하는 마당에 사가에까지 나와서 단장을 해달라고 강제적으로 명을 내린 이영 옹주를 단죄해야지, 명을 수행한 매분구는 죄가 없노라고 사뢰었다. 엽왕은 손가락으로 상소문을 톡톡 치며 승유를 지긋하게 바라보았다.

"사실이렷다?"

"전하, 소신은 감찰의 사명감으로 전하의 하명을 수행했습니다. 사대부가의 사치를 단속하다가 양반가를 급습하여 그 현장을 확인했으나 몸통은 다 빠져나가고 깃털만 잡은 결과, 제대로 된 수사가 아님을 깨달았습니다. 허나 재조사를 해보니 옹주마마께서 사가에 나가 단장을 한 것을 확인했습니다."

"허면, 이 상소대로 우리 이영을 금부에 하옥이라도 시켜야 한단 말이더냐?"

"윗전에서 시키면, 시키는 대로 해야 하는 것이 백성들입니다. 선대왕 때 숭례문 누각을 금강송 대신 해송으로 올리려 한 대목장(大木匠)[13]이 하옥되어 물고를 당하였습니다. 하오나 이는 대목장이 하고 싶어서 그런 것이 아니오라, 토목을 관장하는 선공감(繕工監)[14] 판서의 지시였음이 밝혀졌사옵니다. 그러나 이미 대목장은 고문을 못 이겨 사망했습니다. 이와 같은 일이 또 벌어진다면 전하의 치국평천하(治國平天下)에 누가 될 것입니다."

"너의 말은, 과인이 제가(齊家: 집안을 다스리는 일)를 못하였다는 뜻이더냐? 집안조차 다스리지 못하면서 무슨 나라를 다스리느냐, 이 말이렷다?"

"전하, 소신은 사헌부 감찰이옵니다. 올바른 감찰을 수행해야만 백성들로부터 원성을 사지 않는다는 말씀을 사뢰는 것이옵니다."

"옹주는 과인의 딸이다. 자식에게 형벌을 주는 아비는 아비가 아니다. 그만 물러가거라."

"전하."

"물러가라지 않았느냐?"

승유는 서슬 퍼런 엽왕의 호통에 그만 고개를 숙이고 말았다.
이 나라는 백성의 나라가 아니라, 왕의 나라다.

---

13) 대목장: 큰 건축일 및 그 일을 잘하는 목수.
14) 선공감: 조선 시대, 건축물의 신축, 수리 및 토목에 관한 일을 맡아보던 관아.

하 상궁은 향나무를 삶은 자향탕과 쑥, 구절초, 박하를 은근하게 우렸다. 내의원 향방에 나인들을 두고 하 상궁은 직접 향나무를 피웠다. 죽변리에서 진상 온 향나무는 해풍을 맞은 나무라 향이 풍부할 뿐만 아니라 태워도 맵지 않았다. 덕이는 미령의 심신이 피곤하고 심란하다는 전갈을 듣고 왔다. 하 상궁은 난향 세욕물을 대령하겠으니 그렇게 전하라 일렀다. 하지만 미령은 세욕물에 성체를 담글 만큼 마음이 편안치 않으시다 했다. 간단히 향을 피워서 마음을 편하게 해주면 좋겠다고 청하자 하 상궁은 가마솥에 자향탕을 삶았다. 그러다가 마른 국화 잎과 황련 잎을 비벼 태웠다. 향로를 만들기 위해서였다.

　하 상궁이 내의원 마당에서 불을 지필 때 안 석이 들어 왔다. 석은 향방 서 상궁에게 약재 관리고 부서에 있던 나인 청이의 행방을 물었다. 그렇지 않아도 최근에 본 적이 없다고 서 상궁이 말했다. 청이가 관리하던 처방기록부까지 사라져서 내의원이 비상이라는 것이었다. 하 상궁은 약재 관리고의 나인이 사라지는 것은 두 가지 이유라는 것을 알고 있다. 약재를 잘못 쓴 것이 들통나 몰래 도망가거나, 누군가의 지령에 따라 약재를 다르게 써서 원하는 대로, 비상식적인 약재를 만들어 줬을 때이다. 문제는 목적이 이루어진 후다. 왜 잘못된 약재를 쓰라 했는지 그 비밀이 드러날 것을 우려해 시킨 자가 몰래 처단하는 것이다. 청이는 어떤 연유에서 사라진 것일까. 안 석은 다시 돌아갔다. 하 상궁은 청이의 실종은 누구와 연관이 되었을까 생각을 했다. 단지 생각만 했다. 깊이 관여하여 묻는다면 좋은 일이 생길 리 만무하다는 것을 하 상궁은 알고도 남았다.

하 상궁은 향나무 통으로 만든 물통을 미령에게 대령했다. 덕안전 소침방엔 언제나 향기로운 꽃이 꽂혀있었다. 그런데 오늘은 화병이 비었다. 정갈한 방에 백자와 꽃은 정말 잘 어울리는 소품이었다. 화병이 비었다는 것은 미령이 심기가 편치 않다는 뜻이다. 이런 마음이면 세욕조차도 귀찮고 불편할 것이다. 미령은 족욕통을 보고 짐짓 놀랐다. 하 상궁을 한번 쳐다보고 다시 족욕통을 보았다. 향나무 통에 가득 담긴 물에서는 은은한 향이 났다. 하 상궁이 무릎을 굽혀 미령의 버선을 벗겨주려하자, 미령은 하 상궁 대신 덕이를 시켰다. 버선을 벗기는 일이 허드렛일이라 생각했으리라. 덕이는 미령의 버선을 얌전히 벗겼다. 버선발이란 말이 왜 나왔는지 알 것 같았다. 얌전하고도 미끈한 발목이 드러나자 아름다워서 감탄이 나왔다. 미령은 하 상궁이 대령한 평상에 앉아 향나무 족욕통에 발을 담갔다. 세 욕과는 다르게 편안해지는 느낌이 좋았다. 희선은 국화잎과 황 련 잎을 태운 향로를 들고 들어왔다. 향로의 은은한 향이 덕안 전 소침방에 퍼졌다. 미령은 가만히 눈을 감았다. 소침방에 있 는 궁인들은 아무 말도 없이 미령 곁에서 서 있었다.

"고맙소. 하 상궁."

처음이었다.

십이 년 동안 향방 상궁으로 있으면서 미령에게 감사 인사를 받은 적은 처음이었다. 하 상궁은 선뜻 무슨 말을 해야 할지 몰 라 가볍게 고개만 숙였다. 분명 미령은 심경의 변화가 있는 듯 했다. 더 이상의 말은 없었다.

족욕을 한 뒤 하 상궁은 미령의 발에 노회즙을 발랐다. 보습 에 좋은 노회즙을 발라주며 간단하게 용혈을 지압해줬다. 미령 이 편안한지 눈을 계속 감았다. 미령이 쉬는 틈에 하 상궁과 희 선이 조용히 나갔다.

미령은 잠이 들었다. 몸이 두둥실 떴다. 머리부터 발끝까지 깃털처럼 가벼웠다. 하늘에서 내려다보니 구파발 저잣거리다. 시끌벅적하다. 약재상이 보인다. 저 집 덕에 먹고는 살았지. 엿장수도 보인다. 자두가 그렇게 사 달라 했던 떡집이 보인다. 짚신 가게를 돌아가니 매분구에게 단장을 받는 자신의 모습이 보인다. 자두가 힘들어 보인다. 칭얼거리는 어린 자두에게 향낭을 건네준다. 향낭을 매달고 종종 걸어가는 자두를 따라간다. 갑자기 말무리가 들이닥친다. 자두가 없다.

자두야! 자두야!

소리를 지르는데 목소리가 안 나온다. 달려가고 싶은데 발걸음도 안 떼어진다.

자두야, 자두야!

목소리가 안 나와 발버둥 치는데 오 상궁이 미령을 흔들어 깨웠다. 미령의 얼굴에 눈물이 흐르고 있었다.

엽왕이 들어왔다. 미령은 깜짝 놀라 벌떡 일어났다. 이 시각에 왕이 미령의 처소에 온 적이 없기 때문이다. 왕은 미령을 보고 놀랐다. 미령은 양어깨를 심하게 떨었고 머리에 꽂은 옥석 비녀가 희미한 빛을 발했다. 언제나 아름답고 품위 있는 미령이었는데, 오늘따라 불안하고 가여웠다.

왕이 왜 그러냐고 물었다. 흥청과 매분구라는 책 때문이다. 하지만 그리 말할 수는 없다. 미령은 이영 때문이라 했다. 남다르게 호기심 많고, 하고 싶은 것도 많은 나이라 그랬을 것이다, 이영은 지금 겁을 먹었으니 용서해 달라 했다. 이영이 다치는 것은 자신이 다치는 것보다 더 마음이 아프다며 눈물을 글썽였다. 미령의 고운 손이 미세하게 떨렸다. 왕은 이미 미령을 보고 마음이 움직였다. 그녀의 눈은 자식을 보호하려는 어미의 그것과 같았다. 이리도 이영을 사랑하다니, 친자식도 아닌 이영을 이리도 아끼다니... 엽왕은 미령의 어깨를 두드리며 안아줬다. 고맙고, 고마웠다.

이영이 들어왔다. 긴장한 표정이다. 왕은 이영을 한참 바라보더니 승유의 상소가 사실이냐고 물었다. 미령은 이영을 바라보았다. 속으로 말했다. 어미가 지켜줄 터이니 걱정 말라고... 이영은 눈빛과 손끝이 떨렸다. 침도 꼴깍 삼켰다. 그러다가 이내 살짝 웃었다. 반쯤 웃고 있는 입매와 눈매, 여유 있는 표정까지 지었다.

"장난이었어요. 장난."

16. 두 어미와 두 딸

장난이었다고?

장난으로 단장을 하고, 장난으로 도망치고, 장난으로 죄를 뒤집어씌우고, 장난으로 죄인을 만들고, 장난으로 옥사에 갇히게 했다? 그래서 장난이었다? 엽왕은 승유에게 이 사건은 더 거론하지 말라 했다. 단장을 해준 사람이 잘못이지만 오늘 이후 문제 삼지도 말고 거론하지 말라고 일침을 가했다. 대신 죄인에게는 국문을 가하지 않고 한 달간의 구류를 명했다.

사헌부로 천천히 걷던 승유는 살짝 추위를 느꼈다. 기분이 착잡했다. 무능한 자신이 한심했다. 왜 왕에게 더 말하지 않고 바보처럼 고개만 숙이고 말았는가. 단이를 볼 낯이 없었다. 양반들은 다 양심도 없냐던, 양반은 왜 다 풀어 주냐던 단이의 말이 귓전을 울렸다. 아름답게 느꼈던 편전 뒷길이 엄숙하고 무거운 분위기로 다가왔다. 분명 평화로운 풍경이다. 하지만 전혀 어울리지 않은 편전이었다. 묵직한 공기는 호시탐탐 기회를 노리는 짐승의 침묵과 같았다. 막 세자궁으로 발길을 돌리려 할 때 영추가 승유를 부르며 달려왔다. 종일 보이지 않더니 어딜 다녀온 것이냐고 물으려 했는데, 영추는 승유의 입을 딱 막았다. 손에서 찝찔한 땀 냄새가 났다. 승유는 영추의 손을 뿌리치며 버럭 화를 냈다.

"아 퉤퉤, 냄새 봐라, 냄새. 이눔아, 손 좀 씻고 다녀라, 좀."

영추는 손을 가져다가 코에 대보더니 얼굴을 찡그렸다. 그러더니 손바닥에 침을 퉤 뱉고 쓱쓱 문지르고, 두 손을 다시 승유 코에 대며 말했다.

"이제 안 납니다요."

"겨우 손바닥 냄새 맡으라고 날 불렀느냐? 대체 어딜 쏴 다니다 이제 오는 게냐?"

영추는 자신이 왜 승유를 불렀지? 하는 표정으로 갸우뚱했다. 이내 생각난 듯 대뜸 소리 질렀다.

"죽었어요, 죽었어!"

승유가 놀라 쳐다봤다. 누가 죽었다는 것인가? 갑자기 단이가 걱정되었다. 단이가? 단이가 죽었다고? 그럴 리가 없지 않은가? 짧은 순간에 수백 가지의 일들이 파노라마처럼 지나갔다. 가슴이 철렁 내려앉았다.

"누... 누가 죽었다는 게냐?"
"약재 관리고, 청이 궁녀가 죽은 채로 발견되었어요!"

다행이다.
단이가 아니라 다행이다.
그런데 약재 관리고 청이 궁녀가 죽었다고?
아니다. 다행은 아니다.

승유는 그동안 석이와 함께 찬의 약재에 수면을 유도하는 산조인과 단삼을 섞은 사람이 누군지 수사하고 있었다. 약재고의 처방기록부는 아무 이상이 없었다. 하지만 찬이가 탕약을 먹은 그즈음에 약재 관리고를 담당하던 궁녀가 청이라는 것을 알았다. 두 번 청이를 불러다 조사를 했다. 한 번만 더 조사하면 왜 그랬는지 이유를 밝힐 수 있었는데 죽은 것이다.

"내소주방 곁 우물에 빠져 죽었대요. 두레박으로 물 올리던 궁녀가 발견했고요."

왜 죽은 것일까? 자살? 타살? 승유는 머릿속이 어지러웠다. 속이 불편하고 관자놀이가 욱신거렸다. 옆에서 영추가 계속 지껄였다. 승유는 아무 소리도 안 들렸다. 찬이를 지켜야 하는데 감찰이라는 자가 이런 사소한 일도 해결하지 못하다니, 자신이 싫었다. 걷다가 멈추어 연못을 바라보았다. 연꽃이 반쯤 시들었고, 이미 색이 아름답지 못하였다. 못 속에는 비단잉어 한 마리가 배를 보이며 둥둥 떠 있었다.

석은 찬의 진맥을 끝내고 침구를 정돈했다. 맥은 편안했다. 어제저녁에 구토했다는 전언을 듣고 탕제도 함께 올렸다. 찬은 천천히 탕약을 마셨다. 입이 쓴지 미간을 살짝 찌푸렸다.

"저하, 저하께서는 드시는 것도 조심하셔야 합니다. 이 탕제는 속을 편안하게 해 드릴 것입니다. 수라간에도 전언을 넣었습니다. 속이 편안한 것으로 진상하실 겁니다."

"고맙구나. 허면, 그동안 즐겨 먹던 연근 완자도 이젠 안 된다는 것이냐?"

"네 저하, 연근의 독성이 저하의 비장과 위장을 상하게 하신 탓에 구토를 하셨습니다. 가끔 드시면 괜찮지만 계속 드실 경우는 속이 상하십니다."

"알았구나. 먹을 자유도 없는 세자가 되었구나."

승유는 아무 말 없이 조용히 찬을 바라보았다. 약재고의 청이가 죽었다고 말하지 않았다. 석이는 내의원에 돌아가면 자연히 알게 될 것이다. 승유는 단이 일도, 청이 일도 해결해야 한다. 시간이 없다. 찬이 언제 내쳐질지 시간문제다. 어제는 엽왕이 사냥을 나갔다. 왕의 사냥은 궁의 큰 행사다. 누가 왕을 호위했는지, 그 사람이 권력이다. 정국공신 박대종을 비롯하여 수십 명의 호위무사와 무관들이 왕과 함께 사냥을 나갔다. 그 자리에는 찬이 없었다. 대신 복진이 있었다. 찬도 알고 있다. 주상 전하가 자신을 버릴 것이라는 것을... 찬을 지켜주는 민정립도, 민승유도 역부족이라는 것을 알고도 남았다.

"민승유? 그자가 누구더냐?"

효순이는 민승유란 자의 모든 것을 세세하게 이영에게 고했다.

"찬 오라버니 친구라고?"

이영은 겁 없이 자신에게 도전하는 민승유란 작자가 궁금했다. 궁의 여인들은 함부로 사내를 만나지도 않았고 만날 이유도 없었기에 이영은 민승유를 본적이 없다. 찬 오라버니의 벗이라 하니 만날 기회는 언제든지 있을 수 있다. 자신에 대한 상소를 올렸단 말에 괘씸하다 생각했지만, 승유를 보니 호기심이 생겼다. 이영은 찬 오라버니가 미령하시다 하니 자선당으로 문안을 갈 겸 발길을 옮겼다. 효순이의 말에 의하면 하루에 한 번은 민승유란 자가 자선당엘 들른다 했다. 비현각 이모문을 막 돌아서려는데 멀리 민승유가 지나가는 것이 보였다. 직접 보니 늠름하기 이를 데 없지 않은가. 이영은 심장이 쿵 내려앉는 기분이었다.

민승유를 얻어야겠다.

걷던 걸음을 멈추고 이영은 자신의 침전으로 되돌아왔다. 좀 더 곱게, 아름다운 모습으로 만나고 싶었다. 승유를 만날 기회는 언제든지 있다. 그러기 위해서는 더욱 예쁘게 치장을 해야 하는데...

이영은 효순이를 시켜 향방의 전식 상궁을 불렀다. 하 상궁이 아닌 사람으로 불러 달라 했더니 희선이 왔다. 내의원 향방에서 실력이 있는 상궁이었다. 희선은 이영의 취향을 들어 익히 알고 있었다. 그녀는 소신껏 이영에게 단장을 했다. 하지만 이영은 마음에 들지 않았다. 이럴 때 필요한 자가 바로 단이인데, 하필 단이는 금부에 갇혀있다. 이영은 단이의 존재가 아쉬웠다.

이영은 미령에게 단이를 풀어달라고 청을 넣었다. 미령은 단이의 단장 솜씨가 궁금해졌다. 이 기회에 자신의 힘을 시험하고 싶어 대사간을 불러 단이의 죄를 가볍게 해주라 명했다. 한 달간의 구류에서 곤장 다섯 대를 맞고 단이는 옥에서 풀려났다.

승유는 단이가 풀려났단 소식에 옥사 앞으로 달려갔다. 이렇게 풀려날 리가 없는데 이상했다. 무슨 이유일까? 누가 풀어준 것이지?

"뭐가 이상한데? 당신이 잡아 가두면, 난 영영 옥사 안에서 죽어야 하는 거야? 앞으로 내 앞에 나타나지 마, 알겠어?"

그 말이 아니었는데, 혹시 무슨 계략이 있는 것인지 그것이 우려되었다는 말을 하려 했다. 하지만 단이는 박 씨와 쌩하니 가 버렸다. 승유가 멍하니 단이의 뒷모습을 바라보는데 이 상궁과 효순이가 단이에게 무어라 말을 하더니 단이를 데려갔다. 이 상궁은 이영 옹주의 지밀이었다.

단이는 옹주의 방으로 불려갔다. 조금 전 시궁창 같던 옥사에 있었는데 지금은 구름 속 선녀의 방에 와있는 것이었다. 상상했던 공주, 아니 옹주의 방과는 달랐다. 정갈한 방이었다. 문갑 위에는 그 흔한 화병도 없었고, 벽에는 휘장조차 없었다. 방에서 은은한 향이 났다. 오얏꽃 향이다. 갑자기 마음이 누그러졌다. 이심전심이었다. 자신이 좋아하는 오얏꽃 향이 이곳에서 나니 마음이 편안해졌다. 문갑 위 자주색 비단에 오얏꽃 무늬가 수놓아진 향낭에서 나는 것이었다. 단이는 향낭을 집었다. 그리고 가만히 코에 댔다. 갑자기 눈물이 나려 했다. 어머니의 향이다. 오얏꽃 향은 모두 어머니 향이다. 그러다가 향낭을 잡은 자신의 손을 보았다. 며칠 씻지도 않아 꾀죄죄했다. 손톱 밑은 시커먼 때가 덕지덕지했고, 가시랭이가 일어나 허옇기까지 했다. 단이는 부끄러워 침을 꿀꺽 삼켰다. 얼른 향낭을 내려놓고 손을 오므려 치마 밑으로 숨겼다. 치마조차도 더러웠다. 이 꼴로 이곳에 있는 자신이 초라했다. 안절부절못하고 방구석에 서 있는데 문이 열리고 이영이 들어왔다. 단이는 문소리에 고개를 돌렸다. 그때 그 여인, 아니 그 여자애였다.

"너, 너. 너!"

흥분한 단이가 이영을 가리키며 손가락질하자 효순이가 단이의 머리를 눌러 바닥에 숙이게 했다. 단이는 이마를 바닥에 콩 찧었다.

"나에게 단장을 해라."

이영은 군더더기 없이 짧게 말했다. 단이는 못 한다 했다. 단장을 해주다가 갇혔는데 또 단장을 하라는 것이냐, 난 못 한다 했다. 그럼 다시 옥에 갇힐 것이라는데... 단이는 잠시 갈등했다.

"지금은 못 합니다. 분구도 없고 며칠 동안 씻지 않아서 이 손으로는 단장을 할 수가 없습니다.”

“그럼 내일 다시 입궁하거라. 아주 중요한 일이니 진시(오전 9시경)까지는 꼭 와야 한다. 올 때 지난번 줬던 황옥 노리개도 꼭 가지고 오너라. 널 풀어준 것이 나란 걸 잊지 말고.”

“병 주고 약 주는 겁니까?”

“네 이년, 어느 안전이라고 고개를 쳐들고 대꾸를 하는 게냐?”

효순이가 서슬 퍼렇게 나무랐다. 상전이 양반이면 종년도 양반인 게로구나.

단이가 이영의 침전을 나서서 영추문 쪽으로 걸어가는데 승유가 나타났다. 왜 부른 것이냐, 맞았냐, 무엇을 시키더냐, 계속 묻는 승유에게 알 것 없으니 앞으로 내 앞에 나타나지도 말라고 언질을 놓고 단이는 쌩 가버렸다. 단이의 눈빛이 말하고 있었다. 네 잘못이 맞다. 너 때문에 자신만 벌을 받고 나온 사실이 얼마나 억울한 줄 아니? 눈을 흘기는 단이의 모습은 오뉴월 된 서리가 내릴 것 같이 섬뜩했다.

“닭 쫓던 개 지붕, 아니 처마도 못 쳐다보고 꼬리 감췄구먼요? 말아요, 단이는 나리에게 관심도 없구만요.”

"이눔아, 단이가 니 친구냐? 어디서 단이 단이 거리느냐?"

"아 관심 끊으라잖아요. 나리도 단이 단이 거리지 말고 그만
좋하시는 게 낫겠구먼요."

영추가 승유를 향해 눈 흘기며 말했다.

유란은 조용히 방에 앉아있었다. 박 씨가 풀려났다. 단이도
풀려났지만, 상궁 두 명이 단이를 데려갔다 했다. 자신이 손을
쓰지 않아도 단이는 스스로 풀려날 수 있는 아이란 것을 알고
있었다. 밖이 소란스러운 것을 보니 단이가 온 모양이다. 문이
열리고 단이가 들어왔다. 예쁜 얼굴이 며칠 사이에 상했다.

"대행수님 다녀왔습니다."

너무나 건조한 단이의 목소리에 유란은 울컥했다. 자신을
안고 울어도 될 나이였다. 하지만 단이를 이렇게 키운 것은 자
신이었다. 의지하지 않게, 스스로 무엇이든 헤쳐 나갈 수 있게
만든 것은 자신이었다. 하지만 걱정했다. 어린 나이에 금부에

갇혔다가 살아 돌아온 단이를 안아주고 싶었다. 얼마나 무서웠냐고 토닥거려주면 자신의 품 안에서 울 수 있도록, 안기도록 해주고 싶었다. 하지만 유란은 단이보다 더 건조하게, 더 간단히 말했다.

"조심하거라. 조심해서 나쁠 것은 없다."

단이는 죄송하다며 씻고 오겠다면서 나갔다.

아직은 아니다.
단이가 다쳐서는 안 된다.
단이는 나의 복수의 도구이다.
도구는 갈고 닦아 칼날을 날카롭게 만들어놔야 쓸모가 있다.

단이가 들어왔다. 정갈하게 땋아 내린 머리가 연노랑 저고리까지 내려와 찰랑거렸다. 단이가 이렇게 예쁜 아이였던가? 유란은 흠칫 놀랐다. 십이 년을 키운 아이였다. 명나라에서 자신도 남장을 했고, 단이도 선머슴처럼 옷을 입혔다. 타국에서 장사하려는데 여자 두 명이 헤쳐 나가기란 쉽지 않았다. 악착같이 돈을 모았다. 신성회의 도움으로 다시 귀국할 때 유란은 갈등

했었다. 단이도 자신처럼 남장을 할 것인가. 그러기엔 너무나도 곱고 예쁜 얼굴이었다. 해서 단이는 남장도 여장도 아닌, 중성적인 모습으로 만들었다. 그런 단이가 하루가 다르게 미모가 올랐다. 딱 미령이었다. 유란이 복수를 꿈꾸는 그 얼굴, 미령의 얼굴을 닮아 가고 있었다. 유란은 단이의 시선을 피했다.

"대행수님, 내일 궁에 들어가야 합니다."
"궁엘? 풀려난 것이 아니더냐?"
"저에게 단장을 했던 이가 이영 옹주라 합니다."

유란은 국화차를 마시다가 찻잔을 떨어트릴 뻔했다.

이영이라 했다.
내 딸 이영이라 했다.
그럼 단이가 이영을 만났단 말인가?
출궁 당하던 날, 어미 곁으로 오지 않고 울던 이영을 단이가 만났다.
단이를 볼 때마다 이영이 그리워 눈물을 삼켰는데, 내 딸 이영을 단이가 만났다.

파르르 떠는 유란을 보고 단이가 놀라 쳐다보았다. 유란은 평정을 되찾고 단이를 바라보았다.

"왜 가는 것이냐?"

"중요한 일이 있다며 내일 단장을 부탁했습니다."

"내의원 향방 나인들이 단장해 줄 터인데 왜 너를 부른 것이냐?"

"지난번 단장 값 대신 받은 물건이 있는데 그것을 가져오라 했습니다."

"물건? 그게 무엇이더냐?"

단이는 이영에게 받은 황옥 노리개를 보여주었다. 유란이 나 상궁에게 주었던 그 노리개다. 이영에게 꼭 주라 했던 노리개를 이영이 잘 간직하고 있었던 것이다. 유란은 단이에게 황옥 노리개를 건네받았다. 연두색 실은 빛이 바랬지만 모양은 그대로였다. 깊고 은은한 황옥의 빛이 우아하게 발했다. 유란은 황옥 노리개를 꼭 쥐었다. 그리고는 나직이 물었다.

"이영은 어떠하더냐?"

단이는 무슨 말인지 알아듣지 못했다. 잠시 생각했다. 유란을 보며 이영의 생김새를 묻는 것이라 생각했다.

"아주 희고 고운 얼굴이었어요. 단장을 안 해도 될 만큼 예쁜 얼굴인데 꼭 단장을 해달라는 것입니다. 지난번에도 그래서 제가 붙잡혀간 것이었구요."

"가지 말거라."

나는 단장 때문에 무너졌다.

미령의 분구 때문이었다.

이제, 미령의 딸 단이가 내 딸 이영에게 단장을 하려 한다.

우리 이영은 나처럼 만들어서는 안 된다.

복수가 이루어지기도 전에 이영이 말려 들어가서는 아니 된다.

그래서는 아니 된다.

"대행수님, 만약 제가 내일 들어가지 않으면 전 다시 금부 옥사에 갇히게 됩니다."

유란은 단이의 간절한 눈빛을 보았다. 단이는 이영의 단장을 하고 싶은 것이 아니라, 금부에 갇히고 싶지 않은 것이었다.

다음날 일찍 단이는 이영에게로 갔다. 빚진 것이 있으니 갚는다는 심정이었다. 역시 이영은 반달 눈썹과 음영이 없이 하얗기만 한 단장을 원하지 않았다. 단이는 잇꽃을 갰다. 붉고 깊은 색이 났다.

"야, 난 그런 천하고 진한 색을 입술에 바를 생각이 없어. 바르지 마."

"저도 그럴 생각은 없습니다."

"그럼 그걸 왜 만드는 것인데?"

"계속 하실 것이면 입 다무시고요, 그만 하실 것이면 전 이만 가겠습니다."

"아... 아니다. 계속하거라."

단이는 작은 접시에 잇꽃 갠 것을 살짝 폈다. 그 위에 분꽃 씨를 빻은 가루를 톡톡 털었다. 금세 색이 연하고 부드럽게 바뀌었다. 단이는 면지첩을 꺼내 잇꽃과 분꽃 가루를 조심스럽게 묻혔다. 면지첩을 이영 볼에 살짝 댔다. 볼에 붉은 기운이 살짝 돌았다. 다시 다른 면지첩으로 분꽃 가루를 찍어 그 위에 톡톡 쳐 가루를 떨어트렸다. 이내 여우 꼬리털 붓으로 가루를 살살 털어냈다. 이영 볼에 발그스름한 복숭앗빛이 돌았다. 마치 도화의 부드러운 곡선이 이영의 볼에서 피어나는 듯했다. 지켜보던 효순이가 감탄을 하며 이영에게 면경을 보라고 내밀었다. 이영이 면경을 보았다. 어디 잘 하나 두고 보자 하는 심정이었는데, 면경 속에 비친 자신의 모습은 참으로 곱고 아름다운 여인의 모습이었다.

"야, 너! 너 앞으로 나만 단장하거라!"

단이는 입을 꾹 다물고 분구를 챙겼다. 지승 가방 깊숙이 있던 황옥을 꺼내어 쑥 내밀었다. 이영이 황옥 노리개를 보더니 낚아채듯 빼앗았다.

"빚 갚았습니다. 나 꺼내 준 빚도 갚고, 이 노리개도 드렸습니다. 앞으로 우린 만날 일이 없을 것입니다."

단이가 막 나가려 할 때 미령이 들어왔다. 이영이 또 사가의 매분구를 데려와 단장하고 있다고 오 상궁이 말했기 때문이었다. 단이는 미령을 보자마자 지난번 자신을 죽지 않을 만큼 고문한 사람인 것을 알았다. 성빈 마마라 했다. 그런데 단이는 미령에게서 눈을 뗄 수가 없었다. 참으로 아름다운 자태에 기품까지 서려서 입을 다물지 못했다. 아니다. 단이가 놀란 것은 미령의 향이었다. 꿈에도 그리워했던 엄마의 향이었다. 단이는 잠시 눈을 감았다. 어릴 적 엄마의 향을 찾아 거슬러 가고 있었다. 잃어버린 엄마의 향낭에서도 이 냄새가 났었는데 그마저도 잃어버린 다음 향을 기억할 수가 없었다. 그런데 지금 단이의 코앞에 엄마의 향이 나타났다.

"네 이년 어느 안전인데 감히 눈을 감고 서 있느냐? 당장 무릎을 꿇지 못할까?"

단이는 오 상궁의 호령에 정신이 퍼뜩 들었다.
미령은 아무 말 않고 있었다. 이영만이 미령에게 애원을 했다. 날 봐라, 예쁘지 않느냐? 이런 아이에게 단장을 받은 것이 왜 나쁘냐? 어머니께서도 보시면 알겠지만, 내가 좀 달라 보이지 않느냐. 이영은 뭐라고 계속 떠들었다. 단이는 또 죽었구나 싶었다.

"이름이 무엇이냐?"

단이는 의외의 하문에 고개를 들었다. 미령이 단이를 보고 있었다. 단이는 미령의 감정을 읽을 수가 없었다. 입가엔 한 올의 냉기를 머금고 있었다. 머리 위엔 비취 장식이 반짝이며 빛났다. 단이의 시선이 자신의 머리에 머무는 것을 알아채고 미령은 깔보는 눈빛으로 단이를 똑바로 바라봤다. 단이 역시 조금도 주눅 들지 않으니, 두 눈동자가 서로를 마주쳤다.

"단이라 하옵니다."

"매분구더냐?"

"아니옵니다. 상단에서 일을 배우고 있습니다."

"일을 배운다면, 누구에게 배운다는 것이냐?"

"소인의 아비가 대행수이옵니다."

대행수면 큰 상단일터, 왜 자식이 단장을 하고 다니도록 둔단 말인가? 미령은 단이를 가만히 뜯어보았다. 꽤 귀염성 있는 얼굴이었다. 이영을 위해 이 아이를 떼어내야 한다. 이상하게 나쁜 기운이 흐르는 것 같았다. 이영의 고집으로 불려온 아이인지라 죽일 수는 없었다. 앞으로는 절대로 궁 출입을 삼갈 것을 명했다. 다시 한 번 더 궁 출입을 할 시엔 물고를 내릴 것이라 했다. 단이는 알았노라 아뢰며 궁 밖을 나섰다.

참 이상한 기분이었다. 어머니는 앞으론 절대 단장을 해주지 말라 하시고, 딸은 단장을 해 달라 한다. 모녀의 사정은 알고 싶지 않았다. 하지만 내내 기분이 이상했다. 자꾸 기억이 났다. 이영의 단장 모습이 기억나는 것이 아니라, 미령의 눈빛과, 표정과 향이 기억에서 사라지지 않았다. 이상한 날이었다.

이영은 찬 오라버니가 좋아하는 매작과를 들고 자선당을 찾았다. 때마침 승유가 있었다. 아니, 승유가 자선당을 찾을 시간에 맞춰 간 것이었다. 찬과 이야기 나누던 승유는 이영이 들어오자 깜짝 놀랐다. 이영 또한 부러 놀란 척 얼른 내외했다. 오라버니 혼자 계신 줄 알았다며 매작과만 살짝 내려놓고 나왔다. 아주 짧은 시간이었다. 섬돌 아래 내려서는데 심장이 요동쳤다. 참으로 괜찮은 사내로구나. 저 사내라면 혼인을 해도 될 것 같았다.

미령은 오 상궁을 시켜 저잣거리 전기수를 잡아 오라 시켰다. 아무래도 담판을 지어야 속이 시원할 것 같았다. 덕안전 후원에는 잡혀 온 담설이 형구에 묶여있었다. 시전 거리에서 흥이 나게 책을 읽어주고 돈푼을 챙겨 집에 돌아가는 중이었다. 수표교를 막 지나려는데 건장한 사내 두 명이 담설을 낚아챘다.

담설은 영문도 모르고 형구에 묶여있는 셈이다. 발이 가늘게 쳐진 대청에 미령이 앉았다. 사내가 대나무 발 빗금 너머로 어른거려 보였다. 저 사내가 나의 비밀을 알고 있는 자란 말인가? <흥청과 매분구>는 누구에게 들은 이야기냐고 오 상궁이 미령 대신 물었다. 담설은 뜬끔 없는 질문에 턱을 번쩍 쳐들었다.

"소인은 글을 써서 먹고사는 글쟁입니다. 선왕의 폭정은 한양사람이면 모르는 사람 없고, 백이면 백, 누구나 생각할 수 있는 소재입니다. 흥청이 되기 위해서는 얼굴 단장을 해야 할 것이고, 흥청에게 단장해준 사람은 매분구일 것입니다. 매분구 이야기는 흔하디흔한 이야기입니다. 누구나 생각하는 이야기면 재미가 없지 않습니까? 저는 글을 팔아서 먹고사는 전기술니다. 헌데, 흥청이 되기 위해서 딸을 버렸다, 어미는 정말 후궁이 되었다, 딸은 죽지 않고 살아남았다, 그래서 어미를 찾기 위해 매분구가 되었다. 왜냐? 어미는 얼굴 단장하는 것을 좋아했기 때문이다. 이것이 소인이 소설을 쓰게 된 이유입니다."

글쟁이답게 논리적으로 술술 말을 했다. 미령은 담설을 풀어주었다. 자신에게 자두가 살아있다며 호들갑 떤 아버지가 원망스러웠다.

그렇다.

아무도 모르는 일이 맞다.

공연히 긁어 부스럼 내는 꼴이 되어서는 안 된다.

난 이말산 박미령이 아니라 덕안전 성빈 마마이다.

누구도 나를 건드리는 자는 죽음을 면치 못할 것이다.

17. 삼각관계

오늘도 승유는 자선당엘 오지 않았다. 찬은 승유와 가끔 만나 이야기를 나누기도 하고 시정의 담화를 들으며 민심을 읽기도 했다. 그런데 요즘 승유가 오질 않는다. 지금 찬을 만날 수 있는 사람은 오직 석이 한사람이다. 석이에 의하면 사건이 많아서 처리하느라 외근만 한다는 것이다. 찬은 답답했다. 이곳은 감옥과 마찬가지였다. 회강(왕과 시강원 관리와 함께 복습하는 공부)도 없어졌다. 조강은 물론 조계(아침 조회)도 참석하지 말라고 엽왕이 명을 내렸다. 근신하라는 것이었다. 찬은 답답한 마음에 호위무사 정이만을 데리고 변복하여 민가로 나섰다. 승유를 만나기 위해서다.

승유는 감찰한다는 이유로 시도 때도 없이 단이가 있는 곳에 나타났다. 단이는 승유가 귀찮았다. 소중이와 떡을 사 먹으러 갈 때도, 담설 아저씨의 재미난 이야기를 들을 때도 언제나 나타났다. 운니각에 물건을 전달해야 하는데 승유가 또 나타났다. 승유 눈을 피해 천변 도랑으로 돌아가야만 했다. 직접 가면 운니각까지는 한걸음인데 오 리나 돌아가는 셈이다.

사실, 단이는 처음부터 승유를 알아보았다. 지금이라도 내가 자두라고 말하고 싶었다. 하지만 유란이 말했었다.

넌 죽은 아이다.
만약 너를 알아보는 사람이 있으면 넌 다시 죽을 수 있다.
절대로 넌 자두여서는 아니 된다.
넌 처음부터 단이다.

단이는 유란에게 이유를 묻지 않았다. 하지만 내가 왜 또 죽어야 하는지 알고 싶었다. 죽음을 피해 명나라까지 갔다 온 사람들이다. 분명 알면 안 되는 사연이 있을 것이라 생각했다. 단이가 구름재 언저리에서 달리기 시작했다. 약속한 시간보다 이각(30분)은 늦은 듯했다. 막 골목을 들어설 때였다. 갑자기 나타난 사내와 단이는 부딪히고 말았다. 변복한 이찬이었다. 넘어진 찬과 단이는 함께 엎어져 얼굴을 맞대고 있었다. 두 사람은 포개진 채 눈을 마주쳤다. 단이가 놀라 찬을 세게 밀쳤다. 찬이 옆으로 굴렀다. 순간, 정이가 칼을 빼 들어 단이를 겨냥했다. 깜짝 놀란 단이가 소리를 지르려 하자 찬이 얼른 단이의 입을 막았다. 찬이 정이에게 칼을 내리라고 눈짓을 하자 그는 단이를 노려보며 칼을 거두었다. 바닥에 분구가 흐트러지고 쏟아져 있었다. 단이가 눈을 부릅뜨고 소리를 질렀다.

"아, 어떡할 거냐구요, 비싼 분구가 다 쏟아졌잖아요."
"쫓아와서 부딪힌 것은 그쪽입니다!"

정이가 단호하게 대꾸했다.

"뭐래? 이 양반이 내 앞길을 막고 안 비켜줘서 부딪힌 거잖아요."

이 양반이란 소리에 다시 정이가 칼을 빼 들었다. 찬은 '쉿!' 하며 자신이 세자임을 말하지 말라고 눈을 꿈쩍거렸다. 정이는 알았다며 다시 칼을 집어넣었다. 분구를 집어서 들여다보는 단이가 인상을 쓰며 찬을 바라보았다. 당황한 찬이 분구를 주워

주며 변상해 주겠노라고 말했다.

"나리는 돈이면 답니까? 이게 얼마나 비싼 건지 아세요? 이거 만드는데 정성과 품이 얼마나 들어가는데, 그리 쉽게 생각하십니까? 일 년에 한 번 피는 꽃으로 만든 겁니다. 어쩔 겁니까? 양반은 그래도 됩니까?"

단이를 천천히 쳐다보는 찬은 첫눈에 자두임을 알아보았다. 양반은 그래도 됩니까? 오래전에 단이가 한 말이었다.

'자두다. 궁말 뒷산에서 함께 뛰어놀던 그 자두다!!'

반갑고 기쁘고, 손이라도 덥석 잡고 싶은 마음을 꾹 누르고 찬이 한마디 했다.

"어찌하면 좋겠소."

웃음을 머금은 부드러운 말투로 찬이 물었다.

"이건 돈으로 해결되는 것이 아닙니다. 내가 내일 궁말에 꽃

따러 갈 건데 가서 직접 따서 두 바구니 가득 채워 준다면 내가 봐주지요."

찬은 바로 '그러마' 약속을 해버렸다. 정이는 펄떡 뛰었으나 찬은 얼굴에 화색이 돌았다. 단이는 '앞으로 눈을 크게 뜨고 다니시라'고 충고 아닌 충고를 하는데... 그때 어디선가 불쑥 승유가 나타났다. 승유는 단이에게 감히 어느 안전이라고 소리를 지르는 것이냐고 으름장을 놓았다. 찬은 모른 척하라며 웃는데 그때, 단이는 찬의 얼굴을 제대로 쳐다보고 깜짝 놀랐다. 찬의 얼굴에 붉은 꽃이 핀 것을 보았다.

"아니, 뭘 먹었기에 얼굴이 이럽니까? 그냥 두면 큰일 나는데?"

단이의 말에 승유와 찬은 서로 마주 보았다. 단이는 찬이를 집으로 데려갔다. 승유도 함께 따라왔다. 그만 돌아가시라는 단이의 말은 들은 척도 안 하고 나의 벗의 일이라며 굳이 따라왔다. 무엇을 먹었냐는 말에 찬이는 곰곰이 생각했다. 석이가 자신의 음식과 약재는 철저하게 관리를 하는데 왜 얼굴에 발진이 또 생긴 것일까? 음식도 아니고 약재도 아니면 무엇이지? 찬은 자신이 먹은 것을 일일이 나열했다.

"부자시구만. 비싼 것만 먹는 거 보니. 또 드신 것 없어요? 지금까지 말한 것은 독성이 없는 것인데? 뭐 간식이나 차나 뭐 그런 거 없어요?"

"잔기침과 진해가 있어서 비파차를 상용하는 것 이왼 없는데?"
"비파차요? 색깔이 어땠어요? 진한 색? 아니면 연한 색?"
"연한 갈색."

차였다. 비파차였다. 묵은 비파차엔 독이 없다. 하지만 새잎에는 독이 있다. 색이 연하다면 분명 새잎을 따서 덖었을 것이다. 약으로 쓸 때는 반드시 묵은 잎으로만 해야 한다. 궁말에 있을 때 비파가 맛있어서 앉은자리에서 다섯 개를 먹은 적이 있었다. 그때 씨를 잘못 먹어 연신 구토를 할 때 할머니께서 말씀해주셨다. 새잎과 씨에는 독성이 있어서 오랫동안 장복을 하면 죽을 수도 있다고.

"집안에 누구한테 원한을 샀습니까? 나리는 독을 드신 겁니다. 독성이 약해서 처음에는 모르지만 계속 먹으면 죽어요."
찬은 승유를 바라보았다. 찬의 목숨은 벼랑 끝에 서 있었다.

"근데요, 정말 죽이려고 새잎으로 만든 비파차를 준 것은 아닐 것이고, 모르고 줬을 수도 있어요. 하지만, 정말 해치려고 한 것이라면 아주 지능적인 것이죠. 약초에 관하여 아주 잘 아는 사람이라면요. 누군가에 의해 독이 오른다는 것은 고의가 아니면 불가능한 일이거든요."

단이는 쌀 뜬 물과 감식초를 들고 왔다. 면지첩에 묻혀 해독제라며 찬의 얼굴을 닦아주었다. 이어 무를 가지고 오더니 즙을 내어 마시게 했다. 끝으로 소루쟁이즙을 호리병에 담아주었다. 사흘 동안 빼 먹지 말고 마시라 했다. 몸속에 쌓인 독을 풀어주고 배출 시켜 주는 약이라 했다.

승유는 심란했다.

향방의 청이가 죽은 것을 찬에게 알리지 않았다. 이제 비파 잎 차를 누가 우려내어 찬에게 주었는지 알아내야 하는데 섣불리 잘못했다간 청이처럼 죽을 수도 있다. 궁에는 작은 일이라는 게 없다. 오늘 작은 일에 소홀하면 나중에 큰일이 되어 결국 일이 터지고 만다. 지금이라도 늦지 않았다. 은밀히, 정말 은밀히 조사해야 한다.

석이에 의하면, 자신도 몰랐다 했다. 찬이 마신 비파잎 차가 묵은 것인지 새잎인지 몰랐다 했다. 미령의 당부로 석이가 처방한 것이었다. 비파는 기관지염, 기침, 천식, 가래에 특효가 있다. 의학을 공부하지 않더라도 민가에서 많이 이용하는 방법이었다. 찬은 가벼운 잔기침과 진해가 있었다. 미령은 세자에게 자상하게 비파잎을 달여 주라고 한 것이다. 비파잎 차가 기관지 내의 가래를 쓸어내 주어 기침을 없애주기 때문에 석은 아무 의심도 하지 않았다. 만약 비파잎 차를 마시고 찬에게 변고가 생긴다면 약재고나 어약방 실수로 돌려 석이는 엄벌에 처해질 것이다. 승유는 몸서리를 쳤다. 동시에 두 사람을 잃을 뻔했다.

미령이 하 상궁에게 실 면도를 할 때 내의원 향방에서 사람이 왔다. 어약방에서 새잎으로 만든 비파차를 다 없애고 묵은 비파차로 바꿨다는 것이다. 미령이 말했었다 어약방의 약재가 바뀌거나 새로 들일 때는 반드시 자신에게 고하라 했었다. 향방 사람은 단지 약재가 바뀌었음을 알렸다. 단지 그뿐이었다.

미령은 고개를 갸웃했다. 설마, 내의원에서 새잎 비파차의 독성을 알아낸 것인가? 어의도 모르던 일을 누가 알아낸 것일까? 얼마 전에 내의원에서 새 비파잎을 덖고 있다고 알려주는 바람에 생각해낸 방법이었다. 이 방법은 감쪽같이 사람을 죽일 수 있었다. 자신의 아들 복진군이 세자가 되어야 하는데 엽왕은 아직 세자를 자리에서 끌어내지 않고 있다. 허면, 자신이 직접 나서는 수밖에 없다. 중전 김 씨는 자리보전한 지 십이 년째다. 미령이 입궐한 그해부터 아팠다. 하지만 질긴 것이 사람 목숨이라더니 중전은 죽지도 않는다. 어떻게 얻은 아들인데 복진을 하루빨리 세자 자리에 앉히기 위해서는 수를 써야 하는데 번번이 막히는 통에 울화가 치밀었다.

십이 년 전, 미령은 복진을 낳기 전에 회임했었다. 기쁜 소식을 박대종에게 먼저 알렸다. 박대종은 복중의 아기가 세자 되지 말라는 법은 없다며 곧 좋은 때가 올 것이라 말했다. 왕은 이 소식을 듣고 정사도 안보고 미령 곁에만 있었다. 미령의 회임은 대비의 마음을 누그러지게 하였고, 몸에 좋은 약재를 하사하며 칭송하였다. 그동안 왕의 사랑을 독차지하고 있던 미령은 복중의 아들이 왕세자가 되어 자신이 대비가 되기만을 노리고 있는 중이었다. 며칠째 중전 김 씨는 심한 체증으로 고생했다. 미령에게 쏟을 관심이 중전에게로 가버렸고, 대비전과 왕은 중전만 걱정했다. 엽왕은 어의를 통해 중전도 회임했다는 이야기를 듣고 반가워했다. 두 번째 왕자 탄생을 기다리고 있던 중전도 감격의 눈물을 흘렸다. 중전의 회임으로 대비전은 왕과 중전을 모시고 다과를 차려놓고 자주 담소를 했다. 왕자가 들어서는데 좋은 음식을 먹고, 불결한 것이나 부정한 것을 보지도 듣지도 말아야 하며, 음안한 장소도 가까이하지 않아야 한다 했다. 왕비 처소의 내관, 상궁, 나인에게도 상을 내리고 궁중 태교 음식을 진상하느라 분주했다.

올곧기로 유명한 민정립은 주상전하께서 매일같이 조강, 주강, 석강을 시행하여 느슨해진 조정 대신들을 바로 세워야 한다고 주청을 드렸다. 특히 삼사(사헌부·사간원·홍문관)를 강화하여 어수선한 조정과 백관에 대한 감찰과 탄핵도 해야 한다 했다. 조정은 정국공신과 신진사대부들의 대립이 첨예했다.

미령은 왕자를 낳아야 했다. 그냥 왕자가 아니라 왕세자를 낳아야 한다. 신진사대부들의 진출을 막아야 박대종의 위세가 오래 갈 것이며, 그래야만 복중의 아기가 세자가 될 수 있음을 확신했다. 미령은 소격서[15]에서 오 상궁이 알아 온 비방으로 태중의 아기 성별을 바꾸는 비책을 썼다. 자신에게는 남아를 낳을 수 있도록 도끼를 이불 아래 넣어두고, 중전은 여아를 낳을 수 있도록 환화초[16]에 담근 암탉의 꽁지깃 세 개를 중궁전 굴뚝

안에 넣어 두었다.

중전의 얼굴에 임신 기미가 앉았다. 내의원 향방 천 상궁의
지시로 전식 궁녀(소장 담당 궁녀)들은 기미에 좋은 황백분(황
백나무 껍질을 가루로 낸 것), 감초 추출액, 당귀, 명맥분(밀가
루)을 섞어 약초 도포면지(약초팩)를 만들었다. 미령은 찬밥신
세였다. 미령은 왕을 찾아가 울었다. 회임하고도 대접 못 받는
이년은 살아 뭣하냐며 연기를 했다. 하지만 오히려 대비의 꾸지
람만 받았다. 천것들이나 하는 시기 질투를 하느냐며 나무라는
바람에 미령은 억울하고 분해서 화를 삭이다가 결국 복통을 일
으켰고, 아이는 사산되었다.

미령은 칼을 갈았다. 자신이 이말산에서 얻은 모든 약초 지식
을 동원했다. 바로 협죽도 가루였다. 임산부가 협죽도 나무 아래
만 서 있어도 복중의 태아가 사산된다는 협죽도를 생각해 낸 것
이다. 아비도 모르는 뱃속의 자두를 죽이기 위해, 협죽도즙을

---

15) 소격서: 왕족의 무탈을 기원하며 도교식으로 제를 지내는 관청.
16) 환화초: 태아의 성별을 바꿔준다는 약초.

내어 먹으려 했었다. 그때 자두가 꿈틀대는 바람에 마음을 바꿨다. 중전이 입덧이 심하다는 소리를 듣고 미령은 잣떡과 수정과를 만들어갔다. 잣가루에 협죽도 가루를 섞어 떡을 빚었다. 수정과에는 계지(계피)를 듬뿍 넣었다. 대비는 오랜만에 맛있는 간식을 먹는다며 칭찬을 해주었다. 그 자리에서 미령도, 귀인 오 씨도, 중전 김 씨도 함께 다과를 들었다. 모두 맛있게 먹었다. 하지만 딱 닷새 뒤에 중전은 복통을 일으켰고 태중의 아이는 사산되었다. 협죽도에 계지를 더하면 보통 사람은 별 효과가 없지만 회임을 한 사람의 태아가 위험해진다는 사실을 미령은 알고 있었다. 해서 무사히 빠져나갔다. 아무도 미령을 의심하지 않았다. 자신의 아이를 잃고, 중전의 아이를 죽이고 얻은 복진인데, 왜 이리도 세자 자리를 뺏기가 힘이 드는지 가는 한숨이 나왔다.

단이가 궁말 뒷산으로 분구 만들 꽃을 따러 간다는 말에 유란은 극구 말렸다. 혹시라도 누가 알아보면 어쩌려고 그러냐는 것이다. 단이는 처음으로 유란에게 물었다.

"왜 나는 살아있으면 안 되나요?"

느닷없는 단이의 질문에 유란은 당황을 했다. '이미 죽은 것으로 처리되어 있는데 살아있으면 안 되는 것'이라고 말을 돌렸지만, 단이는 이해가 가지 않았다. 아무도 못 알아보지 않느냐? 양 씨도, 소중이도, 함께 일 년을 살아도 못 알아보지 않았느냐? 걱정하지 마시라며, 단이는 지승 가방을 메고 종각상단을 나섰다. 유란은 알 수 없는 불안감으로 얼굴이 창백해져서 완전히 혈색을 잃었다.

찬은 조찬을 파하자마자 정이와 함께 궁말로 향했다. 어릴 적 단이, 아니 자두와 승유와 함께 뛰어놀던 그곳을 다시금 찾았다. 넓은 들판과 바람과 꽃과 나무들의 자유로운 모습을 보니 살 것 같았다. 단이는 이미 와서 들꽃을 따고 있었다. 이른 아침 이슬 머금은 꽃과 이파리를 따야 색이 좋은데 왜 지금 오냐며 핀잔을 하는 단이가, 찬의 눈에는 예쁘기만 했다.

찬의 느린 동작과 어설픈 꽃따기에 답답한 단이는 돈으로 물어내는 것이 나을 뻔했다고 투덜댔다. 대신, 정이가 빠른 동작으로 일을 잘하여 그나마 흡족했다. 찬이는 단이의 행동과 몸짓 하나하나를 눈에 담고 있었다.

점심나절이 되어서 이만 내려가야 한다 하자, 찬이 정이에게 턱짓을 했다. 정이는 재빨리 주악, 매작과, 화채를 펼쳤다. 단이는 눈이 휘둥그레졌다. 주악을 가리키며 어렸을 때 이거 먹은 적이 있었다며 픽 웃었다.

"그 도련님은 어디서 뭐 하는지 모르겠네."

단이는 혼자 중얼거렸지만 찬이는 분명 단이가 한 말을 알아들었다.

"그 도련님이 기억나느냐"

찬이가 슬쩍 물었다. 당연히 기억이 난다며 '오라버니' 부르며 따라다녔다고 말하자 찬은 단이를 보고 환하게 웃는다. 다음에 만날 때 주악을 또 가져다주겠노라 말했다. 갑자기 단이가 발끈했다.

"이상한 양반이네? 또 분구통 떨어트리게요? 이젠 안 봐 드려요. 바로 포도청으로 끌고 갑니다. 예?"

찬이 아니라고 말하자, 단이는 그제야 생긋 웃으며 남은 간식 싸가도 되냐고 물었고, 죄다 싸갔다. 찬에게 있어서 오늘 궁말에서의 일은 최근 들어 가장 즐겁고 흐뭇한 일이었다. 궁에 있는 어떤 여인들의 향보다, 미모보다, 지성미보다 단이의 웃음이 마음에 든 것은 처음이었다.

유란은 단이가 싸 온 주악과 매작과를 보고 깜짝 놀랐다. 이는 분명 왕실에서만 먹는 음식인데 단이에게 이것을 준 이가 누군지 궁금하였다. 단이는 아무렇지 않게 지난번 얼굴에 꽃이 펴서 치료해줬던 그 도련님이라고 말을 하자 유란은 깜짝 놀랐다. 그 도련님이 세자임을 직감했다.

자신을 피하는 단이의 기억을 돌려놓기 위해 승유는 오랫동안 간직하고 있던 단이의 향낭을 꺼냈다. 향주머니에 그려진 꽃무늬와 이파리는 빛을 발해 희미해졌다. 저잣거리에서 떨어트린 이 향낭을 단이는 기억할 것인가?

승유는 종각상단으로 단이를 찾아갔다. 이제 종각상단에서 승유는 요주의 인물이었다. 단이는 승유를 만나주지 않았다. 하지만 오늘은 꼭 해야 할 일이 있다며 꼭 만나 달라 했다. 영추는 승유가 한심해서 쯧쯔 혀를 찼다. 단이가 나오자마자 승유는 단이의 손을 잡아끌어 사람이 없는 한적한 곳으로 데려갔다. 왜, 이제는 사람까지 납치하는 것이냐고 따지는 단이에게 승유는 아무 말 없이 향낭을 건네주었다. 빛이 바랜 낡은 향낭이었다. 단이는 향낭을 한번 보고, 승유를 한번 보았다. 그러더니 떨리는 손을 내밀어 향낭을 받아들었다. 단이는 향낭을 받자마자 얼굴에 묻고 흐느끼기 시작했다. 승유는 단이의 느닷없는 울음에 당황하여 어찌할 바를 몰랐다. 강하기만 하고 자기에게 쏘아붙이기만 했던 단이가 갑자기 주체할 수 없는 눈물을 흘리고 있다니... 눈물을 닦아 줘야 하나, 등을 다독여 줘야 하나, 단이의 모습을 보니 알 수 없는 두근거림이 생겼다. 승유는 단이를 안아주었다. 한 마리 작은 새가 품 안에 들어왔다. 이리도 가냘프고 여린 소녀였다니. 승유는 단이가 가여워졌다. 단이가 더 슬프게 흐느꼈다. 그녀는 갑자기 고개를 돌려 승유를 보았다. 단정한 용모가 조금의 흠도 없었다. 단이는 참으로 아름다웠고 또한 충분히 단단해 보였다. 단이는 눈물을 멈추고 웃는 듯 우는 듯 머쓱하게 승유를 바라보았다. 햇볕이 뜨거웠다. 그녀는 소매를 들어 햇볕을 가렸고, 두 눈을 살며시 가늘게 떴으며, 혼잣말하는 것 같았다.

"알고 있었어요."

골목 쪽에서 선선한 바람이 불어왔다. 바람결에 단이의 옷고름이 나풀거렸다. 그녀는 자신을 이미 알고 있었다고 했다. 그런데 왜 모른 척했을까? 말을 하지 않는 단이에게 무엇인가 말하고 싶지 않은 비밀이 있구나 하고 생각했다.

승유는 단이에게 엄마를 잃어버렸던 그 순간을 말해줬다. 단이는 기억에서 사라져가는 엄마를 기억해내다가 '향낭에서는 이미 엄마의 향이 나지 않는다'며 다시금 흐느꼈다. 그녀는 지금도 여전히 어머니를 찾는 중이라 했다. 단장하기를 좋아하는 어머니를 만나기 위해 매분구가 되고 싶었다고 말했다. 만약 어머니를 만나면, 정성껏 단장을 해 드리기 위해 열심히 배운다는 것이었다.

승유는 단이를 도와주고 싶었다. 어린 시절, 단이가 어머니를 잃은 것이 자신 때문이라고 생각했다. 단이를 위해 어린 시절 기억을 찾아 자두의 어머니가 있음 직한 저잣거리를 함께 찾아다녔다. 단이와 함께 골목골목을 다니며 사람들에게 물어봤지만, 아는 사람이 없었다. 시장하면 국밥도 같이 먹고, 첫사랑 연인처럼 엿치기도 했다. 놀이패 구경도 하면서 단이의 곁을 지켜주며 함께 어머니를 찾으러 다녔다.

그날 이후 승유는 병이 생겼다. 자두를 생각만 하면 귀가 달아오르고, 마음도 붕 뜨고, 가슴에 뜨거운 것이 올라오는 것 같은데... 이것이 사랑의 감정인지, 아닌지도 모르겠다. 영추는 단호하게 말했다.

"에이구, 바람 들어도 단단히 들었구만요."

정말 사랑일까?
그래, 사랑이라 치자.
방법을 말해다오.

영추는 만약 사랑이라면 방법이 있다 했다. 대신 맛있는 국밥이나 계속 사라는 것이다. 방법만 알면야 국밥 아닌 소고기 수육도 사줄 수 있다. 영추는 승유를 데리고 시전 거리 전기수에게 데려갔다. 마침 저잣거리의 이야기꾼 담설은 선조 대대로 남녀가 연애하는 법을 떠들고 있었다. '자고로 쫄보는 천하는커녕 여인도 얻을 수 없다'며 여자에게 점수 따는 법을 알려주고 있었다. 구경꾼들은 신이 나서 박장대소하며 웃고 있었고, 담설의 조수는 그가 지은 <타파 쫄보전>이라는 책을 팔았다.

승유는 얼굴을 손으로 가리고 책을 샀다. 그 안에는 실로 기가 막힌 연애담과 학문이 있었는데, 승유는 밤새 사랑을 글로 익혔다. 워낙 준비가 철저한 승유는 단이에게 실수하지 않기 위하여 영추와 함께 궁궐 뒤 으슥한 곳에서 미리 실습까지 했다. 댕기 따주기, 말 함께 타기, 기습으로 뒤에서 껴안기, 약과 먹여주기 등을 열심히 해보는데, 이를 목격한 어린 내관들은 대식(남남 짝꿍)인 줄 알고 호기심 있게 바라보았다. 단이를 만나 분명 책에서 알려준 대로 해봤건만 승유의 진지한 행동은 요상한 상황만 만들어지고, 단이는 눈치도 못 채고 어이없어했다. 오히려 영추가 책에서 배운 대로 단이에게 접근하면 단이는 재미있어서 까르르 넘어갔다. 국밥값만 버렸다.

이영은 자신의 관심에 무응답인 승유를 지속적으로 불러들여 협박인지, 회유인지, 애정 공세인지 알 수 없는 행동을 했다. 찬에게 도와달라고 손도 내밀었다. 하지만 승유는 관심조차 두지 않았다. 이영은 효순을 시켜 승유를 뒷조사했다. 승유 곁에는 자신을 단장해주던 단이가 있다는 것을 알았다. 그녀는 단이란 아이가 궁금해졌다. 대체 어떤 매력으로 승유를 얻은 것일까? 포기하라고 따질 겸 단장도 해달라고 단이를 찾아가려 했으나 이번에 걸리면 정말 혼이 날것이라며 말리는 바람에 포기했다. 하지만 분해서 참을 수가 없었다.

승유가 찬을 만나러 갔을 때 찬은 이영 옹주 이야기를 꺼냈다. 승유는 지금은 여인에게 관심이 없다고 겸손하게 거절했다. 승유는 찬이의 느닷없는 이영의 언급에 잠시 당황했다. 찬이 승유에게 이영 옹주와 만나보라고 제안한 뜻은 무엇일까? 혹시 찬이 단이를 마음에 두고 있는 것은 아닐까? 아니겠지, 아닐 것이다. 승유는 단이만 생각했다. 오로지 단이만을 생각하기로 했다.

하지만 이영은 달랐다. 이영은 승유가 눈에 아른거려 모든 것이 뒷전이다. 그녀는 미령을 찾아가 부마로 민승유가 어떤지 넌지시 여쭤보았다. 미령은 그렇지 않아도 민정립이 사림파인 것도 못마땅하고, 정치적으로 거슬리던 차에 승유를 부마로 만들면 민정립까지도 자기의 손아귀에 들어올 것이라 생각했다. 엽왕은 대전 내관에게 민승유가 어떤지 알아보라고 명했다. 내관은, 소문에 액정서 부사소 김영추와 대식인 듯하다고 겸연쩍게 말씀을 올렸다. 엽왕은 농인지 아닌지, 긴가민가하여 민정립과 민승유를 불러 혼담 의중을 떠보았다.

민정립은 알겠나이다 사뢰었지만, 승유는 아직은 때가 아니라며 극구 사양을 했다. 나라의 녹을 먹는 자로서 해야 할 일도 많고, 전하와 세자 저하를 보필하여 바른 세상 만들기에 좀 더 힘을 써야 한다고 고했다. 왕은 정녕 그 이유 말고는 없느냐 다시 하문하는데, 승유는 주춤하더니 없다고 아뢰었다.

이 소식을 들은 이영은 승유가 단이 때문에 부마되기를 꺼리는 것이라고 믿었다. 단이가 문제였다. 단이를 가만 두면 안 되었다. 이영의 계획은 민승유와 혼인을 하고, 단이를 자신만의 향방 나인으로 앉히는 것이었다. 그러면 자신은 님도 얻고, 뽕, 아니 하녀도 얻는 것이다. 생각만 해도 속이 시원했다. 그러나 민승유와 혼담은 뜻대로 되지 않았다. 이영의 인생에 처음으로 마음대로 안 되는 일이 생긴 것이다.

승유는 단이에게 섭섭함을 느꼈다. 자신이 옹주와의 혼담을 거절한 이유는 단 한 가지, '단이, 너'라며 연심을 밝혔다. 느닷없는 승유의 고백에 당황한 단이는 매분구로 성공하여 어머니를 찾기 전에는 누구와도 혼인할 수 없다고 말했다. 그 말은 진심이었다.

이영은 울화가 치밀었다. 왜 내가 단이란 아이와 엮여서 피해를 보는지 화가 났다. 나의 남자를 빼앗고, 얼굴을 계속해서 가꿔달라는 부탁까지 거절했던 단이를 골탕 먹이려면 어찌해야 하나 고민을 했다. 약과를 집어 먹던 효순이가 묘안을 냈다.

"단이에게 성빈 마마 단장을 맡기는 겁니다. 마마께서는 성빈 마마를 설득하세요. 간절하게요. 울어도 좋습니다. 그 뒤는 소인에게 맡기세요. 제가 알아서 다할게요."
"넌 계획이 다 있구나?"

이영은 비로소 입가에 미소가 들었다. 한쪽 입꼬리가 올라갔다. 음모의 미소였다.

상의원 제조 신성회가 미령의 홍원삼을 들고 왔다. 달포 뒤에 명나라에서 사신이 오는데 연회에 미령이 입을 옷이다. 미령은 오 상궁이 입혀주는 대로 두 팔을 벌려 옷을 입었다. 옷을 입을 때마다 비단과 금사가 어우러져 사스락사스락 소리가 났다. 미령이 치마를 손으로 비비며 못마땅한 표정을 지었다. 미령은 용무늬가 있는 황원삼을 입고 싶었다. 그런데 황원삼은 대비나 중전만 입을 수 있다 하여 미령은 울며 겨자 먹기로 홍원삼으로 고른 것이었다. 허나, 황원삼이라면 더 아름다웠을 것이라는 생각에 미치자 기분이 상했다.

"너무 소박한 것이 아닙니까?"

"마마, 홍색과 자색이 어우러져 고귀한 분위기가 납니다. 잘 어울리십니다. 무늬는 소박하오나 우아하옵니다. 볼록 자수는 금방이라도 오얏꽃이 활짝 필 듯하고, 나비도 날갯짓을 할 것 같사옵니다."

오 상궁이 옷고름을 여며주며 말했다. 신성회는 조심스럽게 입을 열었다.

"마마. 홍원삼 무늬는 상의원 모든 궁인들이 심혈을 기울였습니다. 마마께서 원하시는 무늬에 금사, 은사로 견직 하였고, 금가루를 비단에 입혔사옵니다. 고풍미가 돋보이실 겁니다."

신성회의 말에 미령은 고개를 끄떡였다. 원래는 중전이 참석할 자리지만 성체 미령하신지라 엽왕이 직접 미령이 참석하라고 하명을 했다. 공석으로 둘 수도 있는데 왕이 기어코 미령을 참석시키자 하니 대비는 못마땅했다. 신성회가 돌아갔다. 미령은 신성회만 보면 유란이 떠올라 기분이 상했다. 죽은 자는 죽은 자일뿐, 머릿속에서 덜어내려고 눈을 감고 머리를 흔들었다. 그때 대비전에서 부름이 있다는 전갈이 왔다.

"성빈, 이번 홍원삼 비용이 막대한 것을 알고 있습니까? 내명부에서 모범이 돼야 하거늘, 어찌 이리도 과소비를 하십니까? 비단도 최고급이고, 자수에 들어간 비용으로 내탕금이 부족할 지경입니다. 검소하게 옷을 지으라 하지 않았습니까?"

"대비마마, 내명부에 돈이 부족한 것도 아닌데 지나치게 검소하면 명에서 조선을 얕보지 않겠습니까?"

"성빈! 성빈의 행실은 궐 밖에서 그대로 따라 합니다. 궁에서 쓰이는 옷감이라 하여 사대부에서는 너도나도 따라서 옷을 짓습니다. 그러면 옷감 가격은 천정부지로 뛸 것입니다. 자수의 품삯도 너무 올랐답니다. 이런 사치풍조를 성빈이 조장해서야 되겠습니까? 게다가 중전 대신해서 가는 자리이면 더 소박하고 더 얌전하게 가야 하는 것입니다. 홍원삼도 크게 봐준 것입니다. 원래는 그냥 당의만 입어도 되는 것입니다. 궁 안에서는 분수에 지나친 행동을 해서 절대로 풍파를 일으켜서는 아니 됩니다.

여기 아우들이 보고 있습니다. 모범을 보이세요, 모범을. 이래
도 모르시겠습니까? 쯧쯔..."

"네 마마, 깊이 새겨듣겠습니다."

덕안전으로 돌아온 미령은 분이 풀리지 않았다. 필경, 신성회
가 고자질을 했을 것이다. 아무래도 마음에 안 드는 인간이다.
대비의 말에 웃음으로 화답하고 다른 후궁들과 담소를 나누면
서도 억지로 웃었더니 입가가 저렸다. 미령은 입을 벌려 좌우로
입 운동을 하였다. 얼굴 근육이 다 뭉친 것 같다. 오 상궁은 이를
알아채고 미령의 등 뒤에서 얼굴 경락을 짚어줬다. 시원하다.

궁에 돈이 없는 것도 아니고 대비는 왜 저리도 야박하게 구
는지 부아가 치밀었다. 나라가 부강하지 않다고? 부강하더라도
후궁이 낭비해서는 아니 된다고? 대비의 머리에 얹은 장신구만
해도 홍원삼 두세 벌은 족히 나올 듯했다. 대비는 살모사같이
미령을 잡으려 한다. 대비는 머리부터 발끝까지 적의를 보였다.
타고난 피부에 뚜렷한 이목구비, 풍만한 몸매는 '나는 대비다'
라고 말하는 듯 위세가 대단했다. 말은 천천히 하지만 친절하지
않고, 눈은 웃으면서 입은 미령을 옥죄고 무시한다.

중전은 어차피 죽을 것이다.

세자는 내가 죽일 것이다.

세자에게 약을 주어 잠만 자게 만든 것은 대비다.

내가 준 것이지만 대비가 준 것으로 만들 것이다.

대비가 청이도 죽인 것이다.

죽인 것으로 만들면 될 일이다.

궁의 여인들의 암투에서 시비는 중요하지 않다.

왕이 누구를 믿느냐가 중요하다.

당연히 엽왕은 나를 믿을 것이야.

하나씩 차례대로 해나갈 것이다.

좋다. 싸움을 건 쪽은 대비다.

복진군을 왕세자로 만들 것이다.

나는 대비가 될 박미령이다.

미령의 차가운 눈빛이 잠시 일렁였다. 자리에서 느릿느릿 일어나더니 나직하고 위엄있게 말했다.

"상의원 제조를 다시 불러라. 나는 귀하지 않다는 말 아니더냐? 내 황원삼으로 다시 지어야겠다."

"마마, 너무 드러나면 오래 살아남지 않습니다. 마마는 귀하신 몸입니다. 마마께서 드러나시는 것보다, 마음에 들지 않겠지만 여기서 만족하시면 어떨는지요."

미령이 눈을 동그랗게 뜨고 오 상궁을 바라보았다. 참으로 편안한 얼굴이다. 미령이 입궁한 이후, 언제나 그녀의 곁에는 오 상궁이 있었다. 한 번도 미령의 말을 거역하지 않은 오 상궁이 처음으로 자신의 말을 제지하였다. 뭐라고 나무랄까 고민하는 중에 오 상궁이 천천히 입을 열어 한마디 더 했다.

"마마, 마마를 닮은 맥문동 차를 올리라 했습니다. 겨울에도 시들지 않는 불사초입니다. 마마의 심열을 내려주실 것이옵니다."

그때 마침 난각의 치자꽃 향기가 미세하게 퍼지고 있었다. 미령의 마음이 순간 누그러졌다. 박대종이 말한 적이 있다. 궁에서 살아남으려면 다른 여인의 마음을 잘 읽어야 한다고. 자신도 망각하고 있는 말을 오 상궁이 한 것이다. 치자 향은 오 상궁의 말을 오래도록 음미하게 했다. 역시 오 상궁은 상황 판단을 잘 하였다. 겨울에도 시들지 않는 불사초라 했다. 불사초. 미령은 눈을 뜨고 오 상궁에게 부드럽게 말했다.

"맥문동 차에는 무엇이 잘 어울리겠느냐?"

"행연자갱입니다. 은행과 연꽃은 열을 내리게 하고 마음을 편안하게 합니다. 같이 올리라 하겠습니다."

"오 상궁 것도 같이 올리라 하거라."

따끈한 맥문동 차는 미령의 마음을 편안하게 했다. 청자 잔을 잡은 미령의 손가락은 하얗고 품위가 있었다. 찻잔을 달가닥 내려놓고 이영을 바라보았다. 드릴 말씀이 있다고 찾아온 이영은 낯빛이 어둡고 눈가에 눈물이 그렁그렁했다. 이영은 맥문동 차는 마시지 않고 손가락으로 치마 위에 드리운 오얏꽃 향낭을 만지작거리며 말이 없었다. 아주 가냘프고 무력해 보여 동정을 불러일으켰다. 미령이 한참이 지나서야 낮게 말했다.

"단이란 아이에게 내 단장을 맡길 수는 없다. 너의 부탁은 없던 거로 해야겠구나. 아바마마께서도, 할마마마께서도 사치 금지라 했는데 어찌 그럴 수가 있겠느냐?"

"어머니, 그러니까 단이를 불러야 합니다. 그 아이는 전혀 사치스럽지 않게 단장을 합니다. 이 기회에 어머니께서 사치스럽지 않은 단장을 한다면야 내명부의 모범이 될 것입니다."

미령은 행연자갱을 한입 베어 물었다. 이영의 말이 맞다. 사치스럽지 않은 단장을 해서 절약하는 나의 모습을 보이는 게 좋을 것 같았다.

단이는 세 번째 입궁을 했다. 세 번 다 이영과 관련이 있었다. 오 상궁이 안내하는 대로 덕안전 소침방으로 들어섰다. 단아했던 이영의 방과는 달리 화려했다. 햇볕이 잘 드는 들창 아래 소반에는 가을에 어울리는 소국이 소담스럽게 꽂혀있었다. 놀라운 것은 오얏나무 분재였다. 오얏나무 분재는 아주 단단하고 오밀조밀했으며, 꽃까지 펴있었다. 가을에 오얏꽃이라니... 미령의 취향은 분명했다. 방에는 오얏꽃 향이 가득했다. 단이는 잠시 어지럼증을 느껴 휘청했다.

세욕을 마친 미령이 들어왔다.

방에서 나는 향과는 다르게 미령의 몸에서 머리카락에서 고상한 향이 났다. 모란향, 난향, 침수향, 솔향까지 났다. 침수향이 거슬렸다. 덕이가 미령의 머리를 다 올릴 때까지 단이는 무릎을 꿇고 대기했다. 미령은 단이에게 눈길을 주지 않았다. 이영과 자꾸 연관된 것도 싫은데 이제 자신도 저 아이와 마주한다는 것이 불쾌했다.

"침수목은 다른 것이랑 섞으면 안 되는데..."

단이는 혼잣말인지 누구 들으라는 건지 입속에서 웅얼거렸다.

미령이 눈을 떠서 단이를 바라보았다. 전혀 관심을 두지 않은 듯했지만, 귀는 단이에게로 향하고 있었다.

"이유가 무엇이더냐?"

"침수향은 끈적거리기 때문에 몸에 붙어서 오염이 되거든요. 침수향이 피로를 풀어주기는 하지만, 같이 물에 우린 모란이나, 난이나, 솔가지 향이 죽습니다."

덕이가 놀라 단이를 쳐다보았다.

"침수목, 모란, 난, 솔가지 맞습니다."

"어찌 아는 것이냐."

"할머니께 배웠습니다."

"허면, 아비는 상단을 하고 어미는? 어미가 분구를 다루느냐?"

"아니옵니다."

"허면?"

"돌아가셨습니다."

　미령은 단이를 한 번 더 쳐다보았다. 예쁜 얼굴이다. 단이는 미령의 시선을 느끼며 분구를 꺼내어 늘어놓았다. 단출한 분구라 오 상궁과 덕이는 놀란 표정을 지었다. 하 상궁이 단장을 할 때는 스무 명의 향방 상궁이 들고 온 분구가 방 안 가득했었다.

　단이는 미령의 얼굴을 오랫동안 바라보았다. 미령 또한 눈을 감지 않고 단이를 보았다. 두 사람은 오랫동안 서로를 응시했다. 뭔가가 통하는 듯 미동 않고 쳐다본다. 미령의 얼굴빛에서 탁하고 붉은 기가 돌았다. 지난번에는 분명 맑고 투명하고 뽀얀 얼굴이었다. 단이는 미령에게 긴장을 많이 하고 화증이 있음을 고한다. 대단한 아이다. 나의 긴장상태와 화증을 알아내다니.

　"어찌하면 없어지겠느냐?"

　"오행초를 달이겠습니다. 칙칙해진 얼굴빛을 좋게 하고 뽀얗고 맑은 피부를 만들어 주는 약즙입니다. 그것으로 먼저 닦아 낸 다음 단장을 하겠습니다."

단이는 덕이의 감시하에 덕안전 뒷마당에서 오행초를 달였다. 뿌리는 흰색, 줄기는 붉은색, 잎은 푸른색, 꽃은 노란색, 씨앗은 검은색이라 쇠비름을 오행초라 불렀다. 독성이 전혀 없으니 궁에서 사용하는데 아무 문제가 없는 약초다. 단이는 정성껏 오행초를 달였다. 그런데 즙을 받는 사기그릇을 안 받아왔다. 단이는 덕이에게 사기그릇을 가져다 달라 했다. 하품을 하던 덕이는 졸고 있었다. 저기 궁녀 방 옆에 수라간에 있으니 직접 가져오라 했다. 단이가 잠시 자리를 비운 사이 효순이 살금살금 다가와 독초인 천남성을 몰래 섞고 달아났다. 천남성잎을 많이 먹으면 죽을 수 있는 독약이었다. 효순이도 나름대로 생각하고 아주 조금만 넣은 것이다.

　단이는 정성껏 오행초즙을 짜냈다. 면지첩을 꺼내어 오행초즙을 촉촉하게 적셨다. 미령의 피부 결대로 위에서 아래로 조심스럽게 닦아냈다. 따뜻한 오행초즙이 피부에 닿으니 편안해졌다. 저 아이의 말대로 단시간에 붉은 기와 칙칙함이 없어진다니 믿고 싶었다. 단이가 이마에 오행초 약즙을 바른 뒤 입술 아래에 약즙을 바를 때 미령이 고개를 팩 돌리며 짧게 악 소리를 냈다. 얼굴이 화끈거렸다. 단이가 깜짝 놀라 뒤로 물러앉았다. 미령의 얼굴에 발진이 생긴 것이다.

단이는 감찰부 상궁들과 향방 나인들에 의해 의금부에 하옥
이 되었다. 내의원에서 성분을 검사한 결과 독초인 천남성이 섞
였음을 알게 되었다. '누구의 사주를 받았느냐'는 질문에 답까
지 정해 놓았다. 미령은 직접 동궁전 장 상궁을 문초하여 억지
자백을 받아냈다. 미령의 첩자인 양이가 장 상궁이 천남성을
섞는 것을 봤다고 거짓 고백을 했기 때문이다. 이영과 효순의
계획은 단지 단이를 가두고 단이를 풀어주는 대신 승유와 혼인
을 하는 것이었는데 일이 커졌다.

　미령은 장 상궁의 배후에는 세자 이찬이 있다고 왕에게 고했
다. 엽왕은 진노하여 세자를 자선당에서 한 발자국도 움직이지
못하게 가두어 버렸다. 어부지리로 미령은 세를 얻었다. 비로소
자신의 아들 복진군을 왕세자로 세우기 위해 박차를 가했다.

　승유는 미령과 박대종 측에서 왕세자 이찬을 몰아내고, 미령
의 아들 복진군을 내세우기 위한 음모라 생각하고 사헌부와 함
께 조사를 시작했다. 단이 또한 역모 가담 죄로 금부 옥사에 갇
혔다. 단이는 스스로를 지키려 해도 지킬 수 없게 상황이 만들
어지고 있다. 승유 자신은 언제나 지켜냈다. 하지만 이제 단이
는 내가 지킬 것이다. 승유는 두 주먹을 쥐었다.

유란은 난감했다.

유란은 신성회를 통하여 단이를 구해달라고 청했으나 미령이 관계된 일이라 자신도 손을 쓸 수가 없다 했다. 자신이 그토록 원하던 복수가 이제 시작이 된 것인가? 아니다. 단이가 미령에 의해 다치는 것을 원한 것이 아니라, 미령이 단이에 의해 다치는 것을 바랐는데... 이것은 자신이 원하는 복수는 아니었다.

18. 혼란한 마음

"조공이 아니라요? 명나라에 물건을 바치는 게 조공 아니면 뭡니까?"

"조공이 아닙니다. 이는 무역입니다. 서로 물물 교환인 것이지, 왜 갖다 바치는 조공이라 합니까?"

조공이 아니라는 이성곤의 말에 우의정 홍영재가 탁자를 내리쳤다.

"말은 바로 합시다. 수백 년 동안 바친 조공입니다. 약소국이니까 대국에게 잘 보이려고 엎드려 바친 조공입니다. 갑자기 조공이 아니라 하면, 명에서 가만히 안 있을 겁니다. 당신들이 하는 말을 무조건 반대하는 것이 아닙니다."

혈기가 넘치는 이성곤은 우의정의 말에 흔들리지 않고 말했다.

"우상 대감, 우리 조선은 약소국이 아닙니다. 명나라에서도 우리 물건의 우수성을 아니까 자신들의 물건을 들고 와 교환을 하는 것이 아닙니까? 피해의식입니다. 우리 그렇게 살지 맙시다. 우리는 우리가 필요한 것을 명으로부터 얻고, 명은 우리나라에서만 나는 것들을 서로 바꾸는 겁니다. 이것은 앞서가는 무역입니다. 우리는 조선에 없는 서적이나 진귀한 물품들을 받는 겁니다. 조선보다 발전한 명나라의 선진 문물을 받아들이는 것은 조선으로서는 무역의 원리이자 가치입니다. 또 아나요? 우리가 이런 것을 발판삼아 더 발전하는 조선이 될지? 조정에서라도 생각을 바꿔야 우리 조선이 발전하는 겁니다."

박대종은 고개를 끄떡였다. 이성곤의 생각은 받아들일 만했다. 달랐다. 그동안 명에게 조공하는 것은 속국으로써 엎드려 바치는 것이라고만 생각했다. 아니다. 이제는 바치는 것이 아니라 대등한 위치에서 주고받고 하는 개념으로 생각을 바꿔야 한다는 것이다. 노회한 대신들은 신진사대부인 이성곤의 말에 수긍했다. 예조판서 이형은 조심스럽게 말을 꺼냈다.

"헌데, 이번엔 명나라 공주가 와서 조선의 향방 나인에게 단장을 받겠다는 말 들었소? 아니, 명은 단장하는 법을 모른답니까? 우리나라 향방 상궁이 명나라 하녀입니까?"

"아닙니다. 그 또한 다른 관점으로 보면 됩니다. 이번엔, 명나라의 공주에게 단장을 해서 바치는 것이 아니라 조선의 향방 문화를 둘러보게 하고, 궁에서 단장하는 비법을 파는 것입니다. 이 또한 좋은 재료 아닙니까? 조선의 참하고 단아한 단장법은 이미 명나라에서도 인기랍니다. 왜국은 이미 조선의 소장품을 최고로 친답니다. 없어서 못 판답니다. 조선의 단장법도 유행이고요. 명 또한 우리나라 향방과 분구에 관심이 있다면 이것으로 무역을 하면 되지 않습니까? 좋은 기흽니다."

"그런 방법도 생각해 볼 만하오."

조정에서는 조공문제로 명나라 사신이 와서 초긴장 상태이다. 이성곤의 말대로 명나라 공주는 조선의 단장에 관심이 많아 사신들 사이에 얼굴을 선보였다. 하지만 먼 길을 오면서 누적된 피로와 건조한 대기로 인해 얼굴이 엉망이 되었다. 명 공주는 조선의 분구와 단장술에 대하여 관심을 가졌던 만큼, 궁궐의 향방 나인들은 공주의 피부 상태를 좋게 만들기 위해 최선을 다했지만 쉽게 회복되지 않았다.

　그러던 차에 명 공주는, 내의원 향방 나인은 아니지만 관상, 인상, 골상, 심상에 맞는 단장법으로 유명한 단이가 지금은 투옥되어 있다는 말을 궁녀에게 들었다. 명 사신은 왕에게 청하여 단이를 만나게 해달라고 부탁을 하고, 왕은 고심 끝에 단이를 방면하여 명나라 공주를 치료케 했다.

　단이는 향방 상궁의 도움을 받아 명 공주에게 홍삼 달인 물로 세욕을 하게 했다. 여독을 푸는 방법 중 하나였다. 명나라 사람들은 조선의 인삼이나 홍삼을 매우 좋아했다. 명 공주는 연신 웃으며 '헌 하오, 헌 하오'를 외쳤다. 정말 좋다는 뜻이었다. 세욕을 마친 공주에게 오행초즙을 달여낸 뒤 쉬지 않고 그 즙으로 얼굴을 닦아냈다. 명 공주의 얼굴빛이 서서히 돌아왔다. 단이는 피부에 묻은 오행초즙을 없애고 각질을 제거하기 위해 녹두 가루, 팥가루로 세안을 해주고, 수세미즙을 바른 뒤 인삼청을 도포해줬다. 피부가 쉴 동안 흑국화 꽃잎과 당귀, 지황, 구기자를 넣어 진하게 달인 차에 지리산 토종꿀을 넣어 따끈하게 마시게 했다. 명 공주는 점점 혈색이 돌아오고 편안해졌다. 이제 푹 주무시라며 청산별곡을 해금 연주로 듣게 했다.

살어리 살어리랏다, 청산에 살어리랏다.
머루랑 다래랑 먹고, 청산에 살어리랏다.
얄리 얄리 얄라성, 얄라리 얄라.
얄리 얄리 얄라성, 얄라리 얄라.

정 상궁 할머니가 자신을 재울 때 불러주던 가사였다. 궁말에 살 때 잠이 안 온다고 하면 할머니는 가슴을 토닥거려주며 나직하게 가사를 읊어 주셨었다. 그 생각이 났다. 명 공주도 청산별곡을 들려주면 편히 쉴 것 같았다. 단이가 향방 상궁에게 해금연주를 준비해 달라 하자 모두가 어리둥절했다. 여리게 연주하는 해금 소리에 맞춰 단이는 할머니가 불러준 것처럼 공주에게 불러줬다. 살어리 살어리랏다. 청산에 살어리랏다. 머루랑 다래랑 먹고, 청산에 살어리랏다... 명 공주는 어느새 단잠을 자고 있었다.

공주가 단잠을 자고 깨어나자 단이는 그녀에게 연한 단장을 해줬다. 공주는 너무나도 만족해했다. 단장은 역시 심상인지라 공주의 상태는 단이의 정성 어린 처방으로 짧은 시간 안에 좋아졌다. 단이의 단장으로 명과의 불협화음이던 조공문제가 조선의 주장대로 해결되었고, 단이는 그 덕으로 완전히 풀려나게 되었다. 이영은 짜증이 났다. 단이를 볼모로 승유와 거래를 하려 했던 일이 틀어져 버렸다. 미령 또한 단이를 처벌하려 했는데 마음대로 되지 않자 화가 가라앉질 않았다. 대체 저 아이는 왜 미꾸라지처럼 매번 잘 빠져나가는지 의아하기까지 했다.

승유는 단이를 기다렸다가 함께 궁 밖으로 나섰다. 단이는 긴장이 풀린 탓에 다리가 후들거렸다. 영추가 승유를 쿡쿡 찔렀다. 업어주라는 시늉을 했다. 승유가 난처해하며 망설이는데, 영추는 승유 등 쪽으로 단이를 슬쩍 밀었다. 승유는 얼른 단이를 업었다. 단이는 거절하지 않고 승유 등에 기댔다. 승유는 비 맞은 새처럼 오돌오돌 떠는 단이를 손에 힘을 주어 꼭 업어줬다. 영추는 공연히 신이 났다.

대비는 후궁들과 함께 진관사 경내를 빠져나왔다. 중전의 병색이 위중하여 부처님께 삼배를 올리고 가는 길이었다. 미령은 왜 자신이 중전의 쾌유를 위해 삼배를 올려야 하는지 열불이 났다. 대비와 오 귀인, 홍 귀인이 다시 궁으로 돌아갈 때, 미령은 혼자 남았다. 대비에게는 왕실을 위해 시주를 더 하고 가겠노라 말을 돌렸다. 사람들이 궁으로 돌아간 뒤 미령은 명부전(죽은 이의 명복을 비는 곳)으로 들어갔다. 말없이 서 있다가 천천히 사배했다. 그리고, 마지막으로 자두에게 인사를 했다. 처음이자 마지막으로 딸에게 잘 쉬라고 말하였다. 속이 후련했다. 짐을 덜어버리니 마음이 가벼웠다.

경내에 내려서니 보리수나무에서 휘파람 소리가 났다. 내내 들리지 않던 풍경 소리도 대웅전 기와와 들보 사이로 울리며 아름답게 퍼졌다. 종루 정자로 내려서니 사면에서 불어 드는 시원한 바람을 마주할 수 있었다. 향나무의 진한 향이다. 이제 됐다. 비로소 자두를 완전히 태워서 날린 기분이었다. 무거운 짐을 벗어 던지니, 참으로 가볍고 맑은 기분이었다. 미령은 오 상궁의 도움으로 화려하게 장식된 덩[17]에 올랐다.

---

17) 덩: 왕비나 공주의 가마

수모 수장 박 씨는 진관사 근처를 지나다가 지체 높은 양반이 타는 덩을 보았다. 누군지도 모르고 옆으로 비켜 엎드려 있는데 그 순간, 미친 말이 날뛰는 바람에 미령의 덩을 쳤고, 기우뚱한 덩의 문짝이 떨어져 버렸다. 미령의 얼굴이 훤히 들여다보여 박 씨는 미령의 얼굴을 보고 말았다.

어? 어? 미... 미령...

박 씨는 깜짝 놀라 미령을 부르려다가 자신의 입을 틀어막았다. 미령의 차림새를 보았기 때문이었다. 후궁의 모습이었다. 얼른 고개를 숙였다가 다시 고개를 들어 미령을 보니 미령도 자신을 보고 있었다. 미령은 입에 손을 대고 '쉿' 하며 매서운 모습으로 노려보았다. 가마꾼들은 얼른 문을 붙였고, 곧바로 미령의 덩은 떠났다. 박 씨는 바닥에 주저앉아 일어날 줄을 몰랐다.

박 씨는 집으로 돌아가는 길에 군졸들에 의해 궁궐 뒤쪽 어디론가 끌려갔다. 무사들은 컴컴한 밤에 박 씨의 입에 재갈을 물리고 주리를 틀어 죽지 않을 만큼 고문을 했다. 기절을 두어 번 하고 물벼락을 맞은 뒤 눈을 떴을 때 박 씨 앞에는 미령이 노기 띤 얼굴로 서 있었다. 박 씨의 귀에다 대고 미령은 나직하게 으름장을 놓았다.

"내가 누군지, 발설할 경우, 네년의 목숨은 없는 거니라. 지금은 검지 하나만 자르지만, 다음에는 모가지가 달아날 것이니 입조심 하렸다."

담설은 대체 무슨 일이냐고, 어떤 년인지 놈인지, 내가 죽여 놓을 거라고 소리쳤다. 단이는 담설로부터 수모 수장이 앓아누웠다는 말을 듣고 박 씨를 찾아왔다. 박 씨의 얼굴을 보니 처참했다. 몸은 온통 멍투성이고, 검지를 감싼 헝겊 조각은 피가 계속 배어 나왔다. 단이는 정 상궁이 유품으로 주고 간 '약재 향재 밀지첩'을 열었다. 단장에 관한 내용은 수도 없이 읽었지만, 어혈을 풀고 지혈하는 방법은 알지 못했다. 부들의 화분을 바르고 삼칠근을 달여 먹는다고 쓰여 있었다. 삼칠근은 종각상단에서도 귀한 약재였다. 오죽하면 돈을 줘도 못산다는 금불환(金不換)이란 이름일까. 명나라에서 올 때 가져온 운남성 문산에서 나는 귀한 약재였다. 유란은 기꺼이 삼칠근을 내주었다. 단이는 스승님을 위해 부들의 화분으로 일단 지혈을 시켰다. 동시에 삼칠근을 달여 천천히 세 번에 나누어 먹었다. 단이는 박 씨를 간병하며 대체 무슨 일이냐고 물었으나 박 씨는 입을 꾹 다물 었다. 이제 검지가 없으니 매분구도 못할 것이라며 눈물을 흘리 며 도리질만 쳤다. 단이는 대체 누가 이렇게 만든 것인지 분하 고 억울했다. 혹시 지난번 교동 마님 사건 때 붙잡혀 간 마님들 중 한 명이 아닐까 추측했다.

닷새 뒤, 담설이 저잣거리에 나가고 아직 오지 않았고, 박 씨 가 혼자 뒷간을 다녀올 때였다. 상궁 두 명이 박 씨를 잡아끌고 어스름 길을 걸어 궁으로 데려갔다. 박 씨가 도착한 곳은 덕안 전 소침방이었다. 눈이 휘둥그레지는 방이었다. 미령은 황금색 보료에 엎드려 덕이에게 옥돌로 경락 지압을 받고 있었다. 박 씨는 미령이 반가우면서도 무서웠다. 지난번처럼 눈 하나 깜짝 안 하고 '손가락을 잘라라' 명하는 것을 본 뒤로는 함부로 쳐다 볼 미령이 아니었다.

내 말이 맞았어. 미령은 내 예언대로 왕의 여자가 된 거여.

생각 같아서는 직접 미령에게 큰 소리로 말하고 싶었지만, 입 이 안 떨어졌다.

미령은 덕이를 내보내고 천천히 일어났다. 오 상궁은 미령에게 하얀 야장의를 걸쳐줬다. 세상에 저런 잠자리 날개 같은 옷도 있네. 궁이라 희한한 것도 다 있구나, 생각하는데 미령이 천천히 물었다.

"자두가 살아 있느냐?"

박 씨는 자두가 불에 타죽었다는 소문이 있지만, 죽은 시신이 여자아이가 아니라 역병으로 죽은 남자아이였다는 소문을 들었다고 고했다. 순간, 미령의 눈꼬리가 올라갔다. 관자놀이가 불룩 튀어나오고 팔딱팔딱 튀는 것이 눈에 보일 정도였다. 오 상궁이 얼른 주전자에서 차를 덜어 드렸다. 미령은 떨리는 손을 다른 한 손으로 잡고 천천히 차를 마셨다. 마음을 평안하게 하는 연심차였으나 효과가 없었다. 미령은 박 씨에게 자두를 찾아보라 명했다. 만약 찾지 않고 거짓으로 고했다가는 네년은 쥐도 새도 모르게 죽을 것이라 했다. 박 씨의 심장이 벼락같은 소리를 내며 쿵쾅거렸다.

미령은 박명기에게 자두를 데려간 사람이 유배 갔다가 도망친 사람이란 얘기를 전하면서 그 사람이 누군지 몰래 알아봐

달라고 부탁했다. 박명기가 죽었다는 자두를 찾아다닌다는 사실을 안 박대종은, 자두라는 아이가 정말 죽었는지 알아내라고 명령을 내렸다. 아이를 낳은 저잣거리 여자가 이를 속이고 왕의 여자가 되었다는 것이 알려지면 미령은 물론, 자신도 살아남지 못 한다는 것을 알기 때문이다. 해서 반드시 찾아내고, 찾는 즉시 죽이라고 했다.

병약하신 중전 김 씨가 승하하셨다.

나라는 비통에 잠겼지만, 그것도 잠시, 후궁들은 졸지에 홀아비가 된 왕의 마음을 붙잡기 위해 바쁘게 움직였다. 비어있는 중전의 자리를 차지하기 위해 조정의 모든 정치 세력은 피할 수 없는 정쟁을 하였다. 대신들은 국모의 자리를 비워 두어서는 안 되므로 상중이지만 얼른 중전 간택을 해야 한다며 의견을 모았다. 정국공신들은 후궁 중에서 중전을 뽑아야 한다고 주장했고, 영의정 오순창과 대사헌 민정립은 후궁이 중전이 되는 법은 세상에 없다며 가례청을 열어 한시바삐 새 중전을 간택하자고 맞섰다.

대비 윤 씨는 오순창과 민정립의 편에 서서 새 중전을 간택하는 일이 옳다며, 왕실의 법도에 따라 행할 것이고, 이는 왕실의 고유 권한이라며 아무리 정국공신 대감들의 권세가 하늘을 찌른다고 해도 후궁이 중전이 되게 할 수는 없다 했다. 대비는 궐 밖에서 처녀 간택을 하면 조정의 분열과 대립도 수그러들고 전하의 심기도 편해질 거라고 강력하게 말했다. 하지만 문제는 엽왕이었다. 왕은 그냥 후궁 중에서 중전을 세우자 한 것이다.

미령도 자신이 중전이 되어야 한다고 생각했다. 그동안 왕을 모시면서 가장 총애를 받았고, 왕에게 잘 보이기 위해 이영을 얼마나 애지중지 키웠는데, 왜 대비가 간섭하느냐 말이다. 그녀가 대전에 들었을 때 대비도 와 있었다. 김 내관이 왕에게 고하려 하자 미령은 손을 들어 제지했다. 안에서는 대비의 고성이 들렸다.

"주상, 정궁과 후궁의 구별이 엄연한 것이 나라의 법도이거늘, 어찌 후궁 중에서 중전을 세운단 말이오? 허면, 성빈이 세자를 몰아내고 복진군을 왕세자로 옹립하는 일이 벌어집니다. 달리 역심이 아닙니다. 이것이 역심이에요. 정신 차리세요."

역심, 역심이라 했다.

미령은 역심이라는 말을 듣고 잠시 서 있다가 이내 김 내관에게 고하라 했다. 미령은 왕과 대비가 있는 자리에서 무릎을 꿇고 아뢰었다.

"대비마마, 소첩은 절대로 중전이 될 수 없는 몸이옵니다. 새 중전을 간택하는 일은 왕실의 법도에 따라 마땅히 정궁을 뽑아야 합니다. 이는 대비마마와 왕실의 고유 권한입니다. 궁중의 법도를 무시하는 모든 망발은 귀담아듣지 마시옵소서."

미령은 중전이 되어 권력을 잡을 수 있는 절호의 기회가 온 것이라 믿었었다. 그러나 마음을 달리 먹었다. 그녀는 더 큰 그림을 그렸다. 중전보다 대비를 그렸다.

내 아들 복진군 만은 기필코 보위에 올리고 말게야!
내 대비전은 결코, 놓치지 않을 것이다.
기다릴 것이다.

어느 누가 중전으로 들어와도 왕의 곁을 오래 지킨 것은 그녀임을 내세우고, 또 내세우면 안 될 것이 없으리라. 엽왕도 새 중전 뽑는 것을 윤허하여 궐 밖에서 새 중전을 간택하는 쪽으로 결정이 되었다.

대비 윤 씨는 왕실이 대신들에게 휘둘리지 않기 위해서는 정국 공신파도 아니고, 신진사림파 사람도 아닌 중도파에서 뽑기로 하였다. 덕분에 가세가 기운 민 용의 장녀가 어부지리로 중전으로 간택이 되었다.

간택된 민 씨는 태평관에 처소를 두고 상궁들에게 왕비로서의 예의범절과 궁중 법도와 풍습을 익히며 가례 날을 기다리고 있었다. 궁궐 최고 향방 나인들과 상복, 전의, 전식들은 중전 민 씨의 머리끝부터 발끝까지 가다듬어 주었고, 피부에 정성을 들여 최고의 몸으로 만들어 주었다. 최고 향방 상궁인 하 상궁은 중전 민 씨 얼굴의 혈 자리를 눌러 혈액 순환을 원활하게 해주었고, 매일 다른 얼굴고(일종의 크림)를 발라 피부색을 최상으로 만들어 주었다. 미령이 얼굴 경혈을 누르기 위해 하 상궁을 불렀으나 중전 민 씨를 가다듬어 주느라 오지를 않자 미령은 대노를 했다. 다른 후궁들 역시 닭 쫓던 개 지붕 쳐다보는 격으로 허탈해했다.

드디어 가례 날이다.

하 상궁의 손길로 중전 민 씨의 얼굴이 만들어졌다. 순박했던 처녀의 모습에서 위엄이 서려 있는 강단 어린 얼굴로 바뀌었다. 미령은 천 상궁의 단장을 받았지만, 마음에 들지 않아 버럭 화를 냈다. 왕과 세자, 대비, 후궁들도 각자 자신의 향방 나인들의 손길을 받아 치장했다.

　친영례 행렬은 화려했다. 면류관과 곤룡포를 입은 왕과 칠보화관에 용과 봉황을 수놓은 붉은 활옷으로 대례복을 차려입은 중전 민 씨의 강단 있는 모습은 승하하신 중전 김 씨는 물론 미령을 비롯한 후궁들에게서는 보지 못한 위엄이었다.

　대전 내관과 김 상궁, 하 상궁, 오 상궁, 천 상궁을 비롯한 울긋불긋한 성장을 차려입은 수백 명의 상궁 나인들이 부용향과 홍사 초롱을 들고 그 뒤를 따랐고, 금관조복을 입은 대신들이 도열하여 친영례 행렬을 맞이했다. 중전 민 씨의 가례는 한양은 물론 조선 천지 곳곳에서도 대단했노라고 입을 모았다.

　가례가 끝나자마자 중전 민 씨는 바쁘게 움직였다.
　민 씨는 욕심이 많았다. 자신이 나서야만 내명부가 잘 돌아갈 것 같았다. 중전이 되자마자 궐내 후궁들의 비리와 축재(蓄財)에 대하여 낱낱이 조사를 했다. 그러나 지나치게 나서는 바람에 대비 윤 씨의 눈에 나서 비호를 받지 못했고, 나이 많은 후궁들을 궁녀 부리듯 하는 바람에 후궁들의 원성까지 샀다. 그래도 아랑곳하지 않고 내시부와 내명부를 함부로 다뤘으며, 제용감 상궁들에게 분구와 향장의 출납을 빠짐없이 보고하라 하여 미령과 기 싸움을 하기 시작했다. 미령은 잠을 이룰 수가 없었다.

박대종은 미령을 위로했다.

"마마, 성총(왕의 은총)을 받을 때는 경망스러움 없이 조심해야 하고, 총애를 잃었을 때는 침착함을 키워야 합니다. 조정의 일은 아무리 복잡해도 종국에는 해결책이 나옵니다. 허나, 총명한 여인과 머리싸움을 하는 것은 조정일보다 더 복잡합니다. 매듭은 하루 이틀에 풀리는 게 아니니 여유를 갖고 기다리세요. 지금은 때가 아닙니다."

그래, 해보자.
때를 기다리자.
넌, 회임을 할 수 없도록 해주마.
내가 이날을 얼마나 기다렸는데 네까짓 게 다 차려놓은 밥상에 젓가락을 얹어?

난 박미령이다.

"성빈이 앓아누웠다고?"

막 중궁전으로 침소를 들러 가려던 참이었다. 대전의 김 상궁은 미령이 사흘째 신열로 고생한다고 엽왕에게 아뢰었다. 왕은 덕안전으로 발길을 돌렸다.

미령은 하얀 야장의를 입고 핏기 없는 얼굴로 금침에 누워있었다. 왕은 미령의 머리맡에 앉아 그녀의 머리를 쓰다듬어 주었다. 미령의 눈에서 눈물이 주르륵 흘렀다.

"어의는 왔다 갔소?"

"부르지 않았습니다."

"왜 눈물을 흘리시오? 그리도 아프오?"

"마음의 병이옵니다."

"많이 서운했소? 성빈도 사람이거늘... 과인이 자주 못 들려 미안하오."

"신첩, 젊고 어린 중전이 드시어 전하께오서 신첩 같은 건

아주 잊으실까 봐... 흑흑.”

　“성빈은 내 조강지처나 마찬가지요. 내 어찌 성빈을 잊겠소.
미안하오, 앞으로 자주 들르리다.”

　미령은 엽왕의 품에 안기며 울음을 터뜨렸다. 왕이 안 보는
틈을 타서 왕의 표정을 살폈다. 가짜 울음이었다.

　이영은 여전히 부맛감 1순위로 승유를 꼽고 있지만, 승유는
조금도 움직이지 않았다. 왕이 옹주와 혼인을 하라면 당장 해
야 한다. 민정립은 혹여 승유가 다칠까 봐 근심이 깊었다.

　“승유야. 궁에서의 일은 나의 의사와 다르게 흘러갈 수도 있
다. 꼭 해야 하는 일은 네가 원해서 하는 일이 아닐 수도 있고,
순리를 거스르는 결정에는 대가가 따를 수도 있다. 아비는 그것
이 우려되는구나.”

　승유는 부친의 만류에도 불구하고 벼슬을 내려놓을지언정
부마는 되지 않겠노라고 의견을 비쳤다. 우의정 역시 근심스럽
게 왕에게 고했다.

"민승유는 큰 그릇입니다. 능히 전하의 사표가 될 인재로 이 나라 조정을 이끌어 나갈 만한 큰 재목감이옵니다. 앞으로는 세자 저하의 지근에서 바른 정치를 펼쳐가시는 명군이 되시도록 받쳐줄 인재이온데 부마로 발을 묶어 두기엔 아깝사옵니다."

'세자 저하가 명군이 되도록' 이란 말에 엽왕은 눈썹을 치켜떴다. 그 말만 아니면 우의정 말이 맞는 듯하여 수긍했다. 이 말을 들은 미령은, 그렇다면 더욱더 민승유를 이영의 부맛감으로 만들어 세자의 발을 묶어놓아야겠다고 확신을 했다. 이영 역시 미령에게 제발 꼭 그리 되게 해달라고 간절히 부탁했다.

유란은 고민에 빠졌다.

박대종이 미령의 아이가 살아있다는 소문을 듣고 다시금 미령의 아이를 찾아다닌다는 것을 알았다. 쉴 틈도 없이 매분구일에만 집중하다가 고초를 겪는 단이가 가여워졌다. 박대종은 단이가 살아있음을 안다면, 분명 다시 찾아 죽이려 할 것이다. 신성회는 단이를 명나라로 다시 보내 그곳에서 살게 하자고 의견을 냈다. 중국어도 잘하고 명나라 실정도 잘 아니 충분히 잘 지낼 것이라 했다. 게다가 중국과 교역을 위해서도 단이가 직접 명에 가 있는 것이 훨씬 나을 것이라 했다.

그러나 유란은 피할 생각이 없었다. 단이가 가장 안전한 곳은 명나라가 아니었다. 바로 궁궐이었다. 아무도 단이를 찾을 수 없는 곳, 호랑이를 잡으려면 호랑이굴로 가는 거다. 가서 직접 미령과 부딪히게 하는 거다. 미령의 단죄는 단이에게 맡기는 것이 최상이라 생각했다.

유란은 단이에게 궁궐 향방 나인이 되고 싶냐 물었다.

단이는 느닷없는 유란의 제안에 뛸 듯이 기뻐했다. 명나라 공주의 단장을 위해 내의원 약재고와 향재고를 찾았을 때 기절하는 줄 알았다. 어쩌면 없는 약재도 없고, 없는 향재도 없고, 최상품의 분구들이 가득 차 있던지, 단이는 간절했었다. 내가 이곳에서 일할 수 있다면 얼마나 좋을까... 정 상궁 할머니처럼 최고 향방 상궁이 되고 싶었다.

유란은 단이를 지키기 위해, 아니 미령을 옭아매기 위해 단이를 궁으로 보내기로 결정했다. 때마침 궐에서는 향장을 뽑는 잡과가 열리는데, 유란은 단이에게 잡과에 응시하라고 일렀다. 단이는 밥을 먹다가 일어나 좋아서 팔딱팔딱 뛰었다. 치맛자락에 걸려 국그릇이 엎어졌다.

"나리, 나리는 멍충입니까? 단이에게 청혼을 하십시오. 어물 쩡거리다가 언 놈이 채가면 어쩝니까? 듣자 하니 최상단에 필 주가 단이를 노리고 있답니다요. 채가는 건 시간문제입니다요."

승유는 영추의 말을 듣고 아차 싶었다. 그동안 찬이를 죽이려 는 자를 캐고 다니느라 단이에게 소홀히 했다. 오늘은 필히 단 이에게 청혼을 하리라. 그러기 위해선 청혼을 위해 옥가락지라 도 줘야 할 텐데... 승유는 영추를 데리고 종각상단으로 향했 다. 가장 예쁘고 비싼 옥가락지를 사서 건네며 청혼을 할 생각 에 정신이 혼미했다. 막 종각상단으로 들어서려는데 단이가 활 짝 웃으며 승유에게 다가왔다. 아 단이도 이심전심이었구나. 우 린 천생연분이구나 하는 생각도 잠시, 단이의 느닷없는 한마디 가 승유를 놀라게 했다.

"나 향방 잡과에 응시할 거예요."
"뭐? 향... 향방 잡과?"

단이는 가벼운 흥분으로 들떠있었다. 잡과에 통과하려면 어떤 공부를 해야 하느냐 슬쩍 물었다. 승유는 간이 덜컹 내려앉았다. 궁에 들어가면 더 이상 자신과 엮일 수도, 연정을 품을 수도, 혼인할 수도 없기 때문이었다. 그러나 단이는 확고했다. 자신이 정말 하고 싶은 일은 궁궐 향방 나인이 되는 일이라 말했다. 약초와 향초에 관한 것은 자신이 있으니 법전에 관한 것만 알려 달라 했다.

어떤 마음으로, 단이에게 공부를 가르쳐줬는지도 모르겠다. 어떻게 석 달이 지났는지도 모르겠다. 단이에게 공부를 가르쳐 주던 석 달이 승유에겐 가장 행복하고, 가장 슬픈 시간이었다. 공부하다 머리 식히자고 일부러 데리고 다니며 함께 산책한 천변 거리도, 목멱산 등성이도, 피맛길에서도, 수표 다리 밑에서 반딧불이를 볼 때도 승유는 행복했고, 또 행복했고, 또 슬프고 또 슬펐다.

단이 마음은 모르겠다. 단이가 조잘거리며 가르쳐 준 것을 외고 있을 때 느닷없이 승유는 단이에게 입맞춤을 했다. 단이가 놀라 밀쳐낼 줄 알았는데 단이는 승유 품에 가만히 안겼다. 갑자기 승유 얼굴에 뜨거운 것이 묻었다. 단이가 울고 있었다.

승유가 단이를 더 꼭 안아줬다. 수표교 아래에서 바람이 불어 왔다. 단풍잎이 하늘하늘 떨어졌다. 단이의 치맛자락이 개울에서 부는 바람으로 흔들렸다. 맑은 물속에 물풀들도 천천히 흔들렸다. 그 사이로 단이의 가냘픈 모습이 함께 비추었다. 단이가 승유의 품 안에 안긴 채 조용히, 나뭇잎이 떨어지듯이 천천히, 아주 천천히 말했다.

"나... 살기 위해서 가는 거예요. 아니면 죽을 수도 있거든..."

난 이 말만을 기억해야 한다.
가장 중요한 것은 살아남는 것이다,
나는 혼자다.
이제 강해져야 한다.
대행수님이 날 궁에 보내는 이유는 단 하나,
날 살리기 위해서라는 걸, 나는 안다.
그래, 나는 살기 위해 향장이 될 것이다.

승유는 단이를 떼어내고 한 발짝 물러서서 그녀를 쳐다보았다. 소리 없이 흐르는 눈물로 단이의 얼굴은 눈물범벅이었다. 승유는 아무 말도 묻지 않았다. 가슴이 무너지는 듯하고 저렸다.

잡과가 열리고 단이는 모든 과목을 합격했다. 아니 해버렸다.

19. 궁궐 향방 나인, 단이

단이는 궁궐 향장(香匠) 말직으로 입궐 했다. 향장은 내약방(內藥房) 소속으로 궁궐 안에서 향을 만드는 직책이다. 유란은 함부로 나서지 말고 차분히 약재를 다루라면서 처음으로 단이를 안아 등을 두드려 줬다.

"가장 다루기 힘든 게 사람의 마음이다. 너는 사람의 마음을 얻어라. 그럼 살아남을 것이야. 천 길 둑도 작은 구멍으로 무너지고, 공들여 지은 아흔아홉 칸 집도 불씨 하나로 무너지는 게 궁궐 일이다. 조심하고, 또 조심하거라."

유란의 담담한 말에 단이는 알 수 없는 감동이 밀려왔다.

마음으로는 '감사합니다. 어머니'라고 부르고 싶었으나 한 번도 허락하지 않은 그 이름이었다.

함께 합격한 향장은 설이, 죽이, 향이 4명이었다. 향장은 내의원 안의 내약방 소속이었다. 이들은 약재와 약구, 향을 다루어 국왕과 가족들의 건강을 보살펴야 했다. 내의원의 위치는 매우 중요했다. 왕을 가까이서 모셔야 하기 때문에 왕이 계신 편전과 대전 근처의 억석루(憶昔樓)에 위치했다. 그곳은 왕과 세자, 비빈들, 대신들을 가장 가까운 곳에서 뵐 수 있는 장소였다. 향장은 직접적인 의원과 의녀는 아니었지만, 의녀가 알아야 할 기본 소양도 알아야 했고, 엄격한 약재 관리와 향재 관리와 그에 관련된 교육을 받았다.

제용감 마당에는 약을 달이는 냄새가 진동하였다. 제용감 제조 천 상궁은 잡과 시험에 합격한 궁녀들을 모아놓고 쩌렁쩌렁한 목소리로 말했다.

"너희들은 입궁한 이상, 철저히 지켜야 한다. 최종 입궁은 시험에 합격해야만 결정될 것이다. 합격한 사람만 살아남는다. 그 사이라도 궁중 법도를 알고 예의를 지켜야 한다. 용모와 자질을 갖춘 사람만이 최종 선발이 된다. 입궁을 해서 평생 궁에 살아도 상감마마의 성총을 받는 것은 물론, 세자마마의 은덕을 얻는다는 것은 하늘의 별 따기다. 그런 허황한 꿈을 꾸고 들어온 자는 포기하거라. 이곳은 윗전이 사용하실 약재와 향재를 다루는 일만을 목표로 두어야 한다. 알겠느냐?"

"각심하옵니다!"

입궁한 첫날부터 세수간(세욕물, 청소 담당), 생과방(간식 부엌), 소주방(궁궐 부엌), 퇴선간(중간 소주방), 세답방(빨래), 침방(바느질), 염색방, 수방(옷에 장식물 다는 일) 나인 등 잡과에 합격한 궁녀들과 함께 전의감(典醫監)[18] 한 상궁에게 혹독한 훈련을 받았다.

궁녀가 지켜야 할 규범이나 궁서체 쓰기, 궁중 용어 쓰기부터 배웠다. 느닷없는 글씨 쓰기라 단이는 갸우뚱했다.

"글씨를 곧게 쓰거라. 마음이 곧으면 글씨도 곧다. 서예든, 인품이든, 이치는 같다. 마음과 태도가 올바르면 글씨도 인품도

---

18) 전의감: 내의원 안에 있는 기관으로 훈련과 교육을 담당하는 기관.

향기가 날 것이다. 그래야만 바른 마음으로 내약방 향재와 약재, 분구를 소중히 다룰 수 있다는 것을 명심하렷다!"

"각심하옵니다."

비로소 향방 나인의 길 시작점에 선 것이다. 단이는 의욕이 넘쳤다. 걸음걸이, 몸가짐 같은 간단한 것부터 대전, 대비전, 중궁전, 동궁전, 후궁들의 처소와 이름 외우기, 내명부 직급 파악하기, 궐내 대신들 직위 외우기, 궁녀 직급 파악하기, 궐내 기관의 위치 파악하기 등 알아야 할 일이 너무나도 많았다.

단이는 입궁하면 바로 자신이 좋아하는 향초를 다루어 향을 만드는 일을 할 줄 알았으나 훈련을 받고 나면 녹초가 되었다. 겨우 이틀 지났는데 온몸이 쑤시고 붓고 힘이 들어 기절 직전이었다. 처소에 돌아와 누우면 온몸이 땅속으로 빨려 들어가는 것 같았다. 그래도 마음은 즐거웠다. 풀을 먹인 이불을 덮고 누워 들창을 바라보았다. 네모난 창으로 은한(은하수)이 밝은 빛을 내며 하늘을 흐르는 것이 보였다. 깊은 밤에 어디선가 소쩍새 우는 소리도 들렸다. 서늘한 바람을 타고 잠들어 있는 궁의 향기가 났다. 낮에 작업한 향재며 약재들이 공기 중에 날아다니다가 밤이 되니 고요하게 내려앉아 단이에게 살포시 다가온 것이다. 이런 향이구나, 궁의 향은 이런 맛이구나, 내가 다룰 향은 이런 것이구나, 모든 궁의 생활이 기대되었다. 내일이면 어떤 일이 기다릴까 뒤척이다가 새벽닭이 우는 소리에 잠이 들었다.

몇 시간 자지도 못했는데 몸은 가벼웠다. 내수사에서 들여온 나무 약재와 풀들을 나르다가 단이는 멀리서 자신을 바라보고 있는 승유를 보았다. 아무 말도 없이 물끄러미 바라만 보는 승유에게 가볍게 목례하고 가려는데 갑자기 설이가 부르는 바람에 단이는 발이 꼬여 약재를 쏟아버리고 말았다. 순간, 승유는 단이를 향해 달려가려고 했다. 마침 곁을 지나가는 민정립 일행과 함께 아쉬운 발걸음 옮기고 가버렸다. 부끄러운 것도 잠시, 훈련 상궁에게 걸려 단이는 벌점 십 점을 받았다. 설이는 '내가 그런 거 아니야'라고 말했지만, 향이와 죽이 눈에는 설이가 일부러 그런 것 같았다. 향이는 설이를 조심하라고 단이에게 주의 주었다. 벌점이 삼십 점이면 바로 퇴궁이니 조심해야만 한다.

이제 약재 이름, 관직 이름, 품계 시험을 볼 차례다. 단이는 밤새 달달 외웠다. 만약 외우지 못하면 또 벌점이라, 호롱불 밑에서 열심히 공부하였다. 그런데 단이 머리맡에는 설이가 버린 구겨진 종이가 있었다. 관직과 관직을 맡고 있는 대신들의 이름까지 적혀있는지라 단이는 그 종이를 천천히 살펴보았다. 설이가 일부러 단이의 머리맡에 버린 것이었다.

내의원 향방에서는 향장 관리의 입회하에 단이, 설이, 죽이, 향이가 시험을 보았다. 마르기 전후의 약초로 시험 보기, 촉감으로 시험 보기, 향으로 시험 보기, 가루를 보고 시험 보기 등 까다로운 향장 통과시험이었다. 향이와 죽이가 더듬거렸지만 단이와 설이는 무난히 통과했다. 설이는 단이를 이기기 위해 애를 쓰는 것이 보였다.

동짓달이 되면 침방에서는 대비와 중전, 후궁들의 향주머니 만들기에 분주하다.

내의원 향방에서는 그동안 준비한 마른 꽃들과 향초를 잘 덖어내어 향낭 안에 넣을 재료를 만들었다. 왕은 정월에 대신들의 체질과 병 예방을 위해 친히 내의원에 명을 내려 향낭을 하사하곤 했다. 바로 궁낭이었다. 최고급 비단에 색이 다른 헝겊으로 실이 겉으로 나오게 꿰매어 나비, 벌, 새들을 매듭 모양으로 지어 만들었다. 대신들은 왕이 하사하는 향낭의 향과 재질에 따라 왕으로부터 사랑을 받는지의 여부를 가름했다. 금(비단) 향낭이 제일 귀하지만 특별한 날에만 쓰는 향낭이기에 평소에 쓰는 향낭은 수향낭으로 만들었다. 수향낭은 침방 나인들이 자수를 놓고 솜을 넣은 다음, 향방 나인이 제조한 향을 넣는다. 대비전과 중궁전에서는 튀지 않고 안정적인 색감의 수향낭을 선호하였으나 후궁전에서는 더 화려하게, 더 아름답게 만드는데 경쟁을 하였다. 부귀와 장수를 누리면서 아들을 많이 낳아 자손이 번성하기를 염원하여 십장생을 수놓았다. 잡과에 합격한 향방 나인들은 수도 놓고, 향재도 골라야 한다. 며칠에 걸쳐 보는 시험인지라 견습 향방 나인들은 진지하게 준비했다.

미령은 보료에 비스듬히 누워 하 상궁에게 솜털 실 정리를 받았다. 하 상궁은 명주실을 가늘게 꼬아 잔 솜털을 정리했다. 이는 화장이 잘 먹고 피부에 탄력이 생기게 하는 방법이다. 미령은 희선에게 향낭을 받고 눈을 감은 채 그윽하게 향을 맡는다.

희선은 미령에게 성빈 마마 향주머니의 무늬가 무슨 무늬냐고 침방 상궁들이 묻더라는 말을 전하자, 하 상궁은 깜짝 놀라며 희선에게 주의 주었다. 눈을 번쩍 뜬 미령은 호령했다.

"네 이년! 윗전에서 일어난 일은 알려고도 하지 말며, 알아서도 안 되며, 전해서도 안 된다는 사실을 잊는 날엔, 네년 목숨은 없는 것이야!"

희선을 크게 나무라며 궁녀의 본분을 한시라도 잊지 말라며 혼을 냈다. 하 상궁도 알 수는 없었다. 왜 미령이 향낭에 대해서 물으면 화를 내는 것인지, 알 수가 없었다. 미령의 향낭도 다른 비빈과 마찬가지로 침방에서 만들었으나 자수를 놓는 이는 미령이었다. 자수의 무늬는 오얏꽃과 알 수 없는 이파리 두 개가 있다. 미령의 지시대로 덕이가 준비하여 향재를 넣으면 끝이다. 하 상궁도 궁금했으나 묻지는 않았었다.

미령은 향방 나인들을 물리고 향낭을 쳐다보다가 손으로 무늬를 가만히 만지면서 깊은 생각에 빠졌다. 이내 일어나 손수 미닫이문을 열어 장식방을 지나, 또다시 안쪽 미닫이문을 열고 분구방에 들어섰다. 화려한 분구합(뚜껑이 있는 그릇)과 분구류를 둘러보더니 흡족한 표정을 짓는다.

미령은 경대 깊숙한 안쪽에서 조그마한 화각함(귀중품을 담는 상자로 십장생이 그려 있다)을 꺼냈다. 한참을 바라보다가 뚜껑을 열었다. 그 안에는 빛바랜 작은 꽃신 하나가 들어있었다. 자두의 꽃신이다. 꽃신에는 팻방울과 오얏꽃, 누릿대, 등골나물 이파리 문양이 그려져 있었다. 꽃신을 들고 회상에 잠겨 깊은 숨을 쉬는데, 뒤에서 '어머니' 하고 이영이 미령을 불렀다. 깜짝 놀라 꽃신을 얼른 숨긴 미령은 이영에게 크게 화를 냈다.

"감히 여기가 어디라고 들어오는 게야!"

이영은 미령이 화를 내는 것을 처음 봤다. 몇 번이나 불렀는데 어마마마께서 답을 안 하셨다며 당황해했다. 미령은 정신을 가다듬고 잠시 가만히 있었다. 이내 놀라서 그랬다며 인자하게 웃어줬다. 이영은 미령이 손에 움켜쥔 꽃신을 보고 말았다.

오늘은 관직 이름과 품계를 시험 보는 날이다. 한 상궁과 천 상궁은 위엄 있게 채점을 했다. 이내 설의 차례이다.

"조정의 관직 이름을 외워 보아라."

정일품 영의정, 좌의정, 우의정, 종일품 좌찬성... 하다가 설은 더듬기 시작했다... 우찬, 좌... 찬, 좌찬... 어어, 어 하고 더듬더니 다 외우지 못했다. 설이는 고개를 숙였다. 천 상궁이 단이에게로 온다. 단이는 주먹을 꽉 쥐고 긴장했다.

"조정의 관직 이름을 외어 보아라."

"정일품 영의정, 좌의정, 우의정. 종일품 좌찬성, 우찬성, 판사, 정이품 판서, 좌참찬, 우참찬, 대제학, 도총관. 종이품 동지사, 참판, 상선, 병마절도사. 정삼품 참의, 직제학, 병마절제사. 종삼품 집의, 사간, 도호부사, 병마첨절제사. 정사품 사인, 장령, 군호. 종사품 경력, 첨정, 군수. 정오품 정랑, 별좌, 교리. 종오품 도사, 판관. 정육품 좌랑, 별제. 종육품 주부, 종사관, 찰방, 현감."

밤새워 공부한 덕에 단이는 줄줄 외기 시작했다. 설이, 죽이, 향이는 긴장하고, 눈을 부릅뜬 한 상궁이 손을 들어 단이를 제지했다. 단이는 자신이 자랑스러웠다. 마지막 관문을 쉽게 통과할 것 같은 예감이 들었다. 한 상궁이 천천히 위압적으로 말한다.

"그 관직에 해당하는 분이 누구인지도 말해 보거라."

한 상궁의 말에 서 있던 천 상궁과 향방 상궁들이 놀란 표정으로 한 상궁을 바라보았다. 한 상궁은 표정 하나 흐트러지지 않고 단이를 바라보았다. 단이는 침을 꿀꺽 삼키고 자신 있게 하나씩 읊기 시작했다.

"정일품 영의정 유순창, 좌의정 박대종, 우의정 홍영재, 종일품 좌찬성 서종인, 우찬성 정우필, 정이품 이조판서 안 선, 호조판서 안윤덕, 예조판서 이형, 종이품 대사헌 민정립. 정삼품..."

궁녀들은 단이의 말에 어쩔 줄을 몰라서 당황하기 시작했다. 단은 아랑곳하지 않고 외우는데 한 상궁이 버럭 소리를 질렀다.

"네 이년! 나라를 말아먹을 년이로구나! 관직명과 이름은 궁녀에게는 기밀 사항이란 걸 모르느냐? 이년을 당장 내 치거라!"

궁녀들이 단이를 잡았다. 놀란 단이는 새파랗게 질렸다.

"몰랐습니다. 마마님, 정말 몰랐습니다."

단이는 끌려가면서 몰랐다고 외치지만 한 상궁의 노기는 가시지 않았다. 단이는 끌려나갔고, 견습 나인들은 벌벌 떨었다. 그때 뒤에서 단이를 주의 깊게 보던 미령이 한마디 했다.

"놔두거라, 제법이로구나!"

단이는 미령의 도움으로 내쳐지지 않았으나 입조심하지 않은 궁녀에게 내리는 쥐부리글려[19] 벌을 받았다. 그날 밤, 모든 궁녀와 나인들이 숨죽여 보고 있는데 단이는 천으로 입을 가리고 두 손을 묶인 채 내의원 앞뜰에 서 있었다. 한 상궁과 다른 궁녀가 양손에 솜방망이 횃불을 들고 단이를 보았다. 단이는 바들바들 떨었다. 한 상궁의 호령과 함께 횃불이 단이 가까이 다가왔다. 불은 점점 가까이 다가오고 단이는 겁에 질렸지만 이를 악물고 버텨냈다. 한 상궁은 끝까지 눈 하나 깜짝 안 하고 지켜보고 있었다. 다른 처소의 궁녀들과 내관도 숨을 죽이며 단이의 표정을 보고 있는데, 지나가던 세자의 호위무사 정이는 단이를 보고 깜짝 놀라 얼른 자리를 떴다. 한 상궁의 지시로 횃불은 물러가고, 식은땀을 흘리며 한숨 돌리던 단이는 흔들림 없이 그 자리에 서 있었다.

출궁 당할 위기를 넘긴 단이는 가능한 한 문제를 일으키지 않고 조신하게 근무를 하리라 마음먹고 향방장이 시키는 대로

---

19) 쥐부리글려: 막 입궁한 나인들에게 입조심하라는 의미로 치르는 행사이다. 밀떡을 입에 붙이고 검은 천으로 입을 가린 뒤 불옹 붙인 긴 장대로 입 가까이 대고 지지는 일을 말한다. 보통은 섣달그믐에 하지만 상황에 따라 벌 줄 때 시행한다.

일을 잘하고 있었다. 그런데 자선당 지밀 장 상궁이 와서 향방 장과 이야기하더니 단이를 데리고 갔다. 분명 자신은 잘못한 것이 없는데 무슨 일인가 조마조마한 마음으로 세자가 계신 자선당에 도착했다.

장 상궁은 세자마마 앞에서 함부로 말하지 말 것과 고개도 들어서는 안 된다고 주의를 줬다. 단이가 자선당에 들어감과 동시에 다과상이 나왔다. 매작과, 주악, 앵두화채였다. 다과상을 보고 얼마 전 궁말 뒷동산에서 먹은 것과 똑같아 의아해 주위를 둘러보는데 찬이 안에서 나왔다. 단이는 찬을 보고 깜짝 놀라 손가락으로 가리키며 '어어어!' 했다가 장 상궁으로부터 무엄하다는 핀잔을 듣고서야 사태를 파악했다. 단이의 분구를 깨뜨렸던 그 나리, 함께 궁말에서 오얏꽃잎을 딴 그 나리가 세자였다니... 단이는 납작 엎드려 죽을죄를 지었다며 고개를 숙였다. 찬은 장 상궁을 물리고 어찌 궁인이 된 것이냐고 물었다. 평소 어둡던 찬의 얼굴이 아니라 환하게 웃고 화색이 도는 얼굴이었다.

이제 겨우 엿 새된 향방 견습 나인이라고 말을 했음에도 불구하고 찬은 동궁전 나인으로 와서 책무를 다하라고 말을 했다.

단이는 '아직 견습도 안 끝나서 궁중의 법도도 익히지 않았고, 또' 하는데 민승유가 들어오는 것이 아닌가. 당황하는 단이를 보고 간단한 눈인사만 하는 승유는 가슴이 저렸다. 자신이 우려하던 일이 벌써 오고야 만 것이었다. 두 사람이 함께 있는 모습을 보고 단이가 어느새 궁의 여인이 되어버린 것을 직감했다. 두 사람은 단이를 앉혀놓고 조정이 두 파로 나누어져 대립하고 있다는 것, 내탕금 비리를 수사 중이라는 이야기를 했다. 단이는 궐 밖에서 보던 두 사람의 모습이 아니라 위엄 있고 품위 있는 두 사람의 대화에 잠시 마음이 설렜다.

찬은 앞으로 단이가 동궁전에서 책무를 다할 것이라 기대가 된다는 말을 하자, 승유는 아직 견습도 안 끝났는데 이러한 편법을 쓰면 오히려 다른 궁녀들에게 눈 밖에 나니 조심하시라고 말을 했다. 단이 또한 "저는 향방으로 앞으로 궐 향방 나인이 될 몸이라 세자 저하를 모실 수 없노라"고 입장을 명확히 밝혔다. 승유는 비로소 얼굴의 긴장이 풀렸다.

엽왕은 중전 민 씨의 치마폭에서 벗어날 줄 몰랐다. 그동안 미령만 찾았고, 미령만 귀애해줬었는데 어리고 똑똑한 새 중전이 들어오자 발길을 새 중전이 머무는 교태전으로만 향했다. 경연까지 폐하고 여러 날째 교태전에만 있었다. 상소는 쌓여있는데 왕은 편전에도 들지 않아 대신들은 심려가 컸다. 마치 폐왕의 전철을 밟는 것이 아닌지 걱정도 되었다.

　백성은 가뭄에 시달리고 있는데 정국공신들의 솟을대문 안으로 끊임없이 쌀가마와 짐바리 물건들이 들어갔다. 뇌물을 바치고 벼슬을 약속받았기 때문이다. 뇌물을 쌓아놓기 위하여 광을 증축하는 대감들도 있다는 소문이 자자했다. 왕은 대전 김승지의 독촉에 닷새 만에 겨우 편전에 들었다. 대신들은 서로 맞대어 자신들의 주장만 펼치며 언쟁을 했다. 대사헌 민정립은 작심을 하고 충언을 했다.

　“전하, 전국에 산재해 있는 정국공신들이 사사로운 감정으로 백성을 호도하고 조정을 흐리게 하니 그들의 관직을 삭탈하여 민심을 가라앉혀야 하옵니다.”

　이에 발끈한 박대종은 당치도 않다며 맞섰다.

"정국공신들은 폐주의 폭정에 항거하여 목숨을 걸고 반정을 일으켜 전하로 하여금 대통을 잇게 했사옵니다. 종묘사직을 반석 위에 올려놓은 우국충정을 잊어서는 아니 되오며, 이는 조정을 분란 시키려는 사특한 무리들의 술수이옵니다."

이 사람 말도 맞고, 저 사람 말도 맞아 엽왕은 골치가 아팠다. 괜히 왕을 한 것 같다는 생각이 들었다. 게다가 내명부의 잡음도 만만치 않다는 소리가 들려 심리가 편치 않았다.

중전 민 씨가 제일 먼저 한 일은 지밀 상궁과 감찰 상궁을 통하여 후궁들의 축재와 친정의 재산을 파악하는 것이었다. 그동안 후궁들은 저마다 중전이라도 된 듯 거드름을 피우고, 공신들의 힘을 얻어 개인적인 부를 축적하고 있었다. 궁의 살림을 담당하는 내수사는 살림살이를 쌓아놓는 것이 아니라 상단과 짜고 오히려 내탕금을 밖으로 빼돌리는 일까지 벌어졌다. 특히 미령은 내수사가 최상단과 거래를 하도록 하여 물건을 사지도 않으면서 산 척하였고, 자금과 물건을 동시에 빼돌렸다. 그 중심에는 내수사 별좌인 박명기가 있었다. 미령은 친부를 그 자리에 앉히고 왕실의 재산을 사사로이 쓰고 있었다.

중전 민 씨는 후궁들을 불러들였다. 그 사이 천 상궁은 감찰 상궁을 대동하고 중전 민 씨의 명으로 미령의 장식방과 분구방을 뒤졌다. 오 상궁과 덕이, 지밀 상궁들이 강하게 막았지만, 감찰 상궁의 집행이라 막지를 못했다.

궁궐 경력이 많은 후궁들은 나이 어린 중전이 상전의 위세로 모두 호출하자 떨떠름한 표정으로 중궁전에 앉았다. 중전 민 씨는 다짜고짜 미령에게 호통을 쳤다.

"네 이년! 양부는 사사로이 뇌물을 받아 탑처럼 쌓고, 친부는 내수사 별좌로 박아놓고 내탕금을 함부로 빼돌려 고리를 놓고, 매점매석까지 하여 치부를 하느냐!"

미령은 갑작스러운 중전의 욕과 호통에 어이가 없어서 따지려 들었다. 아무리 중전이지만 열 살이나 어린 중전이 감히 미령에게 욕을 했다. 같은 지아비를 모시는 입장에서 너무한 처사였다. 중전은 당장 친부를 내수사 별좌직에서 물러나게 하고, 그동안 내탕금으로 치부한 재물을 한 치의 오차도 없이 내탕고에 돌려놓도록 해야만 문제를 삼지 않겠다고 못을 박았다. 미령은 입이 열 개라도 할 말이 없었다. 중전 민 씨는 한 치도 흐트러지지 않고 천 상궁을 불러들였다.

천 상궁은 나인들을 시켜 미령의 함을 죄다 들고 중전 앞에 내려놓았다. 미령은 자신이 아끼는 물건들을 보고 기절할 뻔했다. 중전 민 씨는 '만백성의 모범이 되어야 할 사람이 이 무슨 사치냐'며 호통을 치는 바람에 말 한마디 못했다. 중전이 자두의 꽃신이 들어있는 화각함을 만질 때는 거의 발악을 하며 함을 빼앗았다.

새파랗게 어린 중전의 기선에 당한 미령은 분해서 참을 수가 없었다. 분구합과 장식합도 되돌려 받았다. 유란도 보냈고, 중전 김 씨도 보냈고, 이제 세자만 보내면 복진군 세상이 될 거라는 생각뿐이었는데 독하디 독한 중전 민 씨에게 가로막혀 울화가 치밀었다. 하루빨리 세자를 보내버리고 중전이 회임하기 전에 복진군을 왕세자로 올려야 했다.

향방에서의 최종 심사는 향낭을 만드는 것이다. 자신만의 향을 만들어 향방 나인들에게 심사를 받아야 한다. 심사 결과에 따라 향방 나인으로 올라갈 수 있는 길이 열리는 것을 알기 때문에 모두 초긴장 상태였다.

그동안 단이는 수없이 많은 향과 분구를 만들어 왔었다. 단이의 분구는 이미 저잣거리는 물론 기방과 궁에서도 알려져 있었다. 그러나 단이는 향낭을 잘 만들지는 못했다. 딱히 이유가 있는 것은 아니지만, 알 수 없는 어떤 것이 장애가 된 듯하였다. 단이가 기억하는 향은 엄마의 향이었다. 그러나 헤어진 엄마의 향은 머릿속에서만 남아있고 직접 맡을 수도, 만들 수도 없는 향이 되었다. 그동안 수도 없이 만들어 보았지만, 매번 실패하였다. 승유가 자신의 향낭을 돌려줬을 때 그녀가 그토록 운 이유는 엄마가 그리워서 울기도 한 것이었지만, 실은 향낭의 향을 맡았는데도 더 이상 엄마의 향이 나지 않았기 때문이었다.

그런데 단이는 엊그제 향 재료를 손질하고 다듬다가 어머니의 향을 찾아냈다. 향재 선반 구석에 놓인 약재에서 어머니의 향을 맡았다. 바로 오얏꽃과 함께 넣었던 누릿대와 등골나물이었다. 쌉싸래한 향이라 그 누구도 향낭으로 쓰지 않는 재료였다. 단이는 누릿대와 등골나물 말린 약재 향을 맡는 순간 감격하여 울 뻔했다. 빛바랜 엄마의 향낭에도 그려져 있던 그 그림도 마찬가지였다.

맞아.

어머니의 향낭 그림도 오얏꽃과 누릿대와 등골나물이었어.

   견습 나인들은 각기 금향낭으로 최고의 향낭을 만들기 위해 며칠 전부터 분주했고, 설, 향, 죽 세 사람 모두 향유와 침향 조각을 넣어 최고급 비단으로 만든 금향낭에 오색실로 수를 넣었다. 그러나 단이는 면직물 향낭에 오얏꽃을 그려 넣었다. 설이는 단이의 향낭을 보고 비웃었다. 향이와 죽이도 단이를 걱정하는 눈치였지만 단이는 아랑곳하지 않고 정성껏 세필(가는붓)을 이용하여 꽃과 이파리를 그렸다. 단이의 향낭은 오얏꽃과 등골나물, 누릿대로 채워졌다. 오얏꽃의 그윽한 향과 등골나물과 누릿대의 쌉싸래한 향은 머리를 맑게 하고 우울증을 완화 시키며 흥분을 저하시키는 향이었다. 하지만 사람들은 이런 조합으로 향낭을 만들지는 않았다. 등골나물은 그렇다 쳐도, 누릿대는 누린내가 나고 미세한 독성이 있기 때문이었다.

   어머니는 왜 누릿대를 향낭에 넣었을까?

   왜 독성이 있는 누릿대를 만들었을까?

   상궁들의 심사가 시작되었다. 비빈들의 지밀 상궁과 향방 나인들이 네 사람의 향낭 심사를 했다. 대비전, 중궁전과 후궁전 향방 나인들은 모두 설이의 향낭에 최고 점수를 주었다. 향이와 죽이도 중간 점수를 받았다. 대비전, 중궁전, 희빈 홍 씨 향방 나인들은 각기 설, 향 죽의 향낭을 집어 들었다.

미령의 오 상궁은 단이의 향낭을 집어 들었다. 단이는 긴장했다. 드디어 자신이 만든 향낭이 선택되나보다 했다. 오 상궁은 오얏꽃과 등골나물, 누릿대는 점수조차 줄 수 없는 향낭이라며 향방의 자격이 없노라고 단호하게 지적했다. 선택하는 것이 아니라 나무라는 것이었다. 오 상궁은 향낭을 이리저리 돌려서 보다가 내려놓고는 치마에 쓱쓱 손을 문질렀다. 단이의 향낭은 실패였다. 아무도 선택하지 않자, 단이가 다시 집어 들었다. 단이는 풀이 죽었다. 설이는 승리의 미소를 지었다. 단이는 최종시험에 불합격을 받았다.

빈손으로 돌아온 오 상궁을 보고 미령이 말했다.

"어찌 향낭을 안 가지고 왔느냐?"
"마마, 마음에 드는 향낭이 없었습니다."

오 상궁이 다가오자 미령은 미간을 움직이며 향을 맡았다. 그리고 깜짝 놀랐다.

이 향이 왜 오 상궁에게서 나지?
분명 오얏꽃과 등골나물, 누릿대 향이다.
나만이 알고 있는 이 향이... 왜... 오 상궁에게서 난단 말인가?

"무슨 향이 나는 게냐?"
"잡향이옵니다. 향방에서 오래 머물렀습니다. 향방 아이들이 이것저것 마구잡이로 향재를 섞어 향낭을 만들었는데 그때 묻은 듯합니다."

오 상궁은 얼른 손에 동백기름을 발라 향을 없앴다. 미령은 고개를 끄떡였다. 오 상궁은 미령의 경락 지압을 하기 시작했다.

단이는 퇴궁할 준비를 했다. 보름 만에 향방의 꿈은 사라졌다. 주섬주섬 지승 가방에 짐을 쌌다. 향이와 죽이가 단이의 곁에 앉아 위로를 해줬다. 삼 년 뒤에 또 시험이 있으니 그때 보자 했다. 단이는 밝게 웃으며 괜찮다고 했지만, 눈물이 날 것 같았다. 설이는 팔짱을 끼고 콧방귀까지 뀌며 단이를 비웃었다.

향방 나인이 아무나 되는 건 아니지 하며 호호호 웃었다.

　그때 자선당 장 상궁이 급히 단이를 찾았다. 향방 견습을 하다 말고 수시로 동궁전으로 불려갔던 터라 훈련 상궁이나 향방 사람들은 얼굴이 반반하니 오자마자 세자마마에게 불려가는 것이라며 흉인지, 부러움인지 수군댔었다. 어차피 오늘 퇴궁하니 가서 인사라도 하고 오라고 비아냥거렸다. 장 상궁은 서둘러 단이를 데리고 자선당으로 향했다.

20. 왕세자 살해 음모

찬은 안색이 편치 않은지 서안에 비스듬히 기대어 앉아있었다. 단이를 본 찬은 언제 아팠냐는 듯 환히 웃었다. 찬은 배탈이 나서 어의가 지어준 약을 먹고 있었노라고 말을 하다가 약간의 구토를 했다. 단이는 놀라, 무엇을 드셨냐고 물어보는데, 장 상궁은 수라간과 내의원 안 석이 검수하고 올린 음식이었노라고 말했다. 기미 상궁이 분명 기미도 했기 때문에 음식이 원인은 아닌 듯하다는 것이다. 얼굴에 붉은 반점이 있는 것으로 보아 지난번 그 독초와 유사한 성분이 아닌가 의심했다.

"오늘 중전마마와 왕자들과 다과를 하기로 했는데 이런 얼굴로는 갈 수 없구나. 어찌하면 좋으냐?"

단이는 장 상궁에게 녹차와 감초, 녹두 가루, 수세미 미안수, 산단 가루와 향유, 가느다란 흑연과 면지를 가져다 달라고 말했다. 단이는 찬을 눕히고 편히 쉬게 한 다음, 녹차와 감초, 녹두 가루를 미지근한 물에 풀어 수건에 묻혔다. 수건을 꼭 짜서 찬의 얼굴을 덮었다. 열감을 빼는 것이다. 찬은 아픈 것은 어느새 잊고 단이를 찬찬히 보았다. 단이는 면지에 미안수를 묻혀 찬의 얼굴에 조심스럽게 발라주었다. 눈을 감으시라 했건만 찬은 눈을 동그랗게 뜨고 단이를 바라보는 통에 단이는 찬의 눈을 손으로 내려 감겨주었다. 이내 면지 대신 손으로 직접 얼굴을 두드려주는데 찬의 심장이 콩닥콩닥한다.

이어 조그마한 사기합에 산단 가루를 담고 향유를 넣어 개었다. 금세 살굿빛이 도는 분구 곤약이 만들어졌다. 단이는 이것을 조심히 찬의 얼굴에 발랐다. 얼굴이 조금씩 환해지고 생기가 돌았다. 열꽃도 없어졌다. 단이는 찬에게 일어나 마주 앉게 했다. 서로 얼굴이 닿을 듯했다. 찬의 호흡이 가빠졌다. 단이는 아랑곳하지 않고 찬의 눈썹을 그려주었다. 일자로 힘차게 뻗은 모습이다. 유약했던 모습에서 기개가 넘치고 강하게 보이는 모습으로 바뀌었다.

장 상궁은 입을 오므리고 감탄을 했다. 찬도 자신의 얼굴을 면경으로 보는데, 놀라울 따름이다. 달라졌다. 멋지다. 단이는 비로소 웃었다. 찬이 손수 단이의 이마에 땀을 닦아주자 단이는 흠칫 놀랐다. 찬의 손길이 따뜻했다. 단이는 얼굴이 빨개졌다. 부끄러움을 숨기기 위해 일어서려다 찬의 서창 옆에 놓은 화병을 보았다. 청자 화병 안에 아름다운 금목서가 가득 꽂혀 있었다. 그리움을 상징하는 꽃이었다. 단이가 화병을 한참 바라보자 찬이 말했다.

"내가 좋아하는 꽃이다."
"금목서."
"뜻을 아느냐?"
"그리움…"

단이가 '그리움'이라고 말하자 찬이 미소를 머금고 그녀를 쳐다보았다. 단이는 공연히 부끄러웠다. 그녀는 어색함을 피하기 위해 화병 쪽으로 눈을 돌렸다. 화병은 둥그런 나무 소반 위에 얌전하게 올려져 있었다. 나무 소반 위에는 청람색 백화단 열매가 참으로 아름답게 담겨있었다. 화병을 받치는 소반에 예쁜 자갈을 담아둔 것을 본 적은 있어도 열매가 담겨있는 것은 처음 봤다. 파란빛이 너무나도 아름다웠다. 단이는 한참을 바라보았다. 찬이 가까이 다가왔다.

"백화단 열매다. 청람색이 아름답지 않으냐? 내가 좋아하는 걸 알고 양이가 매번 올린단다."

말을 마치고 찬은 화병 앞으로가 고개를 숙였다. 나무 소반을 만지면서 청람색 열매 몇 알을 집어 단이에게 보여줬다. 단이는 백화단 열매를 보다가 나무 소반에 눈이 갔다. 화병을 바닥에 내려놓고 소반을 들어 이리저리 살폈다. 벌레 구멍 하나 없이 매끈하고 단단한 결로 보아 소반도 백화단 나무였다.

아, 이런! 이거였구나!

단이가 놀라 말을 안 하고 가만히 있자, 찬이 의아하게 바라보았다. 단이는 앞머리를 쓸어 올리며 말했다.

"저하, 이것이 원인입니다. 백화단 나무 때문이었습니다."
"무슨 말인 게냐? 백화단 나무 때문이라니?"
"백화단 나무는 독성이 강해서 어떤 벌레도 접근하지 못 합니다. 이 소반에 벌레 구멍 하나 없는 것도 그 때문입니다. 특히 피부와 접촉해서는 절대로 안 됩니다. 저하의 피부 열꽃과 발진은 백화단 독성 때문입니다."

"백화단... 독... 성?"

찬은 알아서는 안 될 것을 안 듯 입가가 미세하게 떨렸다. 세자가 장 상궁과 함께 중궁전으로 떠나면서 단이에게 당부했다. 일단, 함구하고 있으라고.

단이가 분구를 정리하고 막 자선당을 떠나려 할 때 마침 승유와 석이가 자선당으로 오고 있었다. 단이는 조금 전에 있던 일을 상세히 말했다. 그동안의 일들이 모두 양이의 소행이었단 말인가? 양이는 덕안전에 있다가 자선당으로 옮겨온 궁녀였다. 틀림없이 미령이 심어놓은 궁녀일 것이었다. 최근에 양이가 미령의 덕안전을 자주 들락거린다는 영추의 말에 승유와 석이는 덕안전으로 향했다.

덕안전 일각문을 막 빠져나가던 양이는 승유와 석이를 보고 화들짝 놀랐다. 그들의 뒤에는 감찰 상궁도 무서운 얼굴로 버티고 있었다.

미령은 복진군에게 '세자는 얼굴에 열꽃이 펴서 오지 못하거나, 오더라도 볼품없는 얼굴일 것'이라며 의미심장하게 웃었다. 중궁전에는 미령, 희빈 홍 씨, 창빈 안 씨의 소생과 복진군이 함께 다과상 앞에 앉았다. 세자가 왜 오지 않는 것이냐는 중전 민 씨의 말에 건강이 안 좋으신 것 같다는 미령의 답이 끝나자마자, 찬이 들어왔다. 평소의 모습이 아닌 남자다운 모습에 대담한 표정의 찬이었다. 그늘진 얼굴이 아니라 생기가 돌았다. 모든 사람이 화들짝 놀랐다. 특히 미령은 들고 있던 찻잔을 놓칠 뻔했다. 중전 민 씨는 세자를 치켜세우며 위엄 있게 한마디 했다.

"모두 세자에게 예를 갖추어 큰절을 하라."

지엄하신 왕세자이니 항상 존경하고 우러러보라는 것이다. 미령과 복진군은 기분이 상해서 부르르 떨었다. 모든 이들이 찬에게 큰절을 했다. 찬은 위엄있는 자세로 절을 받았다. 그동안 알고 있었던 유약한 세자가 아니었다. 얼굴 단장에서 자신감이 나온다는 걸 찬도 알고, 그들도 알게 되었다.

"그동안 승하하신 중전마마께서 미령하셨던 탓에 세자가 빈을 맞이할 겨를도 없었다. 세자 책봉례를 거행한 지 오래되었다.

이제 조정도 안정이 되고 내명부도 흔들리지 않고, 무엇보다도 세자를 위해주고 힘이 되어줄 빈을 맞이해야 한다. 이미 대비마마와 주상전하의 윤허를 받았다.”

모두 놀랐다. 그중 제일 놀란 사람은 찬이었다. 그동안 수도 없이 세자빈 문제가 거론되었으나 건강하지 않은 몸이라 찬이 스스로 미뤘었다. 물론 누구 하나 발 빠르게 추진하는 사람도 없었다. 이유는 단 하나, 찬이 왕이 되라는 법이 없었기 때문에, 혹여 세자로 인해 피해가 올까 두려워 대신들은 자신들의 여식을 세자빈으로 내놓기를 꺼렸었다.

“또 한 가지, 장성한 대군들은 하루바삐 혼례를 치러 사가로 나가도록 할 것이야. 특히 복진군은 내달 중순 전에 혼례를 하도록 하거라.”

미령은 깜짝 놀라 손에 들고 있던 찻잔을 겨우 내려놓았다. 입이 미세하게 떨렸다. 복진은 고개를 푹 숙였다. 미령이 흥분한 목소리로 말을 했다.

“아니 되옵니다. 이제 겨우 열두 살이옵니다. 아직 궁중의 법도도 덜 익혔고 전하의 명으로 조강, 석강에 참여하며 한창 학문을 익히고 있는 어린아이입니다."

"말 잘했소. 듣자 하니 시강원 빈객(시강원스승 정이품)에게 복진군의 글공부를 맡아 달라 했다던데, 시강원은 왕세자들만이 교육을 받을 수 있는 곳이거늘. 허면, 복진군에게 왕재를 갈고 닦아, 후일 군주의 덕을 밝혀 줄 공부를 가르쳐 달라는 것이었느냐?"

"그... 그건 서책을 좋아하는 복진군에게 성현들의 말씀을 듣고 수양하라는 뜻이었습니다."

"수양? 열이면 열, 모두 역심을 우려하오. 역심!"

"어마마마, 가당치도 않습니다. 소자, 내일부터라도 당장 서책 읽는 것을 중지하겠사옵니다. 역심이란 말을 거두어 주십시오."

복진은 머리가 바닥에 닿도록 엎드려 말했다.
미령도 발끈했다.

"역심이라니요? 가당키나 합니까? 궁의 어른이 함부로 입에 올려서는 아니 되는 말을 올리시다니, 이것이야말로 마마의 저의가 의심스럽사옵니다."

미령의 말에 중전은 헛기침했다. 그리고 한풀 누그러진 말투로 말했다.

"복진, 성빈, 세상에 적서의 구별이 엄연한데, 일개 후궁전 소생의 대군에게 왕세자 공부라니! 자중하라는 말이었소. 그리고 혼례는 중궁전에서 알아보겠소."

"마마, 아직 세자마마도 혼례 전이시고, 옹주마마도 혼례 전이신데 어찌 복진이 먼저 가겠습니까?"

"그러니 먼저 가라는 것 아니오? 위에서 안 가고 있으니 밑에서라도 가라는 것이오."

"아닙니다. 민가에서도 역혼은 불가인데, 어찌 왕가에서 역혼을 한단 말입니까? 상것들도 그리는 아니합니다."

조용히 듣고 있던 찬이 미령과 복진을 바라보았다. 두 사람이 매우 불안해 보였다. 찬이 중전에게 말을 했다.

"어마마마, 성빈 어머님 말씀이 맞는 듯하옵니다. 제가 못나서 그런 것이옵니다. 아우의 혼례는 소자의 뒤로 미루어 주십시오."

"흐음, 그럼 주상전하와 의논을 해 보겠소."

덕안전으로 돌아온 미령은 머리꽂이를 뽑아 바닥에 내던졌다. 복진의 혼례를 왜 중전이 결정하는 것인지 화가 머리끝까지 올랐다. 세자 덕분에 복진의 혼례는 아직 시기상조라 미뤄지긴 했으나, 중전이란 것이, 왜, 왜, 다 된 밥에 재를 뿌리냔 말이다.

오 상궁이 오얏꽃 차를 대령하였다. 어떤 나쁜 일이 있어도 오얏꽃 차를 마시면 금세 가라앉는 미령이었다. 오 상궁이 찻잔을 미령 앞에 내려놓자마자 미령은 찻잔을 밀어버렸다. 뜨거운 차가 바닥에 쏟아지면서 쨍그랑 컵이 깨졌다.

"자선당에 가서 당장 양이를 데려와라!"
"저... 마마..."

오 상궁이 망설이자 미령이 눈을 부릅뜨고 오 상궁을 쳐다보았다. 저 말투는 안 좋은 일이 생겼을 때 하는 망설임이었다. 미령이 고개를 빼고 다시 오 상궁을 바라보았다.

"... 조금 전에 사헌부 민승유 나리가 감찰 상궁을 대동하여 양이를 잡아갔습니다."
"뭐... 뭐라고?"

그동안 양이는 미령의 첩자 노릇을 톡톡히 해냈다. 영리하고 손도 빨라 어떤 일을 시켜도 확실히 해냈다. 그런데 이번 일은 걸린 것인가? 아닐 게다, 절대 알 리가 없다. 의원들은 물론 향방 나인들도 백화단 나무의 독성은 알 리가 없다. 그런데 잡혀갔다? 미령은 조바심이 나서 견딜 수가 없었다.

감찰 상궁은 색장 궁녀와 방자와 함께 양이를 신문하였다.

"세자마마께서 백화단 열매를 좋아하셔서 나무 소반을 바쳤고, 청람색 열매도 좋아하셔서 충심으로 바친 것뿐입니다. 나에게 상을 주지는 못할망정 이 무슨 일입니까? 내가 잘못한 일이 대체 무엇입니까?"

양이는 억울함을 호소하였다. 감찰 상궁이 말했다.

"이건 단순한 일이 아니야. 이 일은 역모다. 이것이 역모로 밝혀질 시엔 병중인 너의 아비는 물론, 포졸로 있는 너의 동생, 역관이 되겠다고 사역원 가숙장에서 중국어 배우는 어린 동생 두 명까지 모두 몰살당할 것이다. 배후를 말하라. 너 혼자 한 일은 아닐 것이고."

"역모라니요? 세자마마께서 좋아하시는 꽃을 꽂아드린 것이 잘못이면, 꽃꽂이한 궁녀는 모두 역모입니까?"

미령이 그랬다.
어떤 일이건 네가 들킬 시엔 너 혼자 한 일인 것이다.
만약, 허튼 짓 할 시엔 너의 가족은 몰살이다.
너 혼자 안고 가면 너의 가족은 충분히 뒤를 봐주겠다.

승유와 영추가 들어왔다. 영추가 감찰 상궁에게 자리를 비워 달라 하자 모두 나갔다.

"단도직입적으로 묻겠다. 덕안전에서 시킨 것이더냐?"
"아닙니다. 저는 오로지 세자마마가 좋아하시는 꽃이라 꽂아 드렸을 뿐입니다. 열매도 좋아하셔서 같이 담아드린 것뿐입니다. 전 백화단 나무에 독성이 있는 줄은 정말 몰랐습니다."
"백화단에 독성이 있다? 누구도 너에게 백화단 독성에 대해서 말한 적이 없는데 무슨 말이냐?

양이는 아차 싶었다.
"아... 아... 그, 그게 아니고요. 혼자 생각한 거... 혼자 생각한 겁니다."

영추는 감찰 상궁을 불렀다. 바른말 할 때까지 더 조사하라 했다. 해거름에 시작한 고문은 그믐달이 숨을 때까지 계속되었다. 감찰 상궁은 고문에 기절한 양이를 옥에 가두었다. 한밤중에 양이는 눈을 떴다. 그런데 눈이 안 떠졌다. 얼마나 맞았는지 눈이 터진 것이다. 이제 끝이구나. 다행히도 손은 안 묶여있었다. 컴컴한 옥사 안에서 양이는 저고리 앞섶을 이빨로 찢었다. 저고리에 피가 묻어났다. 앞섶을 뒤집자 작은 알갱이를 담은 주머니가 나왔다. 양이는 주머니를 털어 손바닥에 알갱이를 쏟았다. 찬을 죽이기 위해 가지고 다니던 부자환이었다. 양이는 망설임 없이 입안에 털어 넣었다. 아주 잠시 양이 눈에서 눈물이 흘렀다. 눈물이 채 입가까지 흘러내리기 전에 입에서 피가 꾸역꾸역 쏟아져 나왔다.

"누가 우리 세자 단장을 해준 것이더냐? 천 상궁이더냐? 하상궁이더냐?"

대비는 염주 알을 굴리며 찬에게 부드럽게 말했다. 언제나 유약한 모습의 찬이었는데 당당히 어깨를 펴고 표정마저 자신감 넘쳐 보이니 대비도 흐뭇했다. 찬은 웃고만 있었다.

"향방 아이입니다."
"향방 아이? 누구?"
"이번에 잡과를 거쳐 들어온 견습 아이이옵니다. 단이라 하옵니다."

찬이 웃으며 답을 않자, 양 상궁이 밝은 모습으로 말했다.

"견습 아이라? 이런 솜씨가 있는 아이가 왔단 말이더냐? 세자의 모습을 이토록 훌륭하게 바꿔주는 솜씨라면 얼굴 좀 보고 싶구나. 데려오너라."

궁궐의 향방 나인 단장은 왕실의 얼굴도 바꿔주고, 마음가짐도 다르게 바꿔주는 힘이 있다는 걸, 대비는 알고도 남았다. 이미 이승을 떠난 궁말의 정 상궁이 단이란 아이처럼 단장했었다. 열네 살, 아무것도 모르는 대비가 막 세자빈이 되었을 때였다. 다섯 명의 후궁들이 어린 세자빈을 무시하고 또 얕잡아 보았다.

있는 자리에서 대놓고 대비의 아비뿐 아니라 윤 씨 집안을 싸잡아 흉을 보았다. 비빈들이 모인 자리에 가는 것은 너무나 무서운 일이었다. 어린 세자빈이 울고 있을 때 정 상궁, 아니 정 나인이 들어왔다.

"마마, 소신에게 마마의 단장을 허해주십시오."

세자빈이 울음을 그치자 정 상궁이 단장을 시작했다. 사실 어떤 모습으로 단장을 해줬는지 기억이 가물가물하다. 단장을 마치고 비빈들의 자리에 갔다. 열린 문으로 세자빈이 들어섰을 때, 모두 눈을 동그랗게 뜨고 입을 벌렸던 것 같다.

정 상궁이 그랬다.

좌중이 조용해질 때까지 아무 말씀 하지 마십시오. 좌중을 그냥 둘러보십시오.
낮은 목소리로 힘있게 말씀하십시오, 머뭇거리지 마십시오.
겁먹지 마시고 당당하게 말씀하십시오.
마마께서는 중전마마, 대비마마가 되실 분이십니다.
마마의 단장이, 마마를 지켜주실 것입니다.

마마의 단장이 마마를 지켜 줄 것입니다. 그 말 만은 수십 년이 지난 지금도 또렷하게 기억에 남았다. 대비에게 정 상궁이 해준 단장은 강한 기운을 불러일으키는 단장이었다. 모든 향방 나인들이 부드럽게, 연하게, 한 듯 안 한 듯, 연한 담장법(흐리게 하는 화장)을 좋아했었다. 그때 정 상궁은 강한 선과 진한 색으로 유약했던 대비에게 자신감 넘치는 힘을 불어넣어 주었다. 세자를 보자 수십 년 전 일이 떠올라 빙그레 웃었다.

대비 앞에서 무릎을 꿇고 이야기하던 단이 입에서 궁말 정 상궁이란 말이 나오자 대비는 깜짝 놀랐다. 혹시 누구에게 배운 적이 있느냐는 물음에 궁말의 정 상궁 할머니란 말이 나왔다.

"궁말의 정 상궁?"
"어찌 그곳에 살았더냐?"
"아주 잠깐 머물렀었습니다."

순간 대비는 현판에 낙서하던 어린 여자아이가 떠올랐다. 그 아이로구나. 정 상궁에게 나는 또 은혜를 입는구나, 생각했다. 단이는 거짓말을 할 수가 없었다. 유란 대행수가 절대로 말해서는 안 된다 했는데, 감히 대비마마의 명이라 거짓을 고할 수가 없었다. 대비는 기분 좋게 웃으며 세자를 잘 보필하라 했다. 알겠나이다 고하고 향방으로 돌아오는 길이 한편으로는 신이 났고, 한편으로는 알 수 없는 불안감으로 두려웠다.

미령은 양이의 자결 소식을 듣고 안도의 한숨을 내쉬었다. 양이의 죽음으로 해결되었으니 다행이었다. 혹시 양이의 짐을 뒤질 수도 있으니 미령이 내린 옥팔찌와 은덩이를 찾아오라 했다. 하지만 이미 값나가는 물건은 사가에 모두 내보낸 후였다. 미령은 양이의 집에 가서 자신의 물건을 어떻게 해서든 찾아오라 했다. 만약 여의치 않으면 불을 지르라 명했다. 그날 밤 양이의 집은 불길에 휩싸였고, 병중이던 아비는 불타 죽었다.

21. 담설의 죽음과 박 씨의 실종

박대종은 자두를 찾아 죽이는 자에게 상금을 내리겠다고 암묵적으로 공표하고 다녔다. 박대종은 자두가 살아있음을 확신하고 담설에게 이야기를 해준 사람이 누구인지 찾고 다닌다는 소문이 무사들 사이에 비밀처럼 퍼졌다. 무사들은 돈을 벌기 위해 혈안이 되었다. 이미 시전 사람들은 <흥청과 매분구>라는 소설을 돌려가며 읽었다. 책은 저잣거리에서 최고의 소설이 되었고, 사당패들은 이야기를 극으로 만들어 흥행에 재미를 보고 있었다. 나라님이 미색에 홀려있으니, 나랏일이나 제대로 하겠냐며 뒷말도 많았다.

대비 윤 씨도 이 책을 손에 넣었다. 이미 흥청이 사라진 터라

진짜라고 믿지는 않았지만 신경이 쓰였다. 유란은 책 제목이 <흥청과 향방 나인>이 아님이 다행이라 생각했다. 만약 <흥청과 향방 나인>이라면 궁궐이라는 좁은 망을 피해가기 어렵다고 생각했다.

다행이다.

단이가 입궁한 것은 정말 잘한 일이다. 아니면 진즉 박대종의 손에 죽었을 것이다. 그러면 십이 년 동안 벼른 일이 물거품이 되고 말 것이다. 유란은 경복궁 쪽을 향하여 고개를 끄떡이며 주먹을 쥐었다. 이제 단이에게 달렸다.

"와! 이렇게만 팔리면 우린 금방 부자 되겠구먼."

담설이 엽전을 세며 호탕하게 웃었다. 박 씨도 엽전을 흔들며 좋아했지만, 얼굴엔 그늘이 졌다. 담설이 쓴 소설이 사실이면 어쩌나... 자두는 죽은 건지 살았는지 모르는데 소설은 사실인 듯 잘 팔리는 게 문제였다. 미령이 자두가 살았는지 죽었는지 알아봐 달라 했는데 박 씨는 알아볼 수도 없었다. 자두가 죽었는지 살았는지 박 씨라고 알까? 모르는 일이었다. 미령에겐 자두가 죽은 것이 좋을까? 아니면 살아있는 것이 좋을까? 만약 나라면 어떨까 생각하니 박 씨는 골치가 아팠다.

"임자, 임자는 안 좋아? 내가 돈을 이렇게 벌었는데, 왜 낯빛이 똥 씹은 표정이여?"

박 씨는 담설에게 사실대로 털어놓았다. 미령의 이야기와 자두 이야기, 그리고 미령을 만난 이야기까지 다 털어놨다. 이제 속이 시원해졌다. 담설은 껄껄 웃었다. 자신의 예지력이 바로 최고의 소설가라는 증명이었다며 속편이라도 쓸까 말했다. 담설이 속 편한 소리를 하자 박 씨는 담설에게 물었다.

"그럼 말여, 당신이라면 자두가 살아있으면 좋겠어? 죽었으면 좋겠어?"
"아, 당연히 죽어야 좋지."

자두는 당연히 죽어야 한다고 말했다. 바닥 생활하던 여자가 궁으로 들어와, 대비가 될 수도 있는데 갑자기 자신이 버린 딸이 나타나면? 인생 끝! 그동안 쌓아온 탑이 무너지는 것이라

했다. 자두의 인생은 딱 네 살까지고, 그 후론 미령의 인생이라
는 것이다.

"까짓 꺼, 뭘 걱정하는 겨? 그냥 죽었다 해. 죽었을 거여. 만약
살아있으면 그 여자가 자두란 아이를 죽일 껄?"

담설이 자루에 엽전을 담으며 진지하게 말했다.

"근데 당신한테 이야기해 준 사람도 잡아 족친다는데? 내가
걸리면 우짜지?"
"이 사람아, 그건 순전히 나의 창작여. 뻘소리 말고 술상이나
차려. 괴기 좀 댓칼 끊어와. 모처럼 남의 살 좀 먹어보세."

간단하고 쉬운 일이구먼.
그래. 자두는 죽은 겨. 암 죽었고말고...
그럼 끝난 거지 뭐...

박 씨는 모처럼 푸줏간에 가서 소고기를 샀다. 푸줏간 주인
은 서방 하나는 잘 얻었다고 입에 침이 마르도록 칭찬을 했다.
입담 좋고 글솜씨 좋은 서방 덕에 임금님이나 드시는 소고기를

사 들고 가는 박 씨의 발걸음이 가벼웠다. 내일 미령을 찾아가서 자두는 죽은 것이 확실하다고 전해야겠다고 생각하니 십 년 묵은 체증이 내려간 것같이 속이 시원했다.

박 씨가 막 대문을 들어서는데 검은 그림자가 담을 너머 휙 사라졌다. 닭장에 닭들이 푸드덕 날갯짓했다. 화들짝 놀란 박 씨는 담장을 쳐다보고 얼른 마루로 올라섰다. 열린 문 사이로 붉은 피가 보였다. 으악! 소리를 내며 박 씨는 안으로 튀어 들어갔다. 담설이 신음을 내며 죽어가고 있었다. 박 씨가 비명을 지르며 담설을 잡고 흔들었다.

"여보! 여보! 왜 이래, 왜 이래, 여보 여보!!"

박 씨는 정신 나간 사람처럼 소리를 질렀다. 바닥에 떨어진 소고기 덩어리에도 피가 스며들고 있었다.

살인 사건이 났다. 지난번 애정 공세 하는 방법을 알려준 전기수가 살해당했다는 것이다. 한창 잘 팔리는 <흥청과 매분구>의

작가인데 칼로 급소를 맞았다. 돈주머니에 가득 담긴 엽전은 그대로였다 하니, 금전이 목적이 아니라 원한인 것 같다 했다.

승유는 영추와 함께 포도청에서 나오고 있었다. 원한을 산 일도 없고, 누구한테 죄지은 일도 없는 사람이라는데... 수장 수모 박 씨는 승유가 익히 아는 사람인지라 마음이 아팠다. 박 씨를 찾아 종각상단 쪽으로 가고 있을 때 영추가 말했다.

"나리, 시전 거리에서 박대종이 자두란 아이를 찾아서 죽이면 상금을 내린다는데요? 몰래 지시한 일이기는 하지만 소인 귀에는 다 들어옵니다요."

승유는 가다가 걸음을 멈추고 놀란 얼굴로 영추를 바라보았다.

"나리, 자두라면, 단이를 말하는 거 아닌가요? 지난번에 자두는 죽은 아이다, 그랬잖아요?"

박대종 대감이?
박대종 대감이 왜 자두를 죽이지?

승유는 도대체 알 수가 없었다. 아니 알 것도 같았다.

단이가 그랬다. 자신은 자두로 살아서도 안 되고, 살기 위해 궁으로 들어간다고. 그럼 궁 밖에 있으면 살해당할 수도 있다는 말 아닌가? 단이를 보호해야 하는 것은 당연하지만 대체 왜 박대종 대감이 자두를 찾아 죽이려 하는 것인가? 대체 자두, 아니 단이는 어떤 비밀을 가지고 있는 것일까?

승유가 박 씨를 만났다. 담설의 죽음에 대해서 짚이는 것이 있냐 물었다. 그녀는 승유의 물음에 자신은 아는 것이 없노라 했다. 서방이 죽었는데 내가 알 게 뭐냐고 소리 내어 울었다. 승유가 돌아가자 박 씨는 하늘이 무너지는 것 같았다. 매분구로 일하느라 혼기를 놓친 자신을 거두어줬다. 돈이야 박 씨가 더 많았다. 하지만 혼자 나이 들어가는 것이 무서웠다. 혼자 밥 먹는 것도, 혼자 자는 것도, 어쩌다 몸이 아파 앓아누울 때는 더욱더 외롭고 무서웠다. 그때 담설이 나타났다. 담설의 얼굴엔 살쾡이에게 긁힌 자국이 세 줄이나 있었다. 흉터만 아니면 참 잘생긴 얼굴이었다. 담설이 책을 다 팔고 돌아갈 즈음에 박 씨가 말했다.

"거 흉터 없애줄까나?"

"내 훈장이요, 왜 박 씨가 없앤다는 거요?"

"뭐... 그냥 물어봤어요."

박 씨는 머쓱해서 돌아섰다, 그때 담설이 박 씨를 붙잡았다.

"하늘 천하고 장을 놨으면, 따지 하고 멍이라도 둬야 할 거 아니요? 나 맘에 드쇼?"

"하... 하이고 벨소릴 다하네."

박 씨가 엉덩이를 돌리며 막 돌아설 때였다.

"합칩시다!"

합칩시다? 박 씨가 놀라 돌아봤다.

"난 부자는 아니오만, 부자라고 삼시 세끼 괴기 반찬만 먹고 참깨가 쏟아지는 줄 아쇼? 내 약조하리라. 임자가 닭괴기 먹을 때 내가 닭 뼈는 완벽하게 발라줄 수 있소."

두 사람은 닭 한 마리 삶고 막걸리 받아놓고 밤새 주거니

받거니 했다. 정말 담설은 탈골의 귀재였다. 닭 뼈 발라주느라 날 새는 것도 몰랐다. 둘은 그날 첫날밤을 치렀다. 나이 오십에 남정네를 만나 정말 행복했다. 담설 닮은 아이 하나만 낳으면 딱 좋으련만 달거리가 끊어진 지는 십 년이 넘었다. 뭐 애새끼 있어 봐야 속만 썩이지, 서방인지 남방인지 저 인간만 보고 잘 살아야지 했다. 그런 담설이 죽은 것이다. 유란은 오늘은 집에 가지 말고 상단에서 자라 했지만, 그것은 담설에 대한 예의가 아닌 듯했다. 함께 지낸 곳에서 인사라도 해야 할 것 같았다. 담설이 언제나 책을 읽어주던 자리를 막 지나갈 때였다. 검은 복면을 한 남자 둘이 박 씨를 낚아챘다. 아주 짧은 시간이었다.

참으로 이상한 죽음이다. 원한도 아니고 금전도 아니면 대체 뭐란 말인가?

승유는 사헌부에 돌아와 일지를 쓰고 있는데 왕께서 부르신다는 전언을 받고 일어섰다. 엽왕은 이영의 혼례를 위해 민정립과 승유를 불렀다. 때마침 이성곤이 독대를 하고 일어서려는 참이었다. 엽왕은 이성곤에게도 나가지 말고 있으라 했다.

"옹주의 혼례를 더 미룰 수 없다. 옹주의 나이 16세이다. 혼례를 하지 않으면 바로 출궁인지라 바로 혼례를 해야 한다. 민 감찰을 부마로 내릴 터이니 받아들여라. 아쉬운 것은 민 감찰이 옹주와 혼인을 하면 조정의 일에서 손을 떼야 하느니, 과인도 마음에 걸리긴 하다만, 전례대로 하는 것이니 염두에 두지 말아라."

승유의 사양에는 더 이상 명분이 없었다. 단이는 이미 궁녀가 되었다. 궁의 여자는 임금의 여자다. 승유가 눈을 질끈 감았다. 왕은 이어 말했다. 줄줄이 궁의 혼례가 있을 것이라 먼저 이영부터 해야 한다는 것이다. 줄줄이 혼례라면? 누가 또 혼례를 한다는 것인가? 찬? 아니면 복진군? 아니면 자잉군? 모르겠다.

그때 이성곤이 말했다.

"전하, 민 감찰이 의빈(왕의 부마)이 된다 하여도 하던 책무와 소임은 계속할 수 있사옵니다."

"어찌 가능하느냐? 부마는 관직에 나올 수 없고 정해진 것인데?"

"아니옵니다. 전하. 부마는 관직에 나올 수 없다 하지만, 뛰어난 인재는 의빈으로 가둬서는 안 된다고 경국대전에 나와 있습니다. 민 감찰은 간세지재(間世之材)[20]이니 절대 의빈으로만 두지 않고 소임을 하도록 윤허해 주신다면, 민 감찰도 혼인을 할 것으로 사료 되옵니다."

"대사헌 생각은 어떠하오?"

민정립은 고개를 깊이 숙이며 말했다.

"성은이 망극하옵니다."

"그럼 혼례 날을 잡으시오."

잠자코 있던 승유가 조심스럽게 입을 열었다.

"전하, 소신이 지금 세 가지 사건을 조사하고 있습니다. 모두 연계된 사건인 듯하옵니다. 청컨대, 이 사건을 해결하고 난 뒤 혼례를 할 수 있도록 윤허하여주시옵소서."

"무슨 사건인 것이냐?"

"아직 조사 중인 사건입니다. 마무리한 다음에 진상을 올리 겠사옵니다."

"흐음. 좋다. 그리 알겠다."

---

20) 간세지재: 여러 세대를 통하여 드물게 나타나는 뛰어난 인재

"단이는 약재고와 분구고, 향재고를 정리하고, 향이는 처방 기록부를 옮겨 정리한다. 죽이는 수라간으로 내간 약재를 모두 정리하여 제출한다. 설이는 날 따라오너라. 향유를 내릴 참이다."

호랑이 한 상궁이 명을 내렸다.

찬의 명으로 단이는 출궁을 당하지 않았다. 다행이다. 일이 많으면 더 좋은 것이다. 더 많이 배우고, 더 많은 향재를, 더 많은 분구재를 만질 수 있으니 단이로서는 더할 나위가 없었다. 단이의 일이 제일 많다고 동무들이 언제 다 하냐며 걱정해 주었다. 하지만 단이는 기분이 날아갈 것 같았다. 드디어 정 상궁 할머니처럼 향방에서 일하게 되었는데 문제 될 것이 없었다. 향방 나인으로 당당히 직무를 수행하고 있는 자신이 대견했다. 정 상궁 할머니도 하늘에서 분명 좋아하실 것이다.

약재고에는 자신이 익히 아는 약재도 있었고, 처음 보는 약재도 수두룩했다. 향재와 분구재는 바라만 봐도 기분이 좋았다.

그동안 상단에서 다양한 향재로 향낭도 만들고 찜 주머니도 만들어 봤지만, 향방의 재료와는 비교도 안 되었다. 향재마다 이름이 쓰여 있었다. 철관음, 벽라춘, 투기향, 불수감, 미질향, 송백향, 단향... 단이는 하나씩 읽어가며 적어 내려갔다. 이름도 처음 들어보는 향재였다. 이것을 이용하여 어떤 향재를 만들 수 있을까 생각하니 몸이 구름 위로 뜨는 것 같이 신이 났다.

분구재는 말할 것도 없었다. 들판에서 나는 천연재료는 모르는 것이 없었는데 색깔이며 부드럽기며, 곱기 정도는 상상을 초월할 정도로 최고급이었다. 산단 가루로 붉은 분색을 만들어 봤지만, 백합의 수술 가루로 분을 만들 수 있다니 놀라울 따름이었다. 왕의 여인들만 쓴다는 진주 가루는 명나라에서 본 적은 있지만, 이곳에서 볼 줄은 몰랐다. 이 모든 재료를 이용하여 분구를 만들 생각을 하니 눈물이 날 정도였다. 특히 눈썹을 그리는 미묵을 손바닥에 쓱 문질러보니 자신이 굴참나무로 만들었던 숯과는 질이 달랐다. 진하지도 연하지도 않은 것이 눈썹과 잘 어울리는 색이었다. 버드나무 재를 향유에 개어서 만든 것이었다. 나무 재를 개서 만드는 것은 생각도 못 해봤다. 수세미로만 만들었던 미안수는 익모초와 동과인으로 만들어 더 미끈하게 발리는 정도가 좋았다. 얼른 견습을 끝내고 하루빨리 분구 제조를 할 수 있기를 바랐다.

　분구 종류를 정리하는데 사람들이 모여 있는 곳에 눈이 갔다. 한 상궁이 향유를 만들고 있었다. 단이는 향유 만드는 것이 궁금했다. 그녀도 향유를 만든 적이 있었다. 꽃잎을 기름에 절여두었다가 찧어서 만들었는데 만들기는 편했지만 오래 저장하기가 힘들었다. 그런데 한 상궁은 찜기로 향유를 만들었다. 생화를 찜기에 올려두고 쪄서 증기를 쐬면 생화의 기름기가 수증기와 섞여 도기에 떨어지면서 식었다. 식은 꽃물을 가만히 두면 꽃수는 아래로 가라앉고, 향유는 위로 떠올랐다. 꽃 추출액으로 향유를 만드는 법은 정말 기가 막혔다. 그동안 자신이 만든 향유는 부끄러울 정도였다.

　한 상궁은 비빈들 궁의 향로에 넣을 향재를 나눠 주었다. 단이가 향재를 들고 영빈 안 씨가 계신 선락재를 막 들어설 때였다. 영추가 불쑥 나타나 단이를 잡아끌고 사헌부 밀실로 데려왔다. 그곳에서 승유가 서성이고 있었다. 승유를 가까이서 이렇게 만난 것은 달포 반 만이었다. 반가워서 울컥했다. 영추는 승유에게 어서 안아주라고 손으로 재촉했다. 단이는 영추의 행동에 웃음이 나왔다. 승유는 겸연쩍게 웃었다. 영추는 단이에게 궁 생활이 어떠냐고 물었다. 재미있고 신난다고 말하면서 승유 얼굴을 슬쩍 보았다. 승유 얼굴이 어두웠다. 단이가 웃음을 멈추고 승유와 영추를 번갈아 보았다. 무슨 일이 있는 건가?

"수모 수장님이 사라졌어. 담설 아저씨는 돌아가시고..."
"뭐라고?"

어떻게 선락재를 들렀다가 나왔는지 기억도 안 난다. 누군가가 뒤에서 부른 것도 같고, 인사를 안 하고 간다고 나무란 것 같기도 했지만, 정신이 없었다. 선락재에서 향재를 전달해주고 인장을 받아왔느냐고 누군가 물었을 때도 멍하니 있었다. 향이가 단이의 등짝을 탁 칠 때 비로소 정신이 들었다.

박대종이 너를 찾는 것과 관련이 있는 것이냐고 승유가 물었다.

담설 아저씨의 죽음과 수모 수장의 실종이 나와 관계가 있다고?

왜? 왜? 나는 모른다.

결단코 모른다.

박대종이란 사람도 누군지 모른다.

그런데 좌상대감이랬다.

아무리 생각을 해도 모르겠다.

유란 대행수님이 한 말은 '너를 살리기 위해서는 궁으로 들어가야 한다'는 것이었다. 그게 전부이다.

그런데 그들이 나 때문에 죽고, 나 때문에 실종되었다고?

왜? 대체 왜?

단이는 아무 일도 손에 잡히지 않았다. 승유가 조사하고 있다 했으니 지켜볼 일이다. 하지만 무엇인가 미진하고 막힌 것 같이 기분이 나빠졌다.

향방 마당 한가운데 둥근 멍석 바구니 안에는 마른 약초가 가득했다. 한 상궁은 단이에게 바구니 하나하나 짚으며 무슨 약초인지 말하라 했다. 마른 약초를 구분하기란 쉽지 않았다. 단이는 바구니 안을 찬찬히 살폈다. 고개를 끄떡이며 바구니 앞을 지나면서 하나하나 말했다.

"엉겅퀴, 천문동, 비수리, 질경이, 꽃무릇, 초석잠, 구절초, 쇠무릎, 어성초, 원추리, 곰취..."

갑자기 한 상궁은 손을 들어 단이의 말을 멈추게 했다. 모든 상궁과 나인들이 단이를 보았다.

"다시 보거라, 원추리와 곰취 맞느냐?"
"네 원추리와 곰취입니다."

한 상궁이 단이를 노려보다가 설이 앞으로 갔다.

"설이가 말해 보거라,"
"여로와 동의나물입니다. 여로는 원추리와 비슷하고, 동의나물은 곰취와 비슷하지만 독초입니다."

단이는 아차 싶었다. 정신이 나가 있는 상태라 독초와 약초를 구별하지 못하다니. 단이는 두 손으로 머리를 쥐고 눈을 질끈 감았다.

"죄... 죄송합니다. 마마님."

"죄송하다고 말하기 전에 네년은 벌써 사람을 해친 것이야. 네 이년, 향방이 만만하더냐? 너같이 얕은 지식으로 약재를 다뤘다가는 여럿 죽일 년이로구나. 넌 지금부터 약재방에 있는 약재를 새 주머니에 이름을 써서 모두 옮겨 담아라. 향재 방에 있는 향재 또한 마찬가지다. 알았느냐?"

단이는 입을 벌려 할 말을 잃었다.

"마마님, 그... 그것을 어찌 제 혼자..."
"마마, 약재 주머니와 향재 주머니 다 합하면 오백 개가 넘사옵니다. 단이 혼자 하기는 역부족입니다."

희선이 걱정스러운 듯 말을 했다.

"내일까지 못할 시엔 너는 바로 출궁이다 알았느냐?"
"아... 알겠습니다. 마마."

모든 궁인들이 걱정스럽게 단이를 바라보았다. 단이는 고개를 푹 숙였다.

22. 대립과 위세

밤이 되니 내의원 안이 죽은 듯이 고요했다. 이제 곧 늦가을로 접어드는 날씨였다. 바람이 불지는 않았지만, 찬 기운이 벽으로 스며들어와 써늘했다. 향방 안은 점점 더 어두컴컴해졌다. 심지를 올려도 호롱불은 밝지 않고 비릿한 피마자기름 냄새만 났다. 얼마나 글씨를 썼는지 바늘로 검지와 엄지를 찌르는 듯 손가락에 통증이 왔다. 얼굴에는 먹물이 군데군데 묻었다. 단이는 손을 들어 탈탈 털며 손목 운동을 했다. 아직도 주머니에 글씨를 쓰려면 멀었다. 저녁밥도 먹지 못해 배가 고팠다. 주전자의 물을 다 마신 지도 오래다. 인경(밤 10시)을 알리는 북소리와 순라꾼의 방망이 소리만 딱딱 울렸다. 고요함과 적막감만이 감돌았다. 이 많은 것을 언제 다 할까, 한숨이 나왔다. 정신을 차려야만 한다. 만약 유란 대행수가 이것을 보았더라면 무어라 하셨을까? 사소한 것이 일을 그르친다 했는데, 집중하자. 붓을 꽉 잡고 먹물을 찍으려 할 때였다. 삐끄덕 문 여는 소리가 들렸다. 단이가 놀라 돌아보았다. 찬이었다. 단이는 깜짝 놀라 일어나 엎드렸다.

"아, 저... 저하."
"그냥 있거라."

찬은 손을 들며 부드럽고 다정한 음색으로 말했다. 길쭉한 손가락엔 주름마저 없이 미끈하고 고왔다. 단이는 먹물이 잔뜩 묻은 자신의 손을 얼른 뒤로 감췄다.

"힘이 드느냐? 정이에게 들었다."
"아... 아니옵니다. 거의 다했습니다."

찬은 탁자 위에 놓인 수북한 자루 주머니를 바라보았다. 자루 주머니를 들어보며 살짝 웃었다. 하얀 치아가 가지런하고 깨끗했다.

"내가 돕고 싶구나."

"아, 아닙니다. 소인이 다 할 수 있사옵니다."

"궁 안에서 내 글솜씨는 알아주는데, 넌 날 못 믿느냐?"

"아, 아닙니다."

"그럼 같이 쓰자꾸나."

찬은 옆에 있는 의자를 당겨 단이 곁에 앉았다. 그녀는 당황
하여 손에 든 붓을 떨어트렸다. 붓이 찬의 손등 위에 떨어졌다.
붓은 새하얀 손에 먹물로 획을 그으며 도포 자락 위를 갈기듯
미끄러졌다. 손등과 도포 자락에 먹물이 지저분하게 번졌다.

"저하, 죄, 죄송하옵니다."

당황한 단이는 도포 자락을 털었다. 먹물은 더 번졌다. 찬이
단이의 손을 잡았다. 단이가 깜짝 놀라 손을 뺐다. 찬의 손에도
먹물이 잔뜩 묻었다.

"저하, 먹물을 닦으셔야..."

말을 끝내기도 전에 단이는 치마 안쪽을 들어 찬의 손을

닦았다. 하지만 먹물은 지워지기는커녕 더 번지고 말았다.

"괜찮다. 씻으면 된다."

찬이 소매를 걷고 붓을 들었다. 단이는 감정이 미묘했다. 눈물이 날 것 같았다. 이 궁 안에서 나를 도와주는 사람이 있다니... 단이는 찬이 눈치챌까 봐 얼른 눈물을 삼키고 붓을 들었다. 그런데 배에서 꼬르륵 소리가 났다. 찬이가 들었으면 어쩌지? 그때 찬이 말했다.

"정이 들어오너라."

찬이 말을 마치자마자 정이가 들어왔다. 손엔 작은 바구니가 들려있었다. 정이는 말없이 탁자 위에 바구니를 내려놓았다. 매작과와 주악, 그리고 따끈한 대추차였다.

"먹어라. 밤새 글을 쓰려면 먹어야 할 게다. 정이는 글씨가 다 마른 주머니에 같은 약재를 담고."
"알겠습니다. 저하. 손에 먹물을 닦을 물을 준비해오겠습니다."

"아니다. 다 말랐다. 단아, 어서 먹어라. 네가 좋아하는 매작과와 주악이다."

단이는 간단히 목례를 하고 얼른 주악을 집어 먹었다. 달콤한 것이 이제 살 것 같았다. 먹다가 찬을 바라보았다. 찬 또한 단이를 바라보았다. 두 눈이 마주친 두 사람은 얼른 고개를 돌렸다. 정이가 웃고 있었다.

얼마나 시간이 지났을까 탁자 위에는 약재 이름이 적힌 주머니가 수북이 쌓였다. 파루(새벽 4시 통행금지 해제를 알리는 북소리) 울리는 소리가 멀리서 들렸다. 단이는 찬의 어깨에 기대어 잠들었다. 새근새근 숨소리와 숨 쉴 때마다 가볍게 오르락내리락하는 가냘픈 어깨를 내려다보다가 찬은 단이를 안아주고 싶은 충동이 생겼다. 손을 들어 살포시 안으려 했는데 단이가 뒤척이는 바람에 얼른 손을 내렸다. 그는 오랫동안 단이의 얼굴을 내려다보았다. 찬도 피곤했다. 계속 잔기침이 나왔으나 단이가 깰까 봐 입을 막고 참았다. 정이가 근심스럽게 찬을 바라보았다. 찬은 눈짓으로 괜찮다고 말했다. 마지막 주머니에 약초를 넣고 선반 위에 가지런히 올린 다음, 이제 다 끝났다며 정이가 손바닥을 탁탁 쳤다. 찬이는 단이가 깬다고 조용히 하라며 입에 손을 대고 쉿 했다. 그 소리에 단이가 퍼뜩 깼다.

"더 자지 않고."

단이는 깜짝 놀라 얼른 찬에게서 떨어졌다. 양손으로 얼굴을 두드리고 흘러내린 머리카락을 올렸다. 이제 정신이 들었다. 혹시 침이라도 흘렸을까 봐 입 주변을 훔치며 말했다.

"죄송합니다. 저하."

"아니다. 오랜만에 나의 도움이 필요한 사람을 발견하니 나도 기쁘구나."

"저하, 어서 자선당으로 돌아가시지요. 파루가 울렸습니다."

"그래, 알았다."

"저하 감사합니다."

"재미있었구나."

웃는 찬의 얼굴이 환하게 빛이 났다. 단이는 두 손 모아 깊이 숙이며 인사를 했다.

"이걸 다 한 거냐?"

"네 마마님."

"뭐야, 혹시 우렁 각, 아니 우렁 서방님이라도 나타난 거 아니야?"

향이가 놀라 말했다. 깔끔하게 정리된 약재 주머니가 선반 위에 가지런히 놓여있는 것을 본 한 상궁은 고개를 끄떡였다. 향이와 죽이는 엄지를 쳐들었다.

단이가 정신없이 자고 있을 때 제용감 천 상궁이 부른다는 전갈을 들었다. 그녀가 향방 최고 상궁 처소로 갔을 때 자선당 장 상궁이 천 상궁과 이야기를 나누고 있었다. 혹시 찬이 도와준 것을 알고 추궁당하는 것은 아닌가 걱정스러웠다. 단이는 조마조마했다. 입술에 힘을 주고 발끝만 바라보고 있을 때 천 상궁이 말했다.

"오늘부터 넌 자선당으로 간다. 장 상궁 마마님을 보필하여 세자 저하를 지근에서 뫼시도록 하거라."

"네에?"

아직 향방에서 아무 일도 해보지 못한 터라 단이는 당황하여 어떤 말도 할 수 없었다. 분명 세자 저하의 뜻일 거라 생각이 들었다.

"짐을 싸거라. 자선당 주변장(종구품 잡사. 잡다한 일을 하는 궁녀)으로서 소임을 다하거라."
"마마님. 소인은 향방에서 일하고자 들어온 향장입니다. 어찌 소인을 자선당 주변장으로 보내시는지요."
"서두르거라."

장 상궁의 낮은 목소리에 단이는 더 이상 묻지도 못하고 고개를 숙여 알았노라 답했다. 보따리와 지승 가방을 들고 향방을 떠나는 단이를 보고 궁녀들이 수군거렸다.

"뭐야, 벌써 세자 저하께 꼬리 친 거야?"
"재주도 좋아. 향재 만지는 손으로 세자 저하 마음도 어루만 졌구면."
"아이구 수지맞았네. 견습에서 자선당 주변장이면, 초고속

승진 아녀?

"부러워, 부러워. 자고로 이쁘고 봐야 해."

장 상궁을 따라 걷던 단이가 걸음을 멈추고 뒤를 획 돌아보고 소리를 꽥 질렀다.

"아니거든요? 저 다시 향방으로 돌아올 겁니다. 전 내의원 향방의 향장이거든요?"

이영의 처소인 선영재를 지나 장 상궁은 멀찍이 앞서서 가고 있었다. 단이가 서둘러 장 상궁의 뒤를 따라가려는데 이영이 불쑥 나타나 단이의 앞을 막았다. 효순이는 이영 뒤로 비켜 서 있었다.

"보따리 싸 들고 어디 가는 것이냐?"
"자선당에 갑니다."
"자선당? 거긴 왜?"
"세자 저하께서 부르셨습니다."
"너 오라버니께 꼬리 치지 마라. 그러다 죽는다?"
"그럴 일 없습니다."

앞서가던 장 상궁이 멈추고 돌아보았다. 단이는 이영에게 가볍게 인사를 하고 서둘러 발걸음을 옮겼다.

"효순아, 저거 오라버니한테 꼬리 친 거 맞지?"
"안 봐서 모르겠는데요?"
"저게 혹시 세자빈 자리 노리고 움직이는 거 아냐?"
"에이 설마요."

이영이 단이의 뒷모습을 보며 서 있었다.

자그마한 향로에서 백합 향의 유백색 연기가 느릿느릿 가늘게 나왔다. 달콤하고 부드러운 향이 덕안전에 가득 부드럽게 퍼졌다. 덕이는 유병에 담긴 말리화 향유를 손에 가볍게 적셨다. 손바닥으로 살살 비며 향을 내어 미령의 머리에 펴 바르니 말리화의 달콤한 향이 살포시 퍼졌다. 눈을 감고 덕이에게 머리를 맡긴 미령은 눈을 감은 채 물었다.

"무슨 향이냐?"

"말리화 향유입니다. 이번에 향방에서 추출한 것인데 한 상궁이 마마께 향로의 백합향과 함께 진상한 것입니다."

"향이 좋구나. 하 상궁은 안 오느냐?"

"중궁전으로 가셨습니다. 중전마마께서 회임하신 지 석 달째라 기미를 지우기 위해서 매일 중궁전에 계십니다."

하 상궁을 뺏긴 것은 둘째 치고, 미령은 잊고 있었던 중전의 회임 소리에 눈을 돌려 면경을 바라보았다. 아직 내가 할 일이 많은데 벌써 회임을 하면 일이 어려워진다.

젊디젊은 년이라 애새끼도 일찍 들어서는구나.

면경 속 여인의 표독한 표정은 잔뜩 독이 오른 뱀 같았다. 미령은 면경 속 자신의 얼굴을 보면서 섬뜩함을 느꼈다. 이런 얼굴을 주상이 좋아할 것인가? 면경 안으로 향로에서 피어오르는 백합 연기가 보였다. 사람의 운명이, 아니 내 운명이 저렇게 가벼운 연기로 흩어지고 사라지는 것이 아닐까... 미령은 면경을 옆으로 획 돌렸다. 오얏꽃도, 연꽃도, 은목서도 금목서도, 꽃이 졌다가도 모두 그대로 다시 피어나는데, 나는 시들어가고 있다. 벌꿀을 펴 발라도, 향방에서 만들어 바친 인삼고를 도포해도 세월은 숨길 수가 없었다. 눈가에 잔주름이 보인다. 언젠가는 더 자글자글해지겠지. 어느새 이렇게 나이 들어가는 것인가, 울컥했다. 왕의 총애를 원하던 유란은 불에 태워 죽였고, 중전 김 씨 용종도 죽였고, 김 씨는 스스로 죽었다. 세자는 민승유가 나서는 바람에 청이가 대신 죽고, 단이란 계집애 때문에 양이가 죽었다. 헌데, 일이 틀어지면 복진군은 궁 밖으로 내쳐질 것이다. 시간이 없다. 민승유는 이영과 혼인을 하면 내 손아귀에 있을 것이고, 단이란 계집애는 내 수족으로 부리다가 여차하면 쥐도 새도 모르게 처치하면 된다.

미령은 오 상궁을 불렀다. 내의원 향방에 가서 단이를 데려오라 했다. 그때 이영이 들어왔다. 단이가 이미 오라버니 주변 장 궁녀로 차출되어 갔다는 것이다. 미령이 '이것 봐라' 하는 모습으로 눈을 치켜떴다. 미령은 백분갑을 열었다. 분꽃 향이 은은하게 퍼졌다. 코 밑에 대고 한 번 더 향을 맡으며 말했다.

"가서 데리고 오너라."

"네 마마, 알겠습니다. 하온데 방금 대비전에서 오시라는 전갈이 왔습니다."

"대비전에서? 왜 갑자기? 다른 비빈들도 함께 오란 것이냐?"

"아닌 듯하옵니다."

"알겠다."

덕안전 밖의 하늘은 맑고, 공기도 청량했다. 잠시 어지러웠던 마음이 시원해졌다. 아무리 좋은 향도 자연 공기만은 못한 것이다. 영제교 아래 수로로 흐르는 물결은 바닥의 송사리가 보일 만큼 투명했다. 하늘빛이 물그림자가 되어 일렁거리고, 물가의 향기로운 난초가 푸르르니 기분이 좋아졌다. 대비전 전각 안은 고요했다. 어처구니 밑에 달린 풍경이 서늘한 바람에 흔들려 향기롭게 울렸다.

이 전각이 내 처소라면?

이 편안함과 향기로움과 청량함을 언제고 누릴 것이 아닌가?

내가 이 전각의 주인이 된다면?

생각만 해도 기분이 좋은 일이었다. 못할 것이 없지 않은가? 나에겐 복진이 있다. 전각 안에서 대비와 중전의 웃음소리가 들렸다. 요망한 년, 난 대비의 신임을 얻지 못하고 이렇게 시간이 흘렀는데, 중전이 된 지 반년 만에 거머리처럼 붙어있다니, 그래, 난 거머리를 떼어 잡아먹는 독수리다. 누가 이기나 해보자.

미령이 침전에 들어서자마자 대비는 미령 앞에 책을 던졌다. <흥청과 매분구>였다.

미령은 깜짝 놀라 멈칫했다. 대비와 중전 민 씨는 동시에 미령의 표정을 살폈다.

이것이 무슨 일이지?

저 책을 왜 나에게?

설마 다 알아낸 것이야?

여기서 말려들면 안 된다.

미령은 턱을 한번 쳐들고 쌩긋 웃으며 자리에 앉았다. 엄지와 검지로 더러운 것을 집는 양, 살짝 들었다가 바닥에 책을 툭 떨어뜨렸다. 문 앞에 서 있던 양 상궁이 얼른 책을 들어 서안에 올려놨다.

"성빈, 저 책을 읽어 보셨소?"

"저잣거리 천것들의 잡소리 아닙니까? 읽을 가치조차 없사옵니다."

"천것들의 잡소리라. 읽지도 않고 어찌 아시오?"

"흥청이라면, 폐왕 곁에 붙어서 나라를 망조 들게 한 기생들 아닙니까? 매분구는 저잣거리에서 분갑이나 팔며 팔도를 돌아다니는 천것이 뻔한데, 저는 읽지 않습니다. 헌데, 중전마마께서는 저따위를 읽으신 것입니까?"

중전이 열을 내며 말을 하려 하자 대비가 제지했다. 미령은 어차피 기세를 얻은 차에 계속 밀어붙이기로 했다.

"대체 내용이 뭐랍니까? 양 상궁, 자넨 알 것이 아닌가? 말해 보게."

양 상궁이 대비를 쳐다보았다. 대비가 고개를 끄떡이자 반걸음 앞으로 나와 손을 앞으로 모으고 차분히 말을 했다.

"아비 없이 애를 낳은 천한 여자 이야기입니다. 흥청이 되려고 딸아이를 버리고, 살인을 한 뒤, 후궁이 되었고, 왕비를 죽이고, 세자를 죽입니다. 살인을 밥 먹듯 하여 자신의 비밀을 아는 모든 사람을 다 죽였습니다. 딸이 혹시 살아있으면 자신의 출세에 방해가 될까 봐 딸도 죽이려고 찾아다닙니다. 천륜을 어기는 악녀입니다. 딸은 이미 4살 때 죽은 것으로 나옵니다. 결국은 자신의 소생을 왕으로 앉힌 뒤 대비가 된다는 이야깁니다. 악녀가 벌을 받지 않고 끝까지 잘 산다는 이상한 이야기인 줄 아옵니다."

미령이 갑자기 벌떡 일어나 양 상궁의 뺨을 후려쳤다. 양 상궁이 휘청하며 넘어졌다. 대비와 중전이 놀라 동시에 '성빈!' 하고 부르는데, 미령은 더 큰 소리로 양 상궁을 나무랐다.

"네 이년! 감히 여기가 어느 안전이라고 이리도 불경스러운 말을 입에 담는 게냐? 여긴 지엄하신 대비마마도 계시고, 무엇보다도 용종을 잉태하신 중전마마가 계시는데, 어찌 입에 담을 수 없는 천한 이야기를 하는 것이냐? 회임하신 중전마마께서는 더러운 말도 아니 들으셔야 하고, 잔인한 말도 피해야 하거늘, 죽이고, 죽이고, 또 죽이고 피를 부르는 살인 이야기에, 무엇보다 미천한 천것들의 시궁창 썩은 이야기를 들으신 게다. 또한, 귀하디 귀한 용종께서도 너의 더러운 이야기를 함께 들으셨다! 네년이 용종을 해하려 하는 것이 아니면 어찌 이리도 불경할 수가 있느냐!"

"아... 아니옵니다, 마마. 절대로 그런 것이 아니옵니다."

양 상궁이 납작 엎드려 떨리는 목소리로 말을 했다. 중전은 슬그머니 배에 손을 대고 흠칫 놀라는 표정을 지었다. 용종을 해한다는 말에 놀란 것이다.

"이 이야기가 조선의 이야기더냐?"
"아... 아니옵니다. 사... 사마국 이야기입니다."
"네 이년, 누가 시킨 것이더냐? 조선도 아니고 변방국인 사마국의 이야기를 신성한 궁으로 끌어 들여, 중전의 회임을 해하라 시킨 자가 누구냐!"
"마마, 아니옵니다. 세간에서 즐겨 듣는 이야깁니다. 이야기를 만든 자도 단칼에 죽었다 하니, 그것 또한 이상하여..."
"중전마마, 귀를 닫으시기 바랍니다!"

미령이 큰소리로 중전을 향해 말했다. 중전이 얼떨결에 양손을 귀에 대고 막았다. 대비도 긴장하여 손가락으로 귓구멍을 막으려 하다가 민망한 듯 무릎으로 손을 슬며시 내렸다. 미령은 모든 것을 놓치지 않고 보았다.

그래, 밀어붙이자.
이 박미령이가 그냥 박미령인 줄 알았더냐?

"중전마마, 예로부터 더러운 말을 들었을 때는 흐르는 물에 귀를 씻었습니다. 아미산 용천 샘에서 귀를 씻으셔야 합니다. 아니면 영제교 수로에 흐르는 맑은 물도 괜찮을 듯하옵니다. 이는 중전뿐만 아니라 복중의 용종을 위하는 일이기도 합니다."

중전이 아랫입술을 살짝 물었다. 역시 경험이 없는 젊은 여인이라 나이 든 여인의 경험치를 두려워하는 듯했다. 중전은 얼른 두 손을 귀에 댔다가, 다시 배에 가져다 댔다. 대비가 큰 호흡을 하고 천천히 고개를 끄떡였다. 미령의 말이 백번 옳다라는 뜻이었다.

"또 하나, 소격서에 일러 중전마마와 귀하신 용종을 위해 악귀를 물리칠 방도를 마련하라 명하시기 바랍니다. 예로부터 선대왕들께서는 계시지 않는 용종을 위해서도 빌었는데, 엄연히 자라고 계신 용종께 해가 될까 두렵사옵니다."

"알겠소, 성빈. 재미있는 이야기라 해서 함께 나누고자 했는데 성빈의 말이 백 번, 천 번 옳소이다. 고맙소. 그리고 중전, 중전께서는 귀씻이물로 귀를 씻으시고 그 물은 궐 밖으로 버리라 하세요. 더러운 물은 궐 안에 있으면 안 됩니다."

"대비마마, 그것 또한 아니 되옵니다. 백성이 나라의 근간입니다. 백성을 귀히 여겨야 나라가 건강하게 되는 것이옵니다. 귀씻이물은 궁에서 죽은 시신들을 내보내는 서북쪽 요금문으로 내보내 땅에 묻어야 합니다. 그래야 후환이 없습니다."

"성빈, 고맙소. 내 그리 하리라. 양 상궁 들었느냐?"

"네 대비마마."

미령은 보았다. 벌레를 씹다가 입안에서 터트린 듯 일그러지는 중전의 썩은 얼굴을 분명히 보았다. 통쾌했다.

대비전을 나온 미령은 고개를 돌려 대비전을 바라보았다. 네 까짓 게 감히 나를? 잠시 서 있던 미령은 오 상궁에게 '왕이 계신 대전으로 가자' 했다.

연상에 앉아 붓글씨를 쓰고 있던 왕은 깜짝 놀랐다. 이 시간에 미령이 온 것도 의아한데 오자마자 흐느끼며 울기 시작한 것이다. 중전이 자신을 너무나 미워하여 죽고 싶다며 더 슬프게 흐느꼈다. 자신의 소지품도 뒤져 흠을 찾으려다 흠이 없으니 열두 살 어린 복진을 혼례 시켜 나에게 떼어놓고 가슴 아프게 하려 한다, 흠을 찾다가, 찾다가 안 나오자, 이제는 저잣거리의 천한 책을 들고 와 음해하고, 농락하고, 무시한다. 소첩이 멀쩡한 정신으로 어찌 궁에서 살 수 있을지 서럽고 또 서러워 찾아왔다 했다. 왕은 다독여 주었다. 과인이 가장 정을 많이 주는 후궁은 성빈이라며 달래주었다. 왕은 김 내관에게 화난 목소리로 말했다.

"중궁전으로 갈 것이다!"

미령은 왕의 품에 안겨 야비하게 웃었다. 중전은 아마도 왕에게 혼이 날것이다.

"우하하하! 그랬습니까? 역시 마마십니다."

새끼와 약지, 중지를 우아하게 쭉 뻗고 엄지와 검지로만 찻잔을 든 미령은, 입꼬리를 있는 대로 올리며 모처럼 개운한 미소를 지었다. 산딸기 차는 언제 마셔도 맛있다.

"짓밟히지 않으려면 별수 있나요? 내가 칼자루를 쥐는 수밖에."

"하지만, 칼자루를 쥔 것이 마마는 아닙니다. 조심하셔야 합니다. 중전이 칼을 뽑으려다 잠시 칼집 안으로 넣은 것이지요."

박대종은 웃음을 뚝 그치고 미령을 바라보았다. 미령도 차를 마시다 멈추었다.

"중전이 움직이고 있어요. 가세가 기울어 외척은 안 만들겠다 싶어, 장례원(노비들의 송사를 담당하는 기관) 사평(정육품)을 부원군으로 앉혀놨더니 그놈이 움직이고 있답니다."

"민 용이요?"

"그래요. 지 딸이 중전이라고 기세등등하여, 나는 새를 떨어트리는 게 아니라, 떨어진 새도 날게 만든답니다. 허허."

"그래서 중전이 나를 어떻게 해보려는 심사로군."

"지금이 제일 중요한 때입니다. 흥청과 매분구, 그 소설은 전량 폐기하라 시켰습니다. 담설이란 놈도 죽었으니 누가 캐고 다닌다 한들, 이젠 별일 없을 것입니다."

미령이 입을 오므려 긴 숨을 내뿜었다.

"박 씨는 사랑채 뒤 광에 가두었어요. 자두는 죽은 것이 확실하다고 하니 그만 풀어주는 것이 어떨까 합니다."

"...자두... 자두는 정말..."

"잊으세요 마마, 마마께서 살아있으면 죽이라고 명할 때, 우리가 다 함께 살자고 그리 하자 했습니다. 헌데 이미 죽었다니 오히려 마음은 편하지 않습니까?"

미령은 잠시 눈을 감았다. 눈가가 가늘게 떨렸다. 미령에게는 이미 모정이라는 것은 없었다. 자두가 없었기에 이 자리에 오를 수 있었던 것은 사실이다. 자두와 함께 이말산에서 지금까지 살았다면, 여전히 저잣거리에서 거지처럼 엽전 한 푼에 목숨 걸고 있을 것이다. 미령이 오얏꽃 분재를 쳐다보며 나직하게 말했다.

"진관사 명부전에 마지막으로 들러야겠습니다."

"안 됩니다. 명부전은 죽은 이의 명복을 비는 곳인데, 민 용의 눈과 귀가 마마에게 쏠려있습니다. 마세요. 이영 옹주의 혼례 준비나 하세요."

"예?"

"조금 전 주상께서 공표하셨습니다. 민승유도 그리 알고 돌아갔습니다. 다음 달 초여드레입니다."

"아 그래요?"

활짝 웃는 미령의 얼굴은 언제 그랬냐는 듯 기쁨이 넘쳤다.

23. 기쁨과 슬픔

단이는 한 상궁이 약재를 골라 선반에서 내리는 것을 보고
있었다. 측백, 천마, 산조인, 석창포, 구감초. 한 상궁이 약재를
내리면 내의원 주부가 약재 장부에 하나하나 기록을 하였다.
단이는 자선당에서 지낸 하루 만에 찬이 불면증으로 힘들어하
는 것을 알았다. 그래서 그날도 밤을 새워 글씨를 썼던 것이었
구나... 석의 처방으로 편하고 깊게 잘 수 있는 약초 베개를 만
들기 위해 다시 내의원에 오니 날아갈 것 같았다. 처음에 주변
장 잡사로 일을 하라 했을 때 정말 화가 났다. 하지만 이렇게 내
의원 향방에 다시 오고 갈 수 있으니 기분이 좋아서 저절로 웃
음이 났다. 약 베개 속 재료는 고와도 안 되고, 거칠어도 안 되
고, 입자가 커도 안 된다. 단이는 팥알 크기로 재료를 정리하여

침구방으로 갔다. 침구방 상궁은 이미 만들어놓은 면 주머니에 1차로 넣고, 누빔 속에 2차로 다시 속 재료를 넣었다. 마지막으로 거북이가 수놓아진 황금색 명주로 한 바퀴 반을 돌려 싼 뒤, 금사로 정성껏 시침했다. 어느새 황금색 약초 베개가 만들어졌다. 단이는 두 손을 받쳐 소중히 안고 자선당으로 향했다. 향방 궁녀로서의 첫 소임을 완성했다. 기분이 좋아 콧노래가 절로 나왔다.

찬은 요즘 잠을 잘 못잤다. 석이는 독말풀과 감초 달인 물을 올렸다. 언젠가는 잠에서 깨어나지 못했는데 지금은 잠을 못 이룬다 하니 걱정이었다.

"저하, 독말풀은 마취제로 쓸 만큼 효과가 좋습니다. 이 탕제를 드셨으니 이제 잠을 잘 주무시게 될 것입니다."
"알겠네. 그러다 또 너무 자서 못 깨어나는 건 아닌가?"

찬이 농으로 한마디 했다. 다른 때 같으면 승유가 말참견을 할 터인데, 오늘따라 곁에서 가만히 생각에 잠겨있었다.

"승유, 자네도 불면증인가? 탕제를 마시고 싶어서 그런가?

지어주면 마실 텐가?"

석이 우스갯소리를 했지만, 승유는 아무 말이 없었다. 찬이 승유를 보았다. 저 표정은 고민이 있을 때 나오는 표정이다.

"무슨 고민이라도 있는 겐가?

승유가 입술을 움직이려다 말았다. 두 사람의 시선을 느꼈는지 천천히 말을 했다.

"내달 초여드레에 혼례를 해야 합니다. 이영... 옹주와..."

두 사람은 놀라 승유를 바라보았다.

"감찰이 끝날 때까지 유예했던 거 아니었나?"
"오, 축하하네. 그럼 자네가 나의 제부가 되는 것인가? 우린 벗에서, 신하에서, 이젠 형제가 되는 것인가? 하하하."

찬이 공허하게 웃었다. 찬의 웃음소리가 방 안 공기를 더욱 차게 만들었다. 승유의 얼굴은 굳어있었다. 찬의 웃음에 화답이라도 하려고 웃으려 했지만, 입 주위 근육이 말을 듣지 않았다.

나는 자두를 오랫동안 그리워했다
자두를 만났고, 행복했다.
자두는 내가 허락되지 않는 궁으로 떠났다.
나 또한 자두 만나는 것을 허락받지 못했다.
나는 나를 못 지키고 궁을 떠난다.
궁에 남겨진 자두를 지켜주지 못하고 떠난다.

"저하, 송구하옵니다. 더 이상 저하 곁을 지키지 못하고 저의 안위만을 위해 혼례를 치르게 되었습니다."

승유의 말은 너무나도 담담하여 한마디 한마디가 바닥으로 천천히, 마치 심연으로 돌멩이가 중력에 짓눌려 가라앉듯 떨어졌다.

복도에서 베개를 들고 있던 단이는 승유의 말을 듣고 휘청했다. 베개가 바닥으로 뚝 떨어졌다. 장 상궁이 이 무슨 짓이냐며 나직이 으름장을 놓았다. 베개를 얼른 집어 손에 받쳐 든 단이는 연신 죄송하다고 머리를 숙였다. 장 상궁이 눈을 위아래로 흘겼다.

승유 오라버니를 만났을 때 정말 기뻤다.
내가 찾는 어머니는 기억에도 없고 찾을 수도 없다
나의 기억 속에 있는 유일한 사람은 민승유.
그가 혼인한다.
나는 살기 위해 궁으로 들어왔고,
그는 살기 위해 궁 밖으로 간다.

밖이 소란했는지 승유가 문을 열고 나왔다. 베개를 품 안에 들고 눈물을 글썽이는 단이가 그의 눈에 들어왔다. 단이는 고개 숙여 의례적인 인사를 했다. 승유 또한 가벼운 인사를 했다. 서로의 눈동자에서 서로의 얼굴을 보았다.

그때, '엄마 잃었어? 오빠가 엄마 찾아줄까?' 했던 꼬마 승유 오라버니가 눈앞에 서 있었다. 단이는 분명 들었다. 그것이 환청이었다 해도, 단이는 대답을 해야만 했다. 지금 아니면 영영 답을 못할 것 같았다. 그때처럼 단이가 대답했다.

응…

승유도 말했다.

내가 꼭 찾아줄게.

아무 소리도 들리지 않는 자선당 복도에 서늘함만이 스며들었다.

단이는 하루 만에 자선당에서 덕안전으로 옮겨왔다. 미령이 데려간 것이다. 찬은 아무 말 없이 단이를 보내줬다. 그리고 쓸쓸하고 허전하게 웃었다. 승유도 가고, 단이도 가면, 자선당이 더 적막할 것 같았다.

이영 옹주의 혼례를 위해 혼례청이 세워졌다. 미령은 이영에게 줄 보석과 장신구를 챙겨 화각함에 담아 쌓아놓았다. 부러웠다. 부럽지 않다면 거짓이다. 내게도 어머니가 계셨더라면 저렇게 화려하진 않아도, 꽃신과 버선과 다홍치마를 손수 만들어주셨겠지… 낮은 한숨을 쉬고 화각함 상자가 흐트러지지 않도록 반듯하게 정리를 하였다.

단이의 일과는 거의 같았다. 미령의 소세물을 바쳤고, 양칫물을 받아서 버렸고, 그녀의 손을 장미수에 담근 뒤 마디마디를 만져 이완을 시켰고, 녹탕에 담근 발을 주물러 피로를 풀게 했으며, 하 상궁이 미령을 단장해 줄 때는 무릎을 꿇고 대기했다. 미령에게 단장을 해준다는 것은 꿈도 못 꿀 일이었다.

대신, 이영은 언제나 단이에게 단장을 했다. 미령은 이제 곧 궁을 떠날 이영을 불러 매일 같이 곁에 끼고 보듬어 주었다.

"내 머릿결을 다듬어라. 한올 한올 윤이 나고 향이 나게 하거라. 혼례 날 빛이 나야 하거든."

단이는 이영의 고운 머릿결을 위해 백합 향유를 발라 참빗으로 머리를 빗겨줬다. 그런데 미령과 이야기하면서 이영이 고개를 돌리는 바람에 머리카락이 촘촘한 빗에 걸려버렸다. 머리카락이 당겨졌고, 이영의 고개가 뒤로 젖혀졌다. 그 자리에서 단이는 미령에게 뺨을 맞았고, 이영의 팔꿈치로 가슴을 맞았다.

"어디서 감히 귀한 내 딸의 머리카락을 당기는 것이야? 네년이 공주의 머리칼을 만지는 은총을 내려주니 뵈는 게 없느냐?"

"마마. 죽을죄를 지었습니다."

"너! 민 감찰이 나와 혼례 하니까 일부러 그런 거 아니야? 니가 감히 내 남자를 보고 질투해?"

"아니옵니다."

"그만하거라. 입만 더러워진다. 부모한테 배운 게 없고, 못 배워서 그런 게야."

"……."

어머니란 저런 것이구나.

자기 딸을 소중히 여기고 아껴주는 사람인 것이구나.

나의 어머니도 살아계신다면 저랬을까...

  단이는 사흘 밤낮을 이영 곁에서 단장을 해주었다. 혼례 날 최고의 신부가 되기 위해 이영은 끊임없이 주문했다.

그이를 위해 더 예쁘게 하란 말야.

진하게 말고 연하면서도 우아한 거 몰라?

더 부드럽게 못 해?

그이가 꼴딱 넘어가게 단장을 하라구!

영광인 줄 알아 이것아.

공주님을 단장하는 은혜를 얻은 거야.

단이는 그녀가 연모하는 승유에게 시집가는 이영을 위해, 승유에게 보내기 위해 가꾸고, 또 가꾸고, 다듬고 또 다듬어 주었다. 혼례 날 이영은 가장 아름다운 신부가 되어 승유에게로 갔다. 단이는 눈물을 꾹 참았다. 어차피 나의 것이 아니었다. 궁녀인 그녀가 마음에 담아서도 안 되는 그였다.

단이는 그날 밤 이불이 젖도록 울었다.

승유는 사랑채에 앉아 책을 보다가 일어섰다. 혼례를 한 뒤, 아침마다 하던 입궐을 멈추고 사랑채에 갇혀 지낸 지 한 달이나 되었다. 밖을 나가지도 않으니 세상일과는 담을 쌓고 있었다. 허리를 펴고 막 뜰로 내려설 때 영추가 들어왔다.

"나리 심심해서 좀이 쑤시죠?"

"그래 이놈아."

"근데, 새신랑 낯빛이 왜 잿빛입니까? 소인이 오니까 숨통이 좀 트입니까요?"

"안 트인다아."

"아이고 욕심도 많아, 옛말 틀린 거 하나도 없어. 기회는 평등하다는데, 조선 천지에 평등은 얼어 죽을... 기회는 차등입니다요."

"뭔 소리냐?"

"보세요. 장가 못 가서 죽는 놈도 천지삐까리인데, 공주마마와 혼례를 하고도 똥 씹은 표정이니... 나 같은 놈은 죽어야지, 왜 태어났는지... 에이."

"배고프냐? 왜 태어났는지까지 들먹이고? 근데 여긴 왜 온 것이냐?"

"으음... 왜 왔더라?"

"배고픈 게로구나?"

"아 맞다! 중전마마께서 유산을 하셨습니다!"

"뭐... 뭐라고? 아니, 어찌 그런 일이..."

"근데 더 큰 일은요, 단이와 내의원 안 석이 복중에 용종을 해친 죄로 금부 옥사에 갇혔습니다."

"뭐... 뭐야?"

승유가 놀라 머리가 띵하여 휘청할 뻔했다.

"말도 안 되지 않아요? 갑자기 왜, 왜 나리가 아끼는 측근이 엮이냐 이겁니다. 이상하지 않습니까요? 그럴 사람들이 아닌 건 나리가 알고, 내가 알고, 맞어. 요, 요 요 개미 새끼도 알 건데, 이상합니다. 아무래도 내 촉엔 이상해."

영추가 바닥에 기어가는 개미를 가리키며 갸우뚱했다. 순간, 승유 귀에서 윙 하는 이명 소리가 나더니 아무 소리도 들리지 않았다. 숨이 컥 하고 막히는 것 같았다. 열흘 전, 이영이 한 말이 기억났기 때문이었다.

'어디 그렇게만 하세요! 더 이상은 애원하지 않습니다. 서방님은 혼자서 사랑방에서 주무시고, 나는 처녀로 늙겠습니다. 대신, 치러야 할 대가가 있다는 것을 명심하세요. 서방님에게 가장 소중한 것이 무엇인지 생각해보세요!'

"뭐라고? 아직 합방을 안 했다는 거냐?"

이영이 고개를 끄떡이며 눈물을 뚝뚝 흘렸다.

"밥도 같이 먹은 적도 없고, 목소리를 들은 적도 없고, 그 집에 사는 건지 안 사는 건지도 모를 정도로 얼굴을 볼 수가 없어요."

이영은 서럽게 울기 시작했다. 미령이 얼른 눈물을 닦아주며 안아줬다.

"내 이놈을 그냥! 당장 물고를 내릴 것이야."
"소용없어요."

이영이 볼멘소리로 힘없이 말했다.

"소용이 없으면, 그냥 이대로 산다는 게야?"
"다 그 계집애 때문이야. 단이."
"뭐야? 내 이년을!"
"그 기집애가 있는 이상, 난 진짜로 처녀로 죽을 거예요. 내가 죽으면 그 기집애, 물귀신이 되어 죽여 버릴 거야."
"아가야, 왜 그런 험한 말을 하는 게냐? 죽긴 왜 죽어, 그깟 천한 계집애 때문에 우리 딸이 왜 죽어."
"처녀로 늙어 죽을까 봐 무서워요... 흑흑"

"울지 마라 아가야, 울지 마."

"어머니께서 불러다 혼 좀 내주세요."

이영이 돌아가자 어미로서의 미령은 속이 부글부글 끓었다. 혼자서 버티기 힘들었던 궁 생활에 이영이 큰 힘이 되었었다. 미령은 딸을 잃고, 이영은 어미를 잃고, 힘들고 서러운 두 사람은 세상에 둘도 없이 다정한 모녀가 되었다. 대비에게 혼이 나도 이영을 보면 분노가 없어졌고, 자두가 그리울 때는 이영이 대신 허전함을 채워 주었다. 사실, 이영을 예뻐해 주면 왕이 더 좋아했다. 어미 잃은 아기 새를 보듬듯이 잘 돌봐주는 미령을, 왕은 좋아했다. 그래서 이영을 더 귀애해 준 것도 사실이다. 그러다 보니 이영은 서서히 미령의 반쪽 심장이 되어갔다. 그런 이영이 힘들어하니 그녀의 심장이 옥죄이듯 아파 왔다. 미령이 오른손을 들어 가슴을 감쌌다. 눈을 감고 깊은 호흡을 하니 가라앉았다. '내 딸의 고통을 어미가 같이 느끼니 이것이 진짜 모정이구나' 싶은 게 눈물이 날 정도로 뿌듯했다. 정말 당장 데려다가 죽여 버릴 수도 있다. 하지만 내 손에 피를 안 묻히고 해치울 방도를 생각해야 한다. 중전의 회임으로 불안해 죽겠는데... 왜 저런 천것까지 속을 뒤집는지 울화가 치밀었다. 지략을 세워야 했다. 무조건 잡아서 죽이면 분명 문제가 생기니 다른 방법을 강구해야 한다.

오 상궁이 오찬을 차려 진지를 젓수시라 거듭 아뢰었지만, 미령은 숟가락을 들다가 바로 내려놓았다. 손가락으로 상을 톡톡 치며 오랫동안 생각하였다. 그러다 갑자기 손바닥으로 상을 세게 한번 쾅 내려쳤다. 오 상궁이 깜짝 놀라 미령을 바라보았다. 미령이 오른쪽 입꼬리를 올리고, 양 눈을 이마 끝까지 치켜 올려 웃고 있었다. 오 상궁은 안심했다. 고민 중인 문제가 해결되실 때 나오는 표정을 읽었기 때문이다.

한꺼번에 두 마리, 아니 세 마리 토끼를 다 잡는 방법을 생각한 것이다. 민승유의 죽마고우인 안 석의 처방으로, 단이가 탕약을 달이고, 그 약을 중전이 먹고 유산을 한다?
미령은 자신의 계획이 대견하여 스스로에게 박수를 치고 싶은 심정이었다.

미령은 자신이 후궁이긴 하지만 더 오래 살아 경험도 있고, 산모를 위하고 태아를 보호하는 방법은 많이 알고 있다. 자신이 중전마마의 용종을 위해 최고 좋은 탕제를 올린다면 대비마마도 흔쾌히 허락하실 것이다.

대비는 일말의 의심도 없이 미령의 탕제를 허락했다. 책 사건 후로, 대비는 왕실을 생각하는 미령의 충심을 높이 샀다. 중전의 몸을 보하고, 용종을 튼튼한 왕자로 만들어 줄 탕제는 내의원 정(正, 내의원 최고 직책 정삼품) 한 명과 부정(副正, 내의원 종삼품) 두 명의 감수 하에 안 석이 조제를 하게 하였고, 단이에게는 향방 궁인 두 명의 감시하에 최고급 약탕기에 풀무질하여 오래오래 은근하게 약을 달이게 하였다. 하등의 문제가 없는 탕약이었다.

그런데, 중전은 그 탕약을 먹고 복통을 느끼며 때굴때굴 구르며 하혈을 하였다. 탕약을 먹고 딱 반 시진(한 시간) 후, 중전은 용종을 잃었다. 완벽한 계획이었고 완벽한 성공이었다.

미령은 은밀히 사람을 시켜 태아를 이탈시키는 활혈거어(活血祛瘀)[21] 약초를 고령토에 섞어 약탕기를 만들었다. 활혈거어가 들어있는 약탕기는, 끓이면 끓일수록 약탕기에 스며들어있던 어혈 성분이 우려져 탕약과 섞이게 된다. 보통의 병자가 마시면 혈색이 돋고 기운이 나지만, 임산부가 마시면 태아의 집이

---

21) 활혈거어 약초: 몸에 어혈을 푸는 약초들. 건칠, 자충, 천산갑, 우슬, 택근 등이 있다.

파혈(피가 터짐)되어 태아는 사산이 되고 만다. 누가 보아도 약재는 문제가 없었다. 단이가 약을 달이는 시간 내내 궁녀가 지키고 있었다. 그런데 그 탕약을 먹고 중전은 하혈을 함과 동시에 용종은 사산이 된 것이다. 내명부뿐만 아니라 조정이 발칵 뒤집혔다. 이는 누구도 용서할 수 없는 역모죄였다.

의금부에서 심사하고 판결을 받기도 전에 형구에 묶여있는 단이는 얼마나 고문을 받았는지 엉망인 상태로 기절을 하였다. 의금부 낭관(치죄 하는 실무담당관)은 안 석의 주리를 틀며 모질게 신문하였다. 의금부 마당은 피가 보이지는 않지만 검붉은 피로 물들었다. 내일이면 엽왕이 직접 추국(왕의 명으로 신문하는 것)을 한다 했다.

미령은 덕안전 들창으로 일각문 쪽을 바라보았다. 의금부 마당은 지금 신문이 한창이라고 오 상궁이 전했다. 미령은 자개문갑 위에 올려있는 오얏꽃 분재를 사랑스럽게 어루만졌다. 언제 봐도 위안이 되는 나무다. 미령이 시들은 나뭇잎을 서너 장 떼어내자 오 상궁은 손바닥을 받쳐서 잎을 받았다.

내 늙음과 세월은 이 이파리처럼 변해도 막을 길이 없다.

하지만 내 딸이 절망에 빠지면 더 깊이 빠지지 못하게 이 어미는 막아준다.

내 딸을 위한 이 어미의 사랑은 절대로 변하지 않는다.

승유는 사헌부를 찾아갔다. 대사헌인 민정립은 깜짝 놀랐다. 혼례를 올려 사가에만 있어야 하는 부마의 입궁은 국법을 어긴 것이라 당황을 했다.

"아버님, 추국이 있기 전에 전하를 만날 수 있게 해주십시오. 이것은 음모입니다. 석이가, 단이가, 용종을 사산시킬 하등의 이유가 없습니다. 아버님, 소자의 청을 들어주십시오."

민정립은 고개를 가로저었다. 곁에 있던 사헌부 집의(종삼품)와 장령(정사품) 역시 승유의 등을 두어 번 두드려주고 돌아섰다. 죄를 사할 방도가 없다는 뜻이다. 그럼 역모의 증좌라도 보게 해 달라고 사정을 했다. 같이 감찰을 보던 진성과 영재가 승유의 손을 살며시 잡아끌어 감찰부 집무실로 데려왔다. 승유는 자신이 앉았던 자리를 바라보다가 한숨을 쉬었다.

"이보게 승유, 증좌가 있을 리가 있나? 탕약은 중전마마께서 이미 다 마셨고, 약탕기는 성빈 마마께서 노하시어 바닥에 던져 깨 버리셨으니..."

"자네가 나선다고 없던 일이 되는 것은 아니지 않나. 이번 일은 누구도 나서려 하지 않아. 대사헌께서도 혹시 자네와 연관이 되었을까 봐 근심하실 걸세..."

진성과 영재의 근심 어린 말도 귀에 들어오지 않았다. 승유는 알았다며 집무실을 떠났다. 아직 늦가을인데 추위가 마치 소한처럼 살을 에는 듯했다. 어느새 나타났는지 영추가 곁을 주며 같이 걸었다. 다른 때 같으면 농을 하며 승유를 약 올렸을 터인데, 영추마저 입을 다물고 있는 걸 보니 더 이상 방도도, 희망도 없을 것 같았다.

24. 역모

박 씨는 얼굴이 퉁퉁 붓고 멍까지 든 얼굴로 누워있었다. 소중이가 물수건으로 피떡을 닦아내며 소리 없이 울었다. 오월이는 미음을 들고 들어와 앉으며 소리 내어 울었다. 윗목에 앉아 있던 양 씨는 혀를 끌끌 찼다.

"하, 백주 대낮에 이 무슨 낮도깨비 같은 일이래? 누가 그랬는지도 모르고, 누구 집에 잡혀갔는지도 모르고, 왜 잡혀갔는지도 모르고, 대체 얼마나 갇혀있던 거래? 아무것도 모르면 어떻게 고발을 하냔 말여. 말세여 말세. 법 위에 법 없고, 법 아래 법 없다더니 다 헛짓거리여. 젠장. 사람을, 씹다 만 쑥떡처럼 짓이겨 놨어 그래. 저게 얼굴여? 에잉... 니들도 그만 나가 일 봐,

수모님 주무시게."

　사람들이 나가자 박 씨가 눈을 떴다. 머리가 핑핑 돌았다.
　지옥을 가본 적은 없지만 이게 지옥이었다. 무저, 무혈, 팔열, 등혈, 어려서 동네 노인들에게 들었던 지옥이란 지옥은 다 경험했다. 불구덩이가 있어야만, 나락으로 떨어져야만, 악귀가 있어야만 지옥이 아니었다. 바로 사람이 지옥이었다. 자두가 죽은 것이 맞냐는 말을 오백 번은 더 들은 것 같다. 자두가 죽어야만 자신이 살아나올 것 같았다. 오백 번 물음에 육백 번은 자두가 죽었다고 답을 했던 것 같다. 자두는 육백 번이나 죽은 셈이다.

　미령이 년, 독한 년, 죽일 년.
　니년이 살자고 니 딸 죽이고, 내 남편 죽이고,
　이제 누굴 더 죽이려는 것이냐?
　그래, 나도 죄라면 죄지.
　너 같은 년을 분단장시켜 준 죄.
　너 같은 년을 홍청으로 보낸 죄.
　지옥에 빠질 년은 바로 너라는 걸 내가 밝혀 주마.

이영은 효순을 대동하여 시전 거리에 나섰다. 민승유와 혼례만 하면 세상이 내 것이 될 줄 알았다. 하지만 혼례 날 얼굴 보고 그날 이후로는 서방의 뒤 꼭지도 보지 못하였다. 이럴 줄 알았으면 혼례는 하지 않았을 것이다. 하는 일 없이 밥만 먹으니 배만 나오고, 얼굴은 푸석거리고 머리카락은 지푸라기가 된 듯하여 짜증이 났다. 미령을 만나고 온 뒤는 그나마 기분이 나아졌다. 단이 년은 아마 곤장 좀 맞았겠지? 생각하니 기분도 풀렸다. 모처럼 효순이와 바람 쐬러 나오니 그나마 살 것 같았다. 이영은 종각상단 앞에 섰다. 어차피 단이란 년은 나의 단장을 해줄 수도 없다. 효순이가 해주면 좋으련만 똥손이라 이영이 직접 해야만 했다.

이영이 빗을 들었다 놨다, 나비잠도 들었다 놨다, 비녀도 들었다 놨다 해도 안에선 아무도 나오지 않았다. 노리개를 들고 안쪽을 들여다보다가 아무도 없어서 등을 돌렸다. 그때 마침 밖에서 들어오는 유란과 살짝 부딪혔다. 효순은 이영에게 괜찮으시냐고 물었다. 이영은 유란을 한번 보고 기분 나쁜 표정으로 저고리를 털었다. 치마에 달린 황옥 노리개가 찰랑거렸다. 유란은 순간 노리개를 보았다. 천천히 황옥 노리개를 다시 보면서 이영 얼굴을 보았다. 이영은 엉클어진 노리개 술을 어루만지며 손으로 살살 빗었다. 술이 몇 가닥 떨어졌다.

"아 술이 또 빠졌어."
"여기 좋은 거 많으니 다른 거로 골라 보셔요. 그건 색도 바래고 술도 다 빠지고 왜 그걸 하시는지 몰라."

효순이 다른 노리개를 들어보며 중얼거렸다. 유란의 눈에 눈물이 찼다. 심장이 터질 것 같았다. 이영의 손동작, 말 한마디, 숨결을 다 느낄 수 있는 지척에 이영이 서 있었다.

내 딸 이영이다.
그리도 보고 싶었던 내 딸 이영이다.
내 눈앞에서 어미를 몰라보고 서 있는 저 아이가 내 딸 이영이다.
눈, 코, 입, 이마, 머리 선마저도 날 닮았구나.

"여기 이거 수선할 수 있나요?"

유란의 시선을 느낀 이영은 다른 누구를 찾고 있는 것 같았다.

"수모님 안 계신가요?"

"저한테 말 하시지요. 어떤 걸 수선 하고 싶으신 건지요."

"이 노리개 술이요. 너무 오래 달고 다녔더니 술이 다 빠져서요."

유란은 노리개를 건네받았다. 손이 바르르 떨렸다.

"수선할 수 있습니다."

"어떻게 수선이 되는지요?"

"술을 다 뽑아버리고 새 술을 다는 방법이 있고요."

"뽑지 않는 방법은 없나요?"

"술을 풀어서 사이사이에 새 술을 껴 넣으면 가능합니다. 비슷한 색실을 넣으면 더 예쁠 것입니다."

"그럼 그렇게 해주세요."

이영이 다른 물건을 들어서 보는데 유란이 천천히 물었다.

"낡은 것인데 새것으로 안 쓰시고, 왜 이걸 쓰시는지요?"

이영은 말을 할까 말까 하다가 중얼거리듯 말을 했다.

"이 세상에 하나밖에 없는 어머니 유품이거든요. 일 년 열두 달, 하루도 안 빠지고 만지고 쓰다듬었더니 술이 빠져버리네요."
"……."

유란이 울고 있었다. 이영은 아무 말 없이 유란을 바라보았다. 유란이 얼른 눈물을 훔쳤다.

"저도 딸이 있었거든요."

이영이 말없이 손수건을 건넸다. 이영도 자신이 왜 손수건을 건넸는지 몰랐다. 마음이 시킨 것 같았다. 수건을 쥔 유란의 손은 가늘게 떨고 있었다. 이영이 유란의 손을 물끄러미 바라보았다. 남복을 입었지만 곱기가 여자의 손보다 더 고왔다.

이영은 앞꽂이 하나를 집어 들었다. 오얏꽃이었다.

"이거 하나 주세요."
"직접 꽂으실 거면 제가 꽂아드리겠습니다."

"아닙니다. 어머니 드릴 것입니다. 오얏꽃을 좋아하시는데 오얏꽃 앞꽂이는 처음 보거든요."

그녀는 오얏꽃 앞꽂이를 보며 아이처럼 좋아했다. 유란이 웃는 이영의 모습을 보았다. 참 티 없이 잘 컸다. 웃는 모습도 날 닮았구나.

이영은 살짝 웃으며 정중히 인사를 했다. 유란도 함께 깊이 머리 숙여 인사를 했다. 곁에 서 있던 효순이 어정쩡하게 인사를 하는 둥 마는 둥 하고 이영을 따라 나갔다. 유란은 이영의 뒷모습을 한참을 바라보았다.

미령, 잘 키워줬구나. 내 딸을... 아니 네 딸을...

유란은 갑자기 단이가 보고 싶어졌다. 그녀는 단이에게 어머니란 말조차 허락하지 않았다. 하루라도 딸처럼 보듬어 준 적이 있었던가? 정말 단이를 살리려고 궁에 보낸 것이었나? 아니었다. 오로지 단이를 통해 미령에게 복수하고자 보낸 것이었다. 딸 손에 죽는 어미의 통쾌한 모습을 보고자 함이었다.

이영이 떠나고 유란은 한참을 황옥 노리개를 쥐고 이영이

서 있던 자리에 서 있었다. 한숨 한 번 쉬고 박 씨에게로 갔다. 박 씨는 아무 말 않고 누워있다가 유란을 보자 겨우 일어났다.

"괜찮네 일어나지 말게나."
"...대행수님..."
"말하지 말고 있게나. 몸을 잘 추스르게나. 양 씨가 구완을 잘해 줄 걸세. 어서 추스르게."

유란이 일어나 나가려 하자 박 씨가 얼른 입을 열었다.

"단이... 아니 자두요..."

유란은 몸이 얼어붙은 듯 돌아보지도 못하고 그 자리에 섰다.

"궁에 보낸 거이, 살릴라고 보낸 거요, 죽이려고 보낸 거요?"

유란이 천천히 돌아서서 박 씨를 보았다.

"처음부터 알고 있었구먼요. 오른쪽 종아리에 붉은 점 3개. 그 게 자두여, 자두였어... 아무나 고로코옴 조로록 나래비 서 있는 점은 없지이. 그라고 보니 눈매도, 입매도, 웃는 것도 지 애미 꼭이여. 이유가 있겠지, 이름도 바꾸고, 대행수님은 남장을 하고... 이년도 눈칫밥 먹고 사는 년이라 두 사람이 이상했지만 서두. 그래도 뭔 이율까... 궁금했는데... 난 밝힐 거구먼요. 안 그라믄 점점 사람들이 죽어 나갈 거구먼요. 단이도 죽지 말란 법은 없어요오. 죽을 수 있단 말이지이. 난 이유는 몰러요오. 알아도 벨 거 없지만서두...”

박 씨의 말을 말없이 듣다가 유란이 무엇인가 말을 하려고 입술을 힘을 주어 오므릴 때였다. 양 씨가 큰소리를 내며 뛰어 들어왔다.

“큰일 났어요! 큰일 났어! 단이, 단이가 역모로 갇혔대요오. 금부에요오. ”

유란이 눈을 동그랗게 뜨고 물었다.

“뭐... 뭐라고? 역모라니?”
“사약이 내려질 거라고, 방금 궁에서 나온 내금위한테 들었습니다요.”

박 씨는 울기 시작했다.

"아이고 일 났어, 일 났어. 자두 죽네에."
"엥? 뭔 자두? 단이라니께? "
"단이가 자두여. 죽었던 자두."
"어떤 자두? 궁말 살던 우리 자두?"

양 씨가 털썩 주저앉았다.

"어쩐지... 소중이 년이 자꾸 자두라길래 뻘소리 말랬는데...
맞았구먼 우리 소중이 눈썰미는 알아줘야 혀."
"죽게 나둬서는 안 돼야. 나서야지, 이러고 있을 거요? 에?"

유란은 바닥에 앉아 눈을 꼭 감았다. 그리고 조용히 일어서
서 나갔다.

"시상에 역모로 잡아 처널 인간이 읎어서 자두를 끌어들여?
분명히 그년 짓여. 지 딸인지도 모르고 죽이는 거여... 아이구
어디 가요, 자두 살려야지 흐흐흑."

의금부의 첫 번째 추국으로도 단이와 석이의 역모는 밝혀지지 않았다. 중전은 그들에게 사약을 내려 왕실을 해하려는 죄가 얼마나 무서운 일인지 만인에게 공표해달라고 울면서 왕에게 애원했다. 다른 선대왕보다 후손이 적은 엽왕은 중전 김 씨와 미령의 유산에 이어 중전 민 씨까지 이런 일이 생긴 것에 분노했다.

목탕자에 몸을 담그고 있는 미령이 콧노래를 흥얼거렸다. 세욕물 색이 연한 홍빛이었다.

"마마, 눈을 씻으십시오. 눈에 좋은 물이옵니다."

덕이의 말에 흥얼거리던 미령은 양손으로 물을 떴다. 물을 바라보다가 손가락 사이로 흘려버렸다.

"헌데, 이 물이 무슨 물인데 눈에 좋은 게냐?"

"흑국화에 흑장미, 복숭아 가지, 수수꽃다리를 우린 물이옵니다."

"흑국화에 흑장미? 이런 것이 있었느냐?"

"흑국화는 눈을 맑게 하고, 흑장미는 신경 안정에 좋다 합니다. 은은한 향은 수수꽃다리입니다."

"덕이 네가 준비한 게냐? 고맙구나, 그렇지 않아도 눈이 좀 뻑뻑하고 불편했는데, 신경 쓸 일도 좀 많았고..."

"마마. 소인이 준비한 것이 아니옵니다."

"허면, 하 상궁이 준비한 거냐?"

"저, 단이가, 단이가 준비한 것입니다."

"뭐... 뭐라?"

"마마께서 눈을 비비시는 것을 본 모양입니다. 관자놀이를 짚으시는 것도 보구요."

"흐음..."

"수수꽃다리는 사악한 것을 물리치고 나쁜 운을 제거한다 했습니다. 단이가 며칠 동안 우렸습니다. 다음엔 무엇으로 세욕물을 우릴까 계속 적는 것도 보았습니다. 무슨 책이 있는데 계속 그거를 보고, 또 적고 그러던걸요."

요망한 것.

죽을 줄 어찌 알고 나에게 잘 보이려 한 게야.

넌 처음부터 마음에 안 들었어.

네가 우리 이영이의 눈에서 눈물을 나게 하면

난 너에게 피눈물 폭포로 갚아주지 암.

사악한 것을 물리치고 나쁜 운을 제거한다?

넌, 너 스스로 제거당한 거다.

미령의 소침방에서 덕이가 미령의 머리를 빗겨주고 있었다. 손바닥에 향유를 덜어 머리에 부드럽게 바르며 빗질을 했다.

"무엇을 바르는 게냐? 백합 향유는 아닌 듯한데?"

"네 어성초와 비자 우린 물에 치자 향을 보탰습니다."

"왜 바꾼 것이더냐?"

"소신이 바꾼 게 아니라..."

"아니라?"

"... 단이가 준비해놓은 것이옵니다."

"뭐?"

"마마의 머릿속에 붉은 기가 있다 하였습니다. 비자는 붉은 기를 잠재우고 진정시킨다 하였고, 어성초는 머리카락이 빠지지 않게 하는 것이니 성빈 마마께 꼭 올리라 했습니다."

"하! 치워라. 이 안에 독이 있는지 어찌 아느냐?"

"제용감 향장들이 검수를 하였으니 아무 탈 없을 것이옵니다."

덕이가 계속 머리를 빗어 내렸다. 미령이 덕이 손을 탁 쳤다.

"하지 말란 말 못 들었느냐?"

"죽을죄를 졌습니다, 마마"

"오 상궁 들라."

오 상궁이 들어왔다.

"가자꾸나. 역모를 어찌 다스리는지 구경이나 가자꾸나."

"험한 것은 안 보시는 게 낫습니다. 마마."

"아니다, 갈 것이야. 하 상궁에게 단장하라 일러라."

"마마, 그보다도 중전마마께 병문안을 가시는 것이 어떨까
싶습니다."

"?"

"하 상궁 단장은 하지 마시고, 소인이 간단히 해 드리겠습니
다. 화려한 것보다는 침울한 것이 더 나을 듯합니다."

미령은 오 상궁을 바라보았다. 적시에 바른말로 자신을 잡아 주는 귀한 사람이다. 미령은 알았노라 고개를 끄떡였다. 오 상궁이 분구를 준비하러 장식방에 들어간 사이 그녀는 자개 탁자 위에 있는 오얏나무 분재를 바라보았다. 오얏나무 잎이 누렇게 떠서 죽어가고 있었다.

"저... 저게 왜 저런 것이냐? 왜 오얏나무가 잎이 다 죽었느냐?"
"소인도 모르겠사옵니다. 갑자기 잎이 떨어지고 떡잎이 지더니 저렇게 변했사옵니다."

덕이는 자신에게 불똥이 떨어질까 봐 떨리는 목소리로 말했다.

"동산바치(궁의 나무를 가꾸는 정원사)에게 기별하여 저거는 폐기하고 다른 오얏꽃 분재로 가져오도록 하라."
"받들어 전하겠사옵니다."

두 번째 추국이 시작되었다.
의금부 마당에는 금부도사, 지사 두 명, 나장 스무여 명이 위엄 있게 서 있는 가운데 단이와 석이가 형구에 묶여있었다. 두 사람은 이미 초주검 상태였다. 의금부 도사가 안 석 앞으로 다가왔다.

"죄인 안 석은 사실대로 고하거라. 어찌하여 중전마마의 용종을 해한 것이냐?"

"모르는 일이옵니다. 분명 내의원 약재장의 입회하에 약재를 담았을 뿐입니다. 중전마마와 용종의 혈기와 원기를 위하여 팔물탕[22] 약재를 제조한 것입니다. 오로지 중전마마의 성채를 보하기 위함이었습니다. 어찌 감히 그런 대죄를 짓는단 말입니까?"

"네놈의 아비 안 국은 유란 마마 분구에 수은을 섞어 그 죄가 드러날 것이 두려워 스스로 자진을 하였다. 네놈이라고 다른 것이 없구나. 네놈을 내의원으로 다시 불러들인 은혜를 어찌 원수로 갚는 것이냐?

"아니옵니다. 평생 조정을 위해 헌신을 다한 아비를 욕되게

---

22) 팔물탕: 인삼, 백삼, 감초, 천궁, 당귀, 백출, 봉령 등의 재료로 만든 보신약. 임부들이 몸을 보할 때 먹는다.

하지 마시옵소서. 소인 역시 억울하옵니다. 그럴 리가 없사옵니다. 재조사를 하여 주시옵소서."

"듣기 싫다! 저놈이 바른말 할 때까지 주리를 틀어라!!"

나장 둘이 석의 주리를 틀기 시작했다. 석의 비명 소리가 궐 밖까지 울리는 듯했다.

금부도사는 이미 기절 직전인 단이 고개를 세게 들어 올렸다. 단이의 고개가 뒤로 휘청 제쳐졌다가 앞으로 툭 떨어졌다.

"네년은 탕약에 무슨 짓을 한 것이냐? 바른대로 고하거라."

"아... 아무 짓도, 아...무... 짓도 하지... 않았습니다."

단이는 금방 꺼져가는 불씨처럼 파닥이며 겨우 말을 했다. 금부도사는 다시 한 번 단이의 머리채를 뒤로 잡아 제쳤다. 단이의 머리가 뒤로 넘어간 채 금부도사의 손에 잡혀있었다.

"탕약에 몰래 섞은 것이 무엇이냐?"

"모르옵니다. 화로에 부채질하는 내내... 궁녀 둘이... 곁에서 감시하며 지키고... 있었습니다."

"탕약을 누가 짰느냐?"

"소인이... 내리고, 짰습니다."

"그때 무슨 약을 섞었느냐? 중전마마께서 탕약을 드신 그 자리에서 토혈을 하지 않으시고, 반시진 뒤에 복통을 일으키고 용종을 잃으셨다. 이 얼마나 지능적인 범죄인 것인지, 혀를 내두를 지경이다."

"모르는... 일이옵니다... 정말 모르는 일이옵니다."

"이년에게도 바른말을 할 때까지 주리를 틀어라!"

"중전 그만 우시오, 남은 기마저 쇠할까 우려됩니다."

대비는 침상에 누워있는 중전에게 위로의 말을 했다. 어린 중전은 끊임없이 눈물을 흘렸다. 왕은 중전의 손을 만져주었다. 대비도 고개를 끄떡이며 동정의 표시를 하고는 왕에게 단호하게 말했다.

"주상, 대체 왜 이런 일을 벌인 것인지 죄인들에게 중벌을 내리시오."

"지금 금부에서 엄격히 조사 중이니 곧 밝혀질 것입니다."

"전하, 성빈 마마 드셨사옵니다."

"들라 하시오."

성빈은 들어오자마자 대비와 왕에게 인사도 안 하고 쓰러지듯이 얼른 중전 곁에 앉았다. 무슨 말인가 할 것 같더니 미령은 아무 말도 없이 한동안 고개를 숙이고 있었다. 그러다 훌쩍이며 울기 시작했다. 방 안에 있던 엽왕, 대비, 중전 모두가 미령을 바라보았다.

"성빈, 고맙소. 이리도 같이 아파해주니, 이 어미가 다 고맙소."

"성빈도 그만 눈물을 거두시오. 과인이 귀애하는 두 사람이 우니, 마음이 아프오."

미령은 눈물을 그치고 얼른 대비와 엽왕 앞에 무릎을 꿇었다. 두 사람이 놀라 미령을 바라보았다.

"성빈, 왜 이러시오, 일어나시오."

"마마, 소첩, 귀한 용종을 위해 좋은 것만 듣고, 좋은 것만 보시고, 좋은 기운만 얻도록 많은 노력을 했사옵니다. 더러운 말을 들었을 때는 귀씻이물로 씻으라 청도 드렸습니다. 소격서에서 왕실의 번영과 용종을 위하여 기원하고, 또 기원하였습니다. 그런데... 흐흑... 어찌 귀한 용종이... 어찌... 허망하게 가셨단 말입니까..."

미령의 말을 들은 중전은 더 슬프게 흐느꼈다. 엽왕은 미령의 말에 감동한 듯 고개를 끄떡였고, 대비는 미령의 팔을 잡으며 일어나라 말했다.

"고맙소. 압니다. 알아요. 모두가 성빈 같으면 무에가 걱정입니까? 지금 의금부에서 이 일과 관계된 죄인을 추국하는 중이니 곧 밝혀질 것이외다."
"전하, 대비마마, 죄인들이 무슨 연고로 용종을 해하였는지 그 배후를 꼭 밝혀야 합니다.
"배후??"

왕과 대비가 동시에 외쳤다.

"한낱 내의원 주부와 향방 나인이 무엇을 얻겠다고 용종을 해 하겠습니까? 이는 틀림없이 배후가 의심되옵니다. 조정에 앙심을 품은 사람을 염두에 두시면 어떨는지요."

"흐음... 허면, 성빈은 누구라고 생각하는가?"

대비의 물음에 성빈은 아직 모르겠다는 말로 돌렸다. 그때 엽왕은 퍼뜩 찬을 떠올렸다. 분명 이 애비에게 앙심을 품고 있을 것이다. 엽왕은 눈을 지그시 감고 노여운 표정으로 생각에 잠겼다. 미령은 왕의 표정을 힐끗 살폈다. 그녀의 계략이 먹혀 들어 간 것이다. 미령은 속으로 혼자 웃었다.

찬은 대전으로 향했다.

자신을 돌봐주던 석이가, 자신이 귀애해 주던 단이가 역모로 갇혀있는데 일각이라도 앉아있을 수가 없어 불안했는데 왕이 부른 것이다. 오래전에 엽왕은 자신을 버렸다. 조례는 물론, 조강, 석강에 부르지 않은 지가 얼마나 됐는지도 모른다. 연중행사인 사냥을 나갈 때도 엽왕은 복진군을 데리고 나갔다. 대신들이 세자 저하도 함께 사냥을 가야 한다고 아뢰었다. 찬은, 이번은 가나 보다 하고 준비를 했었다. 채비하고 있던 찬은 부름을 받지 못했다. 그날, 정이와 함께 국궁장으로 갔다. 텅 빈 국궁장에서 찬은 열심히 시위를 당겼다. 과녁을 맞히지도 못한 화살은 핑핑 사방으로 날아갔다. 가득 찼던 화살집이 비어 정이가 세 번이나 채워줬다. 그날 밤 찬은 앓아누웠다. 온몸이 아팠다. 손가락은 찢어져 피가 났다. 석이가 삼칠근을 붙여 줘 지혈이 되었다.

왜 그렇게 시위를 당겼을까?
왜 온몸이 아프도록 시위를 당긴 것일까?

사실 그런 질문은 찬이 한 것은 아니었다.
다음날, 찬은 대전으로 불려갔다. 왕은 연상에서 사냥을 가서 보았던 풍경을 그리고 있었고, 곁에서 복진군이 먹을 갈고 있었다.

"누구를 향해 살을 쏜 것이냐?"

왕이 물었다.

"나를 향해 쏜 것이렷다?"

왕이 묻고, 왕이 답하였다.

"나를 죽이고 싶었던 게냐? 자, 여기 살(화살)이 있다. 애비 있는 곳에서 직접 쏴라. 뒤에서 숨어 쏘지 말고!"

찬은 무릎을 꿇고 오랫동안 용서를 빌었다. 한 시진(두 시간)이 지났을 때, 비겁한 놈, 내 앞에 다시는 나타나지 말라! 아우만도 못한 놈, 아무짝에도 쓸모없는 놈이란 말과 함께 왕은, 연상 옆에 있던 벼루 뚜껑을 바닥에 집어 던졌다. 벼루 파편이 사방으로 퍼졌다. 놀란 복진이 깨진 파편을 집다가 손을 베었다. 피가 툭툭 떨어졌다. 찬은 그것을 가만히 보고 엎드려 있었다. 복진군은 엎드려 아바마마, 저하를 용서하소서 외쳤다. 복진군이 짚은 바닥에 피가 번졌다. 왕이 김 내관을 불렀다. 왕은 노여움에 가득 차서 뭐라고 계속 얘기했다. 그때 찬은 윙 하는 소리와 함께 아무것도 듣지 못했다. 단지, 가두어라, 금지해라, 그런 말을 들은 것 같다. 끌려 나왔는지, 혼자 걸어 나왔는지도 기억이 안 난다. 자선당에 돌아왔을 때 비로소 장 상궁이 말했다. 자선당 밖으로 나와서는 안 된다는 전하의 명령을 받잡아 올린다고...

그런데 그날 밤, 복진군이 궁 안에서 괴한의 습격을 받고 쓰러진 일이 발생했다. 궁 안이 발칵 뒤집혔다. 왕의 노여움에 불만을 가진 세자가 복진군을 해하려 했다는 것이다. 왕은 대로했다. 야심한 밤에 찬은 대전으로 끌려갔다. 소자는 그런 일을 한 적이 없다고 아뢰었지만, 왕은 믿지 않았다. 아비에게 혼이 났다고 동생을 해하는 니가 사람이더냐, 짐승이더냐? 다시는 내 앞에 나타나지 말아라!! 썩 꺼지거라, 썩!!

그날 저녁, 미령은 다친 손가락을 싸매주며 복진에게 그랬다. 세게 치지는 않을 것이다. 이 기회에 세자를 몰아내야 한다. 아프진 않을 터이니, 조금만 참으면 된다. 너를 친 사람은 세자인 것이다, 알겠느냐?

찬은 누명을 썼다. 그날 이후 자선당 처소를 한 발자국도 못 벗어났다. 오늘은 왕의 부름으로 자선당 밖으로 나온 것이다.

찬은 왕에게 무릎을 꿇었다.

"이 사건을 어떻게 보느냐?
"아바마마, 그들은 절대 역모에 가담할 자들이 아니오니 사건을 재조사하도록 해주시옵소서."
"허면, 네가 가담한 것이더냐?"

"아니옵니다, 아바마마. 억울한 자가 생겨서는 아니 되옵니다."

"억울하다? 용종을 살해했는데, 억울하다? 네가 지금 내 자리를 욕심내어 직접 조사를 한다는 것이냐?"

"아니옵니다. 아바마마, 소자는 박복하여 욕심을 낼 수도, 내지도 않습니다. 아바마마께서 저를 미흡하게 보시는 줄 아옵니다. 하오나 백성은 다르옵니다. 아바마마께서 잘하신 일은 백성이 눈으로 보고, 백성이 기억하옵니다. 소자에게 기회를 주십시오. 재조사를 하도록 해주십시오."

"박복이라 했느냐? 능력이 안 되는 것을 박복이라 표현한 게냐?"

"그런 게 아니옵니다. 아바마마께서 곡해하신 것이옵니다."

"곡해라? 지금, 니가 잘못을 했으니, 입이나 다물고, 물러가라? 나에게 맡겨라?"

"아바마마, 그런 것이 아니옵니다. 억울한 죽음이 있어서는 아니 된다는 것이옵니다. 소자의 충언을 들어주시옵소서! 아바마마!"

엽왕이 벌떡 일어나 용상 뒤에 올려있던 칼을 빼 들었다. 칼끝이 찬의 목을 겨누었다. 찬은 놀라 입을 반쯤 벌리고 꼼짝도 못 하였다.

"네놈은 지금, 왕인 나를 기만했고, 왕인 내 자리를 월권했고, 왕인 나를 무시하는 오만함을 보인 것이다. 살기를 바라느냐?"

"아...아바마마, 소자를 용서하시옵소서."

왕은 입을 실룩이다가 천천히 웃기 시작했다. 웃음소리는 점점 커져 대전을 지나 전각 지붕 너머까지 울려 퍼졌다.

"겁충이, 벌레만도 못한 겁충이 놈."

왕은 칼을 바닥에 던졌다.

"김 내관 있느냐? 이놈을 당장 끌어내라, 당장!"

찬은 머리를 바닥에 대고 깊숙이 엎드렸다. 찬의 이마에 스치는 곤룡포 자락의 바람이, 서늘하다 못해 싸늘하게 휙 지나갔다. 복진이 곁눈질로 찬을 바라보고 있었다. 어린 그가 웃고 있었다.

승유가 의금부 마당에 들어섰을 때는 단이와 석이의 추국이 끝나고 이미 옥사에 갇힌 뒤였다. 이전에 감찰이었을 때는 하시라도 들락거렸던 곳이지만, 지금은 왕의 부마인지라 궁 출입은 물론, 금부 옥사도 출입금지였다. 안면이 있는 옥사 포졸에게 아쉬운 말을 하고 겨우 들어갔다. 어쩌다 이곳에 단이는 세 번이나 갇힌 것일까. 한 번도 지켜주지 못하고 매번 단이 스스로 나왔다. 하지만 이번은 스스로 나오기는 어려울 듯했다.

　석이는 난생처음 겪는 고초를 이기지 못하고 옥사 바닥에 피투성이가 되어 쓰러져있었다. 승유의 목소리에 겨우 몸을 움직였다. 자기가 내준 약초는 결단코 팔물탕이라 했다. 그 약재에는 어혈이 터질 정도의 약재는 전혀 들어있지 않다 말했다. 누군가 다른 약재를 섞었다는 것인데 그럴 시간도 없었고, 그럴 사람도 없다 했다. 귀신이 곡할 노릇이라는 것이었다.

　단이는 처참하게 고꾸라져있었다. 포졸에게 문을 열어달라 하고 안으로 들어갔다. 단이 곁에 앉아서 한참을 바라보았다.

무슨 말을 한들 알아들을 수도 없는 상태였다. 대체 무슨 운명이기에 이리도 힘들고 박복한 인생을 살고 있는지 가엾기만 했다. 지켜주지도 못한 자신을 탓하며 일어서려 할 때였다. 단이가 승유 손을 잡았다. 승유가 놀라 단이를 바라보니 눈물을 흘리고 있었다. 승유도 울컥하여 단이를 안아주었다. 아무 말도 없이 두 사람은 오랫동안 안고 있었다. 포졸이 와서 그만 나가셔야 한다고 말하는 바람에 단이를 내려놓았다. 일어서려는 승유에게 단이가 아주 작은 소리로 힘없이 말했다.

"약... 탕... 기."

승유가 나오자 영추는 기다렸다는 듯이 말했다.

"금부 옥사에 들어가 죄인을 보는 것은 그야말로 역모에 동조하는 것입니다요. 조심하셔야지... 왜 이렇게 오래 걸렸어요? 혹시 두 사람이 회포라도 푸셨소?"

영추의 농에 답도 하지 않고 승유는 무거운 발걸음을 옮겼다. 천천히 걷다가 돌부리가 발에 닿았다. 돌부리가 아니라 항아리

깨진 것 같았다.

갑자기 승유가 걸음을 멈추어 항아리 조각을 주웠다.

"내의원 쓰레기나 폐기물은 어디에 모아두느냐?"

"그야, 내의원 뒤 쓰레기장 아닐까요?"

"가자!"

"아 왜요?"

내의원 뒷마당 구석에는 약재 찌꺼기나 깨진 항아리 약탕기들이 많이 모여 있었다. 승유는 쓰레기 앞에 서서 가장 최근에 버린 쓰레기를 눈여겨보았다. 근래에 버린 쓰레기일수록 앞쪽에 있을 것이다. 그는 발로 쓰레기를 툭툭 치며 무엇인가를 찾았다. 그러다 약탕기 깨진 조각이 있는 곳에 앉았다. 영추는 대체 나리가 왜 저러나 갸우뚱하며 다가왔다.

"왜요? 그런 건 갖다 줘도 엿 안 줘요."

"이것 보거라."

승유는 약탕기 손잡이가 달린 깨진 조각 하나를 들었다. 아직 약 찌꺼기가 안 마른 채로 그대로였다. 손잡이 안에는 약물이 아주 약간 고여있었다.

"그게 뭐요? 손 베니 조심하셔야지."
"개미가 죽은 거 안 보이느냐?"

영추는 승유가 내민 조각을 자세히 들여다보았다. 작은 개미, 큰 개미가 죽은 상태로 깨진 탕기에 붙어있었다. 그런데 모두 터진 채였다. 영추가 징그러워 인상을 썼다.

"어? 어? 아이그 징그러워, 에비, 그런 거 만지면서 놀지 마요. 밤에 오줌 쌉니다요."

영추 말이 끝나기도 전에 승유는 주위를 살피더니 탕기 조각을 주워 옷소매에 집어넣고 영추 손을 잡아끌었다.

"아 왜요, 또?"
"어서 가자!"

승유는 투덜거리는 영추를 잡고 서둘러 그 자리를 떴다.

"이 탕기의 성분을 알 수 있을까요?"

승유는 저잣거리 후미진 곳에서 약탕기를 파는 노인에게 말했다.

"독쟁이들이 젤 싫어하는 짓을 왜 하슈? 말해 뭐 혀? 아 독이야, 흙 아니면 모래지."

"중대한 일이라 그럽니다. 아주 급합니다. 성분을 알고 싶습니다."

"내가 그런 걸 어찌 아슈? 독아지 살 거면 사슈, 안 살 거면 가슈."

승유가 난감한 표정을 짓고 있는데 영추가 술병과 전 나부랭이를 흔들며 오고 있었다. 역시 저놈은 난 놈이다. 승유가 웃었다.

"영감님 목마르시지요?"

노인은 두말도 하지 않고 탁주를 벌컥벌컥 마셨다. 역시 조선 천지는 공짜가 없다.

활혈거어(活血祛瘀) 약초가 쓰였다 했다. 어혈을 푸는 건칠, 자충, 천산갑, 우슬, 택근 가루를 고령토에 섞어 만든 약탕기인데 임산부가 먹으면 안 된다는 것이다. 특히 자충은 임산부에게는 독이라 했다.

"약 속에 감초가 들어서 개미가 먹으려 모였다가 다 골로 간 거여. 죽을라고 불구덩이에 들어간 거지. 봐 다 터졌잖여. 대가리, 몸뚱아리, 다리, 다 터졌어. 근데 숭하게 왜 이런 거는 묻고 다니는 겨?"

원하는 답을 듣지 못하고 승유가 돌아설 때 노인이 한마디 했다.

"정요 있잖여, 도자기 만드는데. 거기 곽 서방이 저거 만들었을 겨. 누가 약초 들고 와서 탕기 만들어 달라 했다던디? 노모인지 누군지가 중증 환자라든가? 어혈이 막혀서 빨리 뚫을라고 한다고 했댜. 허긴, 피떡엔 저 방법이 최고여. 거기 가 봐."

마지막 추국은 왕이 함께했다.

의금부 마당에 단이와 석이가 형구에 앉아있었다. 두 사람은 이미 초주검 상태였다. 의금부 도사가 두 그릇의 사약을 들고 왔다. 의금부 마당 높은 곳에 엽왕이 앉아있고, 병졸들이 죄인들을 둘러쌌다.

"죄인 박 단과 안 석은 용종을 해하고 역모를 꾀한 죄로 사약을 받는다."

왕이 앞으로 고개를 숙여 아래로 내려다보며 말했다.

"끝으로 할 말이 없느냐?"

"신, 결단코 역모를 꾀하지 아니했습니다. 이 자리에서 죽을지언정, 절대로 그런 일은 하지 않았습니다. 소신의 선친께서도 비리에 억울하게 목숨을 잃으셨습니다. 바라옵건대, 소신의 죽음으로 궁 안의 모든 비리와 음모가 사후에라도 밝혀지길 바랄 뿐이옵니다."

"끝까지 뉘우치지 아니하는 놈은 죽어 마땅하다. 그리고 너!
너는 할 말 없느냐?"

"소신 약재를 다루고 향재를 다루는 향방 나인입니다. 궁 안
의 윗전들을 위하여 최선을 다하였습니다. 전하와 비빈 마마들
의 용안을 가꿔드리고 건강을 보존해드리기 위해 궁으로 들어
왔지만, 이렇게 억울하게 죽게 되었습니다. 결단코, 소신은"

"더 들을 것도 없다. 지체할 것 없다. 먹여라."

엽왕은 단이의 말을 중간에서 끊었다. 궁인들은 긴장하여 단
이와 석이를 바라보았다. 의금부 도사가 막 사약을 들고 나장
두 명에게 각각 건네주었다. 석은 눈을 감아버렸다. 단이는 사
약이 다가오자 입을 꼭 다물고 발버둥을 쳤다. 나는 아니라고,
나는 아니라고 말을 하려는데 나장이 단이의 입을 잡아챘다.
단이는 말도 못하고 읍... 읍... 읍...만 입에서 새어 나왔다.

"어서 입에 처넣어라!"

의금부 도사가 위엄 있게 소리 질렀다.
나장이 단이 입에 사약을 넣으려던 때였다.

"전하!! 소신 민승유. 역모가 아님을 밝힐 증좌를 가지고 왔습니다!!"

승유의 말에 모두 그를 바라보았다. 승유 곁에는 초로의 도기장이 서 있었고, 영추는 깨진 탕기 조각을 쟁반에 받쳐 들고 서 있었다.

의금부 마당에 있던 모든 사람과 왕이 놀라 쳐다보았다.
단이는 승유의 목소리를 듣자 무너지듯 고개를 떨구었다. 승유가 얼른 단이를 부축했다. 석이는 승유를 보고 안도의 한숨을 쉬고 고개를 끄떡이며 눈을 감았다.
왕이 노여워 소리쳤다.

"무에가 증좌라는 게냐? 저 노인은 누구냐?"

25. 활혈거어 약초의 비밀

"집안에 어혈이 막힌 중증 환자가 있다면서 이 약초들을 섞어 약탕기를 만들어 달라 했습니다. 어혈을 빨리 뚫으려 한다는 말을 했사옵니다."

정요 도자기 곽 서방이 벌벌 떨며 말을 했다.

편전 안에는 대비 윤 씨, 내의원 어의 허진수와 승유가 함께 있었다. 어의 허진수는 곽 서방이 들고 온 약초들을 살폈다.

"전하, 활혈거어 약초들입니다."

"활혈거어? 그게 무엇이더냐?"

엽왕은 고개를 왼쪽으로 살짝 돌려 인상을 쓰고 허진수에게 물었다.

"전하, 활혈거어초는 울혈이 지고 어혈이 생길 때, 혈행을 좋게 하고 녹이는 데는 명약이지만, 산모가 복용했을 때는 사산할 수 있는 약초들이므로 산모에게 금기시하옵니다. 이 깨진 약탕기 속에는 자충, 건칠, 천갑산, 수질, 우슬, 오령지가 들어있었사옵니다. 이 약초들이 중전마마의 혈행을 급작스럽게 돌게 하시어 복중의 용종이..."

"누가 시켰느냐?"

왕이 곽 서방에게 물었다.

"동소문에 사는 효자 최가이옵니다. 연로하신 모친께서 풍을 맞으셨다며 급하다 했습니다."
"최가? 최가가 이 일과 무슨 관계가 있는가?"
"소인도 알지는 못합니다. 실제로 노모가 풍에 걸려 누워있었습니다. 소인이 약탕기를 가져다주러 갔을 때는 이미 노모는 죽었고, 최가 또한 효심이 깊은지라 노모를 따라갔습니다. 그런데 왜 약탕기가 궁에 들어왔는지는 모르겠사옵니다."

입을 다물고 있던 승유가 진중하게 말을 했다.

"전하, 최 씨에게 의뢰한 사람은 성빈 마마로 사료되옵니다."

대전 안 사람이 모두 놀랐다. 그중 제일 놀란 사람은 엽왕이 었다.

"뭐야? 어찌 그리 생각하느냐?"
"최가의 옷 속에서 궁의 문양인 오얏꽃 문양이 있는 옥가락 지가 나왔습니다. 이는 분명 약탕기를 의뢰한 성빈 마마께서 사례로 준 것이 아닌가 하옵니다."

승유의 말에 대비가 나섰다.

"성빈의 물건이 아름다워 저잣거리에서 이미 가품이 유행한 다 들었소. 이 어찌 성빈이라고 단정을 하시오?"

승유가 당황했다. 그것을 왕이 놓칠 리 없었다.

"네 이놈! 지금 누구를 끌어들이려는 것이냐! 네놈이야말로 역모를 조장하는 것이 아니냐? 세자가 시키더냐? 성빈과 복진을 쳐 내라고, 그놈이 시키더냐?"

"아... 아니옵니다, 전하. 오히려 세자를 음해하려는 자들로 인해 저하께서 마음을 졸이고 있사옵니다."

엽왕은 벌떡 일어나 약초 바구니를 들어 승유에게 던졌다.

"어의는 말하라. 저 약초들은 구하기 어려운 약초이더냐?"
"아니옵니다. 들판에 가면 지천으로 있는 약초들이옵니다."
"허면, 저 약초는 누구나 얻을 수 있는 것이렷다?"
"그러하옵니다."

왕은 앉아있는 승유를 걷어찼다. 승유는 무방비 상태에서 옆으로 나뒹굴었다. 승유는 얼른 일어나 무릎을 꿇었다. 왕은 다시 승유를 걷어찼다. 승유는 또 옆으로 넘어졌다. 얼른 일어나 다시 무릎을 꿇었다.

"네 이놈, 네놈과 세자와 안 석이 한패가 되어 역모를 벌인 일인 게 확실하구나! 김 내관은 이놈을 당장 금부에 하옥하라 일러라!"

김 내관은 안절부절못하였다.

"전하, 부디 소신의 말에 귀를 기울여주시옵소서! 작금에 일어난 세 건의 석연치 않은 죽음도 연관이 있는지 그것 또한"
"더 들을 것도 없다. 당장 이놈을 금부로 끌고 가 주리를 틀고, 단근질을 하여 대역무도한 짓거리를 토설 받도록 하여라! 또한 세자는 침전 안에 가두고, 밖에서 걸쇠를 채워 한발도 나오지 못하게 하여라!"
"전하, 전하! 용단을 내리시고 올바르게 보셔야 합니다, 전하!"

왕이 다시 승유를 걷어찼다. 승유는 일어나지 않고 그대로 있었다. 왕은 승유를 내려다보며 한마디 더 했다.

"내가 올바르지 못하여 네놈들이 역심을 품은 것이냐?"

잠자코 있던 대비도 노여움으로 가득 차서 소리쳤다.

"어찌 성빈을 음해한단 말인가? 성빈은 그럴 사람이 아닌 것을 내가 알고, 주상이 알고, 중전이 알고 있네. 옹주가 안다면 얼마나 섭한 일이냔 말이다. 허!"

어느새 별감 두 명이 들어왔다. 엎드려 있는 승유의 팔을 걸어 끌고 나갔다. 엽왕은 화가 가라앉지 않아 씩씩대고 서 있었고, 대비는 고개를 팩 돌렸다. 이빨이 덜덜 떨리도록 겁먹은 곽 서방과 어의는 바닥에 납작 엎드렸다. 승유가 외치는 전하 소리는 편전 복도에서도 울렸다.

"뭣이라? 뭐라 했느냐?"

덕이에게 손 지압을 받으며 편히 앉아 있던 미령은 오 상궁의 말에 상체를 벌떡 일으켰다.

"민승유가 나의 짓이라고 주상께 고했다고?"
"그러하옵니다, 마마."

미령이 덕이를 물리고 오 상궁과 마주 앉았다. 미령은 연신 두 손을 비비며 초조함을 내보였다.

"그놈이, 그놈이 그랬단 말이냐? 그래서, 그래서 어찌 되었느냐?"

"주상 전하께서 대로하셨답니다. 성빈 마마와 복진군을 음해하는 역모라며 금부에 가두었답니다."

"뭐... 뭐라고?"

"마마, 조심하셔야 할 것 같습니다."

허리를 펴고 오 상궁과 마주했던 미령은 숨을 푸 내쉬며 어깨를 축 늘어트렸다.

"물, 물을 다오."

오 상궁은 얼른 소반 위 찻주전자의 찻물을 따라 미령에게 주었다. 미령은 단숨에 들이켰다.

"다른 말은, 뭐 다른 말은 없었다더냐?"

"정요 도자기의 곽 서방과 어의 허진수가 함께 왔는데, 전하께서 모두 물리셨다 합니다."

미령이 비틀거리며 바닥을 짚었다.

"대전으로 가야겠다. 가서 그놈이 나를 끌고 들어간 자체가 역모라 주청을 드려야겠다."

"아니 되옵니다. 지금은 나서면 오히려 독이 될 수 있습니다."

"?"

"전하께옵서는 말씀을 곱씹으시며 생각하시는 분이십니다. 지금쯤은 왜 민승유가 그런 말을 했는지 상념에 계실 것이옵니다. 어떻게 정리가 될지 모르기 때문에 기다려야 할 것입니다."

"정리하기 전에 날 끌어들인 그놈을 처단하라고 해야 하는 게 아니더냐?"

"마마, 옹주마마를 생각하십시오. 옹주마마의 낭군이십니다."

"... 알겠다..."

경복궁은 침묵으로 가득 찼다. 낮에 있었던 회오리 같은 일들은 어느새 잦아들었지만, 폭풍 전야처럼 고요하기만 했다.

자선당 뜨락엔 솔향 타는 소리가 파닥파닥 간간이 들렸다. 자선당을 포위한 병졸들은 세자를 감시하는 눈빛으로 서 있었다. 그 틈에 사내 두 명이 몰래 다가왔다. 영추와 정이였다. 두 사람은 병졸들의 눈을 피해 자선당 뒤편에 있는 쪽문으로 들어갔다. 찬이 궁 밖을 나갈 때 이용하던 문이었다. 그들이 몰래 침전에 들어섰을 때 찬은 서안에 기대어 눈을 감고 있었다. 문 앞에는 숟가락도 대지 않은 소반이 그대로 있었다. 찬은 깜짝 놀랐다. 정이 얼른 황촉을 껐다. 서창으로 뜨락에 켜있는 솔가지 불빛이 들어와 겨우 이들의 얼굴을 비추었다. 세 사람은 오랫동안 머리를 맞대고 이야기를 나누었다. 영추가 주로 말을 하고, 찬과 정이는 듣는 편이었다. 반 시진이나 지났을까. 두 사람은 찬에게 인사를 하고 조심스럽게 자선당을 빠져나갔다.

이영은 화려하고 고운 금침을 바라보고 한숨을 쉬었다.

문 앞에서 단출한 이불을 펴고 누워있던 효순은 하품을 하며 말했다.

"마마, 날 샙니다요. 그만 주무셔요."

"넌 잠이 오냐? 오늘도 독수공방인데, 난 잠이 안 온다."

"나리는 안 오십니다요. 낮에 출타하셨는데 오셨는지 안 오셨는지도 모르겠어요. 어서 주무셔요."

"효순아, 넌 이게 말이 된다고 생각하느냐? 혼례를 했으면 합방을 하는 것이 당연한 것 아니냐?"

"저도 당연한 것인 줄 알았는데 나리 보니 아닌가 봐요. 아하 함 졸려..."

"자지 말거라. 심심하다."

"아 그럼 마마가 직접 사랑방에 찾아가세요. 나리가 오길 기다리다간 정말로 처녀 귀신됩니다요. 다른 일은 잘 나서면서 왜 나리한테 못 가셔요?"

"갔는데 문 안 열어주면 어찌하느냐?"

"발 뒀다 뭐 하세요? 그냥 뻥 차고 들어가세요. 뭐가 무서우세요? 마마 뒤에는 전하가 계시고, 성빈 마마가 계시지 않습니까?"

"알았구나."

이영이 벌떡 일어나자 효순이 얼른 이영을 주저앉혔다.

"정말 가시게요?"

"니가 가라하지 않았느냐?"

"마마께서 오시지도 않는 서방님을 하두 기다리시기에 드린 말씀입니다요. 얼른 주무셔요."

그때 밖이 소란했다. 두 사람이 놀라 밖으로 귀를 기울였다. 잘 들리지는 않았지만, 분명히 들리는 말이 있었다. 역모로 승유가 하옥되었다는 말이었다. 이영은 깜짝 놀라 속곳 차림으로 튀어 나갔다.

편전에는 조례에 참석한 문무 대신들이 좌우로 앉아있었다. 민정립만이 한가운데 엎드려 왕에게 고하고 있었다.

"전하, 역모라니요. 말도 안 되는 소리입니다. 소신의 자식놈이라 사뢰는 말씀이 아니옵니다. 사헌부 감찰은 정사에 올바른 의견을 개진하고, 억울하고 원통한 일을 풀어주는 일을 하옵니다. 이는 혹시 한쪽에만 치우쳐 바로 보지 못한 사안에 균형을 잡아 바르게 판결하기 위함이옵니다."

민정립이 단호한 말투로 왕에게 말했다. 이에 박대종이 민정립을 겨냥하여 왕에게 아뢰었다.

　"전하, 대사헌의 말대로 사헌부 감찰은 정사에 올바른 의견을 개진하고, 억울하고 원통한 일을 풀어주어야 마땅합니다. 하오나 작금의 문제는 사헌부 감찰로서의 소임이 아니옵니다. 민승유는 이미 감찰이 아닌 부마이옵니다. 게다가 중전마마께서 용종을 잃으신 일에 아무런 증좌도, 죄도 없는 성빈 마마를 겨냥하여 거짓 진술과 누명을 씌웠습니다. 이 어찌 역모가 아닙니까? 중벌로 다스려야 합니다."

　"전하, 사간원 사간, 이성곤 아뢰옵니다. 민승유는 그간 사헌부의 저승사자라 할 만큼 소신 있고 예리한 눈으로 감찰의 임무를 수행하였습니다. 미처 다 듣지 못한 사안이 있을 것이라 사료 되옵니다. 노승발검(怒蠅拔劍)이란 말처럼 파리를 보고 칼을 빼 드는 우는 범하지 말아야 합니다. 더 신중하여 중요한 일을 놓치지 아니하여야 합니다."

　"전하, 소신의 아들은 제 아들이기 전에 전하의 부마이옵니다. 부마가 무엇이 아쉬워 성빈 마마를 해하는 역모를 하겠사옵니까? 통촉하여 주시옵소서."

민정립과 이성곤의 간곡한 말에 엽왕은 한동안 말을 안 하고 가만히 있었다. 이에 박대종이 침묵을 깼다.

　"전하, 이번 사건의 민승유와 안 석은 세자 저하의 지음지기(知音志氣)이옵니다. 모든 일에 의기투합을 함께 한다는 의미이옵니다. 역심을 품은 자 셋이 모이면, 나라를 뒤엎는다 했습니다. 전하께서는 국법의 지엄함을 보이시어 누대에 경계로 삼으시옵소서!"

　왕은 눈을 감았다. 누구의 말을 들어야 할지 고민에 쌓인 표정이었다. 사관은 열심히 붓을 놀리고 있었다.

　"들어라. 역모인지 아닌지 판결이 날 때까지 민정립을 사저에 감금한다. 과인에게 도전하는 자는 그 누구도 용서치 않을 것이다. 또한, 이 사안은 과인이 직접 추국을 할 것이다. 모두 물러가라!"
　"전하 통촉하여 주시옵소서. 전하!"

　민정립이 읍소하여 고할 때, 박대종은 입을 꾹 다물고 비웃음을 지었다.

"어머니, 서방님이 역모라니요? 그럴 리가 없습니다. 절대 그럴 분이 아니라는 것은 어머님도, 아바마마도 잘 아실 것이옵니다. 어머니, 제발 서방님을 구원해주시어요. 네?"

"네가 나설 일이 아니다. 그놈이 나를 중전마마의 용종을 해친 죄인이라고 주상전하께 거짓을 고한 놈이다. 이 일은 단이란 계집애가 저지른 일이야. 그 계집을 구하고자 나를 끌어들인 거다."

"이대로 보고 있을 수만 없어요. 아바마마께 청을 넣어야겠어요."

"아니 된다. 다 너를 위한 일이다."

"저를 위하다니요? 저는 독수공방이 싫어 어머니께 하소연한 것이었어요. 단이에게 곤장이나 때려달라고 부탁한 것이지... 설마, 정말 어머님이 그러신 건가요?"

"아니다. 무슨 소리냐? 출가외인이 이렇게 궁 출입을 하는 것은 올바른 일이 아니니 어서 돌아가거라."

이영은 한숨을 쉬었다. 이대로 집에 돌아가자니 심란하기만 했다.

그 시각, 정이와 영추는 시전 거리를 돌아다니고 있었다. 누군가를 찾는 듯했다. 광통교로, 남산골로, 동소문으로, 마포나루로 다니며 사람들과 이야기를 하고 무엇인가를 적기도 하였다. 이내 고개를 끄떡이고 빠른 걸음으로 사라졌다.

의금부 옥사 마당엔 고통스러운 비명 소리가 가득했다. 나장 둘이서 형구에 묶인 승유의 주리를 틀고 있다. 좌우로 민정립을 제외한 대신들 서너 명이 있고, 엽왕은 의자에 앉아 굽어 내려다보고 있었다. 뒤늦게 대비와 미령이 양 상궁과 오 상궁을 거느리고 나타났다. 엽왕은 대비를 보자 손을 들어 고문을 멈추게 하였다. 대비와 미령은 궁녀가 내준 의자에 앉았다.

"정녕 죄를 토설치 아니하느냐?"
"전하, 소신의 죄가 무엇인지요? 바른 눈으로 사안을 보시기 바라옵니다. 소신에게 이틀만 시간을 주시면 모든 의혹을 파헤쳐 불안한 정국을 원상태로 돌려놓겠사옵니다."

"네놈이 대체 누구의 뒷배를 믿고 이리도 방자한 것이냐? 세자더냐? 용종을 해치고, 성빈을 해치고, 과인마저 해치면, 왕좌가 세자에게 간다 하더냐?"

"전하, 천부당만부당하옵니다. 바른 눈으로 세상을 보시고, 진실을 외면하지 마시옵소서. 세간에서는 일다경(뜨거운 차를 한 잔 마실 시간)이면 없는 죄도 만들어내는 곳이 조정이라 합니다. 이러한 일이 자행되어서는 아니 되옵니다. 전하 통촉하여 주시옵소서"

"저, 저놈이 과인을 훈계하다니, 여봐라 저놈이 이실직고할 때까지 주리를 매우 틀어라!"

나장이 주리를 틀어대면 승유는 고통스럽게 비명을 질렀다. 참혹한 모습에 대비와 대신들이 고개를 돌렸다. 고통을 참지 못하고 혼절하는 승유를 보며 미령이 야릇한 미소를 지었다. 그때 찬이 나타났다.

"아바마마. 소자 아바마마께 드릴 말씀이 있어 아바마마의 명을 어기고 예까지 나섰습니다."

왕은 노여움에 가득 차서 소리를 질렀다.

"네놈이 자진하여 역모임을 고하러 온 거렸다? 분명 감금 중인데, 나의 말을 어기고 예까지 온 것이냐? 여봐라, 세자를 포박하여라!"

의금부 도사가 망설이자 왕이 벌떡 일어났다. 그때 세자가 빠른 말로 고하였다.

"아바마마, 소자, 이 사건의 증인을 데려왔사옵니다."

왕을 포함한 모든 사람이 주위를 돌아보았다. 정이와 영추가 두 명의 여자와 한 명의 남자를 끌고 왔다. 여자는 금부 옥사에서 극약을 먹었던 양이와, 약탕기를 의뢰한 동소문 최가의 아내였다. 마음 놓고 구경하던 미령은 기겁하여 벌떡 일어났다. 미령은 곁에 있던 오 상궁을 잡으며 휘청했다. 오 상궁마저도 얼굴에 핏기가 가시며 휘청하였다. 분명 죽은 양이였다. 분명 죽었다 하였는데, 어찌 이 자리에 나타난 것인지 오금이 저렸다. 남자는 일이 있을 때마다 미령이 사사로이 부리던 칼잡이였다. 미령은 이 자리를 피하고 싶었으니 발이 떨어지지 않았다. 대비는 미령에게 손으로 앉으라고 했다. 미령이 주저앉듯 털썩 앉았다. 의자가 덜덜덜 떨렸다. 이를 어쩐다? 짧은 시간에 방법을 강구했으나 머릿속이 하얗다. 오 상궁은 누구도 눈치 못 채게 흔들리는 미령의 의자를 잡아주었다. 영추는 기절하여 늘어진 승유를 보고 닭똥 같은 눈물을 흘렸다. 왕이 주위를 둘러보며 인상을 쓰고 물었다. 노한 목소리였다.

"저자들은 누구이더냐?"
"소자의 탕약에 독약을 탔던 궁녀, 양이이옵니다. 죄가 들통나 지니고 있던 독약을 먹었으나. 내의원 안 석이 구해 준 인물입니다."

왕은 얼굴이 일그러지며 일어나 물었다.

"사실이더냐? 누구의 지시로 세자의 탕약에 독을 탔느냐?"
"사... 살려 주십시오... 저... 전하..."
"어서 말하지 못할까?"
"성... 성빈 마마이옵니다. 전하 죽여주시옵소서."

모두 미령을 쳐다보았다. 미령이 새파란 얼굴로 두 손을 들어 아니라고 손을 내저으며 고함을 쳤다.

"네 이년, 여기가 어디라고 거짓을 고하는 게냐? 네년이 정녕 죽고 싶은 것이냐?"

"이미 소인은 죽은 목숨이옵니다. 마마의 명대로 소임을 다하고 스스로 극약을 먹었습니다. 그래야만 저의 아비와 동생들을 보살펴준다 했기 때문이옵니다. 헌데, 소인이 죽자, 모두 모두 불태워 죽였습니다. 소인, 원통해서 죽지 못한 것이옵니다. 전하, 이년의 원통함을 풀어주소서 전하!"

양이가 눈물을 흩뿌리며 비통한 눈으로 미령을 노려보았다. 대비가 휘청했다. 양 상궁이 얼른 부축했다. 엽왕은 미령을 노려보았다. 믿기지 않는 눈초리였다. 미령은 아니라고 펄떡 뛰었다. 박대종은 당황하여 시선을 어디에 두어야 할지 몰랐다.

"저자는 누구냐?"

"약탕기를 의뢰한 최가의 처이옵니다. 약탕기를 궁에 몰래 전달한 자이옵니다."

"약탕기를 건네준 사람이 예 있느냐?"

"예, 바로 저 사람이옵니다."

여인은 오 상궁을 가리켰다. 오 상궁은 그 자리에 주저앉았다.

미령은 벌벌 떨었다. 박대종은 이제 끝났다고 느꼈는지 눈을 감았다.

"허면, 저 사내는 누구더냐?"

정이에 의해 포박되어있는 사내를 가리키며 왕이 물었다.

"이자는 복진군을 거짓으로 해하고, 마치 소자의 짓으로 여기도록 만든 자이옵니다."
"누가 시킨 것이더냐?"

사내는 고개를 들지도 못하고 엎드려 있었다. 온몸을 사시나무 떨 듯하더니, 겨우 고개를 들었다.

"저... 전하... 죽여주시옵소서. 소인은 성빈 마마가 시키는 대로 하였사옵니다. 전하 죽여주시옵소서."

왕이 미령을 향해 몸을 돌렸다. 미령이 위기를 느끼고 왕의 옷자락을 움켜쥐었다.

"저… 전하, 모함이옵니다. 저들이 짜고 소첩을 음해하는 것
이옵니다!! 전하 소첩의 말을 믿어주시옵소서! 전하! 네 이 년놈
들! 여기가 어디라고 감히 나를 모함하느냐? 정녕 죽고 싶은 게
냐??"

왕은 믿기지 않는다는 듯 미령을 노려보았다.

"성빈!"

왕이 노여움으로 미령을 불렀다.
미령이 바닥에 엎으려 울부짖었다.

"전하아!! 어이하여 소첩을 안 믿으시고, 저런 무뢰배와 역심
품은 세자를 믿나이까? 세자는 복진군을 죽이려 했고, 소첩을
음해하여 이 몸마저 죽이려 합니다. 전하! 아니옵니다. 절대 아
니옵니다."

미령이 마귀 같은 표정으로 벌떡 일어나 뜨락으로 내려갔다.
나장들이 저지했으나 미령은 그들을 뿌리치고 세자 앞으로 걸
어갔다. 왕이 일어서고, 대비도 놀란 눈으로 벌떡 일어섰다.

'마마, 아니 되옵니다'라는 나장과 궁녀들의 소리에도 아랑곳하지 않고 미령은 세자 앞으로 다가갔다. 세자는 당황하지 않았다. 미령이 세자를 내려다보며 소리쳤다.

"네 이놈! 니놈이 살고자, 나를 죽이려는 게냐?"

미령이 세자에게 손찌검을 하려 했다. 순간, 세자가 미령의 손을 낚아챘다. 모두 기겁을 했다. 나장들과 금부도사, 서기들이 급히 미령을 제지했다. 왕이 놀라 마당으로 내려섰다.

"무엇 하는 짓이요?"
"전하, 보십시오. 세자가 감히 내 손을 막았습니다. 이것 또한 불경죄이옵니다. 전하! 소첩을 어미로 여긴다면 감히 이럴 수는 없사옵니다. 전하!"
"세자는 말하라. 한 치의 거짓이 없으렷다."

찬이 소매에서 주머니 하나를 바닥에 던졌다. 모두 주머니에 시선을 두었다. 왕이 물었다.

"무엇이냐?"

"소자를 죽이려다 민승유에게 발각되자 우물에 빠져 죽은 청이의 소지품에서 나왔습니다."

"열어 보거라."

왕의 명령대로 금부도사가 주머니를 열었다. 안에서 옥비녀와 옥나비잠, 진주알이 나왔다. 미령이 사색이 되었다. 대비가 놀라 말했다.

"저... 저거는 이 몸이 성빈에게 준... 비녀..."

대비가 휘청하며 쓰러졌다. 양 상궁과 다른 궁녀들이 대비를 부축했다. 왕이 엎드려 있는 미령에게 말했다.

"저것이 왜 죽은 자의 소지품에 있는 것이냐?"

"모... 모르옵니다. 도둑맞았습니다."

그때 무릎을 꿇고 있던 양이가 미령의 얼굴에 침을 퉤 하고 뱉었다.

"지옥에 떨어질 년!"

"네, 네, 네년이, 감히 네년이 감히!! 내가 널 어떻게 키웠는데?"

얼굴의 침을 닦아 바닥에 털어내며 양이에게 기어가려는 미령을 나장들이 잡았다.

"이거 놔라! 못 놓겠느냐? 내가 누군데 감히 네년이, 감히!"
"전하. 소신, 저 악독한 년이 죽는 것을 본다면 이 자리에서 혀를 깨물고 죽어도 좋사옵니다. 전하!"

양이의 울부짖는 소리를 듣고 왕은 아무 말 없이 눈을 감았다. 그리고 하늘을 올려다보았다. 소란했던 추국장이 조용해졌다. 미령도 왕의 눈치를 보며 가쁜 숨만 내쉬었다. 왕이 이내 찬을 바라보았다. 조금도 굽히지 않는 태도였다. 승유를 바라보았다. 기절 직전의 모습이었다. 온몸을 돌려 사방에 있는 사람들을 하나하나 둘러보았다. 이들이 나를 보고 있다. 그리고 낮은 음성으로 명을 내렸다.

"금부도사는 들어라. 민승유와 금부 옥사에 투옥된 안 석과 단이를 풀어주어라."

어느새 눈을 뜨고 있던 승유는 찬이를 보고 고개를 끄떡였다. 찬이는 눈으로 말했다. 이젠 괜찮다고... 영추가 눈물을 훔치며 승유를 부축하여 등에 업었다. 모두들 믿기지 않는다는 표정이었다.

"성빈은 덕안전에 가두고, 오 상궁은 하옥하도록 하여라. 저자들 역시 하옥하거라."
"전하! 음모이옵니다. 전하 소첩을 믿어주시옵소서. 전하!"

미령이 눈물 바람으로 왕의 옷자락을 잡았지만, 왕은 단호히 뿌리치고 가버렸다. 대비는 의자에서 일어나지도 못하고 거친 숨을 몰아쉬었다. 양 상궁과 궁녀들이 부액(겨드랑이에 껴서 부축함)하여 겨우 움직일 수가 있었다.

맑은 하늘임에도 불구하고 마른벼락이 연이어 내리쳤다.

26. 마지막 단장

엽왕은 대전 앞마당 한가운데 소복을 입고 꿇어앉은 미령을 근엄하게 노려보았다. 미령 뒤로는 이영과 복진군이 함께 무릎을 꿇고 있었다. 이영의 눈에는 눈물이 끊이지 않았다. 왕 옆으로 대비와 중전, 대신들이 도열하여 서 있고, 궁녀와 궁졸들 모두 미령을 쏘아보았다. 단이와 승유, 영추도 함께였다. 단이는 엉망인 얼굴로 쓰러질 듯 벽에 기대었다. 미령의 모습을 보니 끔찍했다. 사람이 아닌 짐승이었다. 어쩌면 저렇게 독할 수가 있을까. 미령이 울부짖으며 소리쳤다.

"전하. 신첩, 억울하옵고도 억울하옵니다! 천지신명 앞에 맹세코 정녕 그런 짓을 한 적이 없사옵니다! 천지신명이 굽어보고 계시온데 신첩이 어찌 거짓을 고하겠사옵니까?! 전하. 신첩의 결백을 믿어주시옵소서!"

대비가 눈을 부릅뜨고 주먹을 꽉 쥔 채 소리쳤다.

"닥치거라! 네 어찌 그 더럽고도 더러운 입에 천지신명을 운운하는 것이더냐?"

"대비마마, 신첩, 중전마마의 용종을 해하지도 않았고, 세자 저하를 죽이려 한 적도 없사옵니다. 어이하여 소첩에게 사약이라니요? 소첩, 죽을 수 없사옵니다! 긴 시간을 정성껏 모셨습니다. 소첩을 내치시고 그 벌을 어찌 받으시렵니까?"

"저, 저, 저."

대비는 말을 마저 하지도 못하고 멈추었다. 복진군이 납작 엎드려 애원했다.

"아바마마, 어마마마를 용서하소서. 아바마마."

"아바마마, 어머니를 용서해 주시옵소서. 자식을 사랑하시는 어머니십니다. 부디 용서해 주시옵소서. 아바마마 흐흐흑..."

미령과 복진과 이영의 울음소리가 대전 마당에 가득히 울렸다. 단이와 승유가 이영을 바라보았다. 승유의 마음이 착잡하였다.

왕은 복진과 이영을 보다가 가만히 미령을 노려보듯 보았다. 미령이 말이 맞긴 하다. 어려운 왕좌에 있으면서 언제나 위로를 받은 것은 미령이었다. 마음속 조강지처였다. 그런 미령을 죽이자고 모두 입을 모은다.

"주상, 더 들을 것도 없습니다."

"전하, 세자를 모해하려는 죄와 용종을 해한 죄는 국본을 뒤흔드는 대죄입니다! 마땅히 성빈을 사사하여 국법의 지엄함을 보이시어야 합니다!"

대비의 말에 이어 민정립이 간곡한 말로 아뢰었다. 더 이상 피할 길 없는 막다른 골목임을 안 미령이 울면서 애원을 했다.

"전하! 전하! 소첩을 굽어살피시옵소서! 흐흑... 제발... 전하... "

"아바마마, 어마마마를 용서하여 주시옵소서."

"아바마마, 어머니를 용서해 주시옵소서. 아바마마 흐흐흑."

이성곤은 이영과 복진의 울음소리를 듣고도 냉정하게 말했다.

"대사헌의 뜻도 대신들과 같사옵니다. 성빈과 복진군을 사사하시어 차후 누구도 세자 저하를 음해하지 못하도록 하셔야 합니다."

"아바마마, 소자를 용서하여 주시옵소서. 아바마마."

이성곤의 말에 박대종이 발끈했다.

"사사라니요? 사약이 무슨 고뿔탕(감기약)입니까? 잠시 어리석은 일을 행했을 따름입니다. 전하, 한번 실수는 병가지상사라 했습니다. 너그러우신 전하께서 용서를 해주신다면, 성빈 또한 자숙하여 왕실의 번영을 위해 힘쓸 것이옵니다. 통촉하여 주시옵소서."

"그 무슨 막 되어 먹은 막말이오? 저하를 폐위시키고 새로운 왕세자를 옹립하려는 역모 뒤엔 좌상이 있질 않소? 좌상이 앞장서시어 수족 노릇을 하고 계시지 않사옵니까? 좌상이 양부를 자처하여 데리고 온 그것부터 잘못된 것이오. 전하, 부디 사약을 내리시어, 세자 저하의 주변을 든든히 하시고, 이 나라 대통을 보전하시옵소서."

"사약을 내리소서!! 사약을 내리소서!!"

영상의 말에 대신들이 동조하여 외쳤다. 박대종이 벌떡 일어서 대거리하려는데 왕이 입을 열었다.

"금부도사는 들어라. 박대종을 감금하고, 성빈에게는 지금 당장 사약을 내려라! 복진군은 사가로 내치도록 하라!"

"전하, 전하!!"
"아바마마, 아바마마!!"

이영과 복진이 울부짖었다. 나장에게 끌려가는 박대종이 소리 질렀다.

"전하, 어이하여 소신을 내치십니까? 소신, 조정을 위하여 이 한목숨 다 바쳤사옵니다. 전하."

박대종이 끌려가고 의금부 낭관이 사약을 받쳐 들고 왔다. 미령이 발악을 했다.

"이놈들! 비키지 못할까! 난 안 죽어, 못 죽어! 비켜라 이놈들, 내가 누군지 알고! 난 안 죽어. 내가 왜 죽어 왜! 전하, 전하! 이 놈들이 날 죽이려 합니다. 전하!"

"먹여라!"

"아바마마! 아바마마! 어머니를 용서해 주시옵소서!"

이영과 복진이 하늘이 무너져라 외쳤다. 단이가 눈을 질끈 감았다. 악녀의 최후이지만 눈 뜨고 볼 수가 없었다. 궁녀 두 명이 미령의 입을 벌렸다. 낭관이 미령에게 사약을 넣으려 할 때, 미령이 발버둥 치다가 목덜미를 잡고 쓰러졌다. 일자로 뻗은 채로 누웠다. 모든 사람이 놀랐다. 이영이 놀라 미령에게로 달려가며 외쳤다.

"어머니, 어머니!!"

나장이 이영을 잡았으나 발버둥 치며 미령을 붙잡고 오열했다. 낭관이 쓰러진 미령에게 약을 넣으려 할 때 왕이 말했다.

"멈추어라! 쓰러진 자에겐 사약을 내리지 않는다. 깨어나도록 기다려라. 그 고통을 느끼게 해주겠다."

왕의 말에 모두 침묵했다. 이영의 울부짖는 소리만 대전 뜨락에 가득했다.

"아이고 우리 단이, 살아서 돌아왔구나. 대행수님, 단이 왔어요!"

단이가 집으로 들어서자마자 박 씨가 반기며 그녀를 안아주었다. 박 씨가 외치자 양 씨와 소중이, 오월이, 봉구도 한걸음에 나와 단이를 반겼다. 금부에서 풀려나고 말미를 얻어 사가에 나온 것이다. 안에 있던 유란 대행수가 나와서 단이를 보고 서 있었다. 단이는 대행수에게 고개 숙여 깊이 인사하였다.

"왔느냐? 어서 오너라. 어찌 짬을 냈느냐?"
"아이구 어찌 짬을 냈냐니요? 죽다가 살아서 온 단이입니다요."
"아닙니다. 궁에서 잘 지내다가 잠시 말미를 받아 온 것입니다. 갑자기 대행수님이 보고 싶었습니다. 히히히."

단이가 어색하게 웃자, 유란도 그윽하게 웃었다. 소중이가 눈을 흘기며 퉁명스럽게 말했다.

"난 안 보고 싶었구나?"
"보고 싶었지이... 잘 있었어?"
"응 보고 싶었어. 자두야."

단이가 놀라 사람들을 돌아보았다. 다들 웃고 있었다.

"자두가 자두지, 단이냐? 우리 앞으로 너한테 자두라고 부르기로 했어."
"아... 대행수님."

단이가 유란을 보자 그녀는 고개를 끄떡였다.

"널 죽이려던 사람들이 다 벌 받고 죽었는데, 단이로 신분 숨길 것이 뭐 있어? 원래대로 자두라고 부르면 되지."

단이가 웃는 건지 우는 건지 야릇하게 미소 짓다가 배고프다며 너스레를 떨었다. 모처럼 궁 밥이 아닌 집 밥을 먹었다. 상단 가족 모두 단이, 아니 자두의 궁 생활을 물어보고 또 물어보았다. 말을 해주면서도 어느 것은 부풀려 말했고, 자신이 힘들었던 것은 아예 말하지 않았다. 집이 좋긴 했다. 자두는 꿈도 안 꾸고 잘 잤다.

아침 일찍 자두는 유란에게 큰절을 하고 일어났다.

"대행수님, 궁으로 들어가 보겠습니다."

유란이 말했다. 이제부터 어머니라 부르라고...

자두는 깜짝 놀랐다. 고개를 들어 유란을 보았다. 유란이 눈물을 흘리며 웃고 있었다.

"대행... 왜 우시는지요..."

"아니다. 미안하고, 또 미안하고, 이렇게 잘 커 줘서 고맙고, 또 고맙구나."

"아닙니다. 대 행... 저를 잘 키워주셨습니다. 감사는 제가 드려야지요. 어... 머니..."

"고맙구나. 자두야."

유란은 자두의 등을 두드려주었다. 자두가 집을 나서자 사람들이 환송을 해주었다. 자두의 모습이 보이지 않자 박 씨가 유란에게 말했다.

"잘하셨습니다. 대행수님."

유란이 고개를 끄떡였다. 박 씨가 말했었다. 미령이 친모인 것을 밝히지 말아 달라고, 어차피 사약을 받을 것인데 가여운 자두가 미령으로 인해 상처 입지 않았으면 좋겠다고... 유란도 그게 맞다고 생각했다. 이제 자두는 안전할 것이다. 자두가 원하는 대로 궁의 향방 나인이 되어, 아름답고 기품이 있는 왕실의 얼굴을 책임지기를 바랐다.

자두는 궁으로 향하다가 소격동 쪽으로 발길을 돌렸다. 가기 전에 승유가 사는 곳이라도 먼발치에서 보고자 했다. 승유의 집이 보였다. 대문으로 오가는 하인들도 보였다. 하지만 승유의 모습은 보이지 않았다. 허전했다. 이미 다른 이와 혼례를 한 그다. 혹여, 누군가 자신을 보았을까 봐 얼른 발길을 돌렸다. 막 골목을 돌아설 때였다.

"어허? 거 뉘신데 남의 집을 기웃거리는 것이요?"

깜짝 놀라 돌아보니, 영추가 웃으며 서 있었다. 이내 승유가 나타났다. 자두는 너무나도 놀라서 그 자리에 얼어붙었다.

"나리, 도적인 거 같은데 집어넣을깝쇼? 사헌부의 저승사자 민승유, 석 달 만에 첫 임무 개신데 까짓 꺼, 잡아넣읍시다. 예?"

자두가 승유를 보고 웃었다. 승유도 자두를 보고 웃었다. 그런데 웃고 있어도 눈물이 났다. 자두가 고개를 돌려 눈물을 훔쳤다. 승유는 그런 자두를 바라보았다. 영추가 볼 일이 있다며 어색하게 자리를 비켜주었다. 두 사람은 오랫동안 삼청 골짜기를 함께 바라보며 말없이 서 있었다. 백 마디 말보다 침묵이 훨씬 더 많은 말을 하고 있었다.

골짜기에서 풀잎 냄새가 올라왔다. 싱그러운 냄새였다.

대전 안이 절간처럼 고요했다.

어디선가 바람이 불어왔다.

쏴아쏴아. 세죽 소리가 대전을 가득 채웠다.

김 내관이 대전 안의 등불을 하나하나 밝혔다. 등불에서 검은 연기가 올라오더니 이내 사라졌다. 엽왕이 눈을 감았다. 사람의 목숨이 저 등불의 연기처럼 가벼운 연기 같지 않은 적이 있었는가. 이렇게 흩어지고 사라지는 것인가. 생각이 아득하여 흩어져 사라지는 사이로 미령을 처음 만났을 때가 보였다. 참으로 곱고 아름다운 아이였다.

반정으로 보위에 오른 엽왕은 세 확보하기가 힘들었다. 주도적인 정치를 못 하고 공신들에 의해 좌지우지되면서 그들의 눈치를 보는 게 무엇보다도 싫었다. 왕권 강화를 위해 끊임없이 노력했으나 공신들과 충돌 속에서 열 받아 화병에 걸릴 것만 같았다.

이런 그를 위로하는 단 한 사람, 미령이었다. 다른 비빈들은 어인 일인지 속 시원히 터놓고 싶어도 여의치 않았다. 그러나 미령은 그의 허허로운 마음을 잘 헤아렸다. 자신에게 잘 보이려 하지도 않았고, 오히려 자신을 밀어내기까지 하는 것이었다. 죽어가는 원앙도 살려냈고, 엄마 잃은 이영 옹주도 잘 챙겨주었고, 왕세자도 친어미처럼 잘 따르니 이보다 좋을 수가 없었다. 미령은 언제나 그를 아이처럼 다루며 위로도 해주었고, 사랑도 주었다. 미령을 멀리하라는 대비의 충언도 듣지 않았다. 미령이 그냥 좋았다.

대신들은, 유약하며 무능한 왕이라 정치도, 인재 등용도 모두 실패한 왕이라고 수군거려도 미령 하나만 그의 곁에 있으면 됐다. 미령의 조언대로 대신들을 다루었고, 조종했다. 어느 순간 대신들을 꺾을 힘도 생겼다. 미령 덕이다.

　그런 미령이 변했다. 무엇이 그녀를 그토록 변하게 했는가? 궁에 들어온 모든 자는 무엇을 위해, 무엇을 얻기 위해 목숨마저도 담보로 내놓는 것인가?

　이제 자신은 그녀를 죽이려 한다. 깨어나면 바로 사약을 내릴 참이다. 가슴이 시리고 시렸다. 김 내관이 말했다.

　"전하, 그만 침소로 드시옵소서. 벌써 사흘째이옵니다. 옥체가 상하실까 염려되옵니다."

　"성빈은 어찌하고 있는가?"

　"옹주마마께서 성빈 마마 깨어나기를 기다리며 곁에서 지켜보시고 계십니다."

　"안 깨어나면, 안 깨어나면, 과인이 사약을 내리지 않아도 되겠느냐?"

　김 내관은 아무 말 없이 허리를 굽히고 서 있었다.

　서창으로 나뭇가지 그림자가 심란하게 흔들렸다.

덕안전 마당에는 군졸들이 창을 들고 지키고 있었다. 덕안전을 지키는 상궁도 바뀌었다. 미령의 소침방은 어두컴컴하고 스산했다. 자개장 위의 오얏나무 잎이 다 떨어지고 가지만 남았다. 바닥에 수북하게 쌓인 나뭇잎은 그대로 있었다.

미령은 닷새가 지나도 깨어나지 못했다. 이영은 왕에게 매일 석고대죄를 하며 빌었다. 병이 깊은 어머니께 제발 사약만은 내리시지 말아 달라며 빌고, 또 빌었다. 엽왕은 이영에게 미령 곁에서 함께 있을 수 있도록 허락을 했다.

덕안전 전각 위로 밤 까마귀가 울었다.

이영은 미령의 머리맡에 앉아있었다. 미령의 얼굴은 핏기가 없는 산송장 같았다. 숨만 쉬지 않는다면 죽은 자의 모습이 이러하리라 생각하니 눈물이 났다. 이영은 눈물로 지새우며 어머니 곁에서 있었다. 어머니가 돌아가시면 이 세상에 누굴 믿고 산단 말인가 생각만 해도 눈물이 났다. 그러다 깜빡 잠이 들었다. 꿈속에서 어머니가 손을 잡았던 것 같다. 그런데 정말 누군가 이영의 손을 잡았다. 놀라 깨니 미령이 이영의 손을 잡고 있었다. 가늘게 떠는 손은 힘이 하나도 없었다. 이영은 깜짝 놀랐다.

어머니, 어머니, 어머니, 어머니, 어머니를 아주 작은 소리로 수도 없이 외쳤다. 어머니를 백 번은 부른 것 같았다. 천 번도 부를 수 있다. 어머니만 살 수 있다면. 하지만 큰 소리로 부르면 누군가 듣고 당장 사약을 내릴 것이 뻔했다. 이영은 머리를 감아쥐고 울고 또 울고 또 울었다. 미령의 눈에서도 눈물이 흘렀다.

미령이 입을 움직였다. 이영은 미령의 입에 귀를 대고 들으려 했지만 들을 수가 없었다. 이영은 미령의 입 모양을 보고 미령이 하는 말을 알아들었다.

단... 이...

단이였다. 분명 어머니는 단이라고 말씀하셨다.

"어머니 단이요? 단이?"

미령이 고개를 끄떡였다.

"불러와요?"

미령이 다시 고개를 끄떡였다.
이영은 알았다며 얼른 일어났다.

미령은 단이란 아이가 자신의 딸이란 것을 알고 있었다. 단이가 금부 마당에서 고문을 당하는 것을 보러 갈 때였다. 궁녀 하나가 단이의 지승 가방을 들고 가는 것을 보았다. 그 안에 무엇이 들었느냐 물었을 때 소인도 모른다며 안에 있는 것을 주섬주섬 꺼내어 보여주었다. 책, 분구, 붓, 그리고 낡은 향낭이었다. 그때 미령이 보았다. 자신이 자두에게 달아준 향낭을 단이란 아이가 가지고 있는 것을... 그때 미령은 잠시 정신을 잃었었다. 오 상궁의 부축으로 다시 침소로 돌아왔다. 향낭은 미령이 들고 왔다. 하지만 지금 저 아이를 아는 체하면 모든 것이 수포가 된다. 나만 입 다물면 모든 게 조용히 끝난다. 향낭은 꽃신이 있는 함에다 넣어 두었다. 그것은 버리고 싶지 않았다.

여전히 궁에서는 단이라는 이름으로 불렸다. 그녀가 자두라는 것을 아는 사람은 궁 안에서 아무도 없다. 단이는 자선당이 편했다. 찬이 잘 대해주었다. 단이에게 수시로 매작과를 가져다주었다.

찬이 지필묵을 내려주며 그림도 마음껏 그리라 해주었다. 하루는 그가 단이에게 자신의 얼굴을 그려달라고 부탁했다. 매작과 먹은 값으로 단이는 찬의 얼굴을 그려주었다. 찬은 단이가 그려준 그림을 보고 활짝 웃었다. 생긴 것보다 훨씬 멋있게 그렸다며 좋아했다. 그리고 돌돌 말은 종이 한 장을 그녀에게 건네주었다. 단이는 갸우뚱하며 종이를 펴보았다. 자신의 얼굴이었다. 찬이 그려준 단이의 얼굴이었다. 찬이 말했다.

"나누어 간직하자꾸나. 기다리거라. 이 두 장의 그림이 한 장으로 합칠 날이 있을 게다."

단이는 알아들을 것도 같았고, 모를 것도 같았지만 예쁘게 잘 그려준 자신의 얼굴이 좋았다.

자선당으로 가는 길은 깜깜했다. 조족등도 없이 이영은 달리고 또 달렸다. 어두운 길에 두 번이나 미끄러졌다. 이영은 자선당 궁녀 숙소에서 희미한 빛이 새어 나온 방으로 살금살금 갔다. 뒤꿈치를 들고 안을 들여다보니 단이가 그림을 들여다보다가 지승 가방을 뒤지며 무엇인가를 찾고 있었다. 단이는 계속 향낭을 찾고 있었다. 분명 여기에 두었는데 자신의 향낭이 없어졌다. 어디서, 언제 잃어버렸나 생각을 해봐도 모르겠다. 옥사에 갇혔을 때 손을 탄 것 같았다. 하나밖에 없는 어머니 유품인데 속이 상했다. 막 호롱불을 끄려 할 때였다.

"단... 아, 단아."

단이는 멈칫하며 들창을 바라보며 일어섰다. 이영이었다.

미령이 나를 찾는다 했다.
이영이 눈물 바람으로 나를 잡아끌었다.
미령은 깨어나면 바로 사약이다.
궁 사람들은 다 안다.
근데 미령이 나를 불렀다 했다.

어떻게 왔는지도 모르겠다. 깜깜한 숙영재, 선락재를 거쳐 일각문으로 들어서서야 겨우 뒤꿈치를 내려 천천히 걸었다.

날 죽이려 했던 그분이 나를 부른다 했다.

닷새 만에 깨어났는데 첫마디가 '단이'였다는 것이다.

덕안전 소침방에 들었을 때 단이는 죽음의 냄새를 맡았다.

가늘게 피어오르는 등불에 미령의 얼굴이 보였다.

백랍처럼 창백한 얼굴이었다. 빗지 않은 머리칼은 지푸라기처럼 삐져나왔다. 매일 같이 가꾸고 다듬던 그 얼굴은 어디에도 없었다. 이영이 아주 작은 소리로 미령의 귀에 대고 말했다.

"어머니, 단이 왔어요. 단, 이."

혹시나 못 알아들을까 봐, 이영은 단이라는 말에 힘을 주고 끊어서 말했다.

단이는 가만히 서 있었다. 미령이 눈을 떴다가 감았다. 다시 눈을 뜨고 이영에게 뭐라고 말을 했다. 단이는 미령의 입 모양을 보고도 무슨 말인지 알아듣지 못했다. 그런데 이영이 말했다.

"꽃신?"

미령이 고개를 끄떡이자 이영은 얼른 일어나 장식방 쪽으로 갔다. 단이는 이게 무슨 일인가 싶었다. 왜 나를 부른 거지? 꽃신은 또 뭐야? 생각하며 긴장하여 서 있었다. 미령이 단이에게 뭐라고 말을 하는 것 같았지만, 알아들을 수가 없어서 이영이 간 쪽을 바라보았다. 이영이 나왔다. 단이는 이영의 손을 바라보았다. 손엔 아이의 꽃신 한 짝이 들려있었다.

아, 내 꽃신이다.

잃어버린 내 꽃신이 분명했다.

저 꽃신이 왜 저기서 나와? 내가 저잣거리에서 잃어버린 신인데? 저걸... 왜, 저걸 왜 가지고 있지? 단이는 꽃신과 미령을 번갈아 보았다. 순간, 뒤통수를 얻어맞은 것 같았다. 단이는 정신이 아득해졌다. 저잣거리에서 헤어진 어머니, 나에게 향낭을 걸어주며 웃던 어머니의 얼굴이 떠올랐다.

어머니. 어머니...?

아... 어머니였다...

나를 죽이려 했던 이 사람이,

그토록 찾아 헤매던 내 어머니였다.

단이는 가슴이 쿵쾅쿵쾅 뛰었다. 어쩔 줄 모르고 서 있는데 이영이 단이를 바닥에 주저앉혔다.

"어머니가 앉으라잖아, 이 바보 멍충아."

이영이 숨을 죽여 울고 있었다. 단이가 미령의 머리맡에 앉았다. 그리고 무너졌다. 바닥에 엎드려 일어날지를 몰랐다. 미령이 손을 뻗었다가 기운이 없어서 툭 떨어졌다.

"잡으라고 쫌. 너한테 사과하려고 하는 거 몰라?"

이영은 울면서 단이의 손을 미령에게 갖다가 댔다. 미령이 단이의 손을 잡았다. 마치 차가운 나뭇등걸이 닿는 것 같아 섬뜩했다.

미령이 뭐라고 길게 말을 했다. 단이는 알아들을 수가 없었다. 이영이 엉엉 울기 시작했다.

"미안하다잖아, 미안하단 말 안 들려? 미안하다잖아, 계속 미안하다잖아. 어머니가 미안하다고 하잖아. 너 미워한 거 미안하다잖아. 어머니 돌아가시면 나 혼자 남으니 나한테 미안해야지, 왜 너한테 미안하다는 거야. 엉엉엉."

단이가 눈을 질끈 감고 울기 시작했다. 단이는 미령의 손을 꼭 잡고 가슴에 댔다. 이 순간을 얼마나 기다렸을까? 그런데 어머니는 내가 알아들을 수 있는 말은 한마디도 못했다. 단이는 목이 메어 말을 잊지를 못했다. 이영이 곁에 엎드려 미령을 부둥켜안았다. 미령이 꺼져가는 목소리로 분명히 말했다.

"자...두... 용...서..."

미령의 고개가 옆으로 툭 떨어졌다. 이영이 어머니, 어머니, 어머니를 외치며 울부짖었다. 단이, 아니 미령이 마지막으로 불러준 그 이름 자두, 자두는 미령의 손을 끌어당겨 꼭 잡고 울었다. 눈물이 멈추지 않았다.

어머니, 어머니, 어머니.

자두는 입안으로 수도 없이 어머니를 불렀다. 그토록 불러보고 싶은 어머니였는데, 어머니는 그녀의 눈앞에서 생명의 불을 잃었다. 내가 찾아 헤맸던 나의 어머니가 나를 죽이려 했던 이분이었다.

어머니, 어머니, 어머니, 어머니, 어머니, 어머니, 어머니...

멀리서 파루 울리는 소리가 들렸다. 들창으로 푸른 여명이 비추었다. 자두는 이영의 손을 잡고 움직임 없이 그대로 앉아 있었다. 이영은 울음 끝이라 간간이 흐느꼈다.

　"니가... 어머니의 딸이란 말이지..."

　어머니가 불러준 그 이름 나는 자두다.
　자두는 눈만 감고 있었다.
　이내 눈을 떴다. 문갑 위에 오얏나무 분재가 눈에 들어왔다. 소반에는 나무이파리가 떨어져 소복하게 쌓여있었다. 마른 가지를 보니 이미 죽은 상태였다. 자두는 미령의 얼굴을 다시 바라보았다. 그리고 천천히 일어나 안쪽 방으로 들어갔다. 잠시 후 방에서 나온 자두의 손에는 미령의 화려한 옷과 소장품이 들려있었다. 이영은 자두를 바라보았다. 그리고 고개를 끄떡였다. 자두가 무엇을 하려는지 알 것 같았다.

　자두는 이영과 함께 미령의 옷을 벗겼다. 그런데 미령의 속곳 안에 자두가 잃어버린 어머니의 낡은 향낭이 달려있었다. 자두는 향낭을 잡고 소리 내어 엉엉 울었다. 그동안 참았던 눈물이 한꺼번에 쏟아졌다. 이영도 함께 울었다. 울면서 미령에게 깨끗한 옷으로 갈아입혔다. 두 딸은 미령이 덮고 있던 이불을 걷고 반듯하게 눕혔다. 자두는 미령의 핏기 가신 하얀 얼굴을 내려다보았다. 그리고 오얏꽃 향유를 향로에 덜어 향불을 피웠다. 향로에서 향긋한 향이 흘러나왔다. 자두는 두 발짝 물러서서 미령에게 큰절을 네 번 했다. 곁에서 보고 있던 이영도 일어나 자두를 따라 절을 했다. 눈물범벅이었다.

자두는 조용히 눈을 감았다.

그리고 미령의 창백한 얼굴에 단장을 시작했다. 면지첩에 미안수 대신 명반수를 적셔 미령의 얼굴을 닦아 주었다. 눈, 코, 입, 이마, 귀, 그렇게도 만지고 싶고, 보고 싶었던 어머니의 얼굴을 천천히 정성껏 소독하며 닦아주었다. 이영이 다시 울기 시작했다. 자두도 참았던 눈물이 쏟아졌다.

어머니를 만나면 어머니가 좋아하시던 단장을 꼭 해 드리고 싶었다. 그렇게 해 드리고 싶었던 단장을, 그렇게 꾸며드리고 싶었던 단장을, 살아생전이 아니라 돌아가신 뒤 해 드리고 있다. 소독이 끝난 뒤 비단풀로 만든 해독 곤약을 펴 발랐다. 이승에서 묻은 더러운 것들을 다 씻어내고 저세상에서는 새살이 돋아 새롭게, 깨끗한 모습으로 태어나시기를 바랐다. 해독 곤약을 바른 뒤에 마음을 편하게 하는 단향에 산단과 분가루를 섞어 양 볼에 바르니 발그스레한 생기가 돋았다. 버드나무 재로 만든 미묵으로 눈썹을 곱게 그리고, 잇꽃을 밀랍에 개어 도톰하게 발라주었다.

미령의 얼굴이 눈이 부시게 환해졌다. 손에 오얏꽃 향유를 묻혀 미령의 머리에 발라 단정하게 매만지는데 자두의 눈물이 미령의 볼에 똑 떨어졌다. 눈물방울이 마치 오얏꽃처럼 퍼졌다. 자두는 미령 볼에 생긴 눈물 자국에 어머니가 좋아하는 오얏꽃과 등골나물, 누릿대 이파리를 그려 넣었다. 끝으로 머리에 바르고 남은 오얏꽃 향유를 천천히 미령의 옷에다 뿌렸다.

미령이 좋아서 웃었다. 마구마구 웃었다. 이말산을 다니며 꽃 따고, 약초 캐며, 벌과 나비와 새들과 놀던 그때처럼 미령이 웃었다. 미령이 어느새 일어나 앉아 자두를 바라보고 웃었다.

자두는 미령의 웃는 얼굴에 다시 절을 네 번 했다. 이영도 자두와 함께 또다시 절을 했다. 마지막 절을 하고 이영은 일어나지 못했다. 그녀는 바닥에 엎드려 오열했다. 자두가 이영을 일으키려는데 이영이 자두를 꼭 안았다. 그리고 소리 내어 엉엉 울었다. 자두도 이영을 꼭 안아주며 눈물을 흘렸다.

오얏꽃 향의 유백색 연기가 느릿느릿 뿜어져 나왔다.
어느새 들창에 밝은 빛이 맑은 새소리와 함께 들어오고 있었다.

에필로그

    미령은 이말산에 묻혔다.

    그토록 좋아했던 오얏나무 밑에서 잠들었다.

    엽왕의 배려로 미령의 장례는 화려하지는 않았지만, 미령이 섭섭하지 않을 정도로 치를 수 있었다. 미령이 자신의 장례를 볼 수 있었다면 분명 이렇게 말했을 것이다.

    내가 누군데, 감히 나에게 이런 대접을 한다는 게야?

    자두는 다수의 병졸과 궁녀, 승유, 이영, 영추와 이말산을 내려왔다.

    아무도 말은 하지 않았다.

그러나 마음속으로 각자의 말을 하고 있었다.

해가 지고 있었다.

자두는 영추문 앞에 도착하였다.

궁으로 들어가기 전에 자두는 승유와 이영에게 두 손 모아 인사를 했다.

승유가 고개를 끄떡였다.

이영의 눈엔 눈물이 글썽였다.

승유는 이영과 나란히 소격동으로 갔다.

자두는 함께 걷는 두 사람의 모습을 오랫동안 바라보았다.

빗질로 깨끗한 자선당 마당에서 찬이 자두를 기다리고 있었다.

찬이 고개를 끄떡이며 가볍게 웃어주었다.

자두도 웃었다.

하지만 눈에 눈물이 가득 차올랐다.

찬이 손수건으로 눈물을 닦아 주었다.

자선당 처마에서 맑고 청량한 풍경 소리가 울렸다.

긴 하루였다.